दलित शब्द अपने आप में, श्रेष्ठ सभ्यता का दम्भ भरने वाले समाज के चेहरे का, बहुत बड़ा घाव है। तिस पर अगर यह स्त्री शब्द के साथ जुड़ा हो तो और विडम्बनापूर्ण बन जाता है। पुरुष प्रधान समाज में स्त्रियों की स्थिति दोयम दर्जे की ही बनी हुई है। इन्हीं विडम्बनात्मक स्थितियों को उभारने का प्रयास है यह संकलन। इस संकलन की कहानियों में आयी स्त्री चरित्र–सरबतिया, मारिया, कजली, रुक्खो, सुनीता, अमली, रमा, प्रज्ञा, कौसर, उषा, सुरजी बुआ, अपूर्वा, रोशनी, गंगोदेई, चरिता, फूलमती-चन्दो, उमा, नविता और बेस्ट ऑफ़ करवाचौथ की नायिका आदि दलित स्त्री की अस्मिता को बड़े सशक्त ढंग से परिरक्षित करती हैं। दलित स्त्री की पीड़ा न केवल प्रायः कम पढ़े-लिखे माने जाने वाले ग्रामीण समाज तक सीमित है, बल्कि आधुनिकता की चमक ओढ़े और पढ़ा-लिखा माने जाने वाले महानगरीय जीवन में भी उतनी ही गाढ़ी है। इस संकलन की कहानियों में ग्रामीण और महानगरीय जीवन में संघर्ष करती और जड़ स्थापनाओं से लड़ती स्त्रियाँ हैं।

संघर्षशील समाजों और वर्गों की एक विशेषता यह भी होती है कि वे न सिर्फ़ अपनी स्थितियों से मुक्ति का प्रयास करते, बल्कि वैचारिक जड़ताओं को भी छिन्न-भिन्न करते हैं। ऐसे समाजों में स्त्रियों की भूमिका उल्लेखनीय होती है। वे परदे के पीछे भिंची-सकुचाई नहीं होतीं, चारदीवारी में बन्द तथाकथित उच्च वर्ण की स्त्रियों की तरह दब्बू और समझौतापरस्त नहीं होतीं। हर मोर्चे पर संघर्ष करती दिखती हैं। इस अर्थ में दलित स्त्रियों ने सदा से अग्रणी भूमिका निभाई है। पुरुषों की अपेक्षा उनकी छवि एक अधिक जुझारू और दबंग व्यक्ति की है। दलित समाज की स्त्रियों को पुरुषों की अपेक्षा अधिक साहसिक क़दम उठाते देखा जाता है। जहाँ पुरुष समझौतापरस्त नज़र आने लगता है, वहाँ स्त्रियाँ तनकर खड़ी हो जाती हैं। इस संकलन में ऐसे कई स्त्री चरित्र हैं, जो न सिर्फ़ अपनी अस्मिता, बल्कि पूरे वर्ग की चेतना को धार देती हैं। इस तरह कई बार दलित समाज भी उनकी वैचारिक डोर को पकड़ यथास्थिति को चुनौती देता, उस मानसिकता से बाहर निकलने का प्रयास करता देखा जाता है। इन अर्थों में स्त्रियाँ अधिक साहसी, अधिक आज़ादख़याल और मुक्त नज़र आती हैं।

अच्छी बात है कि दलित लेखन की उम्र कम होने के बावजूद इसने अपनी परिपक्व चिन्तन-धारा विकसित कर ली है और इसमें स्त्री रचनाकारों की भी एक बड़ी संख्या जुड़ती गयी है। इस संकलन में इस दौर की सभी प्रमुख स्त्री कथाकारों की कहानियाँ सम्मिलित हैं। स्त्री रचनाकारों के स्त्री पात्र इसलिए महत्त्वपूर्ण हैं कि वे कथाशिल्प के प्रचलित खाँचों से बाहर निकलकर अनुभव की ठोस ज़मीन पर विकसित हुई हैं। उनकी दुनिया अधिक वास्तविक है। उनके अनुभव अधिक प्रामाणिक हैं।

इस संकलन का सम्पादन करते हुए रजतरानी मीनू ने इस बात का विशेष ध्यान रखा है कि इसमें हर क्षेत्र की दलित स्त्रियों का समावेश हो सके। हर इलाक़े की दलित स्त्रियों की स्थिति उजागर हो सके। इसलिए उन्होंने बड़ी सावधानी से कहानियों का चुनाव करते हुए उत्तर प्रदेश, राजस्थान, मध्य प्रदेश, हरियाणा, पंजाब आदि के परिवेश का भी ध्यान रखा है। इसमें महानगरीय जीवन में दलित की स्थिति पर केन्द्रित कहानियाँ भी हैं। इस तरह इस संकलन की कहानियों से पूरे भारत की दलित स्त्री का मुकम्मल चेहरा उभरता है।

–सूर्यनाथ सिंह

एसोसिएट सम्पादक, जनसत्ता

दलित स्त्री
केन्द्रित कहानियाँ

सम्पादक

रजत रानी मीनू

सह-सम्पादक

वन्दना

वाणी प्रकाशन

पेपरबैक प्रथम संस्करण : 2023

वाणी प्रकाशन

4695, 21-ए, दरियागंज, नयी दिल्ली-110 002

फ़ोन : +91 11 23273167 फ़ैक्स : +91 11 23275710

शाखाएँ

अशोक राजपथ, पटना-800 004, बिहार

कॉफ़ी हाउस कैम्पस, महात्मा गांधी मार्ग, इलाहाबाद-211 001, उत्तर प्रदेश

महात्मा गांधी अन्तरराष्ट्रीय हिन्दी विश्वविद्यालय, वर्धा-442 001, महाराष्ट्र

36/ए, शेक्सपियर सरणी, रानी बिरला गर्ल्स कॉलेज के पास, कोलकाता-700 017, प. बंगाल

www.vaniprakashan.com
marketing@vaniprakashan.in
sales@vaniprakashan.in

Dalit Stree Kendrit Kahaniyan
Edited by Rajat Rani Meenu
Co-*Editor* Vandana

ISBN : 978-93-5518-857-1
Collection of Stories

मूल्य : ₹ 399

आर. टेक ऑफ़सेट प्रिंटर्स, दिल्ली-110 032 में मुद्रित

वाणी प्रकाशन का लोगो मक़बूल फ़िदा हुसेन की कूची से

'दलित स्त्री की कलम से'

'दलित स्त्री केन्द्रित कहानियाँ' संकलन पर काम करते हुए मेरे मन में अनेक सवाल उठते रहे हैं। इस कहानी संकलन को अलग से निकालने की क्या आवश्यकता हुई? जब दलित साहित्य में दलित स्त्री पर लिखा तो जाता ही रहा है और दलित स्त्री स्वयं भी लिख रही है। हिन्दी साहित्य में भी वह चित्रित होती रही है। कहानी विधा की बात करें तो यह साहित्य की अत्यन्त प्रबल और महत्त्वपूर्ण विधा है। आत्मकथा के बाद यदि किसी विधा पर पाठक का ध्यान केन्द्रित होता है तो कहानी पर होता है। अधिकांश कहानियाँ आत्मपरक होती हैं अथवा संस्मरणात्मक होती हैं। दलित कहानियों के बारे में तो यह और अधिक सही है। इसका आशय यह है कि वे समाज के यथार्थ को अधिक प्रामाणिकता के साथ प्रस्तुत करती हैं। **'दलित स्त्री केन्द्रित कहानियाँ'** कहानियों का अधिकांश हिस्सा इन्हीं विशेषताओं के साथ आता है। दलित कहानियाँ सायास कम लिखी जाती हैं। ये स्वयं स्फूर्त सहज रूप में चित्रित अधिक होती हैं। इनमें समाज में घटित घटनाओं का यथार्थ प्रतिबिम्बित होता है। इस दृष्टि से ये मनगढ़न्त कल्पनावाद से मुक्त यथार्थवादी होती हैं। किसी-किसी कहानी में आदर्श का पुट भी देखने को मिलता है। स्वयं दलित स्त्री द्वारा लिखित कहानी या पुरुष लेखक द्वारा लिखी गयी स्त्री विषयक कहानी की ऊपर जो विशेषताएँ बतायी गयी हैं, उनसे अलग नहीं होती है। हाँ, दलित स्त्री की कहानियों में स्त्री मन खुलने और चित्रित होने की स्वाभाविक सम्भावनाएँ बढ़ जाती हैं, मगर यह प्रत्येक दलित स्त्री लेखिका की हर कहानी में होना अनिवार्य शर्त नहीं है। उसके पीछे भी कई कारण हैं। वह जिस समाज से सम्बद्ध होती है उस समाज का स्वभाव उसका पीछा करता है या यह कहें कि वह अपने समाज को अलग रख कर नहीं सोच सकती। साहित्य और शिक्षा के क्षेत्र में दलित समाज अभी बहुत पीछे है। भले ही राजनीति में इस वंचित समुदाय से राष्ट्रपति पद तक महामहिम द्रौपदी मुर्मू

पहुँच जाती हैं। इनसे पहले दलित वर्ग से तीन महामहिम राष्ट्रपति जैसे शीर्ष पद को सुशोभित कर चुके हैं। क्या इनकी वजह से दलित-आदिवासी समाज शिक्षा, साहित्य, कला-संस्कृति के किसी भी क्षेत्र में बराबरी हासिल कर सका है? हाँ, नवनिर्वाचित राष्ट्रपति द्रौपदी मुर्मू का दर्द शपथ ग्रहण से पूर्व अवश्य उजागर हुआ है। उन्होंने बताया, वे अपने आदिवासी गाँव की पहली लड़की थीं जिन्होंने बी.ए. तक की पढ़ाई की थी। गाँव में स्कूल तक जाने के लिए नदी को पार करना होता था। उन्होंने यह भी बताया कि मन्त्री बनने के बाद उन्होंने अपने गाँव में पुल बनवा दिया था। इससे उनके गाँव के लोग बाज़ार, अस्पताल और बच्चे स्कूल जा सकते हैं। राष्ट्रपति द्रौपदी मुर्मू के शपथ ग्रहण से एक दिन पूर्व मीडिया चैनल एक स्टोरी दिखा रहा था जिसमें देश के अनेक राज्यों में बच्चे, स्त्रियाँ, पुरुष पानी लाने, बाज़ार जाने, बच्चे स्कूल जाने के लिए तेज़ बहती हुई नदी को एक बाँस पर चल कर पार करते हैं, क्योंकि उनके गाँव में नदी पार करने के लिए पुल नहीं है। चूँकि राष्ट्रपति आदिवासी समुदाय से हैं, इसलिए चैनल देश के आदिवासी इलाक़ों के जीवन को दिखा रहा था। एक तरफ़ एक आदिवासी स्त्री का राष्ट्रपति जैसे सर्वोच्च पद पर पहुँचना सत्ता में भागीदारी और शीर्ष पद पर नेतृत्व की स्वीकार्यता को दर्शाता है। वहीं दूसरी ओर अभी भी इसी समुदाय के लोगों का विकट जीवन स्थितियों में फँसे रहना है। दोनों तस्वीरें सच बोलती हैं। एक ओर आज़ाद देश के 'अमृत महोत्सव वर्ष' की तस्वीर है। दूसरी ओर सामाजिक उपेक्षा के शिकार दलित-आदिवासी का कोई चेहरा सर्वोच्च पद पर पहुँचता है तो वह संविधान और बाबा साहब डॉ. भीमराव अम्बेडकर के संघर्ष सहित अनेक महापुरुषों के योगदान की याद दिलाता है, जिनके अथक प्रयासों से समता, स्वतन्त्रता और बन्धुता का रास्ता खुला और विद्या-वित्त के अभाव में जिनके लिए रास्ते बन्द हैं; वे भी आज़ाद भारत की सच्चाई हैं। यहाँ कुछ उदाहरण आदिवासी समुदाय के दिये हैं मगर देश के बहुत बड़ी संख्या में दलित और स्त्रियाँ इसी तरह का जीवन जीने को मजबूर हैं जिन पर कभी चर्चा नहीं होती तो समाधान का प्रश्न ही नहीं उठता। ये चिन्तन-मनन के महत्त्वपूर्ण विषय हैं।

दलित स्त्री और उनकी रचनात्मकता को किसी कालखण्ड में बाँधना असम्भव है, क्योंकि दलित स्त्रियों और उनके लेखन को नज़रअन्दाज़ किया जाता रहा है। दलित स्त्री ही क्यों सम्पूर्ण दलित वर्ग और उनके साहित्य को हाशिये पर धकेल दिया जाता रहा है। तथाकथित प्रगतिशील, बुद्धिजीवी धाराओं को भी

जातिभेद कभी समस्या नहीं लगी। इसलिए उनके मुद्दों में आर्थिक समस्या रही जाति व्यवस्था नहीं, जबकि सच्चाई यह है कि जाति भेद ने दलित समुदाय की अस्मिता को कुचला है, जिसमें स्त्रियाँ भी शाामिल हैं। उन्हें मनुष्य का दर्जा तक नहीं मिला। यह सोच आज़ादी के अमृत महोत्सव वर्ष तक नहीं बदली है। दलित साहित्य की तरह दलित स्त्रियाँ भी अस्मिता के लिए संघर्षरत हैं।

देश का कोई भी कोना, क्षेत्र या गाँव क्यों इतना अधिक पिछड़ा हुआ रह जाता है? जहाँ मनुष्य को मनुष्य के जीने लायक आवश्यक संसाधनों के लिए जीवन दाँव पर लगाना मज़बूरी बन जाती है। आज़ादी के बाद विषमतादायी असन्तुलित विकास क्यों होता है? स्त्रियों के अस्तित्व की अनदेखी क्यों होती है? इन सारे प्रश्नों का सरोकार दलित और स्त्री से है। दलित-आदिवासी स्त्रियाँ जब लिखती हैं तब उनके समक्ष उनका समुदाय होता है। स्त्रीत्व से जुड़ी समस्याएँ या कहें पितृसत्तात्मक समस्याएँ भी मुँह बाये खड़ी हैं। उनकी कहानियों में जाति और पुरुष प्रधानता से जुड़े मुद्दे होते हैं जो दलित पुरुष लेखकों की कहानियों से उन्हें अलग करते हैं। वे स्त्री-पुरुष से ज़्यादा मनुष्य हैं। यह चेतना बाबा साहब डॉ. भीमराव अम्बेडकर के विचारों से मिलती है। न्याय, समता, स्वतन्त्रता अधिकार बोध से जुड़े प्रश्न कहानियों में मुखर हुए हैं। विविधता साहित्य और समाज दोनों के विकास के लिए आवश्यक है। दलित, आदिवासी स्त्रियों की रचनात्मकता से साहित्य और समाज को गति मिल रही है। पाठकों, शोधार्थियों के लिए एक ही पुस्तक में दलित स्त्री विषयक कहानियों को पढ़ना रोचक और ज्ञानवर्धक होगा। दलित कहानियों में चित्रित दलित पात्र इसी देश-दुनिया के पात्र हैं। नायक-नायिका भी इसी परिवेश के हैं।

कहानी और आत्मकथांश या संस्मरण में यह अन्तर होता है कि किसी एक व्यक्ति पर आधारित नहीं होती। समाज को ध्यान में रखकर पात्र गढ़े जाते हैं। मैं अपनी ही एक कहानी का उदाहरण देकर बात को आगे बढ़ा रही हूँ। मैंने जवाहरलाल नेहरू विश्वविद्यालय से **'नवें दशक की हिन्दी दलित कविता पर डॉ. अम्बेडकर का प्रभाव'** विषय पर एम.फिल. का शोध प्रबन्ध जमा किया ही था। वायवा की प्रतीक्षा थी। उसी दौरान पीएच.डी. के लिए हिन्दी दलित कथा साहित्य पढ़ना शुरू कर दिया था। शोध कार्य से थोड़ी राहत मिली तो मैंने भी कहानी में हाथ आजमाया। **'सुनीता'** शीर्षक से कहानी लिखी थी। लिख कर सबसे पहले डॉ. धर्मवीर को दिखाई थी क्योंकि उस समय उनका हमारे घर आना-जाना होता था। यह मेरी पहली कहानी थी। इसलिए घर आये बड़े आलोचक को कहानी

दिखाना स्वाभाविक था। उन्होंने उस वक़्त कोई प्रतिक्रिया नहीं दी थी। कहानी कैसे लिखते हैं यह मुझे ठीक से पता भी नहीं था, जो समझ थी, वही लिखा था। मैंने उस कहानी में मुख्य पात्र सुनीता को प्रधानमन्त्री बनते हुए दिखाया था। उस कहानी को पाठकों ने ख़ूब पसन्द किया था, क्योंकि उसी समय मायावती उत्तर प्रदेश में मुख्यमन्त्री बनी थीं। पाठक समीक्षक उस कहानी में मायावती का अक्स देख रहे थे। यह मेरी कल्पना की उड़ान थी। एक लड़की/स्त्री के संघर्षों को दिखाना मेरा उद्देश्य था। उसी दौरान घर (छात्रावास) पर साहित्यकारों की एक गोष्ठी हुई थी। युद्धरत आम आदमी की सम्पादक रमणिका गुप्ता भी घर आयी थीं। हाथ से लिखी **'सुनीता'** कहानी को श्यौराज ने रमणिका गुप्ता की ओर बढ़ाते हुए कहा था, 'मीनू ने यह कहानी लिखी है।' उन्होंने कहानी पढ़ी और अपने बैग में यह कह कर रख ली, 'मैं इसे छापूँगी।' दलित साहित्य के प्रति उनका रुझान बढ़ रहा था। वे दलित साहित्य को और दलित साहित्यकारों को समझने का प्रयास कर रही थीं। इसलिए दलित साहित्यकारों से मिलती-जुलती रहती थीं। वे उन दिनों युद्धरत आम आदमी का पहला दलित कहानी विशेषांक **'दूसरी दुनिया का यथार्थ'** निकालने की तैयारी कर रही थीं। कहानी में उन्होंने प्रधानमन्त्री वाले अंश को काट दिया था। मैंने पूछा भी था। वे बोलीं संघर्षशील लड़की का मन्त्री बनना अपने आप में बड़ी बात है। उसकी उड़ान पूरी हो चुकी है। अब प्रधानमन्त्री दिखाना ज़रूरी नहीं है। मैंने सहमति दे दी थी। जब यह सम्पादकीय लिख रही हूँ तो मेरे सामने सुनीता के रूप में संघर्ष करती दलित-आदिवासी लड़की/स्त्री की एक तरफ़ उड़ान और दूसरी तरफ़ एक कहानीकार की कल्पना में 'सुनीता' की उड़ान के रूप में राष्ट्रपति द्रौपदी मुर्मू को देखा जा सकता है। मैं अपनी कल्पना को साकार होता देख रही हूँ।

दलित कहानियाँ हों या स्त्री विषयक कहानियाँ हों। वे दो तरह की होती हैं। एक समाज के यथार्थ को यथावत दिखाती हैं। दूसरी ओर सामाजिक कटुता के यथार्थ का सामना करती हुई जीत की ओर बढ़ती हैं। इतिहास साक्षी रहा है। समाज में दलित नायक/नायिका पैदा होते रहे हैं। इतिहास में वे जातिवादी परत के नीचे दबे रह गये। दलित चेतना ने अपने नायकों/नायिकाओं को इतिहास में धूमिल पड़े पात्रों को पहचाना है। उदाहरण के लिए कुछ नामों का उल्लेख किया जा सकता है जो दलित साहित्य में ऊर्जा का स्रोत बनते रहे हैं। जैसे साबित्रीबाई फुले, रमाबाई, वीरांगना झलकारी बाई, ऊदा देवी के दलित समाज के विकास के लिए अलग-अलग तरह के योगदान रहे हैं। स्वामी अछूतानन्द की पत्नी दुर्गाबाई

ने तो सिरसागंज में 1915-1922 में विद्यालय खोलने में महत्त्वपूर्ण योगदान दिया था। वह विद्यालय चन्दा से चलता था। दुर्गाबाई ने अपने गहने बेच कर विद्यालय में लगा दिए थे। इतना ही नहीं स्वामी अछूतानन्द जी की बेटी शान्तिबाई उनके अख़बार का सम्पादन और कम्पोजिंग का कार्य करती थीं। अधिक काम करते हुए उनकी आँखें ख़राब हो गयी थीं। स्वामी जी को मजबूर होकर वह पत्र बन्द करना पड़ा था। यह त्याग भरी कहानी के सन्दर्भ **'पहली दलित शिक्षिका'** पुस्तक में देखे जा सकते हैं। एक ईमानदार दलित दृष्टि से ये सब समाज की सच्ची कहानियों की नायिकाएँ बख़ूबी देखी जा सकती हैं। दलित समाज के आन्दोलन में इनकी महती भूमिकाएँ रही हैं। ये वे नायिकाएँ थीं जो देश की मज़बूती और समानता, स्वतन्त्रता के लिए जानी जाती हैं। समाज ने इन्हें अछूत समझ कर इनके योगदान को कभी महत्त्व नहीं दिया। इन जैसी न जाने कितनी दलित नायिकाएँ वर्ण व्यवस्था की अँधेरी गुफ़ा में दफ़न हैं, जो इनके साथ और पीछे चल रही थीं। इन सबका दलित स्त्री लेखन और उनकी कहानियों से सरोकार जुड़ता है। इनके ऊर्जावान चरित्र हम स्त्रियों को ऊष्मा देकर समाज की समता, स्वतन्त्रता के संघर्ष के कार्यों को करने लिए प्रेरित करते हैं। भारतीय समाज अछूत और सछूत दो वर्गों में बँटा हुआ था। बँटा तो अभी भी है। उसका स्वरूप ज़रूर बदल गया है। दलित स्त्री ने दलित पुरुष के साथ अछूत होने का दंश झेला है। दूसरी तरफ़ ग़ैरदलित समाज जो अपने को सछूत कहता था। उसके खेमे में भी स्त्री थी। वह अछूत पुरुष समाज के साथ अछूत स्त्रियों को अपनी देहरी (दरवाज़े) के अन्दर प्रवेश नहीं कराती थी। आज सरकारी-ग़ैरसरकारी कितनी संस्थाओं में दलित स्त्री को प्रतिनिधित्व मिल रहा है? यह अपने आप में सर्वे का विषय है और जिनको मिला है क्या उन्हें इन अछूत बहनों की चिन्ता है? यदि उन्हें उचित और समान प्रतिनिधित्व स्वेच्छा से नहीं मिलेगा तो दोनों के बीच खाई और गहरी होती जायेगी, जो किसी भी देश की सामाजिक सौहार्द के लिए अच्छा नहीं है। विकास सम्पूर्णता में होता है। कुछ जातियों, वर्गों को अवसर मिलें, कुछ के अवसरों को रोकने के नीतियाँ बनती रहें और चुप्पी भी बनी रहे, जैसा कि समाज में दलितों और उनकी स्त्रियों के प्रतिनिधित्व के सवाल पर चुप्पी रहती है या किन्तु परन्तु करते विरोध के स्वर सुनाई देते हैं। दलित स्त्री वाद इन सवालों से लगातार टकराता रहा है। यह उसकी चिन्ता है और समाधान के रास्ते ढूँढ़ने का प्रयास भी।

दलित स्त्री अस्पृश्यता उपेक्षा और अपमान अपने पुरुष समाज की तरह ही झेल रही है। शिक्षा से वंचित वह भी रही है। ग़रीबी का सामना सबसे ज़्यादा उसने ही किया है। स्त्री भी उसी के साथ बाँट दी गयी। यह भेद मात्र शाब्दिक नहीं है। इतिहास में बँटा समाज आज भी सहज पहचाना जा रहा है। शिक्षा, साहित्य, संस्कृति, ज्ञान, विज्ञान, व्यापार, राजनीति, निजी संस्थाओं, शासन-प्रशासन इत्यादि क्षेत्रों में दलित स्त्री को उसका प्रतिनिधित्व नहीं मिल सका है। इस वर्ग को आज़ादी का लाभ शतांश ही मिला होगा। दलित स्त्री को उससे भी कम, बल्कि उसकी जाति का बड़ा हिस्सा इन प्रश्नों पर सोचने-समझने की चेतना से भी बहुत दूर है या कहें वह इस तरह के भँवर में फँसी है कि इन प्रश्नों पर सोचने की ताक़त ही उसके पास नहीं है। बाबा साहब डॉ. भीमराव अम्बेडकर ने उनकी मुक्ति का रास्ता शिक्षा बताया था और 'अंग्रेज़ी भाषा को शेरनी का दूध' कहा था। आज अंग्रेज़ी माध्यम की शिक्षा व्यावसायिक हो गयी है। दलितों की बहुत बड़ी आबादी महँगी और क्वालिटी शिक्षा लेने की क्षमता नहीं रखती है। यह चिन्ताजनक बात है। कुछ दलित लेखिकाएँ और लेखक इन प्रश्नों को अपनी कहानियों में उठा रहे हैं। निरन्तर इन पर विमर्श होना चाहिए। समाधान का रास्ता तभी प्रशस्त होगा।

अब सवाल यह है कि देश की बाकी स्त्रियों से इनकी स्थितियाँ-परिस्थितियाँ विकट क्यों बनी हुई हैं? उन कारणों को ढूँढ़ना होगा और उनका निराकरण भी करना होगा, जिससे दोनों वर्गों में बहनापे की मिठास कम न हो। यूँ तो यह वैचारिक पुस्तक नहीं है, मगर कहानी में गुँथ कर विचार आता ही है। समाज का दिग्दर्शन भी कराता है। इसलिए मुझे लगता है कि प्रस्तुत संकलन **'दलित स्त्री केन्द्रित कहानियाँ'** में संकलित कहानियाँ कुछ इसी तरह के सवालों से मुठभेड़ करती हुई दिखाई देंगी। हमने प्रस्तुत कहानी संकलन का सम्पादन यही सोच कर किया है कि पाठक जान सकें कि दलित लेखक/लेखिकाएँ दलित स्त्री की स्थितियों को किस तरह महसूस कर रहे हैं और उन्हें स्वयं अपने बारे में अपनी बहनों, बेटियों के भविष्य को कथा के रूप में क्या दे रहे हैं? साथ ही दलित पुरुष कथाकार की दलित स्त्री केन्द्रित कहानियों को भी हमने स्थान दिया है ताकि पाठक एक ही पुस्तक में स्त्री-पुरुष रचनाकारों की कहानियों को पढ़ कर उनकी संवेदनाओं से जुड़ सकें। विषयों को समझ सकें जो समाज के विकास के लिए ज़रूरी है। साहित्यिक रचनाएँ समाजशास्त्र भी होती हैं और इतिहास की झलक भी दिखाती हैं। दलित स्त्री-पुरुष कथा लेखक एक-दूसरे के पूरक भी

तो हो सकते हैं। वैसे भी स्त्री का पुरुष से कभी मतभेद नहीं रहा है। विरोध है तो पुरुष की पुरुषवादी मानसिकता से है। उसके साथ जुड़ी ग़ैरबराबरी से है। स्त्री को मात्र भोग्या और कमज़ोर समझने वालों की मानसिकता से है। देश की संसाधन और सम्पदा पर वह पुरुष के समान अधिकार चाहती है। वह पुरुष के समान ही मनुष्य है। उसे भी मनुष्य और समान माना जाये। समानता और विकास के अवसरों से स्त्री मानकर उसके अवसरों को सीमित करने की मानसिकता का विरोध करती हैं दलित स्त्री विषयक ये कहानियाँ। इन कहानियों में उसकी मुक्ति के ये सवाल देखने को मिलेंगे। समकालीन बहसों में दलित विमर्श ने अपनी एक विशिष्ट पहचान बनाई है। दलित साहित्य अपनी विभिन्न विधाओं में समाजशास्त्रीय दस्तावेज़ बनकर उभरा है। दलित कहानियाँ भी इससे अछूती नहीं हैं। इन प्रगतिशील क़दमों के साथ ही साथ अब दलित साहित्य की सैद्धान्तिकी पर भी विचार-विमर्श करना होगा, क्योंकि दलित साहित्य की सशक्त पहचान उसके यथार्थपरक अभिव्यक्ति और भोगे हुए सामाजिक यथार्थ से है। यह कल्पना और मनोरंजन की ख़याली दुनिया से कोसों दूर है। अब प्रश्न उठना लाज़िमी है कि क्या दलितों द्वारा लिखा जा रहा सब कुछ दलित साहित्य की श्रेणी में आता है। हमें ध्यान रखना होगा कि दलित साहित्य की आधारभूमि क्या है? जिस पर आधारित साहित्य को ही दलित साहित्य की श्रेणी में रखें। इधर कुछ वर्षों से अम्बेडकरवादी साहित्य की चर्चा होने लगी है। इस विषय पर मैंने बहुत सोचा और मैं इस निर्णय पर पहुँची हूँ कि क्या कोई दलित साहित्य अम्बेडकरवादी विचारधारा से मुक्त होकर दलित साहित्य हो सकता है? इस प्रश्न का इतना सा जवाब मिलता है कि दलित साहित्य से यदि अम्बेडकरी विचार निकाल दिया जाये तो वह दलित साहित्य है ही नहीं। वह हिन्दी का प्रगतिवाद, प्रयोगवाद की तरह सवर्ण साहित्य ही होगा। इसलिए इस तरह के वाद-विवाद का कोई मतलब नहीं होता है। चर्चा के लिए इस तरह की खुराफातें होती रही हैं और होती रहेंगी। दूसरी बात यह है कि हाँ शब्दों के प्रतिबन्ध जैसी मजबूरियाँ यदि सामने आती हैं तो विकल्प के रूप में यह बहस चलाना उचित हो सकता है। यह नहीं हो सकता कि उनका दलित साहित्य है और हमारा अम्बेडकरवादी। हाँ, यह वस्तुगत रूप से सही होगा कि दलित लेखक को बाबा साहब डॉ. अम्बेडकर के अध्ययन और चिन्तन से गुज़र कर बात करनी चाहिए। संस्थागत या स्वतन्त्र रूप से उनके लेखन और चिन्तन के प्रभाव पर शोध करना चाहिए। एक अम्बेडकरवादी को जानना और बताना चाहिए कि साहित्यिक विधाओं पर उनका क्या और

कैसा प्रभाव है? दलित साहित्य की अम्बेडकर पूर्व भी एक पृष्ठभूमि है जिसे स्वयं डॉ. अम्बेडकर लेकर चलते हैं। गौतमबुद्ध, कबीर, रैदास, नन्दनार, चोखा मेला, महात्मा ज्योतिबा फुले आदि की लम्बी पृष्ठभूमि है। यहाँ तक कि स्वामी अछूतानन्द को भी वे अपना आदर्श मानते थे। स्वामी अछूतानन्द **'आदि हिन्दू आन्दोलन'** के प्रणेता हैं जिससे मूलनिवासी होने की अवधारणा जुड़ी है। दलित साहित्य के इस व्यापक परिदृश्य को नकार कर केवल अम्बेडकरवाद की बात करना स्वयं को संकुचित करना है। ध्यान देने की बात यह भी है कि भारत का वर्ण साहित्य कभी स्वयं को वर्णवादी या मनुवादी अथवा चन्द ब्राह्मणों का साहित्य नहीं कहता। वह सबका साहित्य कहता है। दरअसल दलित साहित्य सबका साहित्य है। यह अलग बात है कि यह भोगे हुए यथार्थ, शोषित, पीड़ित, उपेक्षित, वंचित और अस्पृश्य भारतीयों की ओर से आया है। उनके अनुभवों पर आधारित है, परन्तु यह सम्बोधित सारे विश्व की सम्पूर्ण मानव सभ्यता और संस्कृति को है। दलित कथा साहित्य में भटकाव के ख़तरे अधिक हैं क्योंकि यहाँ आत्मकथा जैसी प्रामाणिकता या कविता जैसी भाव संवेदना की अनिवार्यता नहीं बल्कि इनका मिलाजुला रूप देखने को मिलता है। दलित साहित्य की आधारभूमि में बुनियादी रूप से कुछ बिन्दुओं का होना आवश्यक है। पहला बिन्दु है कि लेखन में दलित समाज का संघर्ष शामिल हो। यहाँ लेखन में रचनाकार के माध्यम से उसके पूरे दलित समाज का स्वर अभिव्यक्ति पाता है। ज़रूरी है कि लिखा हुआ साहित्य केवल आत्मश्लाघा बनकर न रह जाये। दूसरी बेहद ज़रूरी बात है कि दलित लेखन में अम्बेडकरवादी विचारधारा और ऐतिहासिक दलित आन्दोलन की अनुगूँज लेखन में बनी रहनी चाहिए। हमारे लेखन का उद्देश्य क्या है? दलित स्त्रियों को भी अपने लक्ष्य साधने होंगे। हिन्दी दलित कथा लेखन के माध्यम से लेखक दलित समाज के जिस सच और संसार से पाठक को अवगत कराता है उसका उद्देश्य जातिविहीन समाज और मनुष्यता के निर्माण की ओर समाज को आगे बढ़ाना है। फिर इसी दलित कथा साहित्य के भीतर से दलित स्त्री की कहानी भी निकलेगी, वह भी अपना स्वरूप मजबूती से स्थापित करेगी। तो दलित लेखन में दलित स्त्री के साथ बर्ताव पर भी ध्यान देना होगा और उसके संघर्षशील मुद्दों को भी शामिल किये जाने की ज़रूरत है। आज जब दलित स्त्रियाँ अपनी तमाम ज़िम्मेदारियों के बीच क़लम उठा कर अपना और अपने पूरे समाज का स्वर उभार रही हैं तो ज़रूरत उसे कान लगा कर सुनने, समझने और अमल में लाने की है।

प्रस्तुत दलित स्त्री केन्द्रित कहानी संकलन इस दिशा में हमारा एक प्रयास है। पाठकों को संग्रह की कहानियाँ पढ़ते हुए इन बिन्दुओं को तो कहानी में देखना ही चाहिए और आशा है कि वे कुछ अन्य ज़रूरी बिन्दुओं की भी तलाश करें। दलित स्त्रियाँ अपनी कहानियों में अपनी और अपने समाज की समस्याओं, शोषण के स्तर और संघर्ष की अभिव्यक्ति कर रही हैं तो वहीं दूसरी ओर दलित पुरुष लेखक उनके शोषण और संघर्ष को किस रूप में अपनी कहानियों में उठा रहे हैं, यह देखना महत्त्वपूर्ण है। ये कहानियाँ अपने समय और समाज की नब्ज़ को पकड़े हुए हैं। पाठक, लेखक और शोधार्थी सभी के लिए यह संग्रह इस दृष्टि महत्त्वपूर्ण होगा। आप कहानियों को पढ़ते हुए ख़ुद उसे महसूस करेंगे और उसमें शामिल चेतना को अपना हिस्सा बनाएँगे ही लेकिन फिर भी सभी कहानियों पर एक संक्षिप्त चर्चा करना अपरिहार्य है।

मोहनदास नैमिशराय की कहानी **'यात्रा'** में आदिवासी-दलित स्त्री मुरिया के माध्यम से उसकी जीवन यात्रा को बड़ी मार्मिकता के साथ दर्शाया गया है। जल-जंगल और ज़मीन के मुद्दों के साथ ही दलित, आदिवासी स्त्री की शारीरिक-सामाजिक असुरक्षा, यौन हिंसा तथा आर्थिक संकट को कहानी प्रमुखता से पाठकों तक पहुँचाती है।

जयप्रकाश कर्दम की कहानी **'पगड़ी'** दलित स्त्री की ज़िम्मेदारियों को साझा करने के साथ ही समाज में उसके हिस्सेदारी के प्रश्नों को भी बख़ूबी व्यक्त करती है। दलित स्त्री घर के बाहर जाति व्यवस्था तो वहीं घर के भीतर पितृसत्ता की संरचनाओं से जूझते हुए कठिन परिश्रम और संघर्ष करती है। 'पगड़ी' प्रतीक है, परिवार-समाज में हिस्सेदारी और सम्मान की।

प्रहलाद चन्द दास की कहानी **'कजली'** दलित स्त्री के शारीरिक और सामाजिक शोषण की बहुस्तरीय सूक्ष्म संरचनाओं का विश्लेषण करती है। कहानी रोचक ढंग से आगे बढ़ते हुए 'कजली' के मज़बूत चरित्र को उभारती है। शुरुआत में वह अपनी विपरीत परिस्थितियों में शारीरिक शोषण का शिकार बनती है, लेकिन आगे चल कर वह अपनी देह को ही अपना हथियार बनाकर संसाधनों पर अपनी हिस्सेदारी तय करती है। उसका चरित्र तब और अधिक निखर कर आता है जब वह अपनी इस सम्पत्ति से गाँव की दूसरी दलित बच्चियों का भविष्य कजली जैसा नहीं बनने देती है। अपनी-थोड़ी सी ज़मीन पर वह दलित समाज को सामूहिक खेती के लिए प्रोत्साहित करके सामूहिक श्रम और स्वावलम्बन का मार्ग प्रशस्त करती है।

सूरजपाल चौहान की कहानी **'चोट'** दलित स्त्री पर सामाजिक दबावों के साथ ही उनकी असुरक्षा पर भी बात करती है। दलित स्त्रियों का अधिकांश प्रतिशत असंगठित क्षेत्रों में काम करता है, लेंकिन इसके साथ ही संगठित और सार्वजनिक स्थलों पर भी उन्हें असुरक्षित माहौल ही मिलता है। वे शोषण का सबसे आसान शिकार बनती हैं। कहानी में रज्जो को अफ़सर अपने झूठे प्रेमजाल में फँसाता है। जैसे ही यह वास्तविकता रज्जो के सामने आती है उसके अन्तर्मन पर गहरी चोट लगती है। लेकिन इस चोट को वह केवल अपने भीतर ही नहीं रखती बल्कि एक घातक प्रहार करके अफ़सर को भी चोट पहुँचाती है।

सुशीला टाकभौरे की कहानी **'कड़वा सच'** दलित स्त्री के रचनात्मक संघर्ष को बारीकी से बयाँ करती है। दलित स्त्री के शोषण की संरचना जटिल है तो वहीं उसका संघर्ष भी बहुआयामी है। कहानी में दलित महिला कहानीकार के सामने आने वाली चुनौतियों को दर्शाया गया है। दलित स्त्री जब क़लम उठाती है तो वह केवल अपना ही जीवन नहीं लिखती, बल्कि अपने माध्यम से अपने पूरे समाज और दलित स्त्रियों के शोषण और संघर्षों को भी दर्ज़ करती है। इसलिए उनका लेखन वर्चस्वपरक मानसिकता का प्रतिरोध, समानता, बदलाव और मुक्ति का साधन है। कहानी के माध्यम से दलित स्त्री लेखन की इस सामाजिक प्रतिबद्धता को लेखिका ने प्रभावशाली ढंग से दर्शाया है।

'हाथ तो उग ही आते हैं' कहानी में श्यौराज सिंह 'बेचैन' ने महानगरों की चकाचौंध और तथाकथित सभ्यता की पूँजीवादी व्यवस्था के बीच कामकाजी मज़दूर दलित स्त्री की समस्याओं को बड़े मार्मिक ढंग से प्रकट किया है। कहानी की पृष्ठभूमि में दंगों की राजनीति और दलितों पर होने वाले अत्याचारियों की विद्रूप मानसिकता को भी उजागर किया है। दंगों में पति को खो कर रुक्खो को पेट भरने के लिए घरों में साफ़-सफ़ाई का काम तो मिलता है मगर मालकिन की लापरवाही के चलते उसके इकलौते बेटे के दोनों हाथ कट जाते हैं। यहाँ रुक्खो और उसके बेटे के प्रति पाठक का मन जहाँ करुणा से भर उठता है वहीं इन परिस्थितियों के लिए उत्तरदायी व्यवस्था के प्रति विद्रोह का भाव भी जन्म लेता है।

सुमित्रा महरौल की कहानी **'प्रतिकार'** अत्याचार एवं अपमान के प्रतिकार की कहानी है। संविधान प्रदत्त अधिकारों के द्वारा ही कहानी में अपमान का प्रतिकार किया गया है। कहानी शहरों में सभ्यता का दम्भ भरते पढ़े-लिखे और

आर्थिक रूप से सम्पन्न तबके के बीच भी जातिवादी सोच की विद्रूपताओं को सामने लाने में सफ़ल है।

हरिराम मीणा की कहानी **'अमली'** आदिवासी-समुदाय की नटिनी अमली की वीरता और कौशल की कहानी है। दलित आदिवासी घुमन्तू नायक-नायिकाओं को इतिहास के पन्नों से एक बड़ी साज़िश के चलते उपेक्षित किया गया है। समाज में लड़कियों को बचपन से यह सिखाया जाता है कि वे कुछ नहीं कर सकतीं लेकिन अमली अपनी बहादुरी, कौशल और पक्के इरादों से ख़ुद को साबित करती है। राजा द्वारा उसे रस्सी पर चलकर तय दूरी करने पर आधा राज्य देने की चुनौती मिलती है। बहादुर अमली निर्भिकता से स्वीकार करती है। वह इस चुनौती को जीत भी जाती पर रानी षड्यन्त्र से रस्सी को कटवा देती है और इस धोखे से अमली मारी जाती है। सामन्ती शासकों का धूर्ततापूर्ण व्यवहार तो सबके सामने आ जाता है, पर अमली मर कर भी अमर हो जाती है। इतिहास में दलित नायक-नायिकाओं की शौर्यगाथाओं का ज़िक्र नहीं मिलता है। कहानी बड़ी मज़बूती से इतिहास की इन साज़िशों से परदा उठाने में सफ़ल हुई है।

कैलाश वानखेड़े की कहानी **'महु'** प्रतीकात्मक शीर्षक, रोचक शिल्प से और अपने गहरे सरोकारों से पाठक को संजीदगी से विचार करने के लिए जोड़ती है। कहानी दलित युवाओं की सांस्थानिक हत्या बनाम आत्महत्या जैसे बेहद ज़रूरी मुद्दे की ओर हमारा ध्यान आकृष्ट करती है। कहानी की नायिका प्रज्ञा शैक्षिक संस्थान में अपने साथ हो रहे तमाम जातिगत भेदभावों के बावजूद आत्महत्या का नहीं बल्कि संघर्ष का रास्ता चुनती है।

'नयी धार' कहानी में अनिता भारती ने दलित स्त्रियों की राजनीतिक प्रतिभागिता को दिखाने का प्रयास किया है। कहानी दलितों के विरुद्ध होने वाले अत्याचारों पर ग़ैरदलितों की चुप्पियों की पहचान कराती है। विचारों की प्रेरणा ही 'नयी धार' है।

'कर का मनका डारिके' कहानी में हेमलता महिश्वर स्त्री विमर्श के प्रश्नों और स्त्री-सशक्तीकरण जैसे मुद्दों में दलित स्त्री के प्रश्नों की साझेदारी पर संवेदना जगाती है। कहानी इस ओर भी ध्यान दिलाती है कि शिक्षित और स्त्री विमर्श से जुड़ी ग़ैरदलित स्त्रियाँ दलित समाज से आज भी दूरी बनाये हुए हैं।

अजय नावरिया की कहानी **'इज़्ज़त'** दलित नायिका उषा के सामूहिक बलात्कार के बाद भी उसके उठ खड़े होने और लड़ने के जज़्बे को दर्शाती है।

कहानी स्त्रियों के सम्बन्ध में 'इज़्ज़त' के परम्परागत अर्थ और रूढ़िगत आयाम को बदलती है।

'छोटी बहू' कहानी में रजनी दिसौदिया घर के भीतर महिलाओं के संसार और उनके मन की गहरी पैठ को बड़ी बारीकी से प्रस्तुत करती हैं। महिला सशक्तीकरण के गहरे दम्भ भरते हुए हम अक्सर ग्रामीण, अशिक्षित, घरेलू या किसानी-मज़दूरी में लगी दलित स्त्री की चिन्ता और सरोकारों को भूल जाते हैं। कहानी बहुत सशक्त माध्यम से पति की मृत्यु के बाद घर सँभालती बुआ और उनकी बहुओं के सशक्त चरित्र, मेहनत और सरोकारों के विभिन्न आयामों से उपेक्षित संरचनाओं पर ध्यान केन्द्रित करती है।

रजनी तिलक की कहानी **'बेस्ट ऑफ करवाचौथ'** दलित समाज के ईद-गिर्द पितृसत्तात्मक ढाँचे की न केवल पहचान करती है बल्कि उसे तोड़ती हुई भी प्रतीत होती है।

सूरज बड़त्या की कहानी **'गुफाएँ'** भारतीय समाज की जटिल संरचनाओं में जाति के कठिन प्रश्नों को गम्भीरता से उठाती है। समानता और अम्बेडकरवादी विचारों की सदा पैरवी करने वाले पिता बेटी के सम्बन्ध में सामन्ती व्यवहार को अपना लेते हैं। उन्हें उपजातियों की बात तो दूर 'चमार-जाटव' का विवाह सम्बन्ध स्वीकार्य नहीं। उन्हें लगता है वे समाज में अपनी प्रतिष्ठा खो देंगे। इस तरह यह कहानी अनजाने में दलित-समाज की ऐसी तस्वीर दिखाती है जो दलित अँधेरी गुफाओं में फँसे हैं। जहाँ समानता की रोशनी पहुँचना कठिन है। वहाँ अँधेरे में मुक्ति का मार्ग भी भटकाव से भरा हुआ है। इस कहानी में प्रेरक बिन्दु यह है कि नायिका के रूप में दलित समाज की नयी पीढ़ी स्वस्थ समाज बनाने की राह पर निकल चुकी है।

कौशल पंवार की कहानी **'हार गयी ज़िन्दगी'** देश भर में दलितों पर हो रहे अत्याचारों की ओर हमारा ध्यान आकर्षित करती है। दलित बस्तियों में आग लगाने की सूचना से अख़बार आये दिन भरे रहते हैं। सवर्ण समाज की ज़्यादतियों का शिकार बन कर कई दलित ज़िन्दगियाँ दम तोड़ देती हैं और ज़िन्दगी से हार जाती हैं। इस कहानी के माध्यम से समाज के एक यथार्थ को दिखाने का प्रयास किया गया है।

टेकचन्द **'ए.टी.एम.'** कहानी के माध्यम से दलित स्त्रियों के आर्थिक रूप से जुड़े सवालों उठाते हैं। पढ़ी-लिखी नौकरीशुदा बहू के घर वाले उसका ए.टी.एम. लेने और उसकी कमाई का हिसाब देने का दबाव डालते हैं।

इन्हीं प्रश्नों को बख़ूबी उठाया गया है। कहानी के अन्त में उसका दृढ़ निर्णय 'मैं मर-मर के कमाऊँ और कमाई पर मेरा हक भी नहीं...' स्त्री के आर्थिक मोर्चे पर संघर्ष को बख़ूबी बयाँ करती है।

पूरन सिंह की कहानी **'अरथी'** दलित समाज में उस शिक्षित युवा वर्ग की कड़वी वास्तविकता को दर्शाती है जो अपने ग़रीब माता-पिता की जी-तोड़ मेहनत और संघर्ष से पढ़-लिखकर ऊँची नौकरी हासिल करके झूठी शान-शौकत और दिखावे के चक्कर में दोबारा अपने माँ-बाप, समाज की ओर पीछे मुड़कर नहीं देखना चाहते।

नामदेव की **'चरिता'** कहानी दलित स्त्री के शिक्षित और आत्मनिर्भर बनने की संघर्षगाथा है। कठिनाइयों को पार करते हुए पितृसत्तात्मक मानसिकता से संघर्ष करती दलित स्त्री के संघर्ष, सपनों और हौसले की कहानी है।

'सरोगेट मदर' कहानी समाज और व्यवस्था के बहुत से अनछुए पहलुओं से हमें वाकिफ़ कराती है। कहानी में सरोगेसी यानी किराये की कोख से बच्चे के जन्म की प्रक्रिया और उससे जुड़ी समस्याओं, इसके व्यवसायीकरण और भारतीय समाज में उसके दुष्प्रभाव को उठाया है। विज्ञान की नयी तकनीक और व्यावसायिक दुनिया में ग़रीब और दलित स्त्री मात्र वस्तु बन कर रह जाती है। कहानी में संवेदनात्मक और भावनात्मक लगाव के प्रश्न और उनके बीच आने वाली समस्याओं को भी उठाया गया है।

'उमा चली गयी दिल्ली' कहानी में सुनीता देवी ने दलित समाज में शिक्षित दलित स्त्री के महत्त्व को रेखांकित किया है। दलित स्त्री शिक्षित और आत्मनिर्भर बन कर केवल अपने परिवार की ही नहीं, बल्कि अपने समाज और राष्ट्र की प्रगति में भी सक्रिय भागीदारी निभाती है। प्रस्तुत कहानी दलित स्त्री को शिक्षित और स्वावलम्बी होने के साथ-साथ सामाजिक रूढ़ियों को तोड़ कर एक स्वस्थ समाज निर्माण की प्रतिबद्धता प्रकट करती है।

दीपा की कहानी **'जीत'** दलित स्त्री के जज़्बे, हौसले और अन्याय के विरुद्ध मुखर होकर संघर्ष करने और उसमें जीत हासिल करने की कहानी है। कहानी सन्देश देती है कि शिक्षित, चेतना सम्पन्न दलित स्त्री अब अपने अधिकारों के लिए संघर्ष करने से पीछे नहीं हटेगी।

वन्दना की कहानी **'नालियाँ'** में मुख्य पात्र नविता और उसके परिवार के संघर्ष की झलक देखी जा सकती है। उच्च शिक्षा हासिल करने वाली नविता एक ऐसी लड़की है जो स्वप्न भी देखती है और उन्हें साकार भी करती है।

गाँव में रहने वाली माँ और भाई के साथ मिल कर दो कमरे का एक घर बनाने की कोशिश करती है, जो एक कच्ची कोठरी में रहते हैं। नविता अपनी माँ और भाई के साथ मज़दूरों का काम करते हुए घर बना लेते हैं मगर उसके घर की नाली निकलने की मुख्य समस्या है। पण्डित जोगेश्वरी दुबे की बेटी रानी गालियाँ बक रही थी, "ई दिन आय गवा कि लौहार-फौहारे के हिंआ का गन्दा पानी हमरे वारी के बहि।" नविता का पक्के घर में रहने का स्वप्न भरभरा कर गिर जाता है। इस तरह यह कहानी समाज की जातिवादी मानसिकता का नंगा चेहरा दिखाती है।

कहानियों के संकलन और प्रूफ़ पढ़ने में डॉ. वन्दना का सहयोग रहा साथ ही इस संकलन का एक प्रूफ़ डॉ. घनश्याम की नज़रों से भी गुज़रा। इसके लिए दोनों अध्येताओं का धन्यवाद। डॉ. श्यौराज सिंह बेचैन के महत्त्वपूर्ण सुझाव पूर्ववत की भाँति हमें मिले, मगर अपनों का धन्यवाद करना उनके क़द को छोटा करना होता है लेकिन कृतज्ञता तो व्यक्त की जा सकती है। **'दलित स्त्री केन्द्रित कहानियाँ'** संकलन में संकलित सभी कहानीकारों का विशेष धन्यवाद। उन्होंने सहर्ष कहानियाँ हमें उपलब्ध करवायीं। वाणी प्रकाशन का भी आभार उन्होंने इसे प्रकाशित किया।

अब आशा है कि संग्रह की कहानियों को पढ़ते हुए आप इस बातचीत को आगे बढ़ायेंगे। पाठकों, समीक्षकों के विचारों का तहे दिल से स्वागत है।

सम्पादक

रजत रानी मीनू

वसुन्धरा, ग़ाज़ियाबाद, (उत्तर प्रदेश)

सितम्बर 2022

मोबाइल-9911043588

ईमेल-rajatranimeenu@gmail.com

अभी बात बाकी है...

अभी हाल ही में अख़बारों के हवाले से कोविड काल की वजह से भारतीय महिलाओं पर पड़ने वाले प्रभावों को पढ़ रही थी। अध्ययन में यह पाया गया कि भारतीय शहरी महिलाओं पर इसके बहुत से दुष्प्रभाव पड़े हैं। पहले से ही महिलाएँ लिंग आधारित असमानता का सामना करती हैं। कोविड के प्रभावों के चलते उन्हें आर्थिक, मानसिक दोहरे बोझ को झेलना पड़ा। इस अध्ययन को पढ़ने के दौरान ही यह विचार कौंधा कि इन अध्ययनों में दलित स्त्री की बात कहाँ हैं? कोविड के दौरान और बाद के जिन प्रभावों की यहाँ चर्चा की जा रही थी, उसे तो दलित महिलाएँ सदियों से झेलने को मज़बूर हैं। लैंगिक असमानता के साथ-ही-साथ जातिगत भेदभाव के चलते वे सदियों से सामाजिक बहिष्कार झेल रही हैं। सामाजिक दूरी की अवधारणा आपको कोविड काल में समझ आयी होगी पर भारतीय सामाजिक संरचना में तो दलित वर्ग के लिए सदा से यह व्यवहार में लाया गया है। पर अपने ही देश में जाति का दंश झेलते अमानवीय व्यवहार और इस मानसिकता पर हम बात नहीं करना चाहते। दलित स्त्री का शोषण और संघर्ष बहुस्तरीय है। स्त्री होने के नाते पितृसत्ता हमेशा उसके आड़े आती है पर यह राह तब और भी कठिन हो जाती है जब उसकी पितृसत्ता के साथ ही साथ जातिवादी मानसिकता से भी मुठभेड़ होती है। सामाजिक, शैक्षिक और आर्थिक पिछड़ेपन के चलते दलित स्त्री शोषण का आसान शिकार बनती है। सवाल उठता है कि संवैधानिक मान्यता और आज़ादी मिलने के इतने वर्षों बाद भी दलित स्त्री की दशा में सुधार क्यों नहीं हुए? आज़ादी और संवैधानिक अधिकारों का अर्थ दलित स्त्री के लिए क्या है? क्या वे इन्हें अब भी प्राप्त कर पायी हैं? दलित स्त्री की सामाजिक भागीदारी की स्थिति क्या है? क्या उसे समाज में उचित स्थान मिला भी है या नहीं? जिस आज़ादी के लिए वे भी साथ चली थीं उसमें अब वे कहाँ हैं?

सामाजिक दृष्टि से देखा जाये तो वे आज भी मनुष्यता से कई दर्ज़े नीचे का जीवन जीने को मज़बूर हैं। पितृसत्ता, सामन्ती मानसिकता और जातीय एवं जेंडर आधारित पूर्वाग्रहों से भरे समाज में उसके शोषण की शृंखला जारी है। शिक्षा जो दलित स्त्री मुक्ति का सबसे सशक्त माध्यम है वहाँ भी उसकी स्थिति हाशिये की बनी हुई है। आर्थिक क्षेत्र में पिछड़ापन और भूख, दलित स्त्री को निरन्तर संघर्षशील रहने को मजबूर करते हैं। वे श्रम से अर्जित सम्मान और प्रतिष्ठा तथा मानवीय गौरव से अब भी वंचित हैं। असुरक्षित और असंगठित स्थलों पर काम करते हुए वे हिंसा का आसान शिकार बनती हैं। शिक्षित और उच्च पद पर कामकाजी शहरी दलित स्त्रियों की भी समस्या का स्वरूप थोड़ा अलग हुआ है पर उन्हें भी अपने कार्यस्थल और सामाजिक परिवेश में शोषण और उत्पीड़न के सभ्य और सूक्ष्म तरीक़ों से टकराते हुए चुनौतियों के बीच ख़ुद को साबित करते रहना पड़ता है।

अब प्रश्न उठता है कि दलित स्त्री लेखन क्यों ज़रुरी है? यह लेखन अन्य स्त्री लेखन से क्यों भिन्न है? दलित स्त्री लेखन ने अपनी अस्मिता और उनसे जुड़े मुद्दों को गहराई से सामने रखा है। दलित स्त्री अपने लेखन के माध्यम से परिवार के भीतर पितृसत्ता तो परिवार के बाहर जातिवादी संरचना से टकराती है। उनके लिए लेखन का रास्ता आसान नहीं है। सामाजिक पूर्वाग्रहों के चलते अपने लिए बनी रूढ़िवादी पहचानों और रास्तों को अपने लेखन की धार से वे निरन्तर ध्वस्त कर रही हैं। अपने लेखन में अपनी पहचान स्थापित करती हुई वे अपनी कई पीढ़ियों के शोषण और संघर्ष को भी स्वर दे रही हैं। इनके लेखन में समस्या ही नहीं, उनसे लड़ने का साहस और हौसला भी आपको प्रभावित करेगा। दलित स्त्री लेखन की यह विशेषता है कि यहाँ शोषण की पहचान तो है ही साथ ही उससे मुठभेड़ का संघर्ष भी। गिरने का दर्द है तो अपनी सारी ऊर्जा को समेटकर उठ खड़े होकर घायल मुट्ठियों का तनाव भी। भूख से बिलखती आवाज़ें हैं तो सबका पेट भरने की चिन्ता भी। अपनी पिछली पीढ़ियों में दादी, नानी, आजी, माँ का दुःख, पीड़ा और जातिवादी उत्पीड़न का दर्द है तो उस पर उनका लेखन-मरहम लगे हाथों से देख-सँभाल करता आने वाली पीढ़ियों के लिए समतावादी, संवैधानिक बराबरी का समाज निर्माण और स्वस्थ जीवन मूल्यों की कामना भी। यहाँ शोषण के सभ्य होते सूक्ष्म तरीक़ों की पहचान है तो उनसे निपटने की उपलब्धियाँ भी। और दलित स्त्री लेखन का सबसे बड़ा जोख़िम और साहस यह भी है कि वे परिवार के भीतर से लेकर बाहर समाज तक में मौजूद

तमाम वर्चस्वकारी संरचनाओं से टकराती हैं। इस टकराहट में भी उनके लेखन में आप ध्वंस की कामना नहीं देखेंगे। वे परिवार की संस्था को नष्ट करने या उससे अलग होने की बजाय उनमें सकारात्मक बदलाव की पक्षधर हैं। समाज के भेदभावपूर्ण व्यवहार के बावजूद उनके लेखन में घृणा नहीं समाज के प्रति गहरी संवेदनशीलता लेखन के केन्द्र में हैं।

प्रस्तुत दलित स्त्री केन्द्रित कहानी संकलन में दलित स्त्री केन्द्रित मुद्दों और समाज में उनके सरोकारों को समझा जा सकता है। संकलन की यह विशेषता है कि यहाँ पुरुष लेखकों की भी दलित स्त्री केन्द्रित कहानियों को शामिल किया गया है। वास्तव में संघर्ष और मुक्ति के रास्ते पर दलित स्त्री-पुरुष का सहयोग और समतावादी भागीदारी ही उन्हें आगे ले जायेगी। दलित पुरुष के दलित स्त्री केन्द्रित लेखन में दलित स्त्री समस्या, शोषण और संघर्ष की पहचान है। आप यहाँ 'माँ' का स्थान विशेष रूप से देख सकते हैं। उनका संघर्ष, पीड़ा और वेदना को दलित पुरुष लेखन के केन्द्र में महसूस किया जा सकता है। यहाँ विभिन्न आयामों में उनके जीवन में दलित स्त्री की विभिन्न भूमिकाओं पर लेखन और दलित स्त्री मुद्दों के प्रति उभरती उनकी संवेदनशीलता को इन कहानियों के माध्यम से आप समझ सकते हैं। दलित समाज और स्त्रियों से जुड़ी ये कहानियाँ कल्पना के धरातल पर नहीं बल्कि यथार्थ के ठोस आकाश पर खड़ी होकर समाजशास्त्रीय पड़ताल की माँग करती हैं। ये कहानियाँ समानता के अधिकारों की माँग रखती हैं। यहाँ ऐसे कल्याणकारी स्वस्थ समाज की कल्पना है जहाँ स्त्री-पुरुष दोनों अपनी समान ज़िम्मेदारियों को निभाते हुए बराबर सम्मान और गरिमा प्राप्त करें।

मैं रजत रानी 'मीनू' मैम के प्रति यहाँ हार्दिक आभार प्रकट करती हूँ कि उन्होंने मुझे कहानी संकलन की इस महत्त्वपूर्ण यात्रा में अपने साथ जोड़ा। इस संकलन की यात्रा में मैंने बहुत कुछ सीखा और समझा है। मैं पहली बार उनसे ग्रेजुएशन में मिली थी। वो मेरी तब से लेकर आज तक शिक्षिका हैं। हाँ, इतने लम्बे साथ-सफ़र में वे अब शिक्षिका के साथ-ही-साथ मेरी अभिभावक, माँ और सबसे प्यारी दोस्त भी हैं।

अपनी बात के अन्त में वापस अपने अख़बारी अध्ययनों पर दोबारा सोचूँ तो कहना होगा कि अभी तो दलित स्त्री की बात बाकी है...

डॉ. वन्दना

अनुक्रम

पगड़ी

—जयप्रकाश कर्दम

बहुत दिनों की प्रतीक्षा के बाद सरबतिया की ज़िन्दगी में आज ख़ुशी का दिन आया था। जब भी गाँव में किसी लड़के की बारात निकलते देखती या दुल्हन को देखने जाती तो प्रायः यह सोचती कि 'मैं भी अपने बेटे की शादी धूमधाम से करूँगी और सुन्दर-सी बहू लाऊँगी।' जब से उसका बेटा सयाना हुआ था तभी से वह यह कामना कर रही थी कि जल्दी से शुभ घड़ी आये और उसके बेटे की सगाई हो। उसके जीवन में वह शुभ घड़ी आ गयी थी। आज उसके बेटे की सगाई थी। पिछले कई दिनों से वह भूख-प्यास और थकान की परवाह किये बिना भाग-दौड़ कर रही थी। हलवाई के इन्तज़ाम और खान-पान के सामान से लेकर सारी ख़रीदारी और अन्य व्यवस्थाएँ सरबती ने स्वयं की थीं। या यूँ कहिए सारी व्यवस्थाएँ उसको ही करनी पड़ी थीं। उसका पति रामसिंह निठल्ला, शराबी और निहायत ग़ैर-ज़िम्मेदार था। सरबतिया मज़दूरी करने जाती और उसका पति दिनभर यहाँ-वहाँ घूमता, शाम को शराब पीकर घर आता। सरबतिया की कमाई से ही परिवार की आजीविका चलती थी। उसने ही अपनी कमाई से मकान बनवाया और बच्चों को पढ़ाया-लिखाया था। रामसिंह केवल घर बैठकर खाता था। काम के नाम पर वह केवल एक ही काम करता था; जब-तब शराब पीकर सरबतिया और बच्चों के साथ गाली-गलौज और मारपीट करता। घर के किसी काम में रामसिंह न कोई रुचि लेता था और न हाथ बँटाता था। इसलिए जो कुछ सरबतिया करती या चाहती थी घर में वही होता था। कब कौन-सा काम कैसे करना है, सारे निर्णय सरबतिया ही लेती थी। गाँव के लोग रामसिंह से अधिक सरबतिया को जानते और मानते थे। मोहल्ले-पड़ोस वाले किसी भी काम में सरबतिया को ही पूछते थे। गाँव भर में

उनके परिवार की पहचान सरबतिया के नाम से थी—सरबतिया का परिवार। रामसिंह की न अपनी कोई पहचान थी, न इज़्ज़त और न उसे कोई किसी काम में पूछता था। बेटे के लिए लड़की सरबतिया ने पसन्द की थी। लड़की वालों से बात भी उसने की थी। रामसिंह केवल नाम के लिए साथ में गया था। सगाई की तैयारियों के मामले में भी रामसिंह से किसी प्रकार की कोई उम्मीद नहीं थी। वह कुछ रिश्तेदारियों में ख़बर कर आया था, उसके लिए यही काफ़ी था।

आज सुबह से सरबतिया एक टाँग पर खड़ी थी। नज़दीकी रिश्तेदारों का आना कल से ही शुरू हो गया था। उनके ठहरने-खाने की व्यवस्था पंचों को सूचना, गाँव वालों को दावत का न्योता, गीत गाने वाली औरतों के लिए बाकली, पंचों के लिए हुक्का-पानी, लोगों में बँटवाने के लिए मिठाई, इन सबके इन्तज़ाम में वह इतनी व्यस्त थी कि उसे अपना कोई होश नहीं था। किसी इन्तज़ाम में कोई कमी न रह जाये उसका ध्यान केवल इस पर केन्द्रित था। रामसिंह इस सबसे बेख़बर-सा था। वह रिश्तेदारों के साथ बैठा बातचीत में व्यस्त था।

2

पंच एकत्र हो गये थे। हुक्का भरकर पंचों के बीच रख दिया गया था। कुछ बीड़ी के बण्डल और माचिस भी रख दिये गये थे। सभी पंच हुक्का-बीड़ी पीते हुए आपस में बातें कर रहे थे। जो बीड़ी-हुक्का नहीं पीते थे वे भी बातों में शामिल थे। हुक्के का एक दौर समाप्त होने के बाद औपचारिकता शुरू हुई। कौन बात शुरू करे, कुछ मिनट तक पंचों के बीच इस बात पर संवाद हुआ। पंचों में मास्टर प्रेमसिंह सबसे बुज़ुर्ग थे। इसके अलावा वह पढ़े-लिखे तथा प्राइमरी स्कूल के रिटायर्ड हेडमास्टर थे। गाँव के लोग उनका सम्मान करते थे। ऐसे अवसरों पर मास्टर प्रेमसिंह ही अक्सर बातचीत का नेतृत्व किया करते थे। इसलिए उपस्थित लोगों ने मास्टर प्रेमसिंह से ही आग्रह किया, "आप ही शुरू करो, मास्टर जी।"

मास्टर प्रेमसिंह ने उपस्थित लोगों को सम्बोधित करते हुए कहा, "तो हुकम है पंचो? कार्रवाई शुरू करें?"

"हाँ जी, हुकम है, शुरू करो।" सब पंचों ने एक स्वर में कहा।

औरतें ढोलक पर गीत गा रही थीं। मास्टर प्रेमसिंह ने सबसे पहले औरतों से गाना-बजाना बन्द करने को कहा, "अरी सुनो, शान्त हो जाओ। ये गाना-बजाना बन्द करो थोड़ी देर के लिए। सगाई का कार्यक्रम शुरू हो रहा है। इधर ध्यान लगाओ तुम भी।"

औरतों ने तुरन्त गाना-बजाना बन्द कर दिया। तब वह रामसिंह को सम्बोधित करते हुए बोले, "रामसिंह, पंचों को क्यों याद किया है?"

"पंचो, आपके बच्चे का रिश्ता आया है। उसी के लिए आप लोगों को याद किया है। जैसा आप लोग उचित समझें आप लोग निर्णय लें।"

"बड़ी अच्छी बात है," कहकर मास्टर प्रेमसिंह ने अपने दायें-बायें बैठे अन्य लोगों की ओर देखा और कहा, "बिचौला कौन है?"

कन्या पक्ष की ओर से सगाई के लिए आये लोगों के पास एक ओर बैठा दुबला-पतला सा एक व्यक्ति धीरे से उठकर खड़ा हुआ। कन्धे पर रखे अँगोछे से उसने अपने चेहरे को पोंछा और उपस्थित जन-समूह की ओर दोनों हाथ जोड़ते हुए विनम्रतापूर्वक बोला, "मैं हूँ पंचों।"

उपस्थित लोगों की नज़रें उस व्यक्ति पर टिक गयीं। सब लोगों ने उसे अपनी-अपनी दृष्टि से देखा। मसखरे क़िस्म के लोगों की भी एक छोटी-सी टोली एक ओर बैठी आपस में चुहलबाज़ी कर रही थी। उनमें से एक ने धीरे से चुटकी ली, "अरे, कहाँ से उठा लाये इस कंकाल को।" दूसरे ने कहा, "कंकाल कह रहा है, ये कीकरसिंह पहलवान हैं।" तीसरे ने अलग चुटकुला छोड़ा, "अजी पहले इसे कुछ खिलाओ-पिलाओ ताकि यह ठीक से खड़ा हो सके।" जिन लोगों के कानों तक भी उनकी ये चुटीली बातें पहुँचीं, सब हँस पड़े। उनकी बात पर हँसी कई पंचों को भी आ रही थी, लेकिन अपनी मर्यादा का ख़याल कर वे गम्भीरता का आवरण ओढ़े बैठे थे।

3

कहीं वह आदमी इस मज़ाक़ का बुरा न मान जाये, यह सोचकर पंचों में से सिब्बा नामक एक आदमी ने उन चुहलबाज़ों को डाँटने का दिखावा करते हुए कहा, "ज़्यादा मसखरी मत करो। तुम भी बड़े पहलवान ना हो। मेहमानों के बारे में ऐसी बात करना ठीक बात नहीं है।"

मसखरों की टोली सिब्बा का इशारा समझ गयी। सब शान्त हो गये। मास्टर प्रेमसिंह ने अपनी अनुभवी दृष्टि से ऊपर से नीचे तक उस व्यक्ति को देखा और आश्वस्त् होकर कि यह ठीक आदमी है, उससे पूछा, "क्या नाम है तुम्हारा?"

"मेरा नाम सुखदेव है जी।"

"कहाँ के रहने वाले हो सुखदेव जी?"

"शेरगढ़ी का रहने वाला हूँ जी।"

"ये शेरगढ़ी कहाँ हुई?"

"मेरठ में है जी।"

"तेजगढ़ी के जो पास है?"

"हाँ जी, वही।"

"तुम जो रिश्ता लाये हो वह कहाँ से है?"

"रिश्ता कंकड़खेड़े से है जी।"

मास्टर प्रेमसिंह सहित लगभग समस्त उपस्थित लोग कंकड़खेड़ा के बारे में जानते थे। फिर भी औपचारिकता पूरी करने के लिए मास्टर प्रेमसिंह ने बिचौला से पूछा, "यह कंकड़खेड़ा कहाँ पड़ता है?"

"मेरठ में ही है जी, कंकड़खेड़ा भी, कैंट स्टेशन के पास में।"

"तुम जानते हो दोनों फरीकों को?"

"हाँ जी, अच्छी तरह जानता हूँ।"

"देख लेना, कहीं कुछ ऊँच-नीच हो जावै तो बिचौला ही पिटै है पहले।" मास्टर प्रेमसिंह के इतना कहते ही उपस्थित लोगों में हँसी का एक फौवारा-सा फूट पड़ा। बिचौला भी हँसे बिना नहीं रह सका।

"लड़की वालों की ओर से आया है कोई?"

"हाँ जी, आये हैं।" कहते हुए उसने एक ओर बैठे लड़की पक्ष की ओर से आये लोगों की ओर इशारा किया।

सब लोगों ने उनकी ओर देखा। मास्टर प्रेमसिंह उनको सम्बोधित करते हुए बोले, "आप लोग भी कुछ बोलो कंकड़खेड़े वालो, कैसे चुपचाप बैठे हो।"

कंकड़खेड़ा वालों में से एक व्यक्ति, जो उनमें बुड्ढा था, पंचों की ओर हाथ जोड़ते हुए बोला, "चुपचाप ना हैं जी।"

4

"चुपचाप नहीं हो तो बताओ यहाँ किसकी इजाज़त से आये हो?"

मास्टर प्रेमसिंह के इस सवाल ने कंकड़खेड़े के लोगों को सकते में डाल दिया। जवाब की तलाश में वे एक-दूसरे की ओर देखने लगे। लेकिन उनमें से किसी के पास भी मास्टर प्रेमसिंह के सवाल का कोई जवाब नहीं था। अपने बीच से कोई जवाब न मिलने पर उन्होंने आसपास बैठे लोगों की ओर देखा।

एक व्यक्ति ने उनको धीरे से बताया, "कह दो, पंचों की इजाज़त से।" कंकड़खेड़ा वाले व्यक्ति ने उस व्यक्ति के बताये शब्दों को दोहराया, "कंकड़खेड़ा के पंचों की इजाज़त से आये हैं जी।"

"वहाँ के पंचों ने कुछ भेजा है यहाँ के पंचों के लिए?"

मास्टर प्रेमसिंह के इस सवाल से भी वे बोल्ड हो गये। इस सवाल का भी उनके पास कोई जवाब नहीं था। वे फिर बगलें झाँकने लगे। इस बार भी पहले वाले व्यक्ति ने ही कंकड़खेड़ा वालों की सहायता की, "कह दो, सभी पंचों को जयभीम भेजी है।"

कंकड़खेड़ा वाले व्यक्ति ने इस बार भी उस व्यक्ति के शब्दों को दोहरा दिया।

"उनकी जयभीम यहाँ के पंचों को मंजूर है। ...यहाँ के पंचों की जयभीम भी वहाँ के पंचों को जाकर देना।"

यह देखकर कि उनके जवाब से मास्टर प्रेमसिंह और अन्य पंच सन्तुष्ट हैं, कंकड़खेड़ा वाले व्यक्ति ने राहत की साँस ली और बोला, "जी, आप लोगों की जयभीम अपने गाँव के पंचों तक ज़रूर पहुँचायेंगे।"

जयभीम, नमरते की इस औपचारिकता के पश्चात् मास्टर प्रेमसिंह ने असली मुद्दे पर बात आगे बढ़ायी, "आप लोगों को लड़का पसन्द है?"

"हाँ जी, पसन्द है।"

"लड़के का घर-परिवार भी देख लिया? वह भी पसन्द है?"

"हाँ जी, सब पसन्द है।"

"कुछ और देखना या जानना बाक़ी है?"

"नहीं जी, हम पूरी तरह सन्तुष्ट हैं। ...और चौधरी साहब, अब आप लोगों से मिलने के बाद हम और ज़्यादा सन्तुष्ट हो गये हैं। **हमें और कुछ भी** देखना या जानना नहीं है।"

इसके बाद मास्टर प्रेमसिंह ने रामसिंह को सम्बोधित किया, "रामसिंह, तुमने लड़की देख ली है?"

रामसिंह ने घर के दरवाज़े के पास खड़ी सरबतिया की ओर देखा। सरबतिया ने उसकी ओर हाँ में सिर हिलाया। रामसिंह ने कहा, "हाँ जी देख ली है।"

"तुम्हें लड़की पसन्द है?"

5

रामसिंह ने पुनः सरबतिया की ओर देखा। सरबतिया ने पुनः हाँ में सिर हिलाते हुए हाथ से भी इशारा किया, जो इस बात का संकेत था कि पंच जो कुछ भी पूछें, हाँ कहते चले जाओ। रामसिंह ने पुनः कहा, "हाँ जी, पसन्द है।"

"लड़की वालों का घर-परिवार भी देख लिया? वह भी पसन्द है?"

"हाँ जी, सब कुछ पसन्द है।"

"तो फिर लड़के को बुलाओ और काम आगे बढ़ाओ।"

लड़का गर्दन झुकाये चुपचाप पंचों के सामने आकर खड़ा हो गया।

एक बुज़ुर्ग ने उसे टोका, "अरै, ठीक है बेटा के आज तेरी सगाई होने वाली है, पर इसका यू मतलब तै ना है के आज जयभीम या नमस्ते भी ना करैगा।"

बुज़ुर्ग की यह बात सुनते ही सरबतिया ने पर्दे की ओट से ही उसे पंचों को नमस्कार करने का आदेश दिया, "हरबीर, पंचों कू हाथ जोड़के नमस्ते कर बेटा।" लड़के को भी अपनी ग़लती का अहसास हुआ। उसने तुरन्त दोनों हाथ जोड़कर उपस्थित सभी लोगों का अभिवादन किया, "जयभीम!"

"जयभीम बेटा, बैठ जा।" कई लोगों ने एक स्वर में कहा।

लड़का जहाँ पर खड़ा था, वहीं ज़मीन पर बैठ गया। किसी ने लड़के को टोका, "पूरब की ओर कू मुँह करके बैठ भई हरबीर।"

लड़का अपने बैठने की दिशा बदलने लगा तो वहाँ बैठे कुछ पढ़े-लिखे लोगों ने उसे रोका, "सब दिशाएँ समान हैं। यह तो ब्राह्मणों द्वारा फैलाया गया विश्वास है कि पूर्व दिशा की ओर मुँह करने से ही काम सही होते हैं। इस ब्राह्मणवाद को कब तक ढोवोगे। काम दिशाओं से सही नहीं होते, हमारे कर्मों से सही होते हैं। जब तक हम इन विश्वासों को मानते रहेंगे ये विश्वास हम पर हावी रहेंगे। मानना छोड़ दो कुछ भी नहीं है। ...बैठा रहने दो उसे जहाँ बैठा है।"

उस व्यक्ति की बात का किसी ने कोई प्रतिवाद नहीं किया अपितु किसी ने दबे और किसी ने खुले स्वर में कहा, "ठीक बात है। दिशाओं में कुछ ना रखा है। यह तै मन का बिसवास है।" बुज़ुर्ग पंचों ने भी यह कहकर उसकी बात का समर्थन किया, "दिसा-विसा की कोई बड़ी बात ना है। किधर कू भी बैठ जाओ। बैठ जा बेटा, कहीं भी बैठ जा।"

लड़का जहाँ बैठा था पुनः वहीं पर बैठ गया।

मास्टर प्रेमसिंह लड़की पक्ष के लोगों को सम्बोधित करते हुए बोले, "लो जी, लड़का आ गया है। करो अपना काम।"

"अभी आये पंचो!" कहते हुए लड़की पक्ष के लोगों ने आपस में और बिचौला के साथ कुछ मन्त्रणा की। उपस्थित लोग उनको मन्त्रणा करते देखते रहे।

6

मन्त्रणा समाप्त होने पर उनमें से एक व्यक्ति उठा और उपस्थित जन-समूह की ओर हाथ जोड़ते हुए अत्यन्त विनम्र शब्दों में बोला, 'पंचो, हम ग़रीब आदमी हैं। आपकी शरण में आये हैं।"

मास्टर प्रेमसिंह ने उसी विनम्रता के साथ कहा, "अजी हम लोग आपसे भी ग़रीब हैं। लड़की वाला तो देने वाला होता है। लेने वाला ग़रीब होता है।"

"पर पंचो, हमारे पास केवल लड़की है। लड़की के अलावा हमारे पास देने को और कुछ नहीं है।"

"अजी, जिसने लड़की दे दी, उसने सब कुछ दे दिया। हमें भी केवल लड़की चाहिए, पर साथ में आपकी थोड़ी मोहब्बत भी चाहिए।"

"अजी थोड़ी क्यूँ? ख़ूब लो। मोहब्बत की कोई कमी नहीं है...। पर मोहब्बत हम भी सेंत-मेंत में नहीं देंगे। इसके बदले हमें भी आप लोगों की मोहब्बत चाहिए।"

"वाह जी, ख़ूब कही। हमारे पास भी मोहब्बत का ख़ज़ाना है। और मोहब्बत देने में हम कंजूस नहीं हैं। हमारी ओर से भी बराबर मोहब्बत मिलेगी आपको। दोनों फरीक ऐसे मिल जावें, इससे अच्छी कोई बात नहीं है।"

विनम्रता और सद्भाव के इस आदान-प्रदान के पश्चात् कन्या पक्ष के उस व्यक्ति ने बात आगे बढ़ायी, "तो हुकम है पंचो?"

"हाँ जी, करो काम।"

उस व्यक्ति ने लड़के के सामने बैठकर उसको अँगूठी पहनायी तथा पतलून-कमीज़ का कपड़ा और एक मिठाई का डिब्बा उसके हाथों में थमाया। इसके बाद पास में रखी एक टोकरी और एक पोटली की ओर इशारा करते हुए वह बोला, 'पंचो, ये थोड़े से फल हैं और ये घर-परिवार के लोगों के लिए कुछ लत्ते-कपड़े हैं।"

'कपड़े किस-किस के हैं, नाम लेके बता दो, पंचों को भी पता चल जायेगा।"

"हाँ जी, अभी लो।" कहकर उस व्यक्ति ने अपने साथ के अन्य लोगों की ओर देखा और उनमें से एक को सम्बोधित करके बोला, "देशराज, भैया बता आकै, किस-किस के कपड़े हैं।"

वह युवक उठा और अपनी जेब से एक काग़ज़ निकालते हुए उस व्यक्ति के पास जाकर बैठ गया। काग़ज़ पर उन लोगों के नाम लिखे थे, जिनको कपड़े दिये जाने थे। वह काग़ज़ में से देख-देखकर लड़के की माँ, पिता, बहन, बुआ, चाचा-चाची, ताऊ-ताई और अन्य सगे-सम्बन्धियों के नाम पढ़ता गया और उसी के अनुसार कपड़े उठाकर देता गया।

सभी सम्बन्धितों को कपड़े दे दिये जाने के पश्चात् मास्टर प्रेमसिंह ने कन्या पक्ष के लोगों से पूछा, 'बस जी, हो गया सब कुछ या कुछ और बाक़ी है?"

7

"हाँ जी, पंचों, एक पगड़ी और है।"

मास्टर प्रेमसिंह ने लड़के के पिता को आवाज़ लगायी, "रामसिंह, आओ भई बताओ पगड़ी किसको बँधेगी?"

रामसिंह ने सरबतिया की ओर देखा। उसने हाथ के इशारे से पंचों की ओर संकेत कर दिया। वह बोला, "पंच ही देख लें किसको बँधेगी?"

"अरे भई, पगड़ी पंचों के लिए नहीं होती, यह होती है परिवार के मुखिया के लिए। तुम्हारे परिवार का मुखिया कौन है, उसे बँधवाओ यह पगड़ी।" एक पंच ने कहा।

पंच के इतना कहने पर वहाँ बैठे लोगों में खुसर-पुसर शुरू हो गयी। सबकी एक ही राय थी कि "परिवार की मुखिया तो सरबतिया है। वही सब कुछ करती है। पारिवारिक-सामाजिक सारी ज़िम्मेदारियाँ वही उठाती है। कौन जानता है रामसिंह को?"

एक आदमी कह रहा था, "बात तो यह सही है कि परिवार की मुखिया सरबतिया है। पर स्त्री को तो नहीं बँधती पगड़ी। वह तो पुरुष को ही बँधती है।"

दूसरे व्यक्ति ने अपनी राय व्यक्त की ''समाज की यह परम्परा ही तो है कि पगड़ी स्त्री को नहीं बंधती। इस परम्परा को बदला क्यों नहीं जा सकता। परिवार का सारा बोझ स्त्री उठाये, वही रात-दिन हर काम में खटे। पुरुष केवल मूँछों पर ताव दिये इधर-उधर मटरगस्ती करता घूमता फिरे। न कमाए-धमाए न कोई और ज़िम्मेदारी उठाये, ऊपर से दारू पीकर अपनी पत्नी और बच्चों के साथ मार-पीट करे तो वह परिवार का कैसा मुखिया हुआ?...भई मेरी राय में तो जो परिवार की ज़िम्मेदारी उठाये, परिवार के लिए त्याग करे, वही परिवार का मुखिया है और पगड़ी उसी को बँधनी चाहिए।"

"वो तो ठीक है, पर होता कहाँ है ऐसा? किसी परिवार में आज तक ऐसा हुआ है?"

'पर ऐसा होना चाहिए। नहीं तो यदि ऐसे अव्वल दर्जे के निकम्मे और ग़ैर-ज़िम्मेदार लोग मुखिया बनकर समाज के बीच इज़्ज़त पाते रहेंगे तो इससे निकम्मेपन और ग़ैर-ज़िम्मेदारी को बढ़ावा मिलेगा।"

उन लोगों के ये शब्द अन्य लोगों से होते हुए पास में ही बैठी स्त्रियों के कानों से टकराये तो उनमें भी इस बात को लेकर खुसर-पुसर होने लगी।

सबसे पहले एक औरत ने प्रतिक्रिया दी, "बात तै ठीक कह रे हैं लोग। जब सारा कुछ...ही करै है, अर रामसिंग कुछ बी ना करै है। उसै कुछ परवा ही ना है घर-गिरस्थी की तै ऊ काहे का मुड्ढ।"

दूसरी औरत ने पहली औरत का प्रतिवाद किया, 'भई कुछ भी कह लो, मरद तै मरद ही होवै है।"

तीसरी औरत बोली, "कमावै-धमावै, घर-गिरस्थी कू चलावै, कुछ मरदों वाले काम करै तब ना मरद होवै है। सेंत-मेत में काहे का मरद अर काहे का मुड्ढ।"

8

चौथी औरत ने कहा, "कुछ करै या ना करे, रहवैगा तै मरद ही। पगड़ी तै रामसिंग कू ही बँधनी चाहिए।"

पाँचवीं औरत ने उसकी बात को काटा, "क्यूँ बँधनी चहिए रामसिंग के ही पगड़ी। जब औरत जात सारे काम करै है मरदों वाले तै पगड़ी उसके क्यूँ ना बँधे?...पगड़ी तै सरबतिया कै ही बँधनी चहिए।"

कई औरतों ने उसकी हाँ में हाँ मिलायी। एक बूढ़ी औरत ने सब औरतों को टोकते हुए कहा, "अरी, तुम्ही आपस में गलबजाई करती रहोगी। सरबतिया से भी तै पूछो ऊ क्या कहवै है। ऊ किसकू पगड़ी बँधवाना चाहवै है?"

सभी औरतों ने बूढ़ी औरत का समर्थन किया, "माँ बिल्कुल ठीक कह रई हैं। असली राय तै सरबतिया की ही है।" और बूढ़ी औरत को ही सरबतिया की राय जानने के लिए अधिकृत किया गया, "माँ, तुम सबसे बड़ी हो, तुम्ही पूछो।"

"लो, मुझै कह री हो तै मै ही पूछ लेती हूँ।" कहते हुए बूढ़ी औरत ने सरबतिया को पुकारा, "सरबतिया, अरी कहाँ है तू?"

"यू री माँ, यहीं हूँ।"

"अरी बता, पगड़ी किसकू बँधवावैगी।"

"इसमें मैं क्या बताऊँ माँ। वहाँ पंच बैठे हैं, यहाँ तुम बैठी हो।"

"ऊ तै ठीक है। पंच अपना काम कर रे हैं, अर हम अपना काम करेंगे। पर तेरे घर का मुड्ढ कौन है, यू तै तू ई बतावैगी। हम थोड़े ही बतावेंगे। तू जिसकू कहवैगी पगड़ी उसकू बँधैगी।"

कुछ औरतों का वार्तालाप अभी भी जारी था। बूढ़ी औरत के सवाल के जवाब में...कुछ देर चुप रही तो एक औरत...की तरफ़दारी करते हुए बोली, "सरबतिया क्या बतावैगी इसमें। मरदों का काम है, मरद लोग निपटा लेंगे अपने आप। ...अर फिर जैसा बी है रामसिंग ही घर में सबसै बड़ा मरद है, तै ऊ ही मुखिया होवैगा ना घर का। उसकू ही बँध जावैगी पगड़ी।"

सरबतिया कुछ समझ नहीं पा रही थी कि बूढ़ी औरत की बात का क्या जवाब दे। ख़ुशी के इस मौक़े पर वह ख़ुश रहना चाहती थी। लेकिन इस सवाल ने उसकी ख़ुशी में खलल डाल दिया। वह दुविधा में डूबी थी और इस दुविधा से

निकलने का उपाय खोज रही थी कि उस औरत के ये शब्द सुन वह स्वयं को प्रतिक्रिया देने से नहीं रोक सकी, "ऊँह, पगड़ी बँधवाने के नियां ही मुखिया है ऊ, और कामों के नियां ना है। ना इसै घर में किसी चीज़ के आने का पता, ना जाने का। कौन-सी जुम्मेदारी उठायी है इसनै आज तक सिवा दिनभर नीमड़ीन में बैठकै तास खेलने के या यहाँ-वहाँ गू खाने के? मुँह में कू खा लिया अर गांड में कू निकाल दिया। इसके सिवा किया क्या है इसनै आज तक? काम का ना धाम का दुश्मन अनाज का। घर में अन्न के दाने हैं या ना हैं। कैसे पेट भरै? बच्चे पढ़ैं ना पढ़ैं, उनकी फीस, किताब, लत्ते किसी चीज़ की कदी कोई फिकर रही है इसकू? इन कामों के नियां मुखिया ना है ऊ।"

सरबतिया ने यह कह ज़रूर दिया था किन्तु उसकी मंशा रामसिंह की बजाय ख़ुद पगड़ी बँधवाने की नहीं थी। किन्तु उसके शब्दों को लोगों ने सरबतिया के ख़ुद पगड़ी बँधवाने का संकेत समझा। लोगों के बीच गहमागहमी मच गयी। सब लोगों ने अपनी-अपनी तरह से राय व्यक्त की। हालाँकि रामसिंह के प्रति किसी के मन में कोई सम्मान नहीं था। परिवार के लिए सरबतिया के तप, त्याग और संघर्ष को सब जानते थे और सरबतिया का सम्मान करते थे, किन्तु रामसिंह की बजाय उसकी पत्नी को पगड़ी बँधे ऐसी कल्पना भी उनके मन में नहीं थी। लेकिन सरबतिया के शब्दों ने उनको इस ओर सोचने के लिए बाध्य कर दिया था।

अब तक शान्त बैठे पंच भी यह सुनकर हरकत में आ गये और परस्पर विचार-विमर्श करने लगे। थोड़ी देर विचार-विमर्श के बाद मास्टर प्रेमसिंह ने रामसिंह को सम्बोधित किया, "रामसिंह बताओ भई, पगड़ी किसको बँधेगी?"

पहले की तरह रामसिंह ने जवाब की तलाश में फिर सरबतिया की ओर देखा। उसे ऐसा करते देख लोगों ने इस बार तेज़ प्रतिक्रियाएँ देनी शुरू कीं। एक पुरुषवादी मानसिकता के व्यक्ति ने कहा, "अजी यू भी कोई मरद है जो बात-बात में अपनी लुगाई की ओर देखता है। मारो झाड़ू ऐसे मर्द को। इससे तै उसकी लुगाई ठीक है, उसको ही बँधवाओ पगड़ी।"

दूसरे ने कहा, "लुगाई की ओर ना देखै तै क्या करै? सराब पीकै तै पड़ा रहवै है यहाँ-वहाँ। इसै कुछ अता-पता है दीन-दुनिया का? उसकी लुगाई कू पता है।"

तीसरे ने कहा, "अजी जब घर की असली मुखिया सरबतिया ही है तै उसके ही बँधवानी चाहिये पगड़ी।"

लोगों की प्रतिक्रिया ज़ोर पकड़ गयी। दो-चार लोगों को छोड़कर सब की एक ही राय थी कि घर की मुखिया सरबतिया है, पगड़ी उसको ही बँधनी चाहिए। कुछ लोगों ने बाकायदा पंचों से गुज़ारिश की, "रामसिंग से क्या पूछना पंचो, ऊ क्या बतावैगा। सरबतिया को बुलाओ अर पगड़ी बँधवाओ।"

पंचों को भी लोगों की राय उचित लगी। उन्होंने लोगों की राय को महत्त्व दिया और रामसिंह के जवाब की प्रतीक्षा किये बिना मास्टर प्रेमसिंह ने खड़े होकर घोषणा कर दी, "भई सुनो, गाँव-समाज की राय है कि पगड़ी रामसिंह की पत्नी सरबतिया को बँधेगी।" इतना कहकर वह एक क्षण रुके और महिला समूह की ओर देखते हुए सरबतिया को सम्बोधित कर बोले, "कहाँ है सरबतिया? अरी यहाँ आ और पगड़ी बँधवा।"

पंचों का यह निर्णय सुन सरबतिया हक्की-बक्की रह गयी। असमंजस से वह इधर-उधर ताकने लगी।

9

और इससे पहले कि वह कुछ बोल पाती मास्टर प्रेमसिंह ने फिर आवाज़ लगायी, "अरी जल्दी आ, देर मत कर। इस काम को ख़त्म करो। मेहमान भूखे-प्यासे बैठे हैं, उनको खाना खिलवाओ।"

उसके आसपास बैठी औरतों ने, जिनमें बूढ़ी औरत भी शामिल थी, उसके असमंजस को तोड़ा और लगभग धकियाते हुए उससे बोली, ''जाती क्यूँ ना है। पंच तुझै बुला रे हैं। जा अर पगड़ी बँधवा।"

सरबतिया के पास कोई विकल्प नहीं रह गया था। वह धीरे से उठी और पंचों के बीच जाकर खड़ी हो गयी।

चोट

—*सूरजपाल चौहान*

रज्जो की नौकरी अनुकम्पा के आधार पर लगी थी। उसे नौकरी करते हुए साल भर ही हुआ था। तीस-बत्तीस की उम्र में ही वह विधवा हो गयी थी। उसका पति सरकारी दफ़्तर में चपरासी था। लेकिन रज्जो की नौकरी सफ़ाई कर्मचारी की लगी। जैसा कि शुरू से हमारी क़ौम के लोगों के साथ छल-कपट होता रहा है, तरह-तरह के प्रपंच रचकर इन्हें हमेशा से इनके पुश्तैनी धन्धे में ढकेलने का प्रयास किया जाता है, उसी तरह वह आज भी जारी है।

ऐसी ही साज़िश रज्जो को नौकरी देने के समय प्रबन्धन ने रच डाली थी। अपनी दलील देते हुए प्रबन्धन ने उससे कहा था कि इस समय ऑफ़िस में चपरासी का पद खाली नहीं है, सफ़ाई कर्मचारी का ही पद खाली है। यदि उसे नौकरी चाहिए, तो सफ़ाई कर्मचारी का काम ही करना होगा। वह उस समय उच्च-अधिकारियों के सामने बहुत गिड़गिड़ायी थी। उसने अपने आठवीं पास होने का सर्टिफ़िकेट भी दिखाया था। प्रबन्धन ने उसकी एक न सुनी। इस ऑफ़िस के उच्च-अधिकारियों के अन्दर की बात कुछ और ही थी, जिसका रज्जो को तनिक भी भान न था।

रज्जो को अपने पिता के साथ घटी घटना याद हो आयी थी। उसके पिता परसादी राम से उसे ज्ञात हुआ था कि उसके पिता की सरकारी नौकरी पर नियुक्ति के समय ऐसा ही हुआ था। उसके पिता परसादी राम पाँचवीं कक्षा पास थे और उनका साथी पण्डित रामानन्द अनपढ़ था। दोनों की सरकारी नौकरी साथ-साथ व एक ही दिन लगी थी। रज्जो के पिता सफ़ाई कर्मचारी और उनका साथी पण्डित रामानन्द चपरासी! यह कैसी व्यवस्था और कैसा न्याय? यह तो बहुत पुरानी बात थी, लेकिन आज फिर...

अभी पाँच महीने पहले की बात है, चपरासी के पद पर कार्य करने वाले हरचरण शर्मा के देहान्त पर उसकी अनपढ़ पत्नी की नियुक्ति सहानुभूति के आधार पर चपरासी के पद पर हुई थी। लेकिन आठवीं पास रज्जो को जान-बूझकर सफ़ाई कर्मचारी के पद पर लगाया गया। कारण वही; रज्जो का पति बेशक चपरासी के पद पर कार्य करता था, तो क्या हुआ, है तो वह अछूत कही जाने वाली वाल्मीकि जाति से ही न। इस देश के ग़ैर-दलितों की दलितों के प्रति ओछी मानसिकता के बारे में जितना लिखा जाये उतना ही कम है। ऐसी ही ओछी मानसिकता का शिकार आज रज्जो बनकर रह गयी थी और इस चोट को अपने मन में दबाकर बैठ गयी थी।

साफ़ रंग, तीखे नैन-नक्श और सुडौल काया पायी थी रज्जो ने। हाव-भाव और बात करने के सलीके से भी वह अन्य चतुर्थ श्रेणी की महिलाओं से अलग दिखती थी। साथ ही साथ व्यवहार कुशलता व अपनी बातचीत के ढंग से वह हाई स्कूल पास लगती थी। उसका अफ़सर पवन शर्मा उस पर शुरू से ही बुरी नज़र रखता था। वह उससे बातें करने के लिए तरह-तरह के बहाने खोजता रहता था। एक रोज़ अवसर पाकर एकान्त में उसने मुस्कान बिखेरते हुए रज्जो से कहा—

"रज्जो, तुम दूसरी महिलाओं से हटकर हो..., जब मुस्कुराती हो तो और भी सुन्दर लगती हो।"

रज्जो पवन शर्मा की बातें सुनकर एकदम हैरान रह गयी। उससे कुछ बोलते नहीं बना था। वर्षों बाद किसी आदमी से उसने अपनी तारीफ़ सुनी थी। उसके कानों में मिसरी-सी घुल गयी। रज्जो दुनियादारी से बेख़बर सीधी-सादी घरेलू महिला थी। छल-कपट से कोसों दूर। वह समय रहते शर्मा की विकृत मानसिकता को भाँप न सकी और धीरे-धीरे उसके जाल में फँसती चली गयी।

पवन शर्मा समय-समय पर उससे अपने ऑफ़िस की डाक बँटवाने का कार्य भी करवाता रहता था। वह भी ख़ुशी-ख़ुशी उसका काम कर देती थी। रज्जो मन-ही-मन यह सोचकर ख़ुश थी कि उसका अफ़सर कितना भला और अच्छा है। वह उसे पढ़ी-लिखी समझकर ही उससे डाक बँटवाने का कार्य लेता है। पवन शर्मा ने उसे विश्वास भी दिलाया था कि वह उसे जल्दी ही बड़े अधिकारी से कहकर चपरासी के काम पर लगवा देगा। इस लालच में भी आकर रज्जो

भाग-भाग कर और शीघ्रता से काम करती। पवन शर्मा हमेशा एकान्त पाकर उससे झूठी सहानुभूति प्रकट करने के साथ-साथ ख़ूब मीठी बातें बनाता। वह सदा होशियार रहता कि ऑफ़िस का कोई दूसरा साथी उसे रज्जो के साथ बात करता न देख ले। वह उससे चोरी-छिपे ऑफ़िस के पास के गार्डन में मिला करता और वहाँ घण्टों बैठकर उससे बतियाता था।

इसी तरह धीरे-धीरे दिन बीत रहे थे। इस दौरान पवन ने रज्जो का मन पूरी तरह से जीत लिया और अब वह मौक़ा देखकर उसे अपने क़रीब लाने की कोशिश करने लगा। रज्जो उसके प्रेमजाल में फँस चुकी थी। वह अब उसकी हरकतों का तनिक भी विरोध न करती। इन दोनों के लगातार गार्डन में जाने से वहाँ के सुरक्षा-गार्ड भी इन्हें जान गये थे। पवन शर्मा सुरक्षा-गार्डों को कभी-कभी चाय-नाश्ते के लिए कुछ पैसे दे देता था, इसीलिए जहाँ पवन और रज्जो बैठा करते थे, गार्ड उस स्थान की ओर औरों को जाने से रोक दिया करते थे।

हमेशा की तरह उस दिन भी पवन और रज्जो गार्डन में घनी झाड़ियों की ओट में बैठे अठखेलियों में लीन थे। पवन के स्पर्श ने रज्जो को उमंग और उन्माद से भर दिया था। अब उसने अपनी दोनों बाँहों का हार उसके गले में डाल दिया और उसके सीने में सिमटकर रह गयी। यह स्वाभाविक था, पवन के लगातार स्पर्श से उसकी लम्बे समय से दबी भावनाएँ जाग्रत हो गयी थीं। घनी झाड़ियों की ओट तो थी ही और दूर-दूर तक कोई था भी नहीं। इन अन्तरंग क्षणों में रज्जो बार-बार उसके होंठों के पास जाने का प्रयास किये जा रही थी, लेकिन पवन अपना मुँह इधर से उधर फेर लेता। थक-हारकर रज्जो ने मनुहार करते हुए कहा—

"मेरे होंठों को...।"

"नहीं", पवन शर्मा ने अपना मुँह दूसरी ओर करते हुए मना किया।

"...तो फिर मुझे...।"

"नहीं।"

"क्यों नहीं..., जब इतना प्यार..., तो मेरे होंठों को अपने होंठों...।" रज्जो ने पवन शर्मा के बालों में अपनी उँगलियाँ फेरते हुए कहा।

कुछ देर तक पवन शर्मा अपना मुँह इधर से उधर घुमाता रहा। जब रज्जो ज़्यादा ही ज़िद करने लगी, तो पवन झुँझलाकर नाक-मुँह सिकोड़ते हुए बोला—

"अरे यार, आख़िर है तो तू...।"

रज्जो घायल कबूतरी की तरह फड़फड़ाती मानों ज़मीन पर आ गिरी। पवन शर्मा की आगोश में बैठकर स्नेह और प्रेम का जोश हवा हो गया था। एक पल को लगा जैसे उसे काठ मार गया हो। वह हाथ जो अभी कुछ देर पहले उस धूर्त के बालों का स्पर्श कर रहा था, उसी हाथ के नाख़ूनों ने पवन शर्मा का चेहरा खरोंचकर लहूलुहान कर डाला।

रज्जो पवन शर्मा के आलिंगन से ख़ुद को दूर करती हुई चिल्लायी—

"साले, हरामी..., इतनी देर से..., अपनी अम्मा समझकर, ठहर, मैं बताती हूँ तुझे...।"

पवन शर्मा सँभल पाता, तब तक रज्जो ने पूरी ताक़त से अपनी लात उसकी कमर पर दे मारी। लात पड़ते ही वह मुर्दे-सा दूर जा गिरा।

यात्रा

—मोहनदास नैमिशराय

पहले मुरिया फिर मारिया और अब मोनिका। जंगल से शहर का परिवेश उसे मोहित करने लगा था। हालाँकि वहाँ भाषा अलग थी, लोगों के शरीर पर लिबास भी अलग था। शहर में जगमगाहट थी और जीने की ललक। महानगर में वह आयी तो उसके भीतर के पंख जैसे खुलने लगे थे। ऊपर आकाश था और नीचे ज़मीन। ख़ूब बड़ा मकान था और सुन्दर भी। प्लेसमेंट के द्वारा यहाँ तक आयी थी। गले में हर समय झूलता ईसा मसीह का क्रास और आँखों में नये जीवन की तलाश। जद्दोजहद की ज़िन्दगी में वह तलाश ही उसे ज़िन्दा रखे हुए थी।

मुरिया के जीवन में अनगिनत मोड़ आये थे। सपाट जीवन घुमावदार बन गया था, बिल्कुल पहेली जैसा। जितना भी अपने-आपको समझना चाहती, उतना ही वह उलझ जाती। सचमुच वह पहेली बन गयी थी सिर्फ़ पाँच वर्षों में। पहले वह बच्ची थी और इन पाँच वर्षों में वह औरत बन गयी थी। शरीर पर आड़ी-तिरछी रेखाएँ खिंच आयी थीं, जो जवानी की गवाह बन गयी थीं। मुरिया भी अन्य की तरह जवान हो गयी थी। वह अब मूक बाला न रही थी। पहले की तरह उसके आसपास जंगल न रहा था, अब वह अट्टालिकाओं से घिरी थी। मोटर-कारें उसके इर्द-गिर्द घूमती थीं। परिवेश में बदलाव हुआ तो उसके भीतर भी बदलाव होने लगा था।

तीन धर्मों की यात्रा और तीन पुरुषों का सहवास। जैसे धर्म, वैसे ही पुरुष। जैसे धर्मों के रंग-रूप बदलते, वैसे ही पुरुषों के भी। धर्मों ने उसके भीतर प्रवेश किया, पुरुषों ने भी। वह अछूती न रही किसी से भी और कहीं से भी। वह जितना खुली उतना ही गिरती भी गयी। समन्दर से नदी, नदी से नहर,

नहर से जोहड़ और जोहड़ से नाले। हर एक के बाद नया रँगती गयी। अब उसके जीवन में रह गयी थीं सिर्फ़ स्मृतियाँ, ख़ौफ़नाक नागफनी-सी। यादें उभरतीं तो साथ में काँटे भी उभरते। वे उसे चारों तरफ़ से घेर लेते। वह उनमें बिंधने लगती। स्मृतियाँ उसके लिए जैसे सजा बन गयी थीं। कभी घण्टों बीत जाते, कभी पूरा-पूरा दिन। वह याद करते हुए सिसकती रहती। आँखों में आँसू आते, बहने लगते, कुछ समय बाद गीली पलकें भी सूखने लगतीं। पर जुर्म क्या था उसका? वह पूछती, कहीं से कोई जवाब नहीं आता।

ख़ूब हरा-भरा जंगल था। दिकू आया था। वह छल था या यथार्थ, जीवन था या भ्रम। दिकू ने मोहपाश में बाँध लिया था उसे। सिर्फ़ बारह वर्ष की उम्र। शरीर में भराव होने लगा था। भरते हुए उन्हीं अंगों को छुआ था उसने। दिकू अजनबी था और उसी अजनबी की छुअन से नये अनुभवों का रास्ता खुला था। गाँव के लोग उसे छोटा ठेकेदार कहते थे। दिकू कम कहते थे। आदिवासी जीवन बाहरी दस्तक से त्रस्त होने लगा था। दुश्मन ख़ूबसूरत मुखौटे लगाकर आते हैं। सच! वह भी दुश्मन ही तो था।

ख़ूब गोरा चिट्टा।
वह काली।
दिकू जवान था।
वह तब बच्ची।
दिकू अमीर था।
वह ग़रीब।
जंगल हमारा था।
वह पराया।
दिकू बेख़ौफ़ जंगल में घूमता।
हम अपने ही जंगल में भयभीत-से रहते।
दिक्कुओं के घर वहाँ बन रहे थे।
हमारे घर हमारी ही ज़मीन से उजड़ रहे थे।

बसने और उजड़ने की प्रक्रिया जारी थी। मैं भी तो अपने ही घर से उजड़ी थी। सारा जंगल भी तो उजड़ रहा था। समाज के भीतर विस्थापन का दर्द था। मेरे भीतर भी दर्द था।

माँ नहीं थी। परिवार में सिर्फ़ पिता थे। पिता भी हड़िया के नशे में डूबे रहते थे। आदिवासी समाज और हड़िया, दोनों एक-दूसरे के जैसे पूरक बन गये थे। रस्म-रिवाज से उपजा हड़िया का नशा, अब जिसने घर-घर के मर्दों को अपने आगोश में ले लिया था। दुश्मन को यह सब मालूम था। वह अक्लमन्द भी था। आदिवासी समाज दुश्मन के आगे बिछने लगा था। वे दुश्मन अलग-अलग शक्ल-सूरत में थे। उसे अच्छी तरह याद है। घर के पास पहले चर्च बना था। फिर स्कूल की इमारत। उसी स्कूल में वह पढ़ी थी। पढ़ते हुए कब मुरिया से मारिया बन गयी, पता ही नहीं चला। कब बिरसा मुण्डा के नज़दीक जीसस क्राइस्ट आ गये, ध्यान नहीं पड़ा। जैसे यह सब खेल-खेल में हो गया। सच, खेलने की उम्र ही तो थी उसकी तब। फादर आते तो सबको सीने पर क्रास की मुद्रा बनाना सिखाते। हमारी स्मृतियाँ बदलने लगी थीं। हमारा इतिहास बदल दिया गया था। और वर्तमान, वह तो तेज़ी के साथ बदल गया था।

दिकू का नाम महेश था। उसने स्वयं बताया था। तभी उसने पूछा,

"और तुम्हारा नाम...?"

"मुरिया।"

जब मैंने अपना नाम बताया तो वह ठहाका मारकर हँसा था। मैं समझ नहीं सक़ी। वह ऐसे क्यों हँसा। मेरे नाम में कोई उपहास था क्या? सभी तो सुबह से शाम तक मुरिया-मुरिया कहते थे। उसकी हँसी बन्द हुई तो कह उठा, "मुरिया भी कोई नाम होता है भला?"

मुरिया ने तपाक से जवाब दिया, "क्यों नहीं होता? यही तो हमारा नाम है।"

दिकू ने फिर कहा, "अच्छा, दूसरा भी कोई नाम होगा?"

सुनकर मैं असमंजस में थी। मैंने अपने-आप पुकारा।

"दूसरा नाम।"

"हाँ दूसरा नाम।"

"अच्छा बताती हूँ।"

तभी पेड़ पर बैठी कोई चिड़िया बोल उठी। हम दोनों का ध्यान बँटा। निर्जन जंगल में सिर्फ़ हम दोनों थे।

दिकू बोला, "देखो, वह भी पूछ रही है तुम्हारा दूसरा नाम।"

मेरे मुँह से अनायास निकला, "मारिया।"

सुनकर उसने कहा, “अच्छा नाम है और सुन्दर भी।”

“सच!” मेरे भीतर की बेताबी उभरने लगी थी।

“सच मेरी मारिया।”

कहते हुए दिकू ने मुझे बाँहों में ले लिया था। मैंने विरोध किया, पर कुछ ही समय बाद मेरा विरोध पस्त होने लगा। एक अनचाहा नशा मुझ पर हुआ था। दिकू की गिरफ़्त ने उसे और भी अधिक बढ़ा दिया था। विरोध और सहमति दोनों की कशमकश में मैं थी।

यह प्रथम सहवास था। वह जैसे मूर्च्छित थी। उस स्थिति से उबरी तो अपने-आप को अकेला पाया। दिकू चला गया था। उसे अपने-आप पर ग्लानि हुई। समर्पण और सम्मोहन के बाद क्या ऐसा ही होता है। यह दोनों शब्द बाद के दौर में ज़िन्दगी की किताब से मिले थे। मेरे भीतर क्रोध था। शरीर में ताप अभी भी था। मन व्यथित था। शाम घिर आयी थी। जंगल अँधेरे में डूबने लगा था। जंगल में नदी थी, और पहाड़ी भी। खाई थी और दलदल भी। मैं किसकी शरण में जाऊँ? मारिया के भीतर सवाल-दर-सवाल थे।

जंगल में चर्च भी तो था। उसके भीतर से आशा की किरण उभरी थी। कुछ ही देर बाद वह चर्च के मुख्य दरवाज़े के सामने खड़ी थी। दस्तक देने के बाद दरवाज़ा खुला। सामने फ़ादर खड़े थे। लम्बे बाल और बढ़ी हुई दाढ़ी वाले अधेड़ उम्र के फ़ादर नहीं बल्कि क्लीन शेव वाले। गोरे-चिट्टे सीधी माँग रखने वाले युवा। आकर्षक व्यक्तित्व था उनका। पहले भी कई बार पिता के साथ आयी थी।

‘भीतर आओ।” उन्होंने मौन तोड़ा था।

मारिया ने दरवाज़ा लाँघकर भीतर प्रवेश किया। सामने दीवार के सहारे कील पर टँगे जीसस क्राइस्ट। उनके नीचे जलती हुई बड़ी मोमबत्ती। चर्च में उसके अलावा फ़ादर ही थे। और तारीख़ों के गवाह रहे जीसस क्राइस्ट। जो न बोल सकते थे और न सुन सकते थे। सिर्फ़ देख सकते थे। वह भी पत्थर की आँखों से। फ़ादर को सामने देख उनमें उसे अपनत्व महसूस हुआ।

“फ़ादर मेरे साथ...।” मारिया ने कहना चाहा।

बीच में बोल उठे वे—“मुझे मालूम है तुम क्या कहना चाह रही हो।”

जैसे पूछना चाहा था—“पर फादर आपको कैसे...?”

"तुम्हारे अस्त-व्यस्त कपड़े और शरीर की स्थिति ही सब कुछ बता रही है।" फ़ादर कहकर थोड़ा रुके थे। फिर उन्होंने अपनी बात रखी, "मेरे पास लम्बा अनुभव है इस जंगल का, इस ज़मीन का और यहाँ के जल का। कैसे बलात् अधिकार दिक्कुओं ने कर लिया है। दस वर्ष पूर्व मैं आया था इस चर्च में। तब से...।" कहते हुए वे अनायास अपने निवास की तरफ़ चले गये। वहाँ से जल्दी ही लौट आये। पूछा था उन्होंने–

"महेश नाम है न उसका!"

"हाँ फादर! पर आपको कैसे पता उसका नाम?"

"मारिया, मुझे वह भी पता है, जो तुम नहीं जानतीं।"

मारिया ने जैसे मौन रहकर अपनी सहमति जतायी थी। फ़ादर एक बार फिर अपने निवास की तरफ़ गये। फिर लौटते हुए कहा, "देखो मारिया, पानी गर्म हो गया है। तुम अपने हाथ-मुँह धो लो, चाहो तो नहा भी सकती हो। फिर कपड़े बदल लेना।"

मारिया तत्काल अन्दर चली गयी। वह लौटी तो एक नया व्यक्तित्व निर्माण हो गया था। जवान और सुडौल बदन पर लाल रंग का गाउन ख़ूब फब रहा था। फादर ने भी देखा तो वे भी हत्प्रभ थे। तभी वे बोले–

"तुमने शीशे में अपने-आपको देखा?"

"नहीं तो।"

"आओ मेरे साथ।"

कहते हुए उन्होंने मारिया के कन्धे को छुआ था। फिर वे उसे अपने शयनकक्ष में ले गये, जहाँ आदमकद दर्पण था। उसके सामने खड़े होकर मारिया अपने आपको निहारने लगी। उसे मालूम ही न चला, कितनी देर हो गयी थी उसे दर्पण के सामने खड़े हुए। वह आहट पाकर चौंकी। ध्यान हटा, उसने देखा फ़ादर दो प्यालों में कॉफ़ी लिए उसके सामने खड़े थे। "लो, कॉफ़ी पियो मारिया। तुम थकी हुई हो।"

"हाँ फादर...।"

वह इतना ही कह सकी और कॉफ़ी पीने लगी। सचमुच वह थक गयी थी। गर्म पानी से नहाया तो आराम मिला।

"बैठो मारिया।" स्वयं एक कुर्सी पर बैठते हुए फ़ादर बोले।

वह यन्त्रचालित-सी बैठ गयी थी। उसे अच्छा लगा। जैसे फादर ने उसके ज़ख़्मों पर मरहम लगाया हो।

"देखो मारिया, यह जंगल है। यहाँ की हर चीज़ पर दिक्कुओं का कब्ज़ा है। यह सिलसिला सैकड़ों वर्षों से चला आ रहा है।"

तभी उन्होंने उसके माथे को अपनी हथेली से छुआ। उस छुअन में अपनापन था। मारिया को अच्छा लगा।

"तुम्हें थोड़ा बुखार है। लेट जाओ। आराम मिलेगा।"

इस बार फादर ने उसकी कमर में हाथ डालकर उसे सामने बिस्तर पर लिटा दिया था।

"समय बहुत हो गया है। चाहो तो तुम यहीं ठहर सकती हो। तुम्हें आराम की भी ज़रूरत है।"

जैसे फ़ादर को मारिया की मौन स्वीकृति मिली हो। रात भी बहुत हो गयी थी। हवा में ठण्डक थी। फादर ने उसके शरीर पर चादर डाल दी।

"ठीक है मारिया?"

मारिया क्या बोले...। उसे झपकी आने लगी थी। फादर ने लाइट ऑफ़ कर बेडलाइट ऑन कर दी थी।

सुबह हुई। मारिया ने अपने-आपको उसी बिस्तर पर पाया, जिस पर वह रात में सोयी थी। तभी फादर कॉफ़ी का प्याला लेकर अन्दर आये। प्याला उन्होंने मेज़ पर रखा और मारिया के वक्षस्थल पर अपनी हथेली रखते हुए पूछा,

"मारिया, सुबह हो गयी है, कॉफ़ी पिओ।"

कहते हुए वे बाहर चले गये थे। वह कमरे में अकेली रह गयी थी। सामने जीसस क्राइस्ट का चित्र था। जैसे निराश और हताश। वह भी तो निराश और हताश थी परिस्थितियों के बीच।

वह कॉफ़ी पीने लगी थी। काफ़ी पीते-पीते उसने महसूस किया। उसकी अलसायी देह कुछ कहने लगी थी। अपनी देह की भाषा को भला कौन लड़की नहीं समझेगी। बचपन से ही तो उसे सिखा दिया जाता है। बचपन में उसकी माँ भी सिखाया करती थी। थोड़ा जवान हुई तो वह स्वयं सीखने लगी। उसे याद आया। बाबा उसकी राह देख रहे होंगे। रात भर से परेशान होंगे। उसने जल्दी-जल्दी वही पुराने कपड़े पहन लिए। रात का गाउन शरीर से अलग कर

दिया था। वह चलने लगी तो फादर आ गये। उसे देख कहा उन्होंने, "प्रेयर में शामिल नहीं होगी मारिया?"

"कौन सुनेगा मेरी प्रेयर फादर?"

कहते हुए वह पिछले दरवाज़े से बाहर आ गयी थी। जंगल में अब अँधेरा न था। वह उजाले में परिवर्तित हो गया था। लगभग एक मील पैदल चलकर घर पहुँची थी। पिता बेटी की प्रतीक्षा कर रहे थे। उन्हें देख कुछ कहना चाहा था मारिया ने। मुँह से निकला भी था।

"बाबा...।"

पिता कुछ बोले नहीं थे। सिर्फ़ हाथ से संकेत भर किया था। पिता के संकेत का अर्थ बेटी बख़ूबी समझती थी। जिसका अर्थ था वे सब कुछ समझ चुके हैं। मारिया ने देखा। उनकी आँखों में पीड़ा थी, आक्रोश भी। मारिया ने आँगन से घर में प्रवेश किया। हड़िया की बास परिवेश में थी। चार-पाँच बर्तन उल्टे पड़े थे। खाने को घर में कुछ न था। न दाल न भात। बारी-बारी से खाली डिब्बों को देखा। बाहर बैठे पिता ने बर्तनों के बजने की आवाज़ सुनी तो वे बोल पड़े—

"घर में कुछ नहीं है मुरिया।" वे उसे मुरिया ही कहते थे।

"तू कुछ लायी होगी?"

"हाँ बाबा लायी हूँ; दुख और पीड़ा।" कहते-कहते उसकी आँखों में आँसू छलक आये थे।

"वह तो मेरे पास भी हैं।"

पिता का व्यथित स्वर उभरा था। अपने आँसू पोंछकर मारिया घर से बाहर निकल गयी थी। लौटी तो उसके पास थैले में दाल-भात था। और कुछ ज़रूरी सामान भी। बाबा भूखे होंगे! यही सोचकर उसने जल्दी-जल्दी दाल-भात बना लिया। फिर एक बर्तन में भात परोसते हुए कहा, "खा लो बाबा, तुम्हें भूख लगी होगी।"

बर्तन रख वह भीतर चली गयी। तभी पिता का स्वर उभरा था—

"तूने खाया?"

"मैं खा लूँगी बाबा।"

तभी मारिया ने सुना। उनके पिता की ही आवाज़ थी,

"छुगन आया था कल।"

उसके मुँह से सिर्फ़ 'हूँ' निकला।

"तुझे पूछ रहा था।"

"हूँ।"

"तू तो जानती है न उसे?"

"हूँ।"

"अच्छा है वह।"

"हूँ।"

"अरे! का ए हूँ-हूँ लगाये है?"

इस बार उनके स्वर में नाराज़गी उभर आयी थी। तपाक से मारिया भी बोली, "और क्या कहूँ मैं?"

कुछ पल उनके बीच चुप्पी रही। फिर उसी चुप्पी को तोड़ते हुए बोले वे—"देख मुरिया, तेरी माँ नहीं, भाई नहीं। घर में कौन है? मैं भी बूढ़ा हो गया हूँ। तू जवान हो गयी है। समझ से काम ले। मेरा कुछ पता नहीं कब...। तेरे घोटुल जाने की ऋतु आ गयी है।"

उसके बाद बाहर से उनकी आवाज़ बन्द हो गयी थी। मारिया ने घर की चौखट पर खड़े होकर देखा। बाबा कहीं चले गये थे। वह वहीं आँगन में बैठ गयी। तभी पड़ोस से कुत्ता आया। उसने उसे खाने को कुछ दिया। वह फिर भीतर चली गयी थी। सोचने लगी वह। 'बाबा ठीक ही तो कहते हैं। छुगन अच्छा है, सब कुछ मालूम होने पर भी उसे अपनाने को तैयार है। छुगन के अलावा कौन अपनायेगा उसे?'

अगला दिन निकला। उसके जीवन में प्रभात की किरणें प्रवेश करने लगी थीं। दोपहर होते-होते वे घोटुल में थे। एक पहाड़ी पर बाँस के छोटे-छोटे घर, दालान, मिट्‌टी और गोबर से लिपा-पुता साफ़-स्वच्छ परिवेश। कब शाम हो गयी, पता नहीं चला और फिर रात घिर आयी। भीतर मद्धिम प्रकाश। मारिया छुगन के नज़दीक थी। साथ जीने और मरने की घोटुल की परम्परा। प्रणय निवेदन से सहवास तक आदिवासी युवक-युवती एक-दूसरे को ख़ूब जान-पहचान लेते थे। पर छुगन और मारिया के बीच तो कोई रहस्य न था। छुगन नज़दीक के गाँव का था। पिछले वर्ष उसने इंटरमीडिएट किया था। मारिया ने भी दसवीं पास कर ली थी।

आधी रात हुई। वे दोनों आलिंगनबद्ध थे। बीच में छुगन कुछ कहता था। मारिया हूँ-हाँ करती थी। प्रतिवाद के स्थान पर परस्पर सहमति थी। सुबह होने से पहले ही उन्होंने फ़ैसला ले लिया था। अब वे जंगल में नहीं रहेंगे। छुगन का कहना भी था। आदिवासी कब तक जंगल के अँधेरे में रहें, क्यों रहें? उसे भी तो उजाला चाहिए। उनके जीवन में भी तो विभिन्नता हो। फिर अब न उनके पास जंगल रहा, न ज़मीन और न ही जल। दिक्कुओं ने सभी पर क़ब्ज़ा कर लिया था। जल, ज़मीन के मालिक बेदख़ल कर दिये गये थे। उनके पास अब केवल पुरखों के गीत थे, कथाएँ थीं और सपने थे। सोने से पहले छुगन ने बतलाया था, "आदिवासी जीवन और उनकी अस्मिता बचाने के लिए अब कोई बिरसा मुण्डा नहीं आयेगा।"

सच ही तो था। आदिवासियों के लिए जंगल में क्या बचा है? जंगल से दूर शहर उनके सामने खुल रहा था। पर वैसा शहर नहीं जो उनके भीतर था। शहर के यथार्थ के बीच वे घिरते चले जा रहे थे। बड़ी मुश्किल से एक संस्था के यहाँ उन्हें आश्रय मिला। अगले दिन दोनों ने प्लेसमेंट में नाम दर्ज कराया। रजिस्ट्रेशन फीस में पैसा चला गया था। किसी आदिवासी मित्र ने ही बतलाया। इसके अलावा अन्य कोई विकल्प नहीं। तुरन्त काम चाहिए तो एडवांस तो देना ही पड़ता है। इसी सब में दिन बीत गया। फिर रात भी। अगला दिन दोनों के लिए चुनौती भरा था। शहर पराया था। तेज़ी से वहाँ अपनत्व ग़ायब होता जा रहा था। जिस संस्था ने एक दिन के लिए आश्रय दिया था, वहाँ से कमरा खाली करना था। बड़ी मुश्किल से दो दिनों के लिए और कमरा मिला।

दो दिन भी नौकरी की तलाश में ऐसे ही निकल गये। विस्थापन का दर्द और नये शहर का परायापन। दोनों स्थितियों से जूझते हुए वे थक गये थे। शहर में बर्तन माँजने की, कार साफ़ करने की नौकरी ज़रूर मिल जाती। लेकिन यहाँ भी समस्या थी, मारिया को तो हिन्दी बहुत कम आती थी। छुगन फिर भी ठीक था, पर कामचलाऊ ही। सबसे बड़ी समस्या थी उनका आदिवासी होना। जिन आदिवासियों को 26 जनवरी की झाँकियों में लोग टीवी पर देखकर खुश होते हैं, यहाँ वे उनसे बातें करते हुए भी कतराते हैं। शहर के लोगों का नया मिज़ाज था। आदिवासियों को भी शहर के लोग बांग्लादेशी घुसपैठियों की तरह देखते थे।

बड़ी मुश्किल से संस्था द्वारा तीन दिन और रहने की अनुमति मिली थी। पर इस बार उन्हें बता दिया गया था कि उनके ठहरने का यह अन्तिम विस्तार है। मारिया को इन तीन दिनों में नौकरी के लिए प्लेसमेंट की तरफ़ से तीन जगहों पर भेजा गया। पर कहीं कोई बात नहीं बन सकी। लगभग यही हाल छुगन का भी था। वह जहाँ भी जाता वहीं से निराश ही लौटना पड़ता। उनके पास पैसा भी अब कुछ ज़्यादा नहीं बचा था। तीसरे दिन जब वे दोनों लौटे तो संस्था ने कमरा खाली करने का अल्टीमेटम दे दिया था। अब सिर्फ़ उनके पास वही एक रात बची थी सिर छुपाने को। आने वाले कल के लिए वे असमंजस में थे। रात में काफ़ी देर तक नींद नहीं आयी थी। ऐसे में मारिया ने पूछा था–

"छुगन, क्या उसी जंगल में लौट चलें?"

छुगन के पास जवाब नहीं था। जबकि मारिया ने फिर से वही सवाल दोहराया था। छुगन मौन था। हालाँकि वह भीतर से अशान्त था। पर क्या जवाब दे। वह स्वयं भी निश्चय नहीं कर पा रहा था। मारिया की आँखों में आँसू भर आये थे। लाइट चली गयी थी। अचानक छुगन को मारिया के सुबकने का एहसास हुआ। उसने करवट बदलते हुए सिर्फ़ इतना ही कहा, "कल अभी दूर है मारिया।"

सुबह हुई, वे दोनों जल्दी ही अलग-अलग दिशा में निकल पड़े। जाते हुए उन्होंने मैनेजर को बतला दिया था कि दोपहर बाद आज हर हालत में कमरा खाली करना है। मैनेजर आश्वस्त् था, जैसे नौकरी की तलाश में वे आशावान थे। प्लेसमेंट ऑफ़िस में कार्यरत सविता शर्मा से आज भी मारिया मिली। दुखद कथा फिर से दोहरायी गयी। सविता की भी इन चार-पाँच दिनों में न जाने क्यों मारिया से हमदर्दी हो गयी थी। आज जैसे ही मारिया ने उससे वह सब कहा, सविता बोली–

"देखो मारिया, शहर में रहना है तो शहर के तौर-तरीक़ों पर चलना होगा।"

"मैं कुछ समझी नहीं दीदी।"

"तुम्हारे में यही तो ख़राबी है कि तुम कुछ समझ नहीं रही हो।"

मारिया के पास कोई जवाब नहीं था। वह चुप ही रही। सविता ने फिर कहा–

"अच्छा बताओ, मोनिका कैसा नाम है?"

"अच्छा नाम है दीदी।"

"तो फिर एक काम करो...।"

"क्या दीदी?"

"यह नाम तुम रख लो।"

"मैं...!'' ''क्यों क्या हुआ?"

सविता बोली—

"नाम ही नहीं, कुछ बदलना भी होगा अपने भीतर और बाहर। समय की यही ज़रूरत है।"

"दीदी, मैं नाम तो बदल लूँगी, पर हमारे रहने की...।"

"मैं इन्तज़ाम करा दूँगी।"

मारिया को जैसे बल मिला था। दोपहर बाद वह छुगन से मिली तो उसने यह सब बता दिया? तुरन्त प्रतिक्रिया ज़ाहिर की थी उसने—

"ऐसा कैसे हो सकता है मारिया?"

"क्यों नहीं हो सकता? मैं तो सिर्फ़ नाम ही बदल रही हूँ, लोग तो अपना ईमान ही बदल लेते हैं।"

छुगन उसके तर्क के आगे मौन था।

कड़वा सच

—सुशीला टाकभौरे

सुधीर जी बहुत ही मिलनसार और सहयोगी स्वभाव के हैं। वे अम्बेडकरवादी आन्दोलन के सक्रिय कार्यकर्ता हैं, दलित साहित्य और स्त्रीवादी साहित्य की बारीकियों के ज्ञाता भी हैं। साहित्य-लेखन, प्रकाशन के साथ-साथ आलोचना के क्षेत्र से वे कई बरसों से जुड़े हैं। कुछ दिन पहले निशा ने मेरा परिचय उनसे कराया था। उन्हें मेरे लेखन की जानकारी भी दी थी।

निशा भी अम्बेडकरवादी आन्दोलन की कार्यकर्ता है, साथ ही वह महिला मुक्ति आन्दोलन से भी जुड़ी है। कुछ दिन पहले ही उससे मेरा परिचय हुआ था 'ऑल इंडिया प्रोग्रेसिव वूमेन्स ऑर्गनाइजेशन' संस्था के कार्यक्रम में। मैं पहली बार गयी थी। निशा के आग्रह पर कविता-सत्र में मैंने भी अपनी कविताएँ सुनायी थीं जो वहाँ की महिलाओं को अच्छी लगी थीं।

निशा ने मुझसे मिलकर कहा था—"अच्छी कविताएँ लिखती हैं। कहानी भी लिखती हैं क्या? दलित साहित्यकारों से विचार-विमर्श करेंगी तो और अच्छा लिखेंगी।" पहली मुलाक़ात में ही निशा ने जान लिया था कि मैं पिछड़ी दलित जाति की हूँ, जहाँ अभी तक अम्बेडकरवादी दलित विमर्श और नारी विमर्श की बातें बहुत कम होती हैं। वह मुझे शशि वाल्मीकि न कहकर सिर्फ़ शशि कहती है।

उस समय मैं दलित साहित्य के विषय में अधिक नहीं जानती थी। बस, अपनी सहज अनुभूति से अपने दुख-सुख की बातें अपनी कविता और कहानियों में लिखती थी। अपनी रचनाएँ किसी को बताने में भी संकोच होता था। सुधीर जी से मिलकर मुझे अधिक ख़ुशी इसलिए हुई कि कभी साहित्य लेखन में उनका

मार्गदर्शन ले सकूँगी। सुधीर जी ने प्रथम भेंट में ही कहा था, 'मैं किसी दिन आकर आपकी कहानियों पर चर्चा करूँगा।'

जिस दिन सुधीर जी हमारे घर आये, उस दिन मैंने एक नयी कहानी की शुरुआत की थी। बस थोड़ा ही लिख पायी थी। उन्होंने आते ही कहा—"शशि जी, जयभीम। चाय-वाय रहने दीजिए, आपने जो लिखा है वह बताइए।"

'अन्धा क्या चाहे—दो आँखें'—वाली कहावत के अनुसार मैं तुरन्त भागी, अपनी लिखी-अधलिखी कहानियों को ढूँढ़ने। हस्तलिखित पृष्ठों के रूप में जो भी मिला, मैंने लाकर सुधीर जी के सामने रख दिया। वह तीन कहानियाँ नहीं, सवा तीन कहानियों की पाण्डुलिपि थी। सुधीर जी उनके पन्ने पलटने लगे। मैं तुरन्त पानी ले आयी। उन्होंने पन्नों को उलटते-पलटते हुए पानी पिया और गिलास टेबल पर रख दिया। वे बिना इधर-उधर देखे, पन्नों को पढ़ते हुए पलट रहे थे।

धड़कते दिल से मैंने चाय बना ली। चाय उनके सामने टी-टेबल पर रख ही रही थी कि अचानक उनकी ऊँची आवाज़ से मैं सहम गयी—"आपने ये कहानियाँ लिखी हैं, ...ये सब एक हैं कि चार हैं? मुझे तो सब में एक ही कहानी नज़र आ रही है। सब में एक ही बात, एक ही पात्र, एक जैसी समस्याएँ, एक जैसी परेशानियाँ। आप ही देखिए—वही आर्थिक तंगी, बच्चे, पति, नौकरी और बस...।"

मैं डरी-सहमी चुपचाप उनके सामने सोफ़े पर बैठ गयी। मेरी स्थिति देखकर, उन्होंने अपनी आवाज़ थोड़ा नर्म बनाकर कहा—"आगे और जितनी कहानियाँ लिखोगी, क्या सब ऐसी ही लिखोगी? बिल्कुल एक जैसी?"

मैं कुछ जवाब नहीं दे सकी। उन्होंने अपनेपन से समझाते हुए कहा—"देखिए एक कहानी एक ही होनी चाहिए, दूसरी उससे अलग होनी चाहिए। क्या आपको ऐसा नहीं लगा कि हर कहानी में एक जैसी बातें बार-बार रिपीट हो रही हैं...क्या आपके पास और कोई विषय नहीं है लिखने के लिए...? इतने छोटे से घेरे में घिरकर, केवल एक ही बात को बार-बार दोहराती रहोगी, तो आप कैसे अच्छी लेखिका बन पाओगी, आप ही बताओ? क्या मैं ग़लत कह रहा हूँ...?"

मैं रुआँसे स्वर में बोली—"आप ठीक कह रहे हैं, मगर मैं क्या करूँ? जब भी लिखती हूँ, बस ऐसी ही घटनाएँ और ऐसे ही कथन याद आते हैं। इनसे अलग कुछ लिखने पर मेरी क़लम आगे नहीं बढ़ती है। ...और नया लाऊँ भी

कहाँ से? जो कुछ बहुत नज़दीक से देखा है, सुना है या वेदना-संवेदना के रूप में पाया है—बस वही बार-बार मेरी लेखनी में स्याही की तरह भर जाता है। फिर तो मेरी क़लम ऐसी चलती है, जैसे समुद्र में जहाज़ तीर की तरह आगे बढ़ता है, या जैसे आकाश में ऊँचाई पर उड़ता हुआ पंछी अपनी उड़ान को एक ताल, एक लय में बाँध लेता है।"

"वाह...देखो, कितनी अच्छी बात कही आपने, समुद्र में जहाज़ और आकाश में उड़ता पंछी। लेकिन आप ऐसी चीज़ों को मिलाकर एक कर देती हो। जहाज़ और पंछी को 'जहाज़ का पंछी' बना देती हो। बेचारा जहाज़ का पंछी, बस यही याद रह जाता है। आकाश और समुद्र जैसी विशाल बातों को भूल जाती हैं आप। बात भले ही न हो, लेकिन भिन्नता लिए ज़रूर होनी चाहिए। एक ही कथा, एक जैसी घटनाएँ, समस्याएँ—बार-बार पुनरावृत्ति—कोई एक कहानी पढ़ेगा, दो पढ़ेगा—लेकिन इसके आगे?"

सुधीर जी ने देखा, मेरी आँखों में आँसू भर आये हैं। वे चुपचाप कप उठाकर चाय पीने लगे। मैंने भी अनचाहे आँसुओं को अनजाने रूप से पोंछ लिया। चाय न पीकर कप रखते समय सुधीर जी ने उड़ती नज़र से मेरी ओर देखा, फिर कहानियों के पन्ने पलटते हुए कहने लगे—

"देखिए, शशि जी, निशा ने आपका परिचय एक साहित्यकार के रूप में करवाया था। आप लिखती हैं—अच्छी बात है। आप में प्रतिभा है, इसमें कोई शक नहीं है, लेकिन आपको दिशा चाहिए। इसके लिए आपको बहुत पढ़ना पड़ेगा, तभी आप अच्छा और नया कुछ लिख सकेंगी। यह जो बातें आप लिख रही हैं, ये सब आज से पचास साल पुरानी हैं। तब ये लिखी और पढ़ी जाती थीं। पचास साल बाद अब कुछ नया लिखना होगा, तभी वह पढ़ा जायेगा। आप अच्छा लिखें और साहित्य लेखन के क्षेत्र में आगे बढ़ती रहें—यह मैं चाहता हूँ। इसके लिए यदि मैं कुछ कह दूँ तो आप बुरा नहीं मानना।"

मेरे चेहरे पर अपनेपन की मुस्कान आ गयी। मैंने सरलता के साथ कहा—"आप ठीक कह रहे हैं, मैं बुरा क्यों मानूँगी? मैं आपकी एहसान मन्द हूँ, जो आप मुझे इस तरह से बातें बता रहे हैं।"

सुधीर जी ने घड़ी देखी और सभी पन्नों को मोड़कर मुझे देते हुए कहा—"पहले की कहानियों को रहने दो, लेकिन इस अधूरी कहानी का ढाँचा

पूरी तरह बदल दो। औरत की वही पुरानी कहानी, महँगाई की परेशानी, बच्चों का रोना, पति का उलाहना, नौकरी की भागदौड़; ये सब बातें छोड़ो। दुनिया में बहुत कुछ है देखने के लिए, दिखाने के लिए। अपने दुख के साथ दलित समाज का दुख भी देखो। दलितों के अपमान-तिरस्कार को समझो, उनके संघर्ष, पीड़ा की सच्ची कथाएँ लिखो। स्त्रियों पर होने वाले अत्याचार की घटनाओं पर कहानी लिखो। कमज़ोर दलित स्त्री को सबल रूप में दिखाओ।"

"मैंने कृतज्ञता के साथ पन्ने ले लिए। कहानी को नये रूप में लिखने की हामी भरी, साथ ही अच्छा लिखने का प्रयत्न करने का विश्वास दिलाया। सुधीर जी ने जाते-जाते कहा कि वे जल्दी ही किसी दिन आकर मेरी नयी कहानी देखेंगे।

सुधीर जी के जाने के बाद मैं अपनी कहानियों पर बहुत विचार करती रही। अपनी कहानियों के विषय में सुधीर जी की कही गयी बातों पर चिन्तन-मनन करती रही। उन्होंने जो कुछ कहा, वह सच था, लेकिन मेरा अपना भी सच था। तब मैं क्या करूँ? कैसे निकलूँ अपने छोटे से घेरे के बाहर? मन बहुत बेचैन हो गया। मैंने सोचा नहीं था कि सुधीर जी इस तरह, इतना नाराज़ होंगे। मेरी कहानियों की आलोचना इस तरह करेंगे और मुझे ऊँचे और कड़े शब्दों में इतना कुछ कहेंगे। इस आकस्मिक चोट ने मेरे कोमल मन को द्रवित कर दिया।

मैं मन-ही-मन अपने आन्तरिक बोध से बातें करने लगी। मेरा बोध कह रहा था—"लिखो, कुछ नया लिखो। अच्छा लिखो।" मैंने पूछा—"कैसा नया, कैसा अच्छा?"...तब उसने कहा—"कुछ नया, कुछ अपोज़िट...जैसे ग़रीबों के साथ साधन-सम्पन्न लोगों का दुर्व्यवहार, संघर्ष के साथ अपनी मर्ज़ी का जीवन...जहाँ स्वतन्त्रता हो, निडरता हो, जो पढ़ने वालों को प्रेरणा और सन्देश दे सके।"

मैंने कुछ न समझते हुए कहा—"वह कैसे...?" मेरा अन्तर्मन जैसे मेरी परीक्षा ले रहा था। उसने मुझे विपरीत रूप से समझाया और ग़ैर-दलित साहित्य के समान लिखने की बात कही।

वह बोला—"जैसे...जैसे आप अपने बँगले के ड्राइंग हॉल में क़ीमती नर्म सोफ़े पर बैठी हैं। आपके हाथ में फेमिना है, आपके बगल में 'वुमेंस इरा' पड़ी है, आपकी आँखें रंगीन टी.वी. पर चल रहे उस दृश्य में उलझी हैं जिसमें

पाश्चात्य स्त्री-पुरुष जल-सरोवर या स्विमिंग पूल में सामूहिक रूप से जल-क्रीड़ा कर रहे हैं। नौकर काजू-पिस्ता के साथ औटाया हुआ दूध का क़ीमती गिलास, क़ीमती ट्रे में रखकर लाता है। आप धीरे-धीरे उसे पीती हैं। आपका क़ीमती परिधान आपको अपने इस वैभव की स्वामिनी बता रहा है। पोर्च में आपकी सुन्दर सजीली महँगी कार खड़ी है। कार में ड्राइवर आपकी प्रतीक्षा कर रहा है। आप अपनी कार में बैठकर ऑफ़िस जाती हैं...।"

मैं हँस पड़ी। ''क़ीमती कार में बैठकर ऑफ़िस जाऊँगी? वाह...! ड्राइवर भी रखूँगी...? लेकिन ड्राइवर को तनख़्वाह कहाँ से दूँगी? जबकि लोन की कटौती के बाद मुझे तनख़्वाह के सिर्फ़ तीन हज़ार रुपये महीना ही मिलते हैं। इतने रुपयों में वह क़ीमती बँगला, वह क़ीमती दूध का गिलास, वह क़ीमती कालीन, फेमिना और वुमेंस इरा पढ़ने का न समय है, न सुविधा। कहाँ से लायेंगे यह सब? जैसे सब कुछ मात्र एक रंगीन सपना हो...।''

"फिर वही बातें, अरे, सपना ही सही, मगर कुछ अलग है, अच्छा है..."

मैंने सच्चाई का दामन थामते हुए कहा—"न बाबा, मैं अपने इस छोटे से घर में रहकर ऐसा रंगीन सपना नहीं देख सकती।" तब उसने समझाते हुए कहा—"अच्छा ठीक है, कुछ और लिखो। दूसरे विषय पर लिखो, कुछ प्यार-मोहब्बत पर। जैसे—तुम और तुम्हारे पति पहले एक ही कॉलेज में पढ़ते थे। दोनों में रोमांस हुआ, प्यार की बहुत-सी बातें हुईं, सपने सजाये गये, वायदे किये गये। फिर उनसे आपकी शादी हो गयी।"

मैं चारपाई से उठकर आठ बाई आठ के कमरे में टहलने लगी। कुछ याद करते हुए धीरे-धीरे बुदबुदायी—"जब वे कॉलेज में पढ़ते थे, तब मैं कहाँ थी? शायद प्राइमरी स्कूल में पढ़ती थी। तब वे मेरे साथ प्यार-मोहब्बत की बातें कैसे करते? और वे सपने...वायदे तब होते, जब मैंने उन्हें पहले देखा होता। शादी के बाद देखा, साथ में यह भी सुना कि मुझे जल्दी ही कोई नौकरी कर लेनी चाहिए। वे मेरे लिए इसका प्रयत्न करेंगे। दहेज मिला था, मगर ससुराल वालों की अपेक्षा से कम था। तब प्यार करने और पाने का सरस वातावरण ससुराल में मुझे कहाँ से मिलता? मैं जीवन को जी रही हूँ या जीवन मुझे जी रहा है—मैं नहीं जानती। ठण्डी, बेजान, नीरस, ज़िन्दगी...। अब प्यार का ऐसा कोई सपना मैं नहीं देख सकती, बिल्कुल नहीं...।"

"ठीक है, फिर भी तुम याद रखो, तुम्हें अपनी कहानी नये रूप में लिखकर सुधीर को दिखाना है। अब तुम्ही सोचो, तुम्हें अपनी कहानी के लिए नया प्लॉट ढूँढ़ना है।"

मैं चारपाई पर बैठ गयी। अपने सिर को हाथों में थामकर अच्छी तरह याद करने लगी। कम-से-कम एक प्रेम-प्रसंग को लेकर कहानी नये रूप में लिखी जा सकती है। मैं याद करने लगी, अपनी बीती युवावस्था के दिनों को, कुछ भी याद नहीं आया। मैंने मुश्किल से याद किया—जब मेरी नयी-नयी शादी हुई थी, दो महीने बाद मैं मायके से लौटी थी। पति ख़ुश थे, रात होते ही अपनी बातों से प्रेम जताने लगे। ...तब...तब...तभी मुझे याद आया और मैंने प्यार के साथ कहा—कल मंगलवार है, कल हम मन्दिर चलेंगे। पति रुक गये। उन्होंने मुझे रूखे भाव के साथ देखा, फिर धीमे लेकिन कठोर स्वर में कहा—''किस समय कौन-सी बात करनी चाहिए यह भी नहीं समझती, बेवक़ूफ़ कहीं की।'' और वे मेरी ओर पीठ करके सो गये। मैं रातभर अकेली सोचती रही—'मुझसे क्या ग़लती हुई? ...मैंने ऐसा क्या ग़लत कह दिया...? बस, ऐसी ही समझ थी मेरी।'

मेरा अन्तर्मन कहने लगा—"तुम्हें बस ऐसी बातें ही याद आती हैं, कुछ और याद नहीं आता? यदि कुछ नहीं है, तो कल्पना करो, कल्पना से लिखो, लेकिन कुछ नया लिखो।" मैंने अपना चिन्तन बोझ उस पर डालते हुए कहा—"अब तुम्हीं बताओ कोई नयी बात।"

वह बताने लगा—"कल्पना करो कि तुम्हारे घर तुम्हारे पति का कोई मित्र आया है। वह तुम्हारे प्रति आकर्षित है। तुम घर में अकेली हो। ऐसे अवसर का लाभ उठाकर वह तुम पर अपना प्रेम व्यक्त करता है।"

मैंने कहा—"हाँ, एक बार ऐसा हुआ था। पति के मित्र हमारे घर आये थे। मैं घर में अकेली थी, तब उन्होंने मुझसे पास बैठकर बातें करने का बहुत अनुरोध किया था। मैं उनके सामने बैठ गयी थी। वे अपनी यात्राओं के संस्मरण और बीते दिनों की हल्की-फुल्की बातें बता रहे थे। मैं सहज भाव से बैठी सुन रही थी। हम आमने-सामने सोफ़े पर बैठे थे। दोनों सोफ़े के बीच सटा हुआ टी-टेबल था। टी-टेबल पर 'इंडिया टुडे' था। बातें सुनते-सुनते मैंने आलस्य भाव से अपना बायाँ हाथ आगे बढ़ाकर पत्रिका पर रख दिया। तब जल्दी से उन्होंने अपना हाथ मेरे हाथ पर रख दिया और बहुत ही मधुर अन्दाज़ से मुझे देखते हुए, अति मृदुल शब्दों में कहने लगे—"आपसे मिलकर मुझे बहुत

अच्छा लगता है...आप मुझे अच्छी लगती हैं। यदि आप चाहेंगी, तो आपका यह मोहन हमेशा आपके घर आता रहेगा...।"

उनका नाम मोहन था। वे देखने में बहुत ही सुन्दर और सजीले थे। उनके इस व्यवहार को देखकर न मुझे भय लगा और न ही रोमांच हुआ। उनके हाथ को अपने हाथ के ऊपर देखते हुए मैं अति सहज भाव से बोली थी—"मेरे भाई का नाम भी मोहन है। आप मुझे मेरे भाई जैसे ही लगते हैं...।" तब उन्होंने जल्दी से अपना हाथ हटा लिया था।

"धत् तेरे की...यह भी कोई बात हुई? अरे, कम-से-कम प्यार की कुछ बातें सुन ली होतीं, तो वे अब तुम्हारी कहानियों में काम आतीं। ...ख़ैर, छोड़ो इस विषय को। बहुत से विषय हैं लिखने के लिए। राजनीति पर लिखिए। आजकल बहुत महिलाएँ राजनीति में आ रही हैं। तैंतीस प्रतिशत आरक्षण ने महिलाओं को राजनीति में आने का प्रोत्साहन और अवसर दिया है। तुम इतना पढ़-लिखकर और इतने वर्ष नौकरी करके राजनीति से अछूती कैसे रह सकती हो? आख़िर ऐसे कुछ प्रसंग अवश्य होंगे, जिन पर कहानी लिखी जा सकती है। राजनीति पर वैसे भी बहुत कम महिलाएँ लिखती हैं। तुम लिखोगी तो अनूठा अनुभव होगा..."

राजनीति के विषय में याद करते हुए मैंने कहा—"हाँ, मैं एक बार राजनीति के सागर के किनारे पहुँची थी। यह सागर दिल्ली में है। यहाँ तक मुझे एक मुँहबोले भाई ने पहुँचाया था। इस भाई ने पहले पचासों बार, सैकड़ों बार मुझे दीदी कहकर भाई होने का विश्वास दिलाया। इसके बाद राजनीति की सुख-सुविधाओं, वृद्धि-समृद्धि का सुन्दर रंगीन सपना दिखाया। उस पर विश्वास करते हुए, उसके कहने पर मैं उसके साथ कई एम.एल.सी. और एम.एल.ए. से मिली। उनके पी.ए. से मिली, उनके प्यून से मिली। सबको अपना परिचय दिया। राजनीति में आने की अपनी रुचि और अभिलाषा बतायी। सबने आश्वासन दिया और विश्वास दिलाया कि वे मुझे ज़रूर राजनीति में लायेंगे। इतना ही नहीं, बड़ी नेता बनायेंगे। मैं ख़ुश थी, भाईसाहब फूले नहीं समा रहे थे। शायद उनकी भी कुछ अभिलाषाएँ होंगी, जो उन्हें पूरी होती हुई नज़र आ रही होंगी।"

भाईसाहब ने मुझे अनेक महत्त्वपूर्ण व्यक्तियों से मिलवाया। उनकी सूची के अन्तिम मन्त्री से मिलते समय रात हो गयी थी। यहाँ आकर मुझे कुछ अच्छा

अनुभव नहीं हुआ। खाये-पिये हुए और डकारते हुए लोगों को मन्त्री के बँगले पर मैंने बहुत नज़दीक से देखा। मन्त्री महोदय भी पहली भेंट में, बिना कुछ किये, बिना कुछ पद स्थान दिये, मेरे नज़दीक से नज़दीक आने का प्रयास करते नज़र आ रहे थे। वे सब मुझे मगरमच्छ और भेड़िये की तरह लगे। उन्हें देखकर मैं डर गयी और भाईसाहब से अनुरोध करने लगी—"अब यहाँ से लौट चलिए।"

भाईसाहब हँसकर टालते रहे, मानो इनका चारा बनाने के लिए ही मुझे यहाँ लाये हों। शायद वे इस तरह से अपने कुछ अटके हुए काम पूरे करवाना चाहते थे। मैंने नाराज़गी दिखायी तब कहीं मैं वहाँ से बाहर निकल पायी। तब से मैं राजनीति से डरती हूँ। मुझे लगता है—"राजनीति दलदल है। यह एक भयंकर जंगल है, यहाँ भयंकर जीव-जन्तु रहते हैं। तब आप ही बतायें मैं राजनीति पर क्या लिखूँ?"

यह सब सुनकर मेरा अन्तर्मन तड़प उठा। वह यह सब पहले से जानता था, लेकिन मुझे कितना याद है या मेरे क्या अनुभव हैं—वह मुझसे सुनना चाहता था। अब वह चुप है, क्या कहे? खेलकूद की बात वह कैसे कहे? सुबह से शाम तक के समय में जो अपने घर आये अख़बार के चार पन्ने पढ़ने का समय न निकाल पाये, जो टेलीविज़न पर चल रहे मनोरंजन और ज्ञानवर्द्धन के कार्यक्रमों को भी अपनी थकावट और काम के कारण न देख पाये, उसे वह कैसे कहे कि पी.टी. ऊषा के अनुभवों को अपनी लेखनी से लिखो या अन्तरराष्ट्रीय विषयों और नीतियों पर लिखो।

सौन्दर्य पर वह क्या लिख सकेगी? जबकि वह सौन्दर्य को नारी का आभूषण नहीं मानती। तब कैसे कहेगा उसका आन्तरिक बोध कि वह सौन्दर्य प्रसाधन पर लिखे, उम्र छिपाने वाले आकर्षण पर लिखे या पुरुष को लुभाने वाली नारी की चंचलता पर लिखे। कहाँ से लायेगी वह ये सब अनुभव और अनुभूति?

घर और परिवार के सीमित घेरे में घिरी दलित लेखिका, नारी कैसे कर पायेगी बाहर की दुनिया का सजीव चित्रण? कैसे जान सकेगी आधुनिक व्यवहार की बातें? कैसे चल पायेगी समय के साथ क़दम-से-क़दम मिलाकर? जो अपने देश के विषय में पूरी तरह नहीं जानती, वह विदेशों के विषय में, विदेश यात्राओं के विषय में क्या लिखेगी? राष्ट्रीय-अन्तरराष्ट्रीय विशाल विषय भूमि पर अनूठी, अनन्य कथा का सृजन कैसे कर सकेगी? कैसे करेगी कल्पना और कहाँ से

लायेगी यथार्थ की अनुभूति! कैसे लाये वह अपनी लेखनी में विविधता...? कैसे लाये अपने लेखन में विशालता, कैसे पाये अपने जीवन की संकीर्णता से छुटकारा? कैसे पाये इस कड़वे सच से छुटकारा!

मेरा बोध मौन हो गया है। अब मैं अकेली परेशान हूँ। कहानी को नये ढंग से लिखना है। सुधीर जी आयेंगे, कहानी पढ़ेंगे। अपने दिये गये आश्वासन और विश्वास की रक्षा भी मुझे करनी है। मैं ऐसी बुद्धू तो नहीं हूँ कि कुछ न कर सकूँ, फिर भी क्यों नहीं कर पा रही हूँ? बस यह सोच-सोच कर परेशान हूँ। नारी समाज को शुरू से जिस साँचे में ढाला जाता है वह लचीला नहीं होता, बहुत ठोस और कठोर होता है। बिरली ही कोई नारी होती है, जो इस साँचे को तोड़कर इससे बाहर आ जाती है। तो क्या मुझे भी इस साँचे को तोड़ना होगा? नारी संरक्षण के बन्धनों को मैं उचित नहीं मानती, लेकिन नारी के मुक्त और स्वच्छन्द व्यवहार भी ठीक नहीं लगते हैं। तब मैं क्या करूँ? क्या इसके बीच की स्थिति में लटकी रहूँ?

नयी कहानी मैंने किसी तरह अपने ढंग से पूरी कर ली है। इस कहानी की नारी पात्र आधुनिक स्त्री है। वह अपने पति से दुखी और नाराज़ है। पति से तलाक़ लेने का मानस बनाकर वह अपने पुनर्विवाह की पूर्ण तैयारी करती है। मगर वह एक दिन अपना फ़ैसला बदल लेती है। वह इसे ग़लत समझती है। अन्त में वह मन-ही-मन लगातार त्रस्त, कुण्ठित और असन्तुष्ट रहने के कारण बीमार रहने लगती है।

आदर्शों और संस्कारों में जकड़ी मानसिकता जल्दी बदली नहीं जा सकती, इसका सत्यानुभव पुनः मेरी कहानी में दिख रहा है। मैं परेशान नहीं हूँ, लेकिन निश्चिन्त भी नहीं हूँ। आख़िर मुझे ज़रूर बदलना होगा।

सुधीर जी आये। उन्होंने मेरी कहानी पढ़ी। कहानी पढ़कर वे हँस दिये। कहने लगे—"यह कहानी अच्छी लिखी है।" सुनकर मुझे अच्छा लगा, मेरा उत्साह बढ़ा, आत्मविश्वास झलकने लगा। मैंने फिर से पूछा—"सचमुच कहानी अच्छी है?" उन्होंने कहा—"हाँ, कहानी अच्छी है, बस इसमें थोड़ा-सा बदलाव कर दीजिए। कहानी की नारी पात्र को थोड़ा और आधुनिक सबल बनाइए, विशेषकर निर्णय लेने के मामले में। बाक़ी सब ठीक है।"

मैंने सकुचाते हुए कहा—"आधुनिक यानी मुक्त...स्वच्छन्द, मुक्त यानी आदर्शों और संस्कारों से मुक्त...।" सुधीर जी ने विश्वास के साथ कहा—

"हाँ, इसमें हर्ज़ ही क्या है? क्या आपने साठोत्तरी कहानियाँ नहीं पढ़ीं, साठ के दशक की कहानियाँ तो और भी आगे हैं।" मैंने गर्दन झुका ली। सुधीर जी ने मुझे आश्चर्य के साथ देखते हुए कहा—"आप किस युग में जी रही हैं, आप अपने समय के साथ चलिए। आज की नारी इक्कीसवीं सदी में जाते हुए चाँद को छू रही है और आप हैं कि अपनी जड़ मानसिकता को छोड़ नहीं पा रही हैं।" मैं मौन हो गयी।

चाय-नाश्ते के बाद सुधीर जी ने समझाते हुए कहा—"यह जो आपकी नारी है उसे अन्तर्मुखी मत बनाओ। यह जो पाना चाहती है, उसे पाने दो। उस पर अपने विचार मत लादो, उस पर सामाजिक नैतिकता के परम्परावादी आदर्श मत लादो। उसे मानसिक रूप से मुक्त रखो—ऐसा उसे दर्शाओ। क्योंकि बीमार मानसिकता रखने से अच्छा है, वह अपने जीवन में जो चाहे—पा ले, या जैसा चाहे कर ले। घुट-घुटकर मरने के लिए किसी नारी को मजबूर करना, यह कौन-सी सामाजिकता है? अभी तक वह इसी सामाजिकता को ढोती आ रही है। अब वह थोड़ा मुक्त होना चाहती है। अपनी हिम्मत से, लीक से हटकर कुछ करना चाहती है, तटस्थ होकर अपने निर्णय ख़ुद लेना चाहती है। त्याग-तपस्या में अपना जीवन गलाना क्या आज तर्कपूर्ण कहा जा सकता है? कुण्ठित, बीमार, मानसिकता रखने वाली नारी सम्पूर्ण नारी समाज के लिए एक आदर्श बनी रहे, क्या आप इसे ठीक समझती हैं?"

मैंने संकोच और भय के साथ अपनी नज़रें झुका लीं। तब सुधीर जी कुछ समझकर कहने लगे—"आप इतना डरती क्यों हैं? आप डरती हैं, इसलिए आपकी रचनाओं के पात्र डरते हैं। आप निडर बनिए, घर से बाहर निकलिए, अकेली निकलिए। अपने दम पर अपनी सुरक्षा का भार ख़ुद उठाइए। दुनिया इतनी ख़राब नहीं है। आप जहाँ नौकरी करती हैं, वहाँ क्या पुरुष वर्ग का सामना नहीं करतीं? फिर भी आप नौकरी करती हैं न? आप अपने आप पर विश्वास रखिए—वह आत्मविश्वास ही आपको सबके सामने सबल बनायेगा।"

सुधीर जी की बातें मुझे ठीक लग रही थीं। सचमुच आत्मविश्वास की कमी ही नारी को कमज़ोर बनाती है और कमज़ोर नारी ही अत्याचार की शिकार बनती है। सभी पुरुष ऐसे नहीं होते कि नारी को देखते ही उसे चीर-फाड़कर खा जाने की हिम्मत कर सकें। यदि अपनी नज़र से दुनिया देखना है, तो सामने

आयी कठिनाइयों का सामना करना भी ज़रूरी है। अपनी राह ख़ुद बनाना भी एक बहुत बड़ी बात होती है।

सुधीर जी ने मुझे कहानी लौटाते हुए कहा—"इसे बदल डालिए। बदलना ज़रूरी है शशि जी। आख़िर नारी कब तक ऐसी बीमार मानसिकता को पालती रहेगी? इसे हटाओ और अपने पात्रों को 'क्या खोया, क्या पाया'—का सही हिसाब सिखाओ। यह सब समय रहते नहीं हो पाया तो आपके यही पात्र एक दिन आप से इसका हिसाब माँगेंगे कि क्यों आपने उन्हें कभी अपनी आँखों से देखने नहीं दिया? क्यों उन्हें अपनी समझ से कुछ करने नहीं दिया? आप उनके इन प्रश्नों के उत्तर अभी से सोच कर रखिए।"

हँसी में कही गयी सुधीर जी की इस बात को सुनकर मैं हँस पड़ी। साथ ही मुझे संकोच हुआ—'सुधीर जी के इतना बताने और समझाने के बाद भी मैं इस कहानी को बदल क्यों नहीं पायी? मैं नारी के हक़ में क्यों नहीं सोच पायी?' वह इस विषय पर नये सिरे से सोचने लगी।

कजली

—*प्रहलाद चन्द दास*

मैं जिस कजली की बात करने जा रहा हूँ, वह मेरे युग की नहीं है। जिसे मैं देख रहा हूँ उस कजली के सन-से सफ़ेद बाल हैं, पोपला मुँह है, कमर झुकी हुई है और वह लाठी के सहारे झुककर चलती है। उसके होंठ बुदबुदाते रहते हैं और आँखें गड्ढों में धँसी हुई कभी-कभी चमक उठती हैं, क्योंकि शरीर का स्याह रंग उसकी काली आँखों को आत्मसात-सा किये हुए है।

'डायन है यह!' इसे देखकर कोई बच्चा भी कह उठेगा। लेकिन डायन होने के लिए जो शर्तें होती हैं, वही इसने पूरी नहीं कीं। मसलन, डायन होने के लिए अपने पति अथवा पुत्र को 'खा' जाना पहली शर्त होती है। लेकिन, कजली के कहाँ पति और कहाँ पुत्र? यूँ, पति उसे हुआ था पर उसे वह 'खा' कहाँ सकी? और बेटा तो उसे हुआ ही नहीं। लेकिन, ये बातें अभी नहीं। ये तो...।

तो, यह कजली डायन नहीं है। फिर, यह अपनी ससुराल में रही नहीं। यह रह गयी अपने नैहर गाँव में ही। इस तरह यह किसी की पत्नी, पतोहू अथवा दादी, नानी होकर नहीं बल्कि कजली की कजली होकर रह गयी।

बचपन से ही शुरू करते हैं।

बचपन की कजली। गाँव की धूल-माटी में अपने अरझुराये, लाल-काले बालों को लेकर खेल रही कजली! खेल में खाने की सुध नहीं! देहरी पर खड़ी होकर माँ आवाज़ देती, ज़ोर से, मगर दुलार से 'काजोला, काजोला रे...!'

बेमन से कजली आवाज़ देती, "आयी माँ!"

माँ को पता होता, एक आवाज़ से कजली आने वाली नहीं। वह दुबारा आवाज़ देती, "काजोला! काजोला रे!"

"इतना दुलार!" बहुतों को नहीं सुहाता।

"हम तो बेटों को भी इतना दुलार नहीं करतीं!" कई जोड़े होंठ बिचक जाते।

"बेटा कहो या बेटी, भगवान ने बेचारी को एक ही तो दिया है। मर्द तो रहा नहीं"... कोई और हमदर्दी जता देती। पर तब तक कजली घर के अन्दर! माँ उसके हाथ-मुँह पोंछ, बालों से धूल झाड़, जर्मन-सिल्वर के कटोरे में माँड़-भात सानकर रख देती, "खा ले बेटा!"

ठण्डा, बासी माँड़-भात पाकर जब वह माँ की ओर ताकती, माँ सहम जाती। आँखों से फूटते ढेर सारे सवाल आज भी यही बासी भात? रोज़-रोज़ यही क्यों? क्या इसका कोई 'उपाय' नहीं है?

टूटा हुआ छप्पर, माँ की सूनी माँग और फटी हुई तार-तार साड़ी से सरकती नज़र जब पुनः जर्मन-सिल्वर के कटोरे पर आ टिकती, कजली के दोनों नथुने एक बार फूलकर फिर सुटक जाते और उसका हाथ धीरे से कटोरे के बीच चला जाता।

बेबसी का स्वीकार! माँ चैन की साँस लेती, 'और थोड़ी बड़ी हो जाओ, फिर हम दोनों माँ-बेटी मिलकर कमायेंगी, तब...' माँ अपना वाक्य पूरा कर पाती इसके पहले ही थप्पड़-सा लगता हुआ एक स्वर सुनायी पड़ता, "नमक? नमक नहीं है क्या घर में?" माँ आँख उठाकर देखती, कजली के मुँह में गाल अटका हुआ है, बासी भात की खटायी से मुँह बिचका जा रहा है, और नमक के बग़ैर उसे हलक से नीचे नहीं उतार पा रही है।

"अभी लायी बेटा!" कहती हुई माँ बगल में दौड़ जाती, "एक झिनुक नमक देना बहू! कजली खाने बैठी है। शाम को मालिक के यहाँ से लाऊँगी तो वापस कर दूँगी।"

नमक परोस, माँ सामने बैठकर जब कजली की ओर निहारती, ख़ुद-ब-ख़ुद सहम जाती। शरीर के काले रंग के बाद भी आँखों के कोर में काजल-सी स्थायी लकीरें और कैसा नीलापन है इन आँखों में?

"क्या करेगी यह लड़की? हे भगवान, इसकी रक्षा करना।" माँ आँख मूँदकर दुआयें माँगती।

कजली के माँ-बाप ग़रीब थे। इतने ग़रीब कि वे एक 'साँझ' गाँव-गोतियों के 'हाथ नहीं धुला' सकते थे, अर्थात् एक जून भोजन नहीं करा सकते थे

इसलिए उसकी शादी नहीं हो सकी। इस बीच कजली का बाप, जो पूरन पण्डित के यहाँ 'मुनीम' का काम करता था, बेटी के हाथ पीले करने की तमन्ना लिए ही चल बसा और कजली की माँ को वहीं पर 'कामिन' के तौर पर लग जाना पड़ा। पहले भी कामिन ही थी, लेकिन तब दूसरे घरों में भी काम करती थी और यहाँ सिर्फ़ 'झाडू-बुहार' और 'गोहाल गोबर' का काम करती थी। लेकिन, कजली के बाप के मरने के बाद वह पूरी तरह पूरन पण्डित के यहाँ जुत गयी।

इन्हीं व्यस्तताओं में देर हो गयी, सो हो गयी। लड़की कुँवारी बैठी रह गयी। अन्त में जाकर शादी हुई नौ-दस साल की उम्र में! इस बीच लोगों की बातें सुनते-सुनते माँ के कान पकने लगे थे, इसलिए जब शादी हो गयी तो कजली की माँ को राहत मिली। ज़िन्दगी में व्यक्ति को तीन ही 'दाय' तो निभाने पड़ते हैं पितृ-दाय, मातृ-दाय और कन्या-दाय! तो यही 'कन्या-दाय' था कजली की माँ के सर पर, जिससे होते-होते वह मुक्त हो ही गयी! उधर कजली जो ससुराल गयी तो सोने लगी सास के संग! उस वक़्त साल में आठ महीने वह माँ के पास रहती, चार महीने ससुराल में। लेकिन, 'बियाह' का पानी लगने पर कहते हैं, लड़की की बढ़त तेज़ हो जाती है। सो देखते-देखते जब वह बारह-तेरह साल की हो गयी और पति के साथ सोने का समय हो गया, तो उसका नैहर आना-जाना भी कम हो गया।

अब, जब कजली जवान हो रही थी, उसकी माँ को बूढ़ी होना था, सो वह बूढ़ी हो गयी। लेकिन काम जो कन्धे से जुता था, सो था ही! देखने– सुनने वाला भी कोई न था, नतीजा हुआ कि शरीर टूट गया। वह बीमार हो गयी। बिस्तर से लग गयी। कजली ने माँ की बीमारी की ख़बर सुनी तो रस्सी तुड़ाये बछड़े-सी वह माँ के पास आ पहुँची। हाँ, वह भागकर आयी। सास ने कहा था, "अभी मत जाओ, भांगा महीना है। अपशकुन होता है"। पर वह नहीं मानी। एक दिन 'गोइंठा' बीनने के बहाने वह निकली तो सीधा चली आयी माँ के पास!

और यहीं पर शायद, कजली का विधाता वाम था। जिस गाँव-समाज की कजली है, उसमें लड़कियों का ससुराल से भाग आना कोई ताज्जुब की बात नहीं है। उसकी माँ ने भी ताज्जुब नहीं किया। वरन्, अच्छा ही लगा। कुछ दिन 'सम्हार-सुसार' कर चली जायेगी। दामाद नहीं आयेगा तो ख़ुद पहुँचा आयेगी, उसने सोचा।

कजली की माँ का गणित यहाँ पर ग़लत हो गया क्योंकि कजली की सास ने इसे साधारण घटना नहीं समझा। उसे 'कुलच्छनी' करार देकर छोड़ देने की धमकी दी और अपने बेटे को ससुराल की तरफ़ डग भी रखने से मना कर दिया। दूसरी बात यह हुई कि ख़ुद कजली की माँ उसे ससुराल तक पहुँचा आने के लिए जीवित नहीं रह सकी।

कजली का माथा तब ठनका जब माँ के 'किरिया-कर्म' में भी उसकी ससुराल से कोई नहीं आया और उसके माथे पर तो बिजली ही गिर गयी जब उसने सुना कि उसके दूल्हे ने किसी दूसरी जगह शादी रचा ली।

'आकुल-पाथार' में डूब गयी थी कजली!

पूरन पण्डित ने माँ की श्राद्ध के लिए ख़र्चा दिया था। अब वह अपने घर में काम करने की ताकीद करने लगा। 'महाजन' को तो काम प्यारा होता है। कजली यह बहुत दिनों बाद जान पायी कि महाजन को 'चाम' भी प्यारा होता है।

कितने दिनों तक टालती? पूरन पण्डित ने फिर भी सलीके से काम लिया। उसके हित-कुटुम्बों को ही बुलाकर पंचौती करायी और अपने पैसे वसूल करने के उपाय पूछे। पैसे, जो उसकी माँ के श्राद्ध के समय दिये गये रुपयों के पहले उसके बाप, फिर उसकी माँ ने भी लिए थे? पंचौती करने वालों में भी किसकी बहू-बेटी महाजनों के यहाँ नहीं खटती थीं? वे क्या कहते? हाँ, कजली के रिश्ते के एक चाचा ने एक उपाय अवश्य सुझाया था। उसने कहा था, "मैं कजली की दूसरी शादी करा दूँगा और दूल्हे को घर-जमाई रख पूरन पण्डित के यहाँ रखवा दूँगा जो खट-कमाकर पूरन पण्डित के पैसे वसूल कर देगा।"

उस वक़्त कजली ने एक बार अपने उस चाचा की ओर नज़रें उठाकर देखा था। और उसके चाचा ने उसकी जलती आँखों में एक अजीब-सी चमक देखी थी। लेकिन कितनी देर? उसकी आँखों की चमक तुरन्त ग़ायब हो गयी थी। पूरन पण्डित कोई ख़तरा उठाना नहीं चाहते थे। पंचों ने भी कहा, "अगर वैसा 'जमाई' ही न मिला तो!" अन्ततः वही हुआ जो पूरन पण्डित चाहते थे। माँ-बाप का कर्ज माथे पर लादे जुत गयी कजली पूरन पण्डित के जुए में!

कजली के जीवन का सबसे तीखा मोड़ था वह।

जिन दिनों कजली पूरन पण्डित के घर 'कामिन' नियुक्त हुई, उन दिनों पूरन पण्डित के घर में स्वयं विधुर पूरन पण्डित, उसकी गर्भवती बड़ी पुतोहू

और छोटा लड़का छोटे लाल, बस, यही तीन जन थे। छोटे लाल की भी सगाई हो चुकी थी। शादी होने ही वाली थी। उन्हीं दिनों पण्डित की बड़ी पुतोहू के दर्द शुरू हुआ। बड़ा लड़का शहर में रहता था। पण्डित ने कजली को बहू के साथ-साथ रहने को कहा। अन्य दिनों अपने काम-काज निबटा कर कजली घर चली जाती थी। लेकिन उस दिन दर्द बहुत बढ़ गया तो रात के लिए भी वह रोक ली गयी। स्थिति शायद ज़्यादा ख़राब हो गयी थी, इसलिए कजली ने देखा, गाड़ी आयी और रात के एक-दो बजे होंगे, पण्डित की बहू को लादकर लोग अस्पताल ले गये। छोटे लाल साथ गया। घर में रह गये सिर्फ़ पूरन पण्डित और कजली!

पचपन साल का विधुर पण्डित, सत्रह साल की कजली और सूना घर! ऐसी स्थिति में रात का होना कोई ख़ास महत्त्व नहीं रखता। लेकिन, रात हो तो सोने पे सुहागा! काला इतिहास एक बार फिर अपने को दुहरा गया।

कजली अचकचाई-सी रह गयी। पहले तो वह समझ ही नहीं पायी कि पण्डित को यह हो क्या गया है, लेकिन जब तक समझ पाती...? वह छटपटाकर रह गयी। उधर, जब पूरन पण्डित एक पोते का बाबा बन रहा था, इधर...

अगले दिन शाम होते-होते पण्डित की बहू बच्चे के साथ वापस आ गयी थी। पण्डित ने सबको सुनाकर कजली से कहा, "जब तक बहू स्वस्थ नहीं हो जाती, सम्हार-सुसार के लिए तुम कुछ समय रात को भी यहीं रह जाया करो।" कजली ने नज़रें उठाकर एक बार पण्डित को देखा। उसकी आँखों में एक बदरंग पानी तिर रहा था। कजली के हाथ में गोबर सना झाड़ू था। उसने झाड़ू के पार पच्च-से थूका। फिर धीरे से कहा, "ठीक है मालिक!" पण्डित ने सुना, 'मालिक' को उसने दोनों जबड़ों के बीच चबा डाला था।

उस रात लेकिन, पचपन साल का पण्डित जैसे अपनी जान छुड़ाकर भागा। कजली के बाहुपाश से वह मुक्त ही नहीं हो पा रहा था। कजली को छेड़कर उसने उन्मत्त तो कर दिया था, पर खुद उसकी ख़्वाहिश पूरी करने में 'टें' बोल गया था। कजली कुछ क्षणों तक उसे अपने बाहुपाश में लपेटे रही। जब उसे लगा कि वह एक ज़िन्दा लाश अपने ऊपर ओढ़े हुए है, उसने पण्डित को धकियाते हुए परे ठेल दिया था। लेकिन ताज्जुब, दूसरी रात पण्डित पुनः उसकी कोठरी में जा पहुँचा! कजली ने सिर्फ़ एक लम्बी साँस खींची और

चुपचाप लेटी रही। और पण्डित जब आकर जा चुका तो वह सुबक-सुबक कर रोने लगी। रोते-रोते कब उसकी आँख लग गयी, पता ही न चला।

सवेरा होते ही उसने पुनः कमर में साड़ी लपेटी और काम-काज में लग गयी।

कुछ अरसे बाद एक दिन जब वह अँधेरे गोहाल के आख़िरी कोने का गोबर उठा रही थी कि लगा किसी ने वहाँ प्रवेश किया है। फिर लगा कि कोई उसके बहुत नज़दीक आकर खड़ा हो गया है। और जब तक सीधी खड़ी होकर देख पाती कि कौन है, वह एक मज़बूत बाहुपाश में जकड़ी हुई थी। वह कसमसा उठी। मुड़कर देखा, "छोटे?"

"हाँ, मैं! बूढ़े को पिलाने के लिए बहुत पानी है तुम्हारे पास। मैं रोज़ रात को देख रहा हूँ। यह नहीं कि एक जवान-जहान लड़का आस-पास मँडरा रहा है, उसे भी दो बूँद...!"

अँधेरा नहीं होता तो छोटे देख पाता कि कजली की आँखों में कैसी भयावह चमक आ गयी थी! उसने होंठ तिरछे कर उसी स्थिति में कहा, "हाँ, छोटे बाबू, ठीक कहते हो तुम! लेकिन बूढ़ा बहुत दिनों का प्यासा है, जवान-जहान लड़के की तो फिर भी भाभी है!"

बाहुपाश अचानक छूट गया। छोटे छिटककर खड़ा हो गया, "कजली तुम...?"

"हाँ छोटे, मैंने तुम्हें कई बार उस कमरे में आते-जाते देखा है! दाई से पेट नहीं छुपता!"

छोटे को जैसे काठ मार गया!

कजली ने मन-ही-मन कुछ सोचा, फिर धीरे-से उसका हाथ अपने हाथ में ले लिया। छोटे ने आश्चर्य से उसकी तरफ़ देखा। कजली ने कहा, "डरो मत छोटे! यहाँ इन बड़े-बड़े घरों में कितने छोटे-छोटे काम होते हैं, वो हमारे जैसे लोगों से नहीं छिपते। लेकिन, हमारे पेट का सवाल यह जवाब देता है कि देखकर भी मत देखो, जानकर भी मत बोलो, ताकि इन घरों की कलगियाँ ऊँची-की-ऊँची तनी रहें जिनके नीचे तुम्हें एक पेट भात जुटता रहे।"

छोटे को लगा कि वह नंगा हो गया है और उसे छुपने की भी कोई जगह नहीं मिल रही है। कजली ने आगे कहा, 'लेकिन, न बूढ़े की प्यास बुझाने से

तुम्हें ईर्ष्या होती और न तुम ख़ुद 'दो बूँद' के लिए मेरे पास आते अगर तेरी भाभी प्रसूता न होती और फिर निकट भविष्य में ही वह तुम्हारे भैया के साथ शहर जाने वाली नहीं होती! इतना तो मैं जानती हूँ। अब तुम बताओ, कि तुम्हारी शादी कब हो रही है और जब तुम्हारी बीबी आ जायेगी तो मेरे इस दो बूँद को भूल तो न जाओगे?"

आभिजात्य (!) रॉड के सामने बहुत मजबूर क्षणों में ही म्लान-मुख होता है। छोटे ने फिर अपनी राह पकड़ ली थी। चट से पूछा, "तो तुम राज़ी हो?"

कजली ने हामी में सर हिलाया, "लेकिन, घर पर नहीं। आज दोपहर बाँस के झुरमुट में मिलना!"

छोटे सर खुजलाता हुआ गोहाल से बाहर निकल गया। सामने से पूरन पण्डित आ रहे थे। पूछा, "क्या कर रहे थे गोहाल में?"

"बरसात आने वाली है। देख रहा था कि इस बार छवाने की ज़रूरत तो नहीं पड़ेगी?" छोटे ने जवाब दिया। पर इससे पहले कि पूरन पण्डित गृहस्थी में बेटे की रुचि देखकर पुलकित होते, कजली माथे पर गोबर की खंचिया लिए गोहाल से बाहर निकली। सामने खड़े पूरन पण्डित को देखकर उसने एक आँख दबा दी जिसके एक साथ एक सहस्र अर्थ हो सकते थे! पूरन पण्डित का चेहरा तमतमा गया। उसने जलती निगाह से छोटे को देखा और दनदनाकर अपने कमरे की ओर चले गये। गोबर का भरा टोकरा लिए कजली लगभग फुदकती हुई आँगन से बाहर निकली। भाभी के कमरे के सामने छोटे खड़ा था। उससे सटकर वह फुसफुसायी, "दोपहर में किन्तु...। ''छोटे को, जिसे लग रहा था कि अभी तक पिता की दो जलती निगाहें उसके चेहरे पर चिपकी हुई हैं, राहत मिली। उसने चेहरे को झाड़ा, जैसे उन चिपकी आँखों को झाड़कर अलग कर रहा हो! फिर कहा, "हाँ-हाँ ठीक है!"

कजली खिलखिलाती हुई घूरे की तरफ़ बढ़ गयी।

उसी दिन, दोपहर बाद तक, बाँस के निर्दिष्ट झुरमुट में छोटे की बाँहों में पड़ी हुई कजली, आँखें मूँदे, अपने हानि-लाभ का हिसाब लगा रही थी।

हिसाब लगा रही थी कि इस जीवन में अब उसे कुछ और तो मिलना नहीं था। 'नियति' जब लगभग तय ही हो चुकी है, तो जो प्राप्य है उसका

अधिक-से-अधिक 'प्राप्त' करना है। बूढ़े पूरन पण्डित ने घर्षित कर उसका और उसकी जवानी का उपहास किया था। छोटे ने उसके जीवन में अतिक्रमण कर उसका उपकार ही किया है। छोटे के इर्द-गिर्द उसका बाहुपाश और मज़बूत हो गया।

"कजली, चलो अब!" छोटे ने कहा, "लोगों के आने-जाने का समय हो गया।"

"अभी नहीं आयेगा कोई। मुझे तुम्हारी बाँहों में सिर रखकर एक नींद सो लेने दो। बूढ़ा तो रात को सोने भी नहीं देता। कुत्ते की तरह नोचता रहता है।" कजली ने आरजू की जैसे!

अचानक उसे कुछ याद आया। उसने आँखें खोल दीं। उन्हें छोटे की आँखों में डालकर पूछा, "अच्छा, एक बात बताओगे छोटे? क्या मुझे अब दो-दो पाटों के बीच में इसी तरह पिसता रहना पड़ेगा?"

छोटे को पूरन पण्डित की जलती आँखें याद आ गयीं। उसे लगा, जैसे किसी ने उसके पुरुषत्व को चुनौती दे दी है। पर, उसने अपने आपको संयत किया। उसने धीरे-से उसका सर बाँह से उतारकर घास पर टिकाते हुए कहा, "अब नहीं।" फिर थोड़ा रुका और जैसे कुछ सोचकर कहा, "अब और अधिक दिन नहीं।"

वह उठकर खड़ा हो गया। उसने अपने कपड़े ठीक किये और जाने को हुआ कि पेट के बल सरककर कजली ने उसके पाँव पकड़ लिए, "छोटे ठाकुर, थोड़ी देर और रुको। मुझे बहुत डर लग रहा है।"

छोटे रुक गया। कजली उठकर बैठ गयी। वह अन्दर-ही-अन्दर मुस्कुरा रही थी। बोली, "डर लग रहा है इसलिए कि पण्डित तुमसे बहुत नाराज हैं। आज तुम्हें गोहाल से बाहर निकलते देख सारी बात समझ गये थे। कह रहे थे कि बड़ा कुलांगार लड़का निकला। इसको तो मैं ऐसी सज़ा दूँगा कि ज़िन्दगी भर याद रखेगा। लिखकर जाऊँगा कि मेरी सम्पत्ति की फूटी कौड़ी भी इसे न मिले! कहीं ऐसा हुआ तो...?" कजली का गला रुँध आया था। वह सुबकने लगी, "मेरे कारण तुम पर न जाने कौन-सी विपत्ति आये, यही सोचकर..."

"ठीक है, ठीक है!" छोटे ने जैसे अपने को ही समझाया और कुछ सोचते-बुदबुदाते हुए झुरमुट से बाहर निकलकर चलता बना।

थोड़ी देर बाद कजली झुरमुट से बाहर निकली तो चहक रही थी। बाहर की हवा उसे मदमाती-सी लगी। वह एक बारगी नाच उठी। नाचती हुई उसने अपनी मुट्ठियाँ भींचीं और खोलीं। फिर भींचीं और फिर खोलीं। खुली हथेली पर इस बार उसने ज़ोर की फूँक मारी। उसे लगा कि उस फूँक से एक बवण्डर-सा उठ गया है और एक दन्त-कथा की तरह उसमें से एक जिन्न निकलकर सामने खड़ा हो गया है, जो सर झुकाकर कोर्निश करता हुआ पूछ रहा है, 'मालकिन, मैं आपका सेवक हूँ, कोई आज्ञा हो तो कहें!'

कजली उसे आज्ञा देती है, 'जाओ, पूरन पण्डित और छोटे पण्डित के सर कलम कर ले आओ।'

जिन्न ग़ायब हो जाता है और थोड़ी ही देर में अपने एक हाथ में रक्त सनी तलवार और दूसरे में दो नरमुण्ड लिए हुए आ जाता है। सर झुकाकर कहता है, 'मालकिन, आप के आदेश का पालन हुआ।'

कजली दोनों नरमुण्ड गले में लटका कर नाच उठती है। तभी जिन्न पुनः कोर्निश करता है, 'मालकिन, और कोई आदेश?'

'हाँ-हाँ, है आदेश।' कजली कहती है, 'मैं आज बहुत खुश हूँ। ख़ूब नाचने का मन करता है आज। लेकिन, धरती बड़ी कठोर है। इस पर नाचते मेरे पैर लहूलुहान हो जायेंगे, इसलिए तुम मुझे अपनी हथेली पर उठा लो। मैं नाचूँगी उस पर, तब तक, जब तक थककर अचेत न हो जाऊँ।'

और कजली नाचती रही, नचाती रही।

उस दिन के बाद से दोनों बाप-बेटे में ठन गयी। कुछ दिन के बाद पूरन पण्डित का बड़ा बेटा आया और अपनी पत्नी और बच्चे को साथ लेकर शहर चला गया। घर में औरत के नाम पर रह गयी सिर्फ़ कजली नाचती हुई, नचाती हुई। इस क्रम में कभी उसने बाप से कहा, "पण्डित तुम तो पके फल हो। तुम्हारे बाद मेरा क्या होगा?" और बाप ने धीरे-धीरे क़रीब अपनी आधी ज़मीन ही उसके नाम कर दी। कभी बेटे से कहा, ''तुम न सही कुछ गहने ही बना दो मेरे। कुछ दिनों में जब तुम्हारी बीवी आ जायेगी, तब मेरा क्या होगा? बुढ़ापे का कुछ सहारा तो कर दो!'' और बेटे ने कई अच्छे-ख़ासे गहने ही बनवा दिये।

इस बीच बाप-बेटे में ठन गयी और उसकी पराकाष्ठा उस दिन हुई जब छोटे ने लाठी उठाकर दे मारी पण्डित की पीठ पर, जिससे उसकी रीढ़ की हड्डी ही टूट गयी। पण्डित जी खटिया में गिरे तो खटिया के साथ ही उठे!

अब तक छोटे की शादी भी टल रही थी। पिता के क्रिया-कर्म के बाद बड़े भाई ने पिता की ज़िम्मेवारी निभायी और छोटे की शादी करा दी।

यह कजली-सी औरतों का ही कलेजा होता है कि दिनभर शादी में इस तरह खटती रही कि लगा वही असली अभिभावक है। बहू की अगवानी की और खुद एक दिन परदे से सरक गयी।

कजली के जिस चाचा ने पूरन की पंचौती के समय कजली के उद्धार की चेष्टा की थी, अर्थात्, शादी कराकर 'जंवाई' को मुनीस रखाने की व्यवस्था दी थी, उसे कजली अब तक नहीं भूल पायी थी।

कालान्तर में, कजली के वह चाचा चल बसे और उस चाचा के लड़के छतर ने घर की बागडोर सँभाली। कजली की सहानुभूति लेकिन छतर के घर पर भी बनी हुई थी। दैव का दुर्पाक! उसी छतर की लड़की अब जवान हो चली थी। छतर ने बड़ी हसरत से लड़की का नाम सीता रखा था। लेकिन, ग़रीब बाप की जवान बेटी सीता के गिर्द एक नहीं, अनेक रावण (प्रचलित अर्थ में) चक्कर लगाने लगे थे। सीता बहुत अधिक सुन्दर भी थी।

उन्हीं दिनों, एक दिन कजली जलावन के लिए सूखा गोबर बीनने निकली हुई थी। धूप तेज़ हो गयी तो चली आयी सुस्ताने, उसी छोटे पण्डित वाले बाँस के झुरमुट में। आते ही लगा कि झुरमुट के भीतर घमासान-सा मचा हुआ है। वह हड़बड़ाई हुई आगे बढ़ी। आगे जो दृश्य देखा, उसे काठ मार गया! अन्दर वही सीता और रावण बना है छोटे पण्डित! सीता लगभग अर्धनग्न अवस्था में थी और छोटे की ज़बरदस्ती का पुरज़ोर विरोध कर रही थी। कजली को अचानक-से सामने पा छोटे सकते में आ गया। उसकी पकड़ ढीली हो गयी। सीता छिटककर भागी और कजली से सटकर खड़ी हो गयी। वह काँप रही थी। उसे अपने पीछे कर, कजली छोटे के सामने खड़ी हो गयी। उसकी आँखें अँगारे बरसा रही थीं—"छोटे, तुम्हारी यह जुर्रत?"

छोटे सिर्फ़ हँस दिया।

"तुमने समझ क्या रखा है अपने आप को? इस तरह क्या तुम किसी की भी इज़्ज़त से खिलवाड़ कर सकते हो?" कजली आपे में नहीं थी।

"बहुत इज़्ज़त वाली बन गयी हो कजली?" छोटे पण्डित कुटिलता से मुस्कुराया और कजली की आँखों में देखते हुए बोला।

कजली जैसे आसमान से गिरी। जिस शब्द पर उसका अधिकार नहीं, उसका उच्चारण किस आवेश में कर गयी थी? लेकिन, उसने साहस किया। कहा, "तुम्हारे बाल पकने लगे हैं अब!"

"बाबा के तो पूरे पक गये थे!" छोटे ने विद्रूपता से कहा। कजली तिलमिला गयी। लेकिन तुरत सँभली। बोली, "चाहते क्या हो तुम?"

"वैसे चाहता तो मैं अभी भी तुम्हें ही हूँ। लेकिन, नित नयी चीज़ें चखने का मन करता है न! फिर यह सीता तो हज़ारों में एक हुई है।"

"खबरदार, जो सीता का नाम लिया!" कजली ने छोटे को डाँटा, "और तुम्हारी 'धरमपत्नी' को क्या हुआ?" 'धरमपत्नी' को जैसे उसने दाँतों से चबा डाला हो!

"कजली, महाजनों की पत्नियाँ सिर्फ़ बच्चे पैदा करने के लिए होती हैं। मौज-मजे उनसे नहीं होते। उसके लिए तो तुम्हीं लोग... !" कजली ने अपने कान ढँक लिए थे।

कितनी मजबूर थी कजली? चाहकर भी उसके चेहरे पर थूक नहीं सकी। उसने बगल में थूका और सीता का हाथ पकड़कर झुरमुट से बाहर निकल पड़ी। बोली, "ठीक है। अब लेना मज़े और सँभालना अपनी महाजनी!" और मन-ही-मन एक निर्णय-सी लेती हुई लम्बे-लम्बे डग भरती चली गयी।

शाम को जब छतर महाजन के यहाँ से लौटा तो कजली ने बुला भेजा। पूछा, "सीता की शादी क्यों नहीं कर रहे हो? हमारे ज़माने में आठ-नौ साल तक शादी नहीं होने से ही हाय-तौबा मचने लगती थी। तुम्हें क्या लगता है, अब सतयुग आ गया है?"

छतर ने हकलाते हुए कहा, "लेकिन..."

"लेकिन-वेकिन कुछ नहीं। लड़का देखा है कहीं?" कजली ने पूछा।

"देखा तो है। पर कोई 'आय-उपाय' नहीं है। कैसे..."

"आय-उपाय मैं करती हूँ। शादी की बात पक्की करो और ये ले जाओ!" कहती हुई कजली अन्दर गयी और कपड़े की एक पोटली लाकर छतर के हाथ धर दी। छतर ने खोल कर देखा, गहने थे!

बोला, "दीदी तुम... ?"

"चुप रहो" कजली ने डाँट दिया, "मैं किसी की दीदी नहीं, किसी की कुछ नहीं। सिर्फ़ कजली हूँ, कजली! लेकिन, एक हफ़्ते के भीतर सीता की डोली उठ जानी चाहिए। और घटे तो माँग लेना।"

छतर के जाने के बाद, उम्र की ढलान पर खड़ी कजली की मुट्ठियाँ फिर एक बार भिंच गयीं, खुलीं और फिर भिंच गयीं। एक दृढ़ निश्चय जैसे उनमें क़ैद हो गया था!

दूसरे दिन से लगातार कई दिनों तक वह व्यस्त रही। गाँव के कुछ पढ़े-लिखे लड़कों के साथ सुबह निकलती तो शाम को लौटती। और कजली का आना-जाना रुका, तो लोगों ने दिल थामकर सुना; पूरन पण्डित की लगभग आधी ज़मीन के लिए कजली ने कचहरी में दावा दायर कर दिया है।

जी हाँ, कजली ने कचहरी में सिर्फ़ दावा ही दायर नहीं किया, बल्कि दावे को पा भी लिया, भले ही उसे कई बरस लग गये!

छोटे पण्डित बाँस झुरमुट की आख़िरी मुलाक़ात की उस कजली का चेहरा याद करता रह गया। 'महाजनी' का उसका नशा उतर गया था।

कजली के 'दुस्साहस' ने मुनीसों के उस टोले में भी एक जान फूँक दी। छोटे पण्डित कुछ मनमानी न करे, इसके लिए टोले के नवयुवक रात-दिन कजली की चौकीदारी करने लगे।

कहानी तो अब ख़त्म हो चली है। लेकिन आप जानना चाहेंगे कि कजली ने वह ज़मीन अख़्तियार करके आख़िर किया क्या? उसने जो किया, वह हमारे-आपके जैसे पढ़े-लिखे लोगों के सोचने और करने के दायरे के बाहर की चीज़ है।

उसने मुनीस टोले के लोगों को महाजनों के घरों से समय बचाकर उस ज़मीन पर खेती करने को कहा। लोगों ने खेती की। फ़सल कजली के घर जमा हुई। और उस साल, उस टोले की जितनी लड़कियों की शादी होनी थी, सबों का ख़र्चा कजली ने दिया।

वही परम्परा आज भी चली आ रही है। और, जो कोई लड़की ससुराल से छूटकर आ जाती है, जैसे कभी कजली आ गयी थी, तो, जब तक उसकी दूसरी व्यवस्था नहीं हो जाती, कजली की मेहमान रहती है।

अपने बाद ज़मीन की वह क्या व्यवस्था करेगी, यह तो वही जाने, लेकिन बाँस झुरमुट वाला हिस्सा उसे ही मिला था। उसने सारे बाँस कटवा कर मुनीस टोले के घर छवा दिये हैं और वह झुरमुट अब ख़त्म हो गया है।

हाथ तो उग ही आते हैं

–श्यौराज सिंह बेचैन

अभी महीना पूरा भी नहीं हुआ था कि सूतो चौधरिन ने रुक्खो को तरक्की दे दी। बर्तन, झाड़ू-पोछे के साथ-साथ उसने एक वक़्त का खाना भी बनवाना शुरू कर दिया और पगार डेढ़ हज़ार से बढ़ाकर पूरी ढाई हज़ार कर दी। रुक्खो का ख़र्चा ही क्या था, एक बेटा और वह–कुल दो प्राणी। रुक्खो से पहले यहाँ से कई कामवालियाँ निकाल दी गयी थीं, उनमें कई कमियाँ भी थीं, पर निकाले जाने की ख़ास वजहें थीं उनकी जातियाँ। सूतो खोद-खोद कर उनकी जाति पूछ लिया करती थी। उसकी इच्छा और अपेक्षा होती थी कि वह कोई ऊँची जाति की हो। नहीं तो कम-से-कम कोई अछूत तो उसके बर्तनों को हाथ न लगाये। पर उसकी गुप्त जाँच में सब-की-सब कथित नीची जाति की ही निकलती थीं। ऐसे में उन्हें हटाना पड़ता। वैसी स्थिति में जब ख़ुद ही काम करना पड़ता तो देह को कष्ट होता था। मर्दों को तो घर के कामों में हाथ बँटाने की न आदत थी और न मानसिकता। आख़िर चौधरी शंकर ने कहा–

"देखो सूतो, काम वाली चाहिए तो जात पर मत जाओ। शहर में आ गयी हो तो ये गाँव वाला हिसाब-किताब भूल जाओ। देखो, इधर आकर बॉयकट बाल रखने लगी हो, साड़ी छोड़ जींस तक पहनने लगी हो। बाहर से इतनी बदली हो तो थोड़ी भीतर से भी बदलो और औरत होकर औरत से तो बहनापा निभाओ। उनकी जात तो मत खोदो।"

"जी ये आप क्या कह रहे हैं–यह सब भूलकर फिर मैं याद ही क्या रखूँगी?" वह सख़्त होकर बोली।

"नहीं भूलना है तो करो अपने आप सारे काम, उठाओ सारा बोझा।"

सुनकर सूतो पहले तो थोड़ी विचलित हुई, फिर सोचने लगी कि चन्द पैसों में ढेर सारा आराम मिले तो मूर्खता क्यों की जाय? तो स्वार्थवश वह अपने आपको बदलने लगी। फिर भी रुक्खो को देखकर एक दिन उसने चौधरी से कहा—"जी मुझे तो यो बी भंगिन-चमारिन सी लगे है!" चौधरी बोला—"भंगिन है या चमारी, है तो देश की नारी ही। झाड़ू-पोछा के लिए बामनी, ठकुरानी, बनैनी या कायस्थनी मिलेगी? ये बातें भूलो और अपने फ़ायदे की सोचो।"

काम पर आते वक़्त रुक्खो अपने बेटे को बुज़ुर्ग अलीजान चाचा के पास छोड़ आती थी। अली को रुक्खो अपनी पूरी कहानी सिलसिलेवार सुना चुकी थी। यहाँ तक कि अपनी जाति की पहचान का जो राज़ मालकिन के आगे छुपाया हुआ था वो भी अली चाचा को ज़ाहिर कर दिया था। जाति और साम्प्रदायिकता की मानसिक हिंसा के कमोबेश दोनों ही शिकार थे, इसलिए दुखों की समानता ने उनमें पिता-पुत्री जैसा रिश्ता बना दिया था। कहने को यह शहर था जहाँ पढ़े-लिखे और तथाकथित सभ्य लोग रहते हैं परन्तु जाति का पता चलने पर घृणा का भाव मन में रहता ही है। धीरे-धीरे आराम वाली औरतों को यह समझ में आ गया था कि ज़्यादा पूछताछ से कामवाली मिलती नहीं है। यह सबको ही मालूम था कि अधिकांश कामवालियाँ होती तो कथित नीची जाति की ही हैं। लेकिन पूछने के खामियाजे और बताने की झिझक के बीच एक तालमेल बन गया था। तमाम घरों में ऐसे ही जाति छिपाये सब-की-सब जीविका चला रही हैं। रुक्खो ने रास्ते से गुज़रते हुए देखा कि एक प्राइवेट स्कूल टीचर को जाटनियाँ झाड़ू से पीट रही थीं। रुक्खो कारण पता करने को ठिठकी और कान लगाकर सुनने लगी।

"कुतिया, जाति छिपा के रह रही थी किराये के मकान में। मनैं तो कलूटी सूरत से ही भंगन लगै थी।" गोबर समेटते हुए चौधरिन बोली, "पवारों के मिकान में पवार बन के रह री थी।"

उसको इस तरह पिटता देख रुक्खो ने दूध वाले से पूछा तो उसने अपने मौलिक अन्दाज़ में बताया—"अरे, वैसे तो ये मास्टरनी पढ़ी-लिखी दिखे है, पर है भंगन। माना भंगन ही सही, पर है तो इन्सान ही। पर इसने तो अपने आपको पवार बताया था। हमने हरिओम पवार की विरादरी की जाटनी समझकर मकान दिया और यहाँ तक कि बर्तन-भाँड़े तक दे दिये।

इब इसके गाँव का भंगी इससे मिलने आया तब जाके इसका झूठ पकड़ा गया। इब तो गे पिटेगी ही।"

रुक्खो को लगने लगा कि जात खुलेगी तो एक दिन वह भी ऐसे ही पीटी जायेगी, उसके मन में सवाल उठने लगे—ऊँची जाति में काम वाली नहीं हो सकतीं क्या?...वे यहाँ क्यों होंगी?...तो कहाँ होंगी?...

ईद से एक दिन पहले अलीजान गाँव चले गये थे और रुक्खो बेटे को हल्का बुखार महसूस कर रही थी। पर नया-नया काम जोड़ा है, अभी से छुट्टी लेना ठीक नहीं होगा। और पहले बोला भी तो नहीं है। पता नहीं क्या कहेगी मालकिन!

मजबूरन रुक्खो को बेटे को साथ ले जाना पड़ा। जिस वक़्त उसने कॉलबेल का स्विच दबाया उस वक़्त मालकिन बालकनी में बैठी हस्बैंड से अपने बाल रँगवा रही थी।

उसी वक़्त किसी प्राइवेट कॉलेज की टीचर बेलारानी शर्मा उनसे मिलने आयीं। वे देखते ही बोलीं—"बहन जी, आप बड़ी खुशनसीब हैं। भाईसाहब आपकी ब्यूटी का ख़याल अपनी सरकारी ड्यूटी से ज़्यादा रखते हैं और एक हमारे हैं कि...!"

रुक्खो काम में व्यस्त हो गयी और मालकिन अपने फूहड़ टीवी कार्यक्रमों में डूब गयीं। टीवी प्रसूत परम सन्त प्यासाराम के प्रवचन सुनना और चंचल बाबा की कृपा-वर्षा में नहाये रहना उसके स्वभाव और संस्कारों से मेल खाता था। कामवाली की पगार में कटौती कर हर माह बाबाओं के खातों की ऑनलाइन सेवा वृद्धि करना उसका स्वभाव था।

बेलारानी शर्मा ने अपनी फितरत के मुताबिक़ बात शुरू की—"बहनजी, आप तो जानती ही हैं आजकल इन कामवालियों के तो ठाठ हैं, नखरे हैं। कभी तो ऐसा सज के आँवें हैं कै मानो काम वाली वो नहीं हम हैं। ऐसे में हमारे उनका मन...।"

"सही कहा मिसिज शर्मा आपने बिल्कुल सही कहा। इनके बच्चों की पढ़ाई मुफ़्त, दवाई मुफ़्त और ऊपर से मिड-डे मील भी।"

"ये सब इसलिए कि इन नीची जातियों को सरकार ने ढेरों सुविधाएँ दे रखी हैं। तो हम तो नाहक ही ऊँची जात बने बैठे हैं, मज़े तो नीचे वालों के हैं।"

वे आपस में इसी तरह बतिया रही थीं।

लेकिन घर में पड़े समाजवादी साहित्य को पढ़ने से सोच में आये बदलाव के जज़्बे के चलते चौधरी ने दोनों औरतों की चर्चा में दख़ल देते हुए कहा—"क्या सुविधाएँ दे रखी हैं, इन ग़रीबों को? उससे ज़्यादा तो हमने छीन रखी हैं। तुम इनके ठाठ की बात करती हो, इनके यहाँ तो खाट तक नहीं हैं। ज़मीन पर सोती हैं झुग्गियों में। अगर बहुत लगता है तो बदल लो इनसे अपने ठाठ। दो-चार दिन झुग्गियों में बिताकर आओ।''

बात पूरी नहीं हुई थी। उसी बीच कामवाली कमरे में आ गयी। मालकिन देखते ही बोली—"अरे, रुक्खो तो आज अपने बेटे को भी साथ ले आयी है।"

"अब ये क्या काम करेगी,...तुम ही बच्चे सहित घर में आने देती हो, मैं तो कभी न घुसने दूँ अपने चौके में।" बेलारानी शर्मा ने जाते-जाते चौधरिन से कहा।

"री सुन रुक्खो, काम करने आती है तो काम का मन बनाकर आया कर! इस तरह बच्चे को साथ लेकर आयेगी तो क्या करेगी और क्या कर पायेगी? यह घर है कोई क्रेच नहीं है। बच्चे हमने भी पैदा किये हैं। किसी झुग्गी झोंपडी में तो नहीं पले हैं ना। बेटी कनाडा में पढ़ने लायक बनायी, बेटा अभी मेडिकल में दाख़िल हुआ है।"

इस प्रकार तुलना करते सुना तो चौधरी से रहा नहीं गया। वे बिस्तर पर पड़े-पड़े बोले, "यह तुम उस ग़रीबिन से अपने बच्चों की क्या बराबरी कर रही हो! उसकी सोशियोइकोनॉमिक कंडीशन हमने क्या बनायी है मैडम, कभी सोचा है? उस बेचारी को क्या लेना-देना तुम्हारे होनहार सपूत से और तुम उस अनजा़न से क्या कह रही हो कि बेटा मेडिकल में पहुँच गया? बेटी-दामाद वग़ैरह-वग़ैरह। क्या तुम नहीं जानतीं कितनी कैपिटेशन फ़ीस गयी थी उसके दाख़िले में? अगर दाख़िला मैरिट बेस पर होता तो एमबीबीएस में तो क्या नीम-हकीमों में भी दाख़िला नहीं हो पाता उसका। हम डिग्री ख़रीदकर देंगे और ये मरीजों को मार-मार कर अनुभवी बनेंगे, तुम्हारे लाड़ले। मुझे तो लगता है ऐसे अन्याय के फलस्वरूप नर्क ही में जाऊँगा मैं तो। देखो तो बारह बजे तक सोये पड़े हैं धुत्त होकर। अब उठेंगे और निकलेंगे बाप की कमाई का पेट्रोल फूँकने और लौटेंगे आधी रात को। जितना ये ग़रीब साल भर में बचाते हैं, उतना तो हमारे बच्चे एक घण्टे में किसी मॉल में ख़र्च कर आते हैं। जहाँ तक पालने की

बात है दो-दो आया, क्रेच, प्ले-वे, हॉस्टल में पले हैं बच्चे। ये बेचारी बच्चे भी सँभालती हैं और काम भी करती हैं।"

"इतनी ही हमदर्दी है तो आपका बिस्तर भी इसी की झुग्गी में डलवा देती हूँ। यही कर लेगी तुम्हारी तीमारदारी। मेरे प्रति तो कभी ऐसे उदार हुए नहीं। दो कौड़ी की औरतों की तरफ़दारी करते हैं आप। वैसे मैं जानती हूँ कितने बड़े देवता हैं आप—और क्यों इन कामवालियों पर लार टपकाते रहते हैं!"

रुक्खो मालिकों की इस चर्चा से बे-ख़बर-सी अपना काम निपटाने में मशगूल थी। चौधरिन का लम्बा-चौड़ा भवन था। वह सफ़ाई-धुलाई करते-करते बार-बार रैंप के पास बैठे बेटे को देख आती थी। रुक्खो की काम से बार-बार हटती दृष्टि देखकर सूतो बोली—"तू अपने इस पिल्ले को जरा भूल कर काम में ध्यान दे। मुफ़्त तो नहीं कर रही है ना।"

"थोड़ी देर और मालकिन...पिछला कमरा बचा है। इजाज़त हो तो इसे नज़रों के सामने ले जाऊँ।" मालकिन को और ग़ुस्सा आ गया। वह तमतमा कर बोली—"चल-चल जा, जल्दी काम निपटा के आ—इसे जानवर नहीं खाये जा रहे। देख, कान खोल के सुन ले, काम में पूरा ध्यान तभी लगेगा जब बच्चे को घर छोड़कर आयेगी। इसे साथ रखेगी तो काम कैसे करेगी? इसे सँभालेगी या काम की ज़िम्मेदारी? आख़िर काम पर आयी है...आराम पर तो नहीं आयी ना!"

"मालनिक चाह तो मैं भी रही थी। पर छोड़ती तो कहाँ छोड़ती? कोई सँभालने वाला जो नहीं था इसको?"

"बाप कहाँ भाग गया इसका?"

बाप का ज़िक्र आते ही वह रोते हुए कहने लगी—"वे तो दंगे में मारे गये गाँव में।"

"तो अब तक कहाँ छोड़ती थी तू इसकूँ? इब तक कौन देखभाल करता था?"

"थे एक मुँहबोले चचा मियाँ।"

"तो अब कहाँ गये तेरे सोकॉल्ड चचाजान?"

"जी मालकिन, मेरे पिता जैसे हैं, ईद की वजह से अपने गाँव चले गये हैं।"

"मतलब ईद-नमाज वाले हैं तेरे चचाजान?"

"जी मालकिन, हमारे लिए क्या हिन्दू क्या मुसलमान?"

"तो क्या तू हिन्दू नहीं है?"

"जी मैडम ना, मैं तो सब हूँ—हिन्दू, मुसलमान, ईसाई, जैन, सिख वग़ैरह जो समझो।"

"म्हारी तो कुछ भी समझ में नहीं आता। ये काम वाली बच्चे पैदा ही क्यों करती हैं?" सूतो गर्माया माथा लेकर पति को सुनाती हुई आगे के कमरे में घुसी। चौधरी साहब से भी रहा नहीं गया। बोल ही पड़े—"अरी, काम वाली बच्चे पैदा नहीं करेंगी तो तुम्हारे बच्चों को काम वाली कहाँ से मिलेंगी? और इसकी माँ ने पैदा न करी होती तो तुम्हें यह कहाँ से मिलती? क्या मायके से सेविकाएँ और दासियाँ लेकर आती हैं और आख़िर इसके माँ-बाप भी तो किसी के काम वाले ही रहे होंगे। और इसका बच्चा कौन-सा कलक्टर बनने जा रहा है। तुम आम खाया करो, बाग़ के पेड़ मत गिना करो।"

"क्या मतलब?"

"मतलब यह कि तुम रुक्खो से काम लिया करो—उसकी जाति से, उसकी माली हालत से वास्ता मत रखो।"

उधर दूसरे कमरे की सफ़ाई में मशगूल रुक्खो का ध्यान बार-बार बेटे की ओर जा रहा था। इसी बीच सूतो-सुत ने मोटरसाइकिल स्टार्ट की। सूतो उसे जल्दी लौटने को बोलती आगे बढ़ी, तो रुक्खो के बेटे से पैर टकराया और वह रैंप से फिसल गया। तेज़ रफ़्तार से छूटी मोटरसाइकिल के पहिये रुक्खो के बच्चे के नाज़ुक हाथों को कुचलते चले गये। बच्चे की चीख़ सुनकर रुक्खो वहाँ पहुँची और बच्चे की माँ रोने की सही वजह जाने इससे पहले सूतो ने बच्चे को उठाकर गेट से अलग रख दिया और अपने बेटे को भी नहीं रोका; न पूछा कि किधर जा रहा है। वह स्वयं सब समझ गयी थी पर नहीं चाहती थी कि रुक्खो को सही बात पता चले। पर बच्चे की बेचैनी का वह क्या करे? वह तो तड़प रहा है, रो रहा है? 'यह कमबख़्त क्या कर गया! मन-ही-मन उसने अपने आप से कहा।

एक ओर रुक्खो का काम पूरा हुआ, बच्चे के रोने की आवाज़ उसके कानों में आयी। वह रोता तो पहले भी था पर...अमूमन उसके रोने में इतना दर्द नहीं होता था—माँ का दिल आज के रोने का फ़र्क़ महसूस कर रहा था। आज तो मालकिन ने भी उसे आवाज़ दी—"रुक्खो! देख तेरा बच्चा रो रहा है। काम हो गया तो जा उसे सँभाल ले।"

रुक्खो बच्चे की चीख़ सुनकर लपकती हुई आयी। "क्या हुआ, मेरा लाल इतना रो क्यों रहा है? मेमसाहब यह नीचे कैसे लुढ़क आया?" रुक्खो ने बच्चे को गोद में उठाया तो उसके दोनों हाथ नीचे को लुढ़क गये। मानो उनमें हडिड्याँ हों ही नहीं। "यह मेरे बेटे के हाथों को क्या..." वह देखते ही ज़ोर-ज़ोर से रोने लगी।

"मैं तो पहले ही कह रही थी बच्चे को काम पर साथ मत लाया कर। गिर-गिरा गया होगा या कुछ झुग्गी से ही चोट लगा लाया होगा। बच्चों का कुछ पता नहीं चलता। तुम बच्चों को पालती ही कहाँ हो, वे तो पल जाते हैं। ले पाँच सौ रुपया ले जा, कहीं दिखा ले किसी वैद-हकीम को, डॉक्टर तो ज़्यादा माँगेगा।"

पाँच सौ का नोट पकड़ाते हुए सूतो सोच रही थी किसी तरह बला टले, कहीं मेरे डॉक्टरी पढ़ रहे बेटे के सिर न पड़ जाये।

झुग्गियों के पास ही चोट-मोच की दवा करने वाले एक नीम-हकीम ने बोर्ड लगा रखा था। रुक्खो ने उसे अपना बेटा दिखाया। उसने कुछ तेल-हल्दी टाइप दवा लगायी और बाँस की खपच्चियाँ हाथों पर बाँध दीं। अब बच्चे को सँभालना और मुश्किल हो गया। दो-तीन दिन हो गये, बच्चे का रोना बन्द नहीं हो रहा था। उसके हाथों में लगातार दर्द हो रहा था।

रुक्खो को परेशान देख लल्लू मोची ने सलाह दी—"तू इसे दिल्ली एम्स में दिखा ला। सीधी बस जाती है, मैं तुझे बिठा दूँगा। पर जल्दी जाना, भीड़-भाड़ बहुत होती है वहाँ।" रुक्खो ने कोशिश तो बहुत की कि जल्दी-से-जल्दी वह अपने बच्चे के साथ डॉक्टर तक पहुँच सके। पर तीस किलोमीटर यात्रा कोई कम नहीं थी।

भीड़ भरी बस में भूखी-प्यासी रुक्खो बच्चे को गोद में लेकर किसी तरह अस्पताल आयी और पूछताछ करती ओ.पी.डी. स्लिप काउंटर पर पहुँची। उसे अन्दाज़ा नहीं था कि घण्टों लाइन में ही खड़ा रहना पड़ेगा। सो वह बच्चे को लेकर सीधे एक डॉक्टर का पीछा करती उसके रूम में घुसने लगी। उसे रोककर नर्स ने समझाया—"तुम उधर जाकर लाइन में लग जाओ। पर्ची बनवा कर नम्बर से आओगी तब ही डॉक्टर साहब देखेंगे।"

"पर मेरा बेटा बहुत..." शब्द उसके गले में अटककर रह गये। पर्ची बनवाने वालों की लाइन ओ.पी.डी. से लेकर बाहर सड़क तक फैली है।

वह धीरे-धीरे आगे खिसक रही है और रुक्खो की परेशानी बढ़ रही है। वह बार-बार बेटे का मुँह चूमती है—"तु रो मत ठीक हो जायेगा बेटा, बस डॉक्टर को एक नज़र डालने भर की देर है।" कई मरीज़ों की ओर से तीमारदार क्यू में लगे थे। भूखे पेट शरीर तो उसका भी आराम माँग रहा था, पर लाइन से हट गयी तो पीछे हो जायेगी, जबकि पहले ही वह बहुत पीछे है। साढ़े बारह बजे तक भारी भीड़ छँट गयी थी। वह सोचने लगी, अभी तो आधा दिन पड़ा है। मेरे बेटे को डॉक्टर देख पायेगा। अब क्या है, तीन लोग ही तो बचे हैं। देखते-देखते दो और चले गये। अब एक के बाद वही आ रही है। पर जैसे ही वह व्यक्ति हटा कि सट से खिड़की बन्द हो गयी। "मेरा पर्चा...मेरा बच्चा..." रुक्खो बोलती रह गयी। सब लोग इधर-उधर होने लगे तो वह वहीं बैठकर रोने लगी। गार्ड आया। उसने कहा—"तुम यहाँ से जाओ। अब कल फिर से लाइन में लगना। यहाँ साढ़े बारह बजे तक ही पर्ची बनती है।"

रुक्खो को अब कुछ नहीं सूझ रहा था। कल सवेरे फिर देर से आयी तो उसे फिर पर्ची बनवाने का मौक़ा नहीं मिलेगा, इसलिए वह अब अस्पताल से दूर नहीं जायेगी। पर रात कैसे काटेगी—बेटे को तो तुरन्त इलाज चाहिए। उसे किसी ने बताया कि तुम्हें तत्काल इमरजेंसी में बच्चे को दिखाना चाहिए। सरकार ने वहाँ ग़रीबों के इलाज के लिए व्यवस्था कर रखी है। वह इमर्जेंसी वार्ड की ओर गयी। वहाँ बुरा हाल था। एक ट्रक भरकर दंगा प्रभावितों को लाया गया था। रुक्खो उनका दर्द जानती थी। एक ही सप्ताह पहले तो वह भी दंगे में अपना सर्वस्व गँवाकर आयी है। वार्ड में तिल रखने को जगह नहीं थी। जिन्हें तुरन्त बचाया जा सकता था उन्हें बचा रहे थे। अस्पताल प्रशासन ने आम मरीजों के इमर्जेंसी में प्रवेश पर रोक लगा दी थी। लेकिन दंगे की आग में जिन जलने वालों की हिफ़ाज़त सरकार कर रही थी वह भी तो उसी आग की शिकार रही थी। पर उस अकेली के साथ कोई भीड़ नहीं थी, कोई राजनीति नहीं थी। उसकी कौन सुनता? उस मंज़र को याद करके उसकी रूह काँप रही थी। रुक्खो हार-थककर ओ.पी.डी. से कुछ दूर जाकर बैठ गयी। बच्चे के कष्ट के आगे उसे अपना कष्ट सूझ नहीं रहा था। भूख उसे भी सता रही थी। पर पहले बच्चे को तो कुछ खिलाये। उसके पास कुल चार सौ रुपये थे। वह उन्हें बचाकर रखना चाह रही थी, पता नहीं इलाज में क्या ख़र्च हो। कहीं

कुछ चना-गुड़ की तलाश में इधर-उधर घूमी। दस रुपये के छोले लिए। दो-तीन चम्मच बेटे के मुँह में दिये, बाक़ी ख़ुद खाकर पानी पी लिया।

अस्पताल के कर्मचारियों की पाली बदल रही थी। चतुर्थ श्रेणी कर्मचारी लीला की नज़र उस पर पड़ी थी। लौटते वक़्त उसने पूछा—"बहन, कहाँ जाओगी?"

"कहाँ जाऊँ! यही सोच रही हूँ। चाचा की झुग्गी पर जाऊँ तो बहुत दूर है, लौटना मुश्किल होगा।'' यहाँ कहीं कोई व्यथा-कथा सुनने वाला नहीं था। फिर भी वहाँ खड़े कुछ लोगों को समस्या बतायी। इस पर एक बौद्ध उपासक ने कहा कि 'तुम हिन्दू धर्म से चिपकी हो इसलिए कष्ट सह रही हो; तुम्हें बुद्ध की शरण में आना चाहिए था।' मानो बौद्धों के यहाँ दुनियादारी के कोई दुख ही नहीं हैं। भिक्षु की वाणी सुनकर रुक्खो बोली—"हम तो चौधरियों के गाँव के अछूत हैं, हम न हिन्दू हैं न मुसलमान हैं। पर हमें लड़ाई के वक़्त मुसलमान तो हिन्दू समझकर मारते हैं और हिन्दू अछूत जानकर। हमारे लोग भी अपने को हिन्दू समझ बैठते हैं और उनके इशारों पर नाचते हैं।" रुक्खो कहानी सुनाये जा रही थी। भिक्षु ध्यान लगाकर सुन रहा था। वह बता रही थी..."जालिमों ने हमें क्यों मारा? गाँव के मुस्ताक मियाँ के इंजीनियर बेटे से यहाँ के ज़मींदार की अनपढ़ बेटी को प्रेम हो गया था। बेटी ने इस बारे में अपनी माँ को बताया और माँ ने जब ज़मींदार को बताया तो उसने अपने लठैतों को बुलाकर फ़रमान जारी किया कि 'जाओ, मुस्ताक के बेटे को पकड़ो और फार्महाउस के पिछले हिस्से में पहुँचाओ।' दूसरा हुक्म बेटी के बारे में दिया कि 'इसे इसकी माँ के साथ ले चलो।' आनन-फानन में दोनों को बाँधकर लाया गया। मुल्ला का पूरा परिवार पीछे-पीछे रोता-चीख़ता आ रहा था। लाठियों, भालों और बन्दूक़ों के साये में दोनों प्रेमियों को विधर्मी प्रेम करने का स्वाद चखाया गया। बेटी के शरीर का एक अंग काटकर लड़के की ओर गेंद की मानिन्द फेंका गया। उसके बाद लड़के का अंग काटकर लड़की की ओर फेंका गया। एक-एक अंग इसी तरह काटे और फेंके गये। फ़रमान जारी किया गया कि यह सिलसिला पूरे इलाक़े में दोहराया जाये और देखते-देखते गाँव में मारकाट फैल गयी। रात भर यह ख़ूनी ताण्डव चला था।"

"तुमने गाँव क्यों छोडा?" उपासक ने रुक्खो से सवाल किया तो उसने बताया—"पुलिस को ख़बर देने का इल्ज़ाम चमार-भंगियों की बस्ती पर लगाया गया। सो मुसलमानों और दलितों पर एक-एक ही तरह का हल्ला बोला गया। मेरा पूरा परिवार मार दिया गया।"

''चमारों ने पुलिस को ख़बर क्यों दी थी?''

''वे क़ानून में यक़ीन करते थे। क़ानून सबको न्याय देगा, ऐसा मानते थे।''

"तो तुम कैसे बचीं?"

"मैं अपने बेटे को लेकर उपले के बिटोरा में छुप गयी थी। आग की लपटें उसे राख करतीं उससे पहले मैं अपने बेटे को लेकर खेतों की झाड़ियों में छिपकर अँधेरे में भाग आयी। इधर शहर में आकर कोठियों में काम करना शुरू ही किया था कि बेटा..."

आज उसने तय किया कि उसे जल्दी अस्पताल पहुँचना है। सो वह पहली बस से ओ.पी.डी. की विंडो पर जा पहुँची। बेटे को लेकर वह यहाँ सबसे पहले पहुँची थी। खिड़की खुली और पर्ची बनाने वाली कर्मचारी ने पूछा—"बीमारी क्या है?"

"डॉक्टर को दिखाना है।"

"वो तो ठीक है, पर यह तो बता कि बीमारी क्या है?"

"इसके हाथों में दर्द है।'' खपच्ची बँधे हाथों को ऊपर उठाकर दिखाते हुए वह बोली।

"हड्डी के डॉक्टर को?"

"हाँ, जी बहन जी।"

"अरे वो तो बुधवार को बैठते हैं। आज तो शनिवार है।" सुनते ही रुक्खो को लगा जैसे किसी ने उसकी देह से प्राण ही खींच लिए हों। अब तो उसका धीरज ही जवाब दे गया, पर बच्चे के लिए किसी तरह उसने अपने आपको सँभाला। वह निराश होकर एक ओर बैठी ही थी कि उसे लीला ने देख लिया। वह उसके पास आयी और बोली—"तू मेरे साथ चल, बच्चे को जनरल में दिखाते हैं।"

पर्ची बनवा कर लीला उसे डॉक्टर के पास ले गयी। बच्चे की हालत और रुक्खो का हुलिया देखकर डॉक्टर ने कहा—"तुम गँवार लोग मरीज़ को घर में

ही रखकर मार लेते हो। जब कुछ नहीं हो सकता तब डॉक्टर साहब कुछ करो, कुछ करो, कहते हुए इलाज कराने निकलते हो।"

रुक्खो कैसे कहे कि उसने अपने बच्चे के लिए कितने प्रयास किए हैं।

"सिस्टर, इस बच्चे के हाथों का एक्स-रे कराकर लाओ।" डॉक्टर विनय बैरवा ने नर्स से कहा। आधे घण्टे में एक्स-रे डॉक्टर की आँखों के सामने थे। देखकर वह बोला—"मुझे जो डर था वही हुआ।"

उस डॉक्टर ने एक सर्जन को बुलाया और उससे मशविरा करने के बाद तय कर पाया कि बच्चे को अगर ज़िन्दा रखना है तो इसके दोनों हाथ काटने पड़ेंगे। रुक्खो तो सुनते ही बेहोश हो गयी। नर्स को लगा, कहीं यह मर ही न जाये तो झूठी दिलासा देने लगी—"हमारे हस्पताल में कटने वाले हाथ फिर से नये उग आते हैं। जैसे गणेश जी के सिर पर हथिनी के बच्चे का सिर जुड़ा था, युद्ध या दंगे में कटे किसी के हाथ की जगह दूसरे के जोड़ दिये जाते हैं। नहीं तो थोड़े ही दिनों में हाथ ख़ुद-ब-ख़ुद उग आते हैं।" बेटे का चेहरा देखते हुए रुक्खो ने आँसुओं की धारा को रोका और बोली—"बेटा सुना, हाथ तो उग आते हैं! सुना बेटा, हाथ तो उग ही आते हैं।..."

प्रतिकार

—सुमित्रा महरोल

सेकेंड फ्लोर पर रहने वाली सुनीता की कर्कश चिंघाड़ से एकबारगी पूरी बिल्डिंग थरथरा उठी और आस-पास के लोग माजरा जानने की ख़ातिर अपनी-अपनी बालकनियों में आ खड़े हुए। सुनीता का पूरा बदन क्रोध के आवेग में थरथरा रहा था, अनवरत गालियाँ बकने के कारण उसके होंठों के दोनों किनारों पर फ़ेन जम गया। वह मुझे गन्दी-गन्दी जातिसूचक गालियाँ दे रही थी। क्रोध के आवेग में वह जाने क्या-क्या कहनी-अनकहनी बके जा रही थी। हम भूतल पर रहते हैं और वह सेकेंड फ्लोर पर। वे लोग अपनी कार हमारे मुख्य द्वार के सामने खड़ी करते थे। हमारे पास कार न होने के कारण हमें भी कोई आपत्ति नहीं थी। मगर, जैसे ही हमने कार ली और उस जगह पर पार्क करने लगे तो उन्हें प्रॉब्लम होनी शुरू हो गयी।

असल में उस ज़मीन पर वह अपना अधिकार मानने लगी थी व हमारा अपने ही द्वार के सामने की भूमि का उपयोग करना उसे हमारी अनाधिकार चेष्टा लगती। इस वजह से लगभग एक हफ़्ते से वह हमें प्रत्यक्ष या अप्रत्यक्ष रूप से सुना-सुना कर जताने की कोशिश कर रही थी। जब हमने उसकी बातों को अनसुना कर दिया तो वह वाक् युद्ध के ज़रिये मोर्चा जीतने के लिए खड़ी थी।

मैंने बाहर निकल नरमायी से उससे बात करने की कोशिश की तो वह और भी उग्र हो गयी।

थक-हार कर ख़ून के घूँट पीती हुई मैं भीतर आयी व स्थिति पर विचार करने लगी। उसके द्वारा कहे जातिसूचक शब्द मेरे कानों में गूँजने लगे व मुझे अन्य लोगों के विद्रूपता से भरे चेहरे भी याद आये। इसका मतलब यहाँ सभी

को हमारे बारे में पता है। तभी सब मुझसे कटे-कटे से रहते हैं, और मैं सोच न पाती थी कि आख़िर माजरा क्या है।

मैंने जन्म तो समाज की दलित जाति में लिया, पर मेरे एडवोकेट पिता ने अपने बच्चों की शिक्षा-दीक्षा में कोई कमी न छोड़ी। इस कारण हम सभी भाई-बहन अच्छी-ख़ासी नौकरियाँ पा गये थे। मैं भी एक अच्छी फर्म में कार्यरत थी। पर अच्छे घर-परिवार, शिक्षा-दीक्षा व नौकरी के बाद भी मेरा विवाह समान स्तर में नहीं हो पाया। मेरा जीवनसाथी बहुत भला व नेक था, पर उसके परिवार की आर्थिक दशा अच्छी न थी। पति का परिवार गाँव में रहता था। चूँकि हम दोनों के कार्यस्थल दिल्ली में थे, इस कारण हम दोनों दिल्ली की एक सोसायटी के फ्लैट में रहते थे। सुरुचि सम्पन्न होने के कारण मैंने बड़े जतन से अपने घर को सजाया-सँवारा। हमारा घर, रहन-सहन, बोलचाल, पद-प्रतिष्ठा देखकर कोई भी अन्दाज़ा नहीं लगा पाता था कि हमारा सम्बन्ध किसी दलित जाति से है। पर यह स्थिति ज्यादा दिनों तक न रह पायी। ससुराल पक्ष के लोगो का आना-जाना शुरू होते ही दनकी मुखाकृतियों, कपड़ों, बाली-भाषा से पड़ोसियों को हम पर शक होने लगता कि हमारा सम्बन्ध किसी दलित जाति से है। मैं स्थिति को जानते-बूझते हुए भी विवश थी। पति से इस विषय में कुछ कहने की मेरी हिम्मत न पड़ती। आख़िर मैं किस मुँह से उनसे कहूँ कि वह अपने रिश्तेदारों को यहाँ न आने दें। भारतीय संस्कारों में पला मेरा मन इस बात की इजाज़त न देता। इशारों में एकाध बार मैंने इस ओर संकेत किया तो वह स्थिति को न समझ बोले कि “जो तुमसे नहीं बोलता, तुम्हें भी उसके पीछे दौड़ने की क्या ज़रूरत है? तुम्हें दूसरों से मतलब रखने की आवश्यकता ही क्या है? अपने घर में मौज से रहा करो।”

अब मैं उन्हें कैसे समझाती कि व्यक्ति अपने आस-पास के समाज से कटकर सहज नहीं रह सकता। स्त्रियों को संग-साथ की वैसे भी ज़्यादा ज़रूरत होती है। उन्हें गहनों, कपड़ों की, घर की साज-सज्जा की, पाक कला की व पीहर-ससुराल की ढेरों बातें आपस में करके एक अपूर्व आनन्द की अनुभूति होती है।

पड़ोसी हमारी कास्ट के विषय में सशंकित होने के बाद हमसे नितान्त औपचारिक हो जाते। आस-पड़ोस में होने वाले सामाजिक समारोहों में या तो हमें बुलाया ही न जाता और यदि बुला भी लेते तो हमारी उपेक्षा की जाती।

अभी 15 दिन पहले सामने वाली आंटी ने सुन्दरकाण्ड का पाठ करवाया तो सबको आमन्त्रित किया, किन्तु हमें निमन्त्रण देने कोई न आया। पाठ के बाद भोज का भी प्रबन्ध था, सभी सज-धज कर जा रहे थे व मैं घोर अपमान की आग में सुलगती अपने घर के परदों की ओट से आने-जाने वालों को देख रही थी। आख़िर मुझे किस अपराध के दण्डस्वरूप बहिष्कृत किया गया था। मैं किस स्तर पर आस-पास वालों से कम थी?

इसी तरह करवाचौथ पर आस-पास की सभी स्त्रियाँ शाम को तनेजा आंटी के यहाँ कथा सुनने गयी थीं, किन्तु मुझे किसी ने भी नहीं बताया कि तनेजा आंटी के यहाँ कथा सुनने का आयोजन किया गया है। न ही जाते समय किसी ने मुझे आवाज़ देकर बुलाया। उस दिन अपनी उपेक्षा से मेरी आँखें भर आयीं। बाद में किसी तरह मैंने अपने दिल को समझाया कि कौन किसी के बारे में सोचता है, किन्तु अब पता चला कि असली कारण क्या था!

डोरबेल की आवाज़ से मेरी तन्द्रा टूटी और मैंने उठकर दरवाज़ा खोला। काम करने वाली बाई थी। उसके अन्दर आने के बाद मैंने दरवाज़ा बन्द किया। सोफ़े पर बैठकर स्थिति पर विचार करने लगी। मेरा रोम-रोम अपमान की आग में सुलग रहा था, मन में क्रोध की ज्वालाएँ फूट रही थीं। सुनीता को मुँहतोड़ जवाब देने के लिए मैं आतुर हो उठी, पर समझ नहीं पा रही थी कि क्या करूँ। मौजूदा स्थिति में न मैं उसे वाक्‌युद्ध में परास्त कर सकती थी और मल्लयुद्ध मैंने आज तक किया नहीं था। क्रोध के आवेश में मैं खड़ी होकर चहलक़दमी करने लगी, इतने में फ़ोन की घण्टी घनघनायी।

"हेलो" मैंने भारी मन से फ़ोन उठाया, फ़ोन पर भी मेरी आवाज़ थरथरा रही थी।

"हेलो!" मीता बेटा क्या हुआ? तबीयत तो ठीक है?" मेरी आवाज़ के भारीपन को भाँपकर मेरे पापा बोले। हमेशा चहकने वाली बेटी आज ऐसे कैसे बोल रही है, पापा ने सोचा।

सांत्वना का ज़रा-सा संबल पाते ही मैं फूट पड़ी व रोते-रोते मैंने पापा को सारा वाक़या बताया।

सारी बात सुनकर पापा को भी बड़ा ग़ुस्सा आया। पर मुझे शान्त रहने का आश्वासन दे, पापा एक घण्टे के भीतर ही मेरे घर आ गये। तब तक मेरे पति

भी आ चुके थे। ऊपर-नीचे रहने वालों में मेरे पापा की गाड़ी को देख खलबली मच गयी। हमारा जवाब क्या होगा! जानने को सभी आतुर थे। आख़िर फ्री में तमाशा जो देखने को मिलता।

"मीता, दो-तीन सफ़ेद काग़ज़ लाकर देना," चाय पीते-पीते मेरे पापा बोले।

मैंने झट से काग़ज़ लाकर दे दिये।

चश्मा लगाकर, मेरे पापा ने क़ानूनी धाराओं का प्रयोग करते हुए एक लेटर लिखा कि किस प्रकार सुरेश की पत्नी सुनीता ने जातिसूचक शब्दों का प्रयोग करते हुए मुझसे झगड़ा किया व उस इलाक़े के थाने में अर्ज़ी दोनों के ख़िलाफ़ थी, थाने में दे आये। अपने पति सुरेश की शह पर ही सुनीता इतना कूद रही थी।

"पापा, हमारी अर्ज़ी पर सुनायी भी होगी या नहीं?" मैंने आशंका व्यक्त करते हुए कहा। देश की पुलिसिया छवि से मैं बख़ूबी वाकिफ़ थी।

"तू चिन्ता न कर, इसकी तो अकल ठिकाने आ जायेगी, थोड़ा सब्र कर," पापा द्वारा आश्वस्त् करने के बावजूद मुझे तसल्ली नहीं हो रही थी। थोड़ी देर और रुकने के बाद पापा चले गये।

अगले दिन ऑफ़िस के लिए बाहर निकलते समय मुझे लगा कि हर आँख मुझे घूर रही है व विद्रूपता से हर होंठ थरथरा रहे हैं। किसी को भी न देखती, सबसे नज़रें चुराती मैं जैसे-तैसे स्टॉप पर पहुँची। ऑफ़िस में भी वही वाक़या मेरे मनो-मस्तिष्क पर छाया रहा। न मैं ढंग से खा-पी रही थी, न सो रही थी।

घोर अपमान के सैकड़ों तीखे डंक मुझे बेधे डाल रहे थे। अब पापा द्वारा थाने में की गयी शिकायत ही हमारा एकमात्र संबल थी। धीरे-धीरे सात दिन गुज़र गये पर हमारी शिकायत पर कोई कार्रवाई नहीं हुई।

तब पापा ने भाग-दौड़ करके प्रभावशाली लोगों का दबाव पुलिस पर डलवाया। दस दिन बाद सुनीता अपने पति सुरेश सहित थाने में तलब हुई। उसके पति सुरेश का ट्रान्सपोर्ट का बिज़नेस था।

''क्यों बे, तुझसे आराम से रहा नहीं जाता? क्यों भले लोगों को सताता है? क्या अन्दर जाने का इरादा है? चल फटाफट नीचे वालों से समझौता कर, नहीं तो अन्दर जायेगा व जमानत तक नहीं होगी।" दरोगा ने डाँटते हुए

सुनीता के पति सुरेश से कहा। सुरेश व सुनीता की सिट्टी-पिट्टी गुम हो गयी। हमारे इस क़ानूनी वार का उन्हें तनिक-सा भी अन्देशा नहीं था।

"अब मैं अपना काम सँभालू या तेरे झगड़े निपटाऊँ?" पत्नी को डपटता हुआ सुरेश घर में आया व सिर पकड़कर बैठ गया। सुनीता ब्लड प्रेशर की मरीज़ थी। थाने में तलबी के कारण वह भी चिन्तित थी, पर उसका घमण्ड भला कहाँ हार मानने वाला था। वो पलंग पर पड़ी-पड़ी मुझे कोसने लगी व हास्यास्पद कल्पनाएँ करने लगी कि मैं ऊपर से कूदकर, उसके आँगन में गिरकर मरूँगी। इसे जेल की चक्की पिसवाऊँगी। उस जैसी मूर्खा से और उम्मीद ही क्या की जा सकती थी?

अगले दिन शाम को सुरेश हमारे पड़ोसी मलिक साहब के साथ हमारे घर आया।

दरवाज़े पर ही मैंने उन्हें प्रश्नसूचक निगाहों से देखा।

"मीता जी, सुरेश भाईसाहब आप लोगों से कुछ बात करना चाहते हैं," मलिक साहब कुछ झिझकते हुए बोले। सुरेश एक घण्टे से उनके घर जमा बैठा था व उनसे आग्रह कर रहा था कि वे उसका हमसे समझौता करवा दें। मलिक साहब इस पचड़े से दूर ही रहना चाहते थे। पर जब उसने बेशर्मी से उनके घर से टलने का नाम नहीं लिया तो उन्हें विवश हो संग आना पड़ा।

"अभी तो भाईसाहब हमें तुरन्त कहीं जाना है, और इन लोगों से हमें कोई बात नहीं करनी"—कहते हुए मैंने एक उचटती हुई दृष्टि सुरेश पर डाली। मेरी बात सुनते ही उसका चेहरा उतर गया। दरवाज़ा बन्द करके मैं बाहर जाने के लिए तैयार होने लगी। ताक़त और घमण्ड में डूबे सुरेश का चिन्तातुर चेहरा मेरी आँखों के आगे आया।

उसे अपनी चिरौरी करते देख मेरे अहं को बड़ा सन्तोष हुआ।

उस रात आने में हमें क़रीब दस बज गये। घर में घुसने के थोड़ी ही देर बाद कॉलबेल बजी। देखा तो सुरेश फिर दरवाज़े पर खड़ा बात करने की गुहार लगा रहा है।

"मैंने जब एक बार कह दिया, मुझे आपसे कोई बात नहीं करनी, तो आप हमें क्यों परेशान कर रहे हैं?"—तनिक ग़ुस्से में मैंने खीजते हुए कहा।

"कौन है?" कहते हुए मेरे पति भी वहाँ आ पहुँचे।

"रवि भाईसाहब, जो हुआ उसके लिए मैं माफ़ी माँगता हूँ। आप प्लीज़ अपनी शिकायत वापिस ले लीजिए, वरना मैं बरबाद हो जाऊँगा।'' रवि को देखते ही वह दरवाज़े पर खड़ा-खड़ा गुहार लगाने लगा। चिन्ता से उसका चेहरा पीला पड़ा हुआ था। क़ानूनन किसी को जातिसूचक शब्द कहना या जाति के आधार पर अपमानित करना दण्डनीय अपराध है।

"और आपकी पत्नी ने जो हमारी इज़्ज़त धूल में मिलायी है, उसका क्या होगा? आपकी वजह से न हमें दिन में चैन न रातों को नींद"—मैंने ऊँची आवाज़ में उसे धमकाते हुए कहा।

"मैं उसे समझा दूँगा, अब वो आपको कभी तंग नहीं करेगी। क्या करूँ, मैं ख़ुद इस औरत से परेशान हूँ, नित नयी-नयी मुसीबतें खड़ी कर देती है," सुरेश बोला।

"मगर आपके माफ़ी माँगने से क्या होगा, अपमान तो हमारा आपकी बीवी ने किया है, और पूरी सोसायटी के सामने किया है। अगर आप चाहते हैं कि हम अपनी शिकायत वापिस ले लें तो पूरी सोसायटी के लोगों के सामने आपकी पत्नी को हमसे माफ़ी माँगनी होगी।"

हमारी बात सुन सुरेश सोच में पड़ गया। उसकी पत्नी अपनी ग़लती सब लोगों के सामने स्वीकार करेगी, ऐसा होने का उसे ख़ुद विश्वास नहीं था। मगर इसके अलावा किसी भी क़ीमत पर हम शिकायत वापिस लेने को तैयार नहीं हुए। वह थके क़दमों से वापिस लौट गया।

उस रात मुझे बड़ी चैन की नींद आयी।

अगले दिन चाय पीकर हम अख़बार देख ही रहे थे कि सुरेश सोसायटी के बहुत से लोगों को ले हमारे घर आ पहुँचा, सबसे पीछे उसकी पत्नी भी थी। सारी रात सुरेश उसे समझाता रहा था। परिवार के भले के आगे उसे झुकना ही पड़ा और मुरझाया-हारा चेहरा लिए, सबसे नज़रें चुराती वह हमारे घर में खड़ी थी।

"रवि और मीता जी, जब ये अपनी ग़लती स्वीकार कर रहे हैं, तो आप भी मान जाइए। ख़त्म कीजिए इस झगड़े को।" सोसायटी के लोगों ने औपचारिकतावश कहा।

मैंने अर्थपूर्ण दृष्टि से सुरेश की ओर देखा। वह मेरा इशारा समझ गया।

"चल कह दे, आगे से ऐसा नहीं करेगी," उसने अपनी पत्नी को आगे ठेलते हुए उससे कहा।

सुनीता कुछ रोष में आगे बढ़ी। दोनों हाथ जोड़कर सिर तक ले गयी, सिर नीचे झुकाया और बोली, "मैं माफ़ी माँगती हूँ" बड़े आवेश में तेज़ी से बोलकर वह वहाँ से भाग गयी।

परिस्थिति ने उसे ग़लती स्वीकार करने को बाध्य भले ही कर दिया हो, पर अपना उग्र स्वभाव तो वह बदल नहीं **सकती थी**।

पर उसके माफ़ी माँगने के ढंग को देख हम असमंजस में पड़ गये। न कोई विनम्रता, न अपने किये का पश्चाताप; पत्थर के समान माफ़ी के शब्द फेंक पता नहीं शर्म से या अकड़ के यूँ भाग जाने का क्या मतलब था?

बहरहाल, सुरेश के और दूसरे लोगों के कहने पर शिकायत हमने वापिस ले ली। सुनीता और दूसरे लोगों ने भी फिर कभी हमें परेशान नहीं किया। पर सच्ची आत्मीयता, सम्मान व स्नेह हमें इस घटना के बाद भी न मिला।

अमली

—हरिराम मीणा

पूर्वी राजस्थान के डांग क्षेत्र में अवस्थित ज़िला मुख्यालय करौली शहर से बयालीस किलोमीटर की दूरी पर है तिमनगढ़ का प्राचीन क़िला। अष्टधातु व लाल पत्थर की मूर्तियों के लिए प्रसिद्ध रहा है यह किला। अपने ज़माने की बेजोड़ वास्तुकला का आभास कराते हैं यहाँ के महल व मन्दिरों के खँडहर। ग्यारहवीं शताब्दी में निर्मित इस क़िले का जीर्णोद्धार बयाना के राजा तिमनपाल ने तेरहवीं सदी में करवाया। तभी से यह तिमनगढ़ कहलाया। पहले जाना जाता था सागर के क़िला के नाम से।

नारायण नाथ डांग में घुमक्कड़ी करता हुआ मासलपुर आया जहाँ गोरखपन्थियों का एक मठ हुआ करता था। मठ में वह दो महीने रहा। नारायण नाथ ने नवरात्र व दशहरा के कर्मकाण्ड मठ में ही किये। यहीं पर अपने पड़ाव के दौरान उसने तिमनगढ़ की उस नटनी की कथा सुनी जो किसी कनफटे नाथ ने सुनायी।

चौमासा की ऋतु बीत गयी थी। समतलीय इलाक़ों में रहने वाले गूजर व मीणा जाति के पशुपालक अपने मवेशियों को लेकर डांग के पहाड़ों से नीचे उतर रहे थे। उनकी अस्थायी खिरकाड़ियाँ खाली होती जा रही थीं। बरसात के पूरे चार महीनों की अवधि में डांग की खिरकाड़ियाँ आबाद रहती हैं, विशेषकर दुधारू मवेशियों से। यहाँ पशुओं के हरे चारे की कोई कमी नहीं। डांग की सारी धरती घास की हरी चादर ओढ़े रहती है। बीच-बीच में नाना प्रकार के फूल-फलवान, पेड़-पौधों व अन्य वनस्पतियों की बहुतायत के साथ।

पास ही थी सागर नामक झील जो लबालब भरी थी निथरे पानी से। झील

के किनारे की ज़मीन पर लहलहा रही थी हरी दूब की वसुन्धरा-केशराशि। मन्द-मन्द बह रही हवा में बरसात की छुअन महसूस की जा सकती थी।

मासलपुर के मठ से नारायण नाथ सागर झील के किनारे होता कोड्यापुरा की ओर जा रहा था।

एक युवा ग्वाला पास में बकरियाँ चरा रहा था।

"जै रामजी की रे नाथ बाबा!" उस ग्वाले ने नारायण नाथ का अभिवादन किया।

"जै भोलेनाथ!"

"किते जारोअ नाथ बाबा?"

"भैया, कोड्यापुरा कू जारो ऊँ।"

गूजर जाति के उस युवक ने नारायण नाथ को बताया कि "वहाँ के लोगों का विश्वास है कि इस झील में पारस पत्थर है जो मिल सकता है किसी को भी, कभी भी।"

"अरे लाला, हमें का करनो है सोनेन को। दो टेम की रोटी मिल जावे तो ऊपरवारे की महर। हम तो याई बात के काजे संतन कूँ अर वा भोलेनाथ कूँ भजें।"

"ई नटनी को खम्भो किते है भैया?" नारायण नाथ ने उत्सुकता ज़ाहिर की।

"ऊ रो बाबा।" युवक ने दाहिना हाथ उठाकर नटनी के खम्भा की ओर इशारा किया।

"अच्छा भैया, भोलेनाथ सुखी रखे तोय।" युवक को आशीर्वाद देता हुआ नारायण नाथ नटनी के खम्भा की तरफ़ चला गया। तिमनगढ़ से क़रीब दो किलोमीटर की दूरी पर है नटनी का खम्भा।

तिमनगढ़ के पास एक बार नटों के घुमन्तू समूह ने अस्थायी डेरा लगाया था। उस क़बीले में थी एक युवा नटनी, जिसका नाम था अमली। इस नाम के पीछे भी एक अजीब संयोग था। अमली का बाप अमल अर्थात् अफ़ीम का सेवन करता था। उस अमलची की बेटी का नाम किसी बुज़ुर्ग महिला ने अमली रख दिया। इसी नाम से जानी जाती रही अमली ज़िन्दगी भर। अमली भी तो आदी थी किसी चीज़ की, मगर वह चीज़ अमल न होकर थी

रस्सी पर चलने की नट-कला। नट-विद्या के तमाशबीन अमली को रस्सीवाली नटनी भी कहने लगे थे।

"तेरा बहुत नाम सुना है मैंने। मेरे क़िले के सदर दरवाज़े से एक कोस तक रस्सी पर चलकर जो अमली तू बता दे तो मैं तिमनगढ़ का आधा राज तुझे दूँगा।" लम्बे बाँस के सहारे रस्सी पर चलने की कला में निपुण अमली को एक दफा तिमनगढ़ के राजा ने चुनौती दे दी।

अमली ने एक कोस की दूरी तक रस्सी पर चल सकने के आत्मविश्वास के साथ अपने क़बीले के बुजुर्गों से सलाह-मशविरा किया। उन्होंने अमली को बहुत मना किया कि "वचन नहीं निभा सकेगी तो पता नहीं राजा कुछ उल्टा-सीधा फ़ैसला कर बैठे और हमारे ऊपर गैल चलती कोई आफ़त आ जाये तो हम क्या करेंगे?"

"हम ठहरे घुमक्कड़ डेराबन्द नट। हमें क्या मतलब राजपाट से?" एक वृद्ध ा ने यहाँ तक कह डाला।

"राजा ने मेरी परिच्छा लेनी चाई है। मैं कैसे पीछे हट जाऊँगी?" अमली अड़ गयी।

उसके क़बीले के लोगों को विश्वास था कि उनकी अमली ना अपनी बात में पीछे हटने वाली और ना रस्सी की चाल में पिटने वाली।

तिमनगढ़ के राजा ने अमली की परीक्षा लेने का दिन और वक़्त तय कर दिया। क़िले के मुख्य द्वार का खम्भा बनाया गया रस्सी-चाल कला का प्रस्थान बिन्दु। वहाँ से एक कोस की दूरी पर एक नया खम्भा बनाया गया था इस चुनौती की चाल के अन्त हेतु।

दोनों खम्भों पर मज़बूत रस्सी खींचकर बाँध दी गयी। बीच-बीच में रस्सी को साइड सपोर्ट अलग से दिया गया ताकि रस्सी लम्बाई की वजह से बीच में कहीं नीचे नहीं लटके।

अमली चढ़ गयी पालवंशीय क़िले के पहले खम्भे पर। सन्तुलन बनाये रखने हेतु हाथ में लिए हुए थी लम्बा बाँस। अमली के क़बीले के सारे लोग आज वहाँ मौजूद थे। कोई भी खाने-कमाने बस्ती में नहीं गया। राजधानी नगर तिमनगढ़ की प्रजा सैकड़ों की तादाद में वहाँ उपस्थित थी। तमाशा देखने आये हुए थे राजसभा के पदाधिकारीगण और तिमनगढ़ के नरेश व रानी सहित राजपरिवार के सदस्य।

रस्सी पर अमली का करतब देखने उमड़ पड़ा सारा शहर। राजदुर्ग में रहने वाले लोग आये थे। दरबार के लोग आये थे। महलों के लोग आये थे। रनिवास के लोग आये थे। बहुत कठिन था यह कह सकना कि कौन शख़्स ऐसा था जो अमली के तमाशे से दूर था?

तंग रस्सी पर अमली चल दी। दोनों हाथों में थामे लम्बा बाँस। सधे हुए पाँव हौले-हौले बढ़ने लगे क़दम-दर-कदम। साँवले वर्ण की छरहरे शरीर की अमली किसी सर्कस के सितारे-सी बढ़ी चली जा रही थी हवा में। पैर थे रस्सी के सहारे और हाथ बाँस का संबल थामे।

दर्शकों की अँगुलियाँ स्वतः ही दब गयी थीं दाँतों तले।

आश्चर्य!

अमली पहुँच गयी दूसरे खम्भे तक। जीत गयी अपना आधा महाभारत।

सब ख़ुश हुए। अमली के क़बीले के लोग सबसे ज़्यादा। आम दर्शक भी कम ख़ुश नहीं थे। राज दरबारी तटस्थ दिखायी दे रहे थे। तिमनगढ़ के राजा के ललाट पर सलवटें पड़ने लगीं। राज्य की रानी का दिल बैठता-सा प्रतीत हुआ।

अमली की अभी आधी परीक्षा शेष थी। उसे क़िले के सदर द्वार के खम्भे पर वापस लौटना था।

पूरे हौसले के साथ अमली ने वापसी की यात्रा आरम्भ कर दी। अमली के प्रस्थान बिन्दु वाले खम्भे के निकट तिमनगढ़ की रानी का आसन था। पर्दानशीन होकर वह सारा मंज़र देख रही थी। लोगों की निगाहें तो उस खम्भे की तरफ़ होनी ही थीं जिधर से अमली लौट रही थी। अचानक रानी की आज्ञा से पर्दा और फैला दिया गया। क़िलेवाले खम्भे से बँधी रस्सी को पर्दे की ओट में ले लिया गया।

अमली ने अपनी वापसी यात्रा आधी से अधिक पूरी कर ली। हाथों में पकड़े बाँस के सन्तुलन से वह सधे क़दम बढ़ी चल रही थी पूरी तरह अपना आत्मविश्वास बनाये हुए।

उस दिन सुबह से बह रहा मन्द पवन अपने आप थम गया, जैसे वह भी देखना चाह रहा था अमली के इस करतब को।

बस, कुछ पल और।

सबको लग गया अमली राजा द्वारा दी गयी चुनौती को पूरा करने वाली है। अपने क़बीले के लोगों को दिया गया वचन निभाने वाली है। सभी दर्शकों को चकित करने वाली है। जग में अपना नाम कमाने वाली है।

तिमनगढ़ की रानी को ज्यों-ज्यों अमली क़िले के सदर दरवाज़े के खम्भे की ओर आती दिखी त्यों-त्यों उसे तिमनगढ़ का आधा राज्य अमली की तरफ़ खिसकता हुआ प्रतीत हो रहा था। राजा मन-ही-मन कसमसा रहा था, "मैंने बेवकूफ़ी में यह कैसी शर्त रख दी?" वह किंकर्तव्यविमूढ़ था।

यकायक! अमली गिरती है रस्सी से नीचे धरती पर। हाथों में कसकर पकड़ा हुआ बाँस छूट जाता है हवा में।

"यह कैसे!" सब चौंके।

तिमनगढ़ के क़िले के सदर दरवाज़ा के खम्भे से बाँधी गयी रस्सी को बीच में से चुपके से काट दिया गया रानी के हुकुम से।

डांग अंचल के दक्षिण दिशा के पठारों के मध्य में अवस्थित तिमनगढ़ के उस ऐतिहासिक दुर्ग के खँडहरों को देखने जो भी सैलानी जाता है उसे अमली नटनी का यह क़िस्सा अवश्य सुनाया जाता है जिसका शिखर वाक्य इस तरह समाप्त होता है कि—'घुमन्तू क़बीले के नटों की उस होनहार लड़की अमली ने सभी श्रेणी के दर्शकों को साक्षी मानकर मरने से ठीक पहले 'तुम सब गवाह हो इस बात के कि मेरे साथ घोर अन्याय किया गया है। देखना लोगों, बहुत वक़्त नहीं गुज़रेगा' कहते हुए राजा व रानी को यह शाप दिया था कि 'अरे, ओ तिमनगढ़ के राजा-रानियों! तुम्हारा यह गढ़ तुम्हारी ज़िन्दगी के रहते ही उजड़ जायेगा।'

अमली नटनी हारकर भी अमर हो गयी और तिमनगढ़ का राजा जीतकर भी हार गया था। इस कहानी की खलनायिका बनी तिमनगढ़ राज की रानी।

नयी धार

—अनिता भारती

उधर से फ़ोन उठाते ही रमा ने पूछा—"क्या मैं अभिव्यक्ति जी से बात कर सकती हूँ?"

"जी नहीं, वे तो बाहर गयी हैं, देर से आयेंगी।"

"आप कौन बोल रही हैं?"

"जी, मैं उनकी नौकरानी राधा बोल रही हूँ"

"अच्छा राधा, साहब हैं?"

"जी हाँ, साहब घर में हैं। बुलाऊँ?"

"हाँ; मेरी उनसे बात करा दो''—रमा ने कहा। राधा अभिव्यक्ति जी के पति को बुलाने चली गयी, उधर रमा फ़ोन पर साहब का इन्तज़ार करने लगी।

तभी उधर से एक भारी-भरकम खरखराती आवाज़ आयी—"जी कहिए, मैं आपकी क्या सेवा कर सकता हूँ?"

रमा ने अत्यन्त विनीत स्वर में कहा—"देखिए सर, मैं दलित भेदभाव विरोधी समिति की तरफ़ से रमा बोल रही हूँ आजकल आपने महाराष्ट्र में हुए काण्ड के बारे में तो सुना ही होगा, जिसमें एक ही दलित परिवार के चार लोगों की सरेआम हत्या कर दी गयी, उसी सन्दर्भ में हमारे ग्रुप ने एक मीटिंग रखी है जिसमें हम अभिव्यक्ति जी को मुख्य वक्ता रखना चाहते है।''

"ठीक है, मैं आपकी बात उन तक पहुँचा दूँगा। अगर सम्भव हो तो आप कल एक बार फिर फ़ोन करके देख लें। फिर भी आप अपना पता, फ़ोन व ई-मेल मुझे लिखवा दीजिए। मैं ख़ुद उनसे आपका सम्पर्क करा दूँगा।"

रमा ने अपना पता, फ़ोन, ई-मेल लिखवाने के बाद धन्यवाद करते हुए फ़ोन रख दिया। रमा सोचने लगी कि अभिव्यक्ति जी के पति बहुत अच्छे हैं,

वरना कौन इतने आराम से अपनी पत्नी को समाजसेवा करने की छूट देगा। अभिव्यक्ति जी का अकेले-अकेले देश-विदेश में घूमकर सभा-सम्मेलन में शामिल होना, उनकी सहृदयता का ही प्रमाण है।

अब रमा अभिव्यक्ति जी के पति के फ़ोन का इन्तज़ार करने लगी। दो-तीन दिन बीत जाने पर भी जब अभिव्यक्ति जी के घर से कोई फ़ोन नहीं आया तो रमा प्रतिदिन सुबह-शाम उसके घर फ़ोन करने लगी। पिछले एक हफ़्ते से रमा अभिव्यक्ति जी से सम्पर्क करने की हरसम्भव कोशिश कर चुकी है। पिछले दिनों दलित भेदभाव विरोधी समिति की मीटिंग में जब मुख्य वक्ता का नाम तय हो रहा था तब रमा ने यह ज़िम्मेदारी अपने ऊपर यह कहकर ली थी कि अभिव्यक्ति जी को मैं बुलाऊँगी।

दलित भेदभाव विरोधी समिति पिछले दो वर्षों से दलितों पर होने वाले अत्याचारों के ख़िलाफ़ आवाज़ उठाती रही है। यह कहना अतिशयोक्ति नहीं होगी कि दिल्ली में जितने भी दलित ग्रुप हैं उनमें से इस ग्रुप ने अपनी अच्छी पहचान बनायी हैं। इस ग्रुप में कई तरह के लोग जुड़े हैं। शिक्षक, प्रोफ़ेसर, बैंक ऑफ़िसर, लेखक, सामाजिक कार्यकर्ता और कुछ सरकारी कर्मचारी। पिछले दिनों महाराष्ट्र के खैरलांजी गाँव में दलित भोतमाँगे परिवार के चार सदस्यों की नृशंस हत्या कर दी गयी। इस जघन्य काण्ड में भोतमाँगे की पत्नी सुरेखा और बेटी प्रियंका की हत्या से पहले गाँव के दबंगों ने उनके साथ सरेआम बलात्कार भी किया था। इस काण्ड को लेकर दलितों में ख़ासा आक्रोश फूट पड़ा था। इस काण्ड की प्रतिक्रिया देश-भर में बड़े ज़ोर-शोर से हुई। दलित लोग सड़कों पर उतर आये। क्योंकि यह मात्र बलात्कार ही न था बल्कि यह उनकी अस्मिता पर क्रूर प्रहार भी था।

दलित भेदभाव विरोधी समिति भी इससे अछूती न रही। समिति के सभी सदस्यों ने तय किया कि वे भी इस विषय पर एक सभा बुलायेंगे जिसमें दलित और ग़ैर-दलित बुद्धिजीवियों और लेखकों को आमन्त्रित कर वे इस काण्ड के विरुद्ध अपना विरोध प्रकट करेंगे। उसी कड़ी में रमा को अभिव्यक्ति जी सबसे उपयुक्त व्यक्ति लगीं। वे एक अच्छी सामाजिक कार्यकर्ता के साथ-साथ लेखिका भी हैं और दलित आदिवासियों के मुद्दों पर बेबाक़ी से अपनी राय रखती हैं। चूँकि यह मुद्दा भी दलित महिलाओं की हत्या और बलात्कार का है

अतः उन्हें बुलाना ही ठीक रहेगा। पर अभिव्यक्ति को बुलाने के नाम पर मधुरेश और सुजाता तैयार नहीं थे। वे अभिव्यक्ति की जगह शान्ति देवी को बुलाना चाहते थे।

दलित बिरादरी में जन्मी शान्ति देवी ने अकेले ही गाँव के गुण्डा तत्त्वों के ख़िलाफ़ लड़ते हुए अपनी ज़मीन खोयी, इज़्ज़त गँवायी। यहाँ तक कि उसका आदमी भी उसे कुलटा-मर्दमार कहता हुआ घर छोड़कर चला गया। वह अपने जुझारूपन के लिए ख़ासी विख्यात थी। यहाँ तक कि गाँव के लोग उसे शान्ति मर्दानी कहने लगे। उसकी इस हिम्मत, बहादुरी और लोकप्रियता को देखकर एक राजनीतिक पार्टी ने उसे टिकट दे दिया। वह चुनाव तो नहीं जीत पायी पर राजनीतिक पार्टी का उस पर ऐसा रंग चढ़ा कि जिन दबंगों के ख़िलाफ़ वह लड़ रही थी वही दबंग अब उसके सबसे करीबी हो गये। जो शान्ति देवी पहले किसी के भी काम के लिए रात-दिन देखे बिना चल पड़ती थी, वही अब बिना अपने स्वार्थ के किसी का कोई काम नहीं करती। उसके दिलो-दिमाग़ पर अवसरवाद ने क़ब्ज़ा जमा लिया है। अब वह गाँव की ग़रीब दलित औरतों के बजाय पार्टी के बड़े-बड़े नेताओं के साथ दिखने में अपना बड़प्पन समझने लगी है। पिछले दिनों किसी कपड़ा घोटाले में उसका भी नाम सुनने में आया था। रमा को शान्ति देवी जैसे राजनीतिक पिछलग्गुओं से बहुत चिढ़ थी। रमा को लगता था कि ऐसे लोगों की वजह से ही दलित आन्दोलन कुन्द होता आ रहा है। बाबासाहब का नाम लेकर ग़रीब, भोली, मासूम और भावुक दलित जनता को इन राजनीतिक पिछलग्गुओं ने ख़ूब छला है। ऐसे लोग दलित आन्दोलन में छल-कपट और अवसरवाद की विकृत परिपाटी डाल रहे हैं। इसलिए रमा ने शान्ति देवी का नाम आने पर घोर आपत्ति की।

रमा के पास अभिव्यक्ति जी को दलित भेदभाव विरोधी समिति की सभा में बुलाने के ठोस कारण थे। उसने मीटिंग में अपनी बात रखते हुए कहा—"हमारा उद्देश्य दलित अत्याचार के ख़िलाफ़ लड़ना तो है ही, साथ-साथ हमें दूसरे समाजों को भी अपने साथ लाना है।"

मधुरेश ने उसकी बात काटते हुए कहा—"तुमको क्या लगता है रमा, कि क्या ग़ैर-दलितों को इस काण्ड का पता नहीं होगा?"

रमा ने मधुरेश को समझाते हुए कहा—"मान लो उन्हें पता भी हो तो, तब भी मुझे लगता है कि हमें अपने ग्रुप को एक ऐसे मंच के रूप में देखना

चाहिए जिसमें सभी तरह के लोगों का जुड़ाव हो। और फिर मधुरेश, क्या केवल हमारे तोड़ने से ही जाति टूट जायेगी। जब तक हम अपने आन्दोलन को दूसरे आन्दोलनों से नहीं जोड़ेंगे तब तक जातिविहीन समाज की कल्पना कोरी बकवास है।"

सुजाता को रमा की बात शायद पसन्द नहीं आयी, वह ग़ुस्से से बोली–"मुझे तो आज तक ऐसा कोई उदाहरण नज़र नहीं आता जिसमें इन ग़ैरदलितों ने दलितों के साथ आने की कोशिश की हो।"

रमा ने सुजाता के ग़ैर-दलितों के प्रति नफ़रत और ग़ुस्से को भाँपते हुए कहा–"मैं जानती हूँ कि तुम्हारा ऐसा सोचना ग़लत भी नहीं है, और यह भी सही है कि खैरलांजी काण्ड पर दलित महिलाओं के सड़कों पर उतरने, उनके ऊपर बर्बरतापूर्वक पुलिस दमन होने पर भी महिला संगठन से लेकर मानव अधिकारवादी संगठन तक, किसी ने विरोध तो क्या एक स्टेटमेंट तक नहीं दिया। पर फिर भी मैं यही कहूँगी कि प्रियंका और सुरेखा को न्याय दिलाने के लिए सभी संगठनों का एक साथ और एक मंच पर आना ज़रूरी है।"

"तो ठीक है, तुम्हीं बुलाना अभिव्यक्ति जी को"–मधुरेश ने मानो चुनौती देते हुए कहा।

रमा ने अभिव्यक्ति को बुलाने की ज़िम्मेदारी अपने ऊपर लेते हुए कहा–"ठीक है, मैं ही यह ज़िम्मेदारी लेती हूँ।"

शान्ति देवी की तरह ही अभिव्यक्ति जी का जीवन भी संघर्षपूर्ण रहा था। वह भी ग़रीब माँ की बेटी थीं। उनका भी बहुत तंगहाली में बचपन बीता था। कई बार तो पानी पीकर खाली पेट सोना पड़ा। शायद इसी वजह से उनके मन में ग़रीब, दलित, आदिवासियों के लिए अपार दर्द छिपा था और शायद इसीलिए वह दलित, आदिवासियों, अल्पसंख्यकों के अधिकारों की लड़ाई में शिरकत कर रही थीं। पिछले दिनों दलितों, आदिवासियों पर लिखी उनकी पुस्तक 'अनसुलगे शोले' की देशभर में ख़ूब सराहना हुई और उसी पुस्तक पर जब राज्य सरकार ने उन्हें एक लाख रुपये का पुरस्कार दिया तो उन्होंने उस राशि को एन.जी.ओ. को दान कर दिया। और तब से अभिव्यक्ति जी युवा वर्ग की आदर्श के रूप में उभरकर आयीं। और अब तो उनकी गिनती भारत के विशिष्ट मानवाधिकारवादियों में होती है।

आज तो अभाव और ग़रीबी भी उनका पीछा छोड़ चुकी है, इसके बावजूद अभिव्यक्ति-सादगीपूर्ण जीवन की मिसाल थीं। सभा-सम्मेलन में जाते समय उनके कपड़े अत्यन्त साधारण होते। पर इस साधारणता में स्टाइलिश लुक होने के कारण सबका ध्यान उनकी ओर चला जाता। लम्बी स्कर्ट के ऊपर पहनी महीन कुर्ती के नीचे टाइट बनियान चमक रहा होता, या कभी पाजामे के ऊपर पहना गया कुर्ता नीचे पैरों तक लम्बा होता परन्तु कमर से ऊपर तक कुर्ते के चाक खुले होते जिसमें उसका शरीर ढँकी और अधनंगी दोनों ही स्थितियों में अपने कमनीय और ग्लैमरस होने का एहसास बराबर कराता रहता। वे कभी-कभी साड़ी भी पहनतीं, पर साड़ी ख़ूब महँगी होने के बावजूद इस लापरवाही से पहनी होती कि वह अत्यन्त सस्ती जान पड़ती। उस पर वह लाल रंग की बड़ी बिन्दी लगाना नहीं भूलतीं, उस वेशभूषा में वे मॉडर्न आदिवासी स्त्री लगतीं या यूँ कहें कि उस समय वे भारतीय और विदेशी संस्कृति की अद्‌भुत संगम लगतीं। वे जिन सभाओं में जातीं मीडिया उधर दौड़ पड़ता। वे जहाँ खड़ी हो जातीं, लोग उनसे सटकर दम साधे खड़े हो जाते। पर उनसे बात करने की हिम्मत नहीं जुटा पाते। और जो जुटा पाते उनको वे एक भावशून्य मुस्कान से हतोत्साहित कर देतीं। रमा को अभिव्यक्ति बहुत पसन्द थीं। रमा को लगता इतनी ग़रीबी झेलने और इतने संघर्ष करने के बावजूद उसने कैसे लोगों को अपने ठेंगे पर रखा हुआ है। अभिव्यक्ति का यह टशन उसे बेहद पसन्द था। रमा को लगता कि यदि अभिव्यक्ति जी खैरलांजी हत्याकाण्ड पर अपना वक्तव्य रखेंगी तो प्रियंका-सुरेखा के लिए न्याय की लड़ाई में उन्हें बल मिलेगा और महिला आन्दोलन के लिए यह वक्तव्य मील का पत्थर साबित होगा। परन्तु अभिव्यक्ति जी से सम्पर्क न होने के कारण रमा का मन खिन्न हो उठा। निराशा के भँवर में डूबते-उतरते उसे सागर की याद आयी। उसने निर्णय लिया इस काम में वह सागर की मदद लेगी। उपाय सूझते ही रमा ने सागर को फ़ोन करके अभिव्यक्ति का ई-मेल ढूँढ़कर उसे इन्विटेशन लैटर और कार्यक्रम का ब्यौरा भेजने की रिक्वेस्ट की।

सागर का कई वैचारिक धाराओं से जुड़ाव था। इसी कारण उसकी सब तरह के लोगों से दोस्ती थी। रमा भी उसके वैचारिक दोस्तों में से एक थी। इसके साथ ही वह कम्प्यूटर एक्सपर्ट के रूप में भी जाना जाता था, कम्प्यूटर

से सम्बन्धित कोई भी काम वह बड़ी ख़ुशी से कर देता था। अगले दिन सागर ने फ़ोन करके कहा—"देखो रमा, कल मेरा पूरा दिन इसी काम में लग गया। अभिव्यक्ति जी का ई-मेल ढूँढ़ना था तो बहुत मुश्किल, पर मैंने आख़िर ढूँढ़ ही लिया।" रमा ने प्रशंसा भरे स्वर में पूछा—"अच्छा कैसे?"

सागर ने उधर से जवाब दिया—"भई देखो, जहाँ से उनकी प्रसिद्ध पुस्तक छपी है, मैं उस प्रकाशक की साइट पर गया। वहाँ मुझे कुछ लोगों के ई-मेल मिले तो मैंने उन सबको ई-मेल भेजकर अभिव्यक्ति जी के ई-मेल की जानकारी के बारे में पूछा। वहाँ किसी जयन्त ने मुझे यह लिखते हुए कहा कि तुम मुझे अपना काम बता दो, वह आज दोपहर मुझसे मिलने वाली है। ऑक्सफोर्ड यूनिवर्सिटी में उनके साथ मेरी भी स्पीच है, मैं उन्हें बता दूँगा। मैंने जयन्त को इन्विटेशन लैटर और कार्यक्रम का ब्योरा भेज दिया और आज शाम को जयन्त का ई-मेल भी आ गया है। उसने अभिव्यक्ति जी को पूरी जानकारी दे दी है।" सागर की बात सुनकर रमा ने राहत की साँस लेते हुए कहा कि चलो यह काम तो निबटा।

अब रमा को बेसब्री से अभिव्यक्ति जी के ई-मेल का इन्तज़ार था। कार्यक्रम को केवल एक हफ़्ता बचा था। अभिव्यक्ति जी के चक्कर में कोई भी महिला वक्ता तय नहीं हो पायी थी। रमा को लगा कि अब क्या होगा? क्या अब कोई और रास्ता ढूँढ़ा जाये? आज फिर मीटिंग है, अब वह सबको क्या जवाब देगी? अभिव्यक्ति से किसी तरह सम्पर्क नहीं हो पा रहा और सभा के लिए और किसी स्त्री नेता से बात नहीं की, यह सोचकर कि अभिव्यक्ति ज़रूर मीटिंग में आयेंगी। रमा मीटिंग में जाने की तैयारी कर ही रही थी कि इतने में अनुपमा का एस.एम.एस. आया कि कल महाराष्ट्र काण्ड पर प्रगतिशील डेमोक्रेटिव राइट थिंकिंग फोरम की मीटिंग है जिसमें अभिव्यक्ति जी मुख्य वक्ता हैं।

रमा को जैसे बिच्छू ने काट लिया हो। उसके दिमाग़ में हज़ारों सवाल कौंधने लगे, आख़िर अभिव्यक्ति जी उनके कार्यक्रम में क्यों नहीं आना चाहतीं? जयंत ने तो स्पष्ट सन्देश दे दिया था, उसका ई-मेल भी इस बात का गवाह है। कहीं अभिव्यक्ति जी ने उनके ग्रुप में आने से इसलिए इनकार तो नहीं किया कि यह दलितों का ग्रुप है और दलित सवालों पर काम करता है। इन

कटु सवालों को सर से झटकते हुए वह शाम की मीटिंग में जाने के लिए घर से निकल पड़ी।

कॉफ़ी होम में सुरेश, रमेश चन्दा, सुजाता, आलोक, मधुरेश सब इकट्ठे हो चुके थे। मीटिंग आरम्भ होते ही मधुरेश ने व्यंग्य से कहा, "क्यों रमा, अभिव्यक्ति जी आने को तैयार हो गयीं?"

रमा ने दुख भरे स्वर में कहा—"पता नहीं? उनसे सम्पर्क तो हुआ, उन्हें कई मैसेज पहुँचे भी हैं, पर उधर से अभी तक कोई रिप्लाई नहीं आया।"

मधुरेश ने कड़वे स्वर में कहा—"आयेगा भी नहीं, इन्तज़ार में बैठी रहो।"

''लेकिन अभिव्यक्ति जी के पति से मेरी सीधी बात हो गयी थी। उन्होंने कहा था कि मैंने बता दिया है, तुम्हारा ई-मेल भी दे दिया है"—रमा ने खीज भरे स्वर में कहा।

"देखो रमा, बात उतनी सीधी नहीं है जितनी तुम समझती हो"—मधुरेश ने गम्भीरता से कहा।

"मैं तुम्हारी बात का मतलब नहीं समझी?"

"अच्छा बताओ, अभिव्यक्ति से तुम पिछले 20 दिन से सम्पर्क कर रही हो, घटना घटने के ठीक एक दिन बाद से। फिर भी तुम्हारा सम्पर्क नहीं हो पाया, और प्रगतिशील डेमोक्रेटिक राइटथिंकिंग फोरम ने तीन दिन पहले टॉक रखी और अभिव्यक्ति जी उसमें मुख्य वक्ता हैं! सोचो, ऐसा कैसे हुआ?''

"हो सकता है कि हमारा सन्देश उन तक पहुँचा ही नहीं हो?"—रमा ने मासूमियत से कहा। असल में रमा मधुरेश की बातों पर विश्वास नहीं करना चाहती थी, इसलिए उसने यह बात पूरे ज़ोर से कही।

"देखो रमा बात स्पष्ट है, तुम्हारे ग्रुप का नाम है दलित भेदभाव विरोधी समिति और उसके दर्शक और श्रोता कौन हैं? यही गरीब, पिछड़े, दबे-कुचले, दलित। सोचो, ऐसे लोगों के लिए कौन बोलेगा? फिर प्रेस कवर करेगी क्या? और प्रगतिशील डेमोक्रेटिक राइटथिंकिंग फोरम में लोगों को तो देखो, प्रोफ़ेसर से लेकर इतिहासकार और बड़े-बड़े वकील और मीडियाकर्मी जुड़े हैं, वहाँ जाने से उनकी इमेज में इज़ाफ़ा होगा और हमारे यहाँ आने से अभिव्यक्ति जी को क्या मिलेगा?''

रमा को लगा कि हो सकता है कि मधुरेश की बात सही हो। ऐसी सभाओं के कई दृश्य रमा की आँखों के सामने तैरने लगे। उसे समझ में आने लगा

कि जब किसी मीटिंग में मीडिया की भीड़ होती तब ही क्यों न जाने कहाँ से अचानक अभिव्यक्ति जी प्रकट हो जातीं और मीडियाकर्मी रोते-तड़पते लोगों को छोड़कर उनकी तरफ़ दौड़ पड़ते। और फिर अगले दिन सारे अख़बारों, ख़बरिया चैनलों में अभिव्यक्ति जी की बड़ी-बड़ी ख़बरें होतीं। दलित, आदिवासियों, ग़रीब-गुरबों, झुग्गी वालों के सवाल उनके भारी भरकम फ़ोटो और ख़बरों में दब जाते।

मधुरेश ने रमा का ध्यान अपनी ओर खींचते हुए कहा—"फिर तुम्हारे कार्यक्रम में तो प्रेस भी इंट्रेस्ट नहीं दिखायेगी। तो भला ऐसी जगह वह क्यों आयेंगी?"

मधुरेश की बातों से दुखी हो वह जल्दी मीटिंग से चल पड़ी। रमा का मन यह मानने को क़तई तैयार नहीं था कि अभिव्यक्ति जी इतने छोटे दायरे में सोचती हैं, वह अभी भी अभिव्यक्ति जी के प्रभावशाली व्यक्तित्व के प्रभाव से निकल नहीं पायी थी। उसने अगले दिन प्रगतिशील डेमोक्रेटिक राइटथिंकिंग फोरम की मीटिंग में जाने का निर्णय लिया।

सभाकक्ष खचाखच भरा था। जाने-माने वकील, पत्रकार, प्रोफ़ेसर, शिक्षाविद् मानवतावादी दम रोके अभिव्यक्ति जी की बात सुन रहे थे। अभिव्यक्ति जी अपनी ओजपूर्ण वाणी में बोल रही थीं—"दलित महिलाओं की स्थिति पर महिला आन्दोलन शर्मसार है, हमें लगता है कि अगर हम सब मिल जायें तो हमारी शक्ति दुगुनी हो जायेगी और हम महिला अधिकारों के लिए बेहतर तरीक़े से लड़ पायेंगे। मैं ऐसे समाज की कल्पना करती हूँ जिसमें स्त्री बस स्त्री है : वह न दलित है, न पिछड़ी। वह मर्दों के समान ही समाज की एक सम्पूर्ण इकाई है। इसलिए जब हम सब एक हो जायेंगी तब हम सब मिलकर इस मर्दवादी, पितृसत्तात्मक, ब्राह्मणवादी समाज की बेड़ियों को तोड़ देंगी। मुझे ख़ुशी है कि आपने मुझे महाराष्ट्र काण्ड पर अपने विचार रखने के लिए आमन्त्रित किया, मैं आप सबकी आभारी हूँ। मुझे इससे पहले एक दलित ग्रुप ने भी बुलाया था, उनका यह सन्देश मेरे एक विदेशी मित्र ने मुझे ऑक्सफोर्ड यूनिवर्सिटी में दिया था। पर मुझे लगता है, हमें अगर अपनी बात दूर तक पहुँचानी है तो जातीय भेदभाव ख़त्म कर एक बड़े मंच पर एक साथ आना होगा, तभी हमारी आवाज़ ज़्यादा बुलन्द होगी। हमें अस्मिता के नाम पर जाति को मज़बूत करने वाले छोटे-छोटे दायरों को तोड़ना होगा। अपनी जाति के साथ बँधकर फासिस्टवादी

संकीर्ण एप्रोच को तोड़कर ही हम सच्ची समानता की लड़ाई लड़ सकते हैं। आज कट्टरवादियों के निशाने पर अल्पसंख्यक और दलित हैं, कल कौन होगा? अगर हम आज नहीं लड़ेंगे तो कल हम नहीं होंगे, इसलिए साथियो। आओ क्रान्ति का बिगुल तुम्हें पुकार रहा है, जनवाद की रणभेरी साम्राज्यवादी पूँजीवाद की शिराओं पर वार करने को तैयार है। सिर पर कफ़न बाँध लो, हमारी लड़ाई आर-पार की है।"

अभिव्यक्ति जी के ओजपूर्ण भाषण से हॉल तालियों से गूँज रहा था। पर वही तालियाँ रमा के दिमाग़ में हथौड़े की तरह बज रही थीं। वह सोच रही थी कि ऐसा क्यों होता है, जब कोई दलित ग्रुप दलित मुद्दों पर अपनी बात रखता है तो ये तथाकथित प्रगतिशील लोग उसे 'जातिवादी फासिस्ट' घोषित कर देते हैं, और यही प्रगतिशील लोग दलित और उनके मंचों की उपेक्षा कर अन्य मंचों से दलितों के बारे में बोलते हैं तो प्रगतिशील, डेमोक्रेटिक और मानवाधिकारवादी कहलाते हैं।

सोचते-सोचते उसके सिर की नसें तन गयी थीं, वह क्षोभ और ग़ुस्से से पैर पटकती हुई बाहर निकल आयी। अचानक बसन्ती हवा का ठण्डा झोंका उससे टकराया और उसके दिलो-दिमाग़ को सुन्न कर देने वाली झनझनाहट से भर गया। रमा का मन भारी हो गया और आँखें डबडबा आयीं।

तभी उसने देखा कि सामने मुस्कुराता हुआ सागर खड़ा था। सागर उसे देखकर बोला—"मुझे पता था कि आज तुम बहुत दुखी होंगी, इसलिए मैं तुम्हें लेने चला आया। पर एक बात कहूँ कि इस कार्यक्रम की वक्ता तुम ख़ुद क्यों नहीं बनतीं? तुम पढ़ी-लिखी हो, उससे भी बड़ी बात यह कि तुम्हारे अन्दर मुद्दों के प्रति समर्पण और प्रतिबद्धता की जो गहराई है वह किसी बड़े मंच और मीडिया की उपस्थिति पर निर्भर नहीं है। इसलिए इस सभा की मुख्य वक्ता के रूप में तुमसे बेहतर और कौन हो सकता है?"

सागर की बातों में सच्चाई झलक रही थी। शायद आज पहली बार रमा सागर की मनमोहक मुस्कान के पीछे छिपी अथाह वेदना को पढ़ पायी।

रमा ने आत्मविश्वास के साथ शॉल को अपने आस-पास कवच की तरह कस लिया। वह दृढ़ निश्चय से अपने आप से बोली—'ये कार्यक्रम ज़रूर होगा, महिला वक्ता भी ज़रूर होगी। हमें किसी के रहमोकरम की ज़रूरत नहीं, हम अपनी लड़ाई ख़ुद लड़ सकते हैं।'

महू

—कैलाश वानखेड़े

उदास दिसम्बर उसी साल का जिस साल पत्ते हरे थे

प्रज्ञा के घर जब पहली बार गया था नरेश तब उसके साथ दो दोस्त थे राहुल और संजय। किसी लड़की के घर तीन दोस्त जाते हैं तो अपराध-बोध नहीं होता और लड़की के घरवालों की नज़र शंकालु और हिकारत से भरी हुई नहीं होती है, इसी ख़याल ने नरेश को दो दोस्तों के साथ जाने के लिए प्रेरित किया। प्रज्ञा की माँ, बहन व भाई से परिचय न होने के बावजूद नरेश ने नमस्कार किया। लेकिन उन्होंने किसी के भी जवाब में नमस्कार, नमस्ते नहीं कहा। बस हाथ जोड़े, हल्की-सी मुस्कुराहट के साथ। नरेश को लगा कि पूछे, ''कैसे हैं आप? या क्या हाल है?" इस सवाल का जवाब तयशुदा मिलता, "ठीक हैं, मज़े में हैं।" तो सुनकर लगता कि ज़िन्दा हैं लोग। छोटे से शब्द 'ज़िन्दा' होने का प्रमाण देते तो सुकून मिलता, लेकिन न जाने क्यों नरेश की हिम्मत ही नहीं हुई सवाल करने की। अचानक चेहरा उतर गया, पकड़ा गया हो कि ख़ामोशी के चन्द लम्हों में प्रज्ञा के बहन-भाई भीतर चले गये थे। प्रज्ञा की माँ ने पूछा था, "कैसे हो बेटा?"

"जी ठीक हूँ।"

"प्रज्ञा के साथ पढ़ते हो?" "प्रज्ञा की माँ ने खड़े-खड़े ही पूछा था।

"जी।"

"क्या नाम है तुम्हारा?"

"नरेश।"

नरेश पूरा नाम बताना चाहता लेकिन ज़ुबान पता नहीं क्यों रुक गयी। प्रज्ञा की माँ से आँख मिला नहीं पाया तो नज़र दीवार पर गयी। दीवार पर डॉ. अम्बेडकर का फ़ोटो था जिसमें तीन बच्चे थे। तस्वीर में ही बच्चों के नीचे लिखा था शिक्षित बनो, संगठित बनो, संघर्ष करो। प्रज्ञा की माँ ने अगला सवाल नहीं किया और भीतर चली गयी। वह शाम रात में बदल गयी थी।

प्रज्ञा कंदील ले आयी थी जो पुराना है। मोटी-चौड़ी बाती वाला। लोहे की पुरानी कुर्सी पर बैठी प्रज्ञा प्रकाश लेकर आयी थी कि तीनों पलंग पर बैठे-बैठे सोचते रहे कि क्या कहा जाय?

"पानी पी लो। क्या चल रहा है आजकल?'' सन्नाटा तोड़ा था प्रज्ञा ने। पानी न ठण्डा है न गरम, माहौल की तरह। पानी तीनों के भीतर जा रहा है, सवाल के साथ-साथ।

"कुछ नहीं-बस ऐसे ही धक रहा है।" संजय ने बोला था। उसके हाथ में खाली गिलास रखा हुआ था।

"..........."

"सोचा, चलो मिल आयें, क्यों नहीं आ रही हो कॉलेज? कोई बात...?" नरेश ने कहा था। गिलास रखने के लिए जगह ढूँढ़ती रही नरेश की निगाह। जगह नहीं मिलती। आँख मिल जाती है पलभर में। बिना कुछ कहे प्रज्ञा ने सभी से गिलास लेकर कहा था, "कुछ ख़ास नहीं, बस तबीयत..."

"क्या हुआ तुम्हारी तबीयत को?" नरेश की ज़ुबान गतिवान हो गयी थी।

संजय दीवारें देख रहा था। उसके दिमाग़ में यह चल रहा कि ये दीवारें कैसे बनी होंगी? कौन-कौन सी चीज़ें मिलायी होंगी, दीवार में रंग कब लगाया होगा? दीवार का रंग उड़ा हुआ था, तीनों की तरह। दीवार में लगा हुआ एक पटिया था, जिसका इस्तेमाल रैक की तरह किताबें रखने के लिए होता दिख रहा था। पटिया भी चिकना, करीने से काटा हुआ नहीं था। उसको चूने से पोत दिया गया था जो सरिये के दो टुकड़ों के सहारे टिका हुआ था। उस सहारे को देखते ही संजय ने तत्काल पलंग को देखा कि कहीं ये भी दो सरिये के टुकड़े पर तो टिका हुआ नहीं है? गिर न जाये का डर उसके चेहरे पर आया और संजय के चेहरे का बचा-खुचा रंग चला गया। अँधेरा होने से कोई देख न सका।

प्रज्ञा जवाब दिये बिना चली गयी। वापस आयी तो एक दुपट्टे को जो सफ़ेद था छोटा। उसे गले में लटकाकर लायी थी। दोनों हाथ से उस दुपट्टे के

मुँह को पकड़े हुए थी। दो मुँह वाला दुपट्टा दोनों मुँह बन्द होकर प्रज्ञा के हाथ से रस्सी में तब्दील हो गया।

"मन नहीं लग रहा तो सोचा कुछ दिन न आऊँ कॉलेज।" प्रज्ञा बोली तो सभी का ध्यान दीवार से हटा। प्रज्ञा बोलती रही। प्रज्ञा के घर की दीवार से उसके घर की स्थिति पढ़ी जाने लगी। जानने आये थे प्रज्ञा की तबीयत और जानने लग गये थे दीवार।

"मैं कल आती हूँ।" प्रज्ञा ने फिर कहा क्योंकि तीनों में से कोई कुछ न बोल सका। कुछ ऐसा-वैसा न निकल जाये, जो प्रज्ञा या उसके घरवालों को बुरा लग जाये और ये भी प्रेशर था कि 'ग़लत' न समझा जाये।

वे तीनों लौट आये थे। राह चलते हुए एक-दूसरे को देखते हुए चुप, बन्द मुँह के साथ। वे सड़क पर नहीं दीवार पर चल रहे थे और उन्हें लग रहा था कि प्रज्ञा की माँ और दीवार की तस्वीर में से तीनों बच्चे देख रहे हैं।

कॉलेज का पहला बसन्त, रंगहीन

नदी में लुढ़कते हुए पत्थर गोलाकार और चिकने बन जाते हैं लेकिन कॉलेज में वो खुरदुरे हो जाते हैं। प्रोफ़ेसर पढ़ाते हुए कहते हैं, "शरीर में कोई अनावश्यक हड्डी बढ़ने लग जाती है तो उसका ऑपरेशन करना पड़ता है। समाज में भी ज़रूरी है। ज़रूरी है उन्हें आगे बढ़ने से रोका जाये, वरना वे पूरे समाज के लिए घातक होंगे। कैंसर की तरह।"

इस दौरान कुछ चेहरों पर हिंसक मुस्कान छा जाती है तो कुछ के पल्ले ही नहीं पड़ती बात। लेकिन प्रज्ञा समूह को बता देती है कि वे समाज के ऐसे अंग हैं जो अनावश्यक रूप से बढ़ रहे हैं।

क्लास से बाहर निकलने के बाद प्रज्ञा के दिमाग़ में यही कुलबुलाता है कि खिलखिलाती हुई रागिनी पूछती है, "तेरा घर कहाँ है यार? हमें भी ले चल।"

प्रज्ञा कहती है, "फिर कभी चलेंगे।"

"देखें तो सही क्या ठाठ हैं?" हिंसक खिलखिलाहट में दिख रहा है कि क्या जानना चाहती है रागिनी। प्रज्ञा की नाराज़गी आँखों में आ जाती है लेकिन रागिनी कहती है, ''अरे, कैसे जी लेते हो? कैसे साँस लेते हो और बोलने की ये हिम्मत कहाँ से आ जाती है? यह देखना-समझना है यार। समझाकर डियर।" रागिनी की हँसी बरकरार है।

पूजा न चाहते हुई कहती है, "तू तो इस तरह पूछ रही है जैसे शादी करनी है उसके घर।"

"शादी...?" अचकचा जाती है रागिनी लेकिन जल्द ही उबर जाती है, और कहती है, "ये पेन है ना बड़ा सस्ता है, यूज एण्ड थ्रो वाला। मैं इसी का यूज करती हूँ। थ्रो के लिए। मेरे कांसेप्ट क्लीयर हैं। यूज एंड थ्रो।" रागिनी बायें हाथ की मुट्ठी को गोलाकर बनाती हुई उसमें पेन डालकर फेंक देती है, गलियारे से लगी ज़मीन पर उगे हुए घास, खरपतवार में।

गेट से दायीं ओर बगीचे में जाती है प्रज्ञा कि रागिनी कहती है, "बाय द वे ये बता तू कैंटीन क्यों नहीं आती?"

"मर्ज़ी... बस यूँ ही"

"पैसे नहीं हैं ना...सही है। वरना ये कोई हमारा किचन नहीं है जिसमें तुम्हारे आने पर बैन लगा हो। है ना।" चुइंगम चबा-चबाकर कहती है रागिनी।

"सही है। पैसे नहीं हैं मेरे पास। पैसे होते तो भी तुम्हारे जैसों के साथ कैंटीन में नहीं बैठ सकती मैं। बैन...अरे हम तो थूकें भी नहीं। क्यों जायें तुम्हारे किचन में? किसलिए? हगने-मूतने...?" ग़ुस्सा इकट्ठा हो गया प्रज्ञा के भीतर, जो आख़िरकार निकल पड़ा।

"किचन में लेट्रिंन करते हो? हाँ, तुम लोग क्या जानो सेपरेट किचन। वहीं खाना, वहीं सोना...नहीं। वहीं हगना...है ना।" रागिनी ने अपने ग़ुस्से को उपहासात्मक रूप लेकर शालीन शब्दों का उपयोग किया। वह जानती है शालीनता नहीं छोड़नी चाहिए, शब्दों में। लेकिन क्रूरता और नीचता बरकरार रखती है, शालीन शब्दों के भीतर खोल बनाकर।

"तो तुम्हें क्या?"

"अरे, जो हमारे साथ पढ़ने आये हैं, सब के बारे में मालूम होना चाहिए। यहाँ पढ़ने के लिए अपनी योग्यता से आये हैं कि नहीं..." रागिनी के चेहरे पर न हँसी थी न सामान्यता। थूक था जो चुइंगम के भीतर आ-जा रहा है ।

"कितनी ग़लतफ़हमी में हो तुम। योग्यता...ज़रा मेरे घर के भीतर रहकर पढ़ाई कर तब धरी की धरी रह जायेगी तेरी योग्यता...योग्यता मतलब? योग्य डॉक्टर-इंजीनियर बनकर लोगों को लूटने वाले लुटेरे... लोगों की सेहत और पैसों पर डाका डालने वाले डकैत...डाकू... क्या है योग्यता?" प्रज्ञा की आँखों में ग़ुस्सा उबलने लगा।

बसन्त था लेकिन धूप का तीखापन बढ़ता जा रहा कि बन गया छोटा-सा घेरा जो तय करने लगा योग्यता कि बोलने लगी मुक्ता, ''यार सब एक साथ हैं। एक क्लास में हैं। अब ये मुद्दा डिस्कस नहीं होना चाहिए। बिकॉज़ वी आर क्लासमेट।"

"क्लासमेट...कहाँ ये, कहाँ मैं! ये जन्म मुझे ऐसे ही नहीं मिला। पूर्वजन्म का फल है। सद्कर्मों के कारण मिला है श्रेष्ठ जाति में जन्म।" रागिनी गर्वोक्ति से कहती है।

"माँ के पेट से आयी या सीधे टपक गयी आसमान से? क्या थी तू पिछले जन्म में? कौन-सी जानवर थी तू। मालूम होगा तुझे, क्योंकि अगर पुनर्जन्म होता है तो तय है कि तू पिछले जन्म में जानवर होगी।" प्रज्ञा ने कहा। गम्भीर माहौल सामान्य नहीं हो पा रहा था।

"छोड़ो यार, टाइम हो रहा है।" मुक्ता गोयल ने कहा ।

"ये तो पता नहीं पिछले जन्म में क्या थी लेकिन ये पता है इस जन्म में क्या हूँ।" रागिनी का गर्व भाव सिर चढ़कर बोल रहा है।

"हाँ, मालूम है हमें तू क्या है इस जन्म में...ये बता 84 लाख योनियों के बाद तू औरत के रूप में जन्मी, इसका मलाल है या नाज़?" प्रज्ञा ने कान्ति की तरफ़ देखते हुए रागिनी से कहा।

"मलाल तो है यार..." कान्ति से कहा रागिनी ने। उसे अब चुइंगम चबाने में मज़ा नहीं आ रहा है।

"मतलब तूने सारे सद्कार्य नहीं किये या कोई ग़लती हुई होगी या पाप!" प्रज्ञा ने रुककर कहा। कुछ नहीं कह पायी रागिनी। न प्रज्ञा जा पायी बगीचे में, न रागिनी कैंटीन।

अगस्त हरे रंग का

पहला सवाल नरेश का था, "कोई परेशानी?"

"अरे नहीं, परेशानी, टेंशन जैसी कोई बात नहीं बस यूँ ही..." प्रज्ञा आते-जाते वाहनों को देखती रही।

"उसे लगा..."

"परेशानी, चिन्ता, थकान, अवसाद क्या होते हैं? नहीं जानती हूँ इन्हें। ये शब्द ही अपरिचित लगते हैं। लगता है इन्हें शब्दकोश में रख दिया गया हो

जानबूझकर ताकि निकम्मों को बहाना मिल सके या डराने के लिए रखे हों..." प्रज्ञा हँस रही, चल रही है। गाड़ियाँ देखते हुए बोली, "मुझे तो लगता है नरेश कि भूत, प्रेत, डायन, चुड़ैल जैसे शब्दों से जब लोग डरने लगे तो फिर इन शब्दों का ईजाद किया होगा सनकी बाप ने। अपनी कुण्ठा को शब्दाकार देते हुए।"

"तुम परेशानी में हो तो भी मैं उसे दूर नहीं कर सकता हूँ..."

"मगर मैं परेशान नहीं हूँ। परेशानी में नहीं हूँ। तबीयत भी ठीक है। सब कुछ ठीक है। ऑल इज़ वेल..." प्रज्ञा मुस्कुरायी तो लगा ये परेशान हो ही नहीं सकती। जब बोलती है तो लगता है खुशियाँ झरती हैं। ढेर सारे रंग-बिरंगे फूल झरते हैं। एक डंगाल हिलाने से पेड़ के सारे फूलों के टपकने जैसा, जैसे ही बोलती है प्रज्ञा सारे फूल चले आते हैं। ख़ुशबू ही ख़ुशबू से भरे हुए फूल, एक को उठाने लगें तो दूसरा-तीसरा...कई फूल आ जाते हैं। इतने सारे कि फूलों में से किसी एक फूल का चुनाव नहीं कर पाता कि किसे लेकर चलें...किस फूल को नाक के पास ले आये या होंठों से छू ले...

नरेश को लगा कह दे प्रज्ञा को कि जब तुम बोलती हो तो लगता है...। लेकिन नरेश को लगा कहीं बुरा न मान जाये, निश्चित तौर पर कुछ नहीं कहा जा सकता है। कोई पूर्वानुमान नहीं लगाया जा सकता है कि कब क्या हो जाये। ...यह धड़का हमेशा लगा रहता है। चलते-चलते रुक जाती है प्रज्ञा। कहती है, "नरेश बस। अब नहीं जाना आगे..."

"पर तुम्हीं ने तो कहा था...वादा तोड़ रही हो..."

"हाँ...फिर कभी..."

"फिर...?"

"अगला जन्म होता नहीं इसलिए अगले जन्म शब्द भी नहीं बोल रही हूँ। चलो, चलते हैं..."

"चलो..."

"उधर नहीं, इधर...रोशनी है इधर...उधर अँधेरा है।" अँधेरे को देख असहज हुआ नरेश।

"मैं हू ना। देख लो इस बार...मैं हूँ ना।" गाने लगती है गाना, उम्मीद और हौसले के साथ।

सुनता है नरेश। अँधेरी सड़क पर चलते हुए गाती जा रही है प्रज्ञा। पैरों तले क्या आ जाये परवाह नहीं करती है जबकि नरेश का हर क़दम डर के साथ पड़ रहा है। कहीं गड्ढा आ गया तो, फ़िसल गया तो, मोच आ गयी तो। ...कोई है जो दिमाग़ में रटन्त तोते की तरह कई तो...तो...तो बोल रहा है। जब डरते हुए क़दम रखते हैं, तो गिरने के चांसेज ज़्यादा होते हैं और वही होते-होते बचा, थाम लिया प्रज्ञा ने।

"अँधेरे में चलने की आदत होनी चाहिए चलने वालों को। अँधेरे से लड़ने की बात करने वाले अँधेरे में...खुले में मैदान में नहीं आते। क्यों?" प्रज्ञा ने उसे सँभालते हुए कहा तो प्रज्ञा के स्पर्श के साथ शब्दों से ठिठक गया नरेश। नरेश कुछ न बोल सका तो बोली प्रज्ञा, "बात करना और सड़क पर आना...। दिन और रात जैसा फ़ासला है...सबके बूते की बात नहीं होती।"

अँधेरा होने के बावजूद दुकान दिख रही है। दिख रही है रोशनी। जो आँखों से दिमाग़ को बता रही है।

"रुक जायें...यहीं कहीं।" प्रज्ञा बोलती है।

"आगे रुकते हैं, दुकान है। वन स्टॉप शॉप, बाज़ार का बच्चा" नरेश हँसता है।

"तुम्हे बाज़ार के अलावा कुछ नज़र नहीं आता..." प्रज्ञा बोली तो प्रज्ञा के चेहरे को देखते ही रह गया नरेश। प्रज्ञा की आँखें देखता है अँधेरे में... ख़ामोशी छा जाती है। जुगनू नहीं है अँधेरे में। आसमान में तारे भरे पड़े हैं, चाँद अधमरा, अधकटा दिखता है नरेश को खुद की तरह।

"चलो, दुकान पर चलते हैं।" क़ुछ नहीं सूझा तो नरेश ने फिर कहा।

"दुकान नहीं बाज़ार है, बाज़ार।"

"बाज़ार खींचता है तुम्हें। तुम्हारे दिमाग़ में बाज़ार के अलावा कुछ और. ..?" प्रज्ञा ने कहा। स्विच ऑन करने के लिए बढ़ती उँगली कि स्पार्क होने से पूरा शरीर पीछे हो जाता है; वैसा ही लगा नरेश को।

"चलो, तुम जाना चाहते हो न दुकान। लेकिन किसलिए?" प्रज्ञा ने उसे राहत दी।

नरेश कहता है, "देखते हैं।"

"मैं भी देखती हूँ कि क्या देखते हो...चलो।" वह हँसी और धौल जमाते हुए आगे बढ़ी।

"पूरा शहर अँधेरे में है। लाइट चली गयी लेकिन इसकी लाइट नहीं जाती है।"

"हाँ...। इसने बड़ी चतुराई से काम लिया है। शहर और गाँव को जोड़ने वाले फीडर से कनेक्शन लिया है। शहर वाली पूरी बिजली तो मिलती है लेकिन जब शहर की कटौती होती है और गाँव को मिलती है तो यह गाँव के हिस्से की ले लेता है। बाज़ार है। उसे हर हाल में जगमगाना पड़ता है, वरना तुम जैसे लोग कैसे आओगे...?"

"मैं अकेला होकर आता हूँ। तुम बेक-समोसा खा लो।" नरेश बोला तो लगा कि वह बोलने के लिए कुछ बोला।

"अकेले समोसा खाने में मज़ा नहीं आता है। मैं भी चलती हूँ। दुकान जाओगे या मेडिकल स्टोर?"

"जहाँ तुम चाहो?" नरेश अचकचा गया।

"अरे तुम्हें कहाँ जाना है? तुम कहाँ जा रहे थे... तुमने तय किया होगा न कहाँ जाना है?" प्रज्ञा गम्भीर हो गयी।

"तय नहीं किया है। तुमने बोला तो...चलो चलते हैं।" नरेश अन्तर्द्वन्द्व में पड़ गया।

"बीच रास्ते में खड़े रहने से बेहतर है कहीं चले जाना।"

"बीच रास्ते में खड़ा होना मुझे भी अच्छा नहीं लगता है।"

"चलो। माँ भी इन्तज़ार कर रही होगी।"

"खाना पकाने के लिए..." नरेश ने हँसाने के लिए कहा।

"हाँ। खाना पकाना है। तुम भी चलो मेरे घर। समोसा खाने की बजाय चपाती खा लेना।"

"रात में तुम्हारे घर जाना अच्छा नहीं लगेगा।''

"किसे?"

"मुझे भी, तुम्हारे घर वालों को भी। रहने दो..."

"ठीक है। मैं चलती हूँ। बाय।"

और प्रज्ञा बिना कुछ सुने चली गयी, अँधेरे रास्ते की तरफ़। नरेश वहीं खड़ा रह गया बीच रास्ते पर। दुकान में जाऊँ या अपने घर या आवाज़ दे दूँ प्रज्ञा को। जब तक तय करता तब तक अँधेरे में अदृश्य हो चुकी थी प्रज्ञा। अँधेरे में चाँद और वह अकेला रह गया।

किधर जाऊँ? पीछे की तरफ़ देखता है तो अँधेरा ही अँधेरा नज़र आता है। उसी अँधेरे रास्ते की तरफ़ है नरेश का घर। घर जाना है। मगर अँधेरा है। वन स्टॉप शॉप खुली है। दाल से लेकर आलपिन तक। पेन से लेकर जुकाम की टेबलेट तक। गोरेपन की क्रीम से लेकर टॉयलेट सफ़ाई के ब्रश तक। घरवालों की ज़रूरत से ज़्यादा की चीज़ें मिलती हैं, एम.आर.पी. से कम में, डिस्काउन्ट में दो के साथ एक फ्री में। बाज़ार संरक्षण में चलता है। माचिस का ख़याल आया। लगा नरेश को कि सिगरेट पी ली जाये। सिगरेट नहीं पीता नरेश। सिगरेट के कश की इच्छा यूँ ही चली आयी या उसे माचिस लेकर आयी? माचिस की ख़्वाहिश क्यों आयी? सोचता हुआ नरेश अँधेरे की तरफ़ चलने लगा कि संजय याद आ गया। संजय से कभी कहा था नरेश ने, "सिगरेट पीने से फेफड़े ख़राब होते हैं, निपट जाता है आदमी।"

"पी ले...जी ले...पी ले।" संजय बोला था सिगरेट का कश खींचते हुए।

"बर्बादी के सिवाय कुछ नहीं पीने से"

"जीने से क्या मिलेगा?" मुँह से धुआँ निकला, गोया कि उछालना चाह रहा था संजय।

"..................."

अब भी चुप है नरेश, तब की तरह। जीने से क्या मिलेगा? जी ले...पी ले... जी...पी...जी...पी...जी...में डूबता–निकलता हुआ दुकान को पीछे छोड़ दिया। इक्का-दुक्का आती-जाती बाइक की रोशनी आती, शोर मचाती धुएँ के साथ। नाक को धुआँ सुंघाकर चली जाती...धुआँ ही निकलता है सिगरेट से...गाड़ी से...कितनी दुर्गन्ध होती है धुएँ में। नरेश को लगा उसमें और बाइक में कितना अन्तर है? धुआँ उगलने वाली, शोर करने वाली बाइक और वह...क्या प्रज्ञा मुझे चलाती है। ...विज्ञापन में बाइक को औरत के शरीर में तब्दील होते हुए देखा था। देखा था औरत पर सवारी...विरासत में मिली मानसिकता को चमचमाती हुई गाड़ी के साथ दिल-दिमाग़ में डाल दिया गया है। वह यही सिखाता है न कि औरत की सवारी करो, उस पर चढ़ो, उसे चलाओ। ...मनु को बाज़ार ने अपना लिया। भुना लिया।

प्रज्ञा को मैं चलाना चाहता हूँ? कहीं मेरे भीतर तो नहीं हैं, मनुमहाराज... नरेश को लगा, वह ज़ोर से पूछे। क्या-क्या दिया है तुमने मुझे? जो मैं ही नहीं

जानता हूँ? क्या प्रज्ञा सच कहती है, हमारे भीतर ख़ून की एक धार के साथ सैकड़ों सालों की गन्दी नालियाँ बहती और महसूस ही नहीं होता हमें। हम सवाल खड़ा नहीं करते। ...हिम्मत ही नहीं होती। कायर हैं, डरपोक हैं, दब्बू हैं। ...एक स्साले सड़े से अँधेरे से डर लगता है, तो फिर पूरा सिस्टम है, व्यवस्था है, समाज है...उसी में गुँथे हुए...वही आ जाता है हमारे भीतर...सब ठीक है। ...बेहतर है। उन पर मत करो सवाल यही सिखाया और सीख गये हम। सच ग़लत तो दिखता ही नहीं। बरसों से पड़ा हुआ पानी सड़ गया। सड़ गया कि बदबू नहीं आती हमें। खुद के मल में गन्दगी नहीं दिखती है। प्रज्ञा के कहे हुए शब्द उसी तेवर के साथ हावी हो गये। तेज़ हॉर्न बाधा पैदा करता है स्मृति में और वहीं ठिठक जाता है, अटक जाता है कि अँधेरे में खड़ा हो जाता है।

जब कुछ सूझ नहीं पड़ा तो नरेश गुनगुनाने लगा, हम किस गली जा रहे हैं। हम किस गली जा रहे हैं। अपना कोई ठिकाना नहीं...ठिकाना..."

लम्बी गलियों से मुड़ती हुई ढलान वाली सड़क अचानक मुख्य मार्ग पर मिल जाती है। कहाँ अटक गया था इतनी देर? रात ज़्यादा हो गयी है। मुख्य मार्ग पर गाड़ियाँ कम हो गयीं तो पुलिस से डर लगने लगा।

पुलिस नरेश को रोककर पूछेगी, "क्यों, कहाँ से आ रहा है?"

तो वह क्या जवाब देगा कि प्रज्ञा से मिलकर आ रहा हूँ।

"कौन है प्रज्ञा?" अगला सवाल फटकारता हुआ मिलेगा और फिर शृंखला तड़पने लगेगी सवालों की।

"कौन है...? क्या है तुम्हारी...?"

गूँजते और घूमते रहे सवाल। सवालों की संख्या बढ़ती जा रही है और राह में सवाल करने वाली पुलिस नहीं मिली। पुलिसवाला नज़र नहीं आया।

जून जैसा कोई महीना था ख़ामोश

मैं प्रज्ञा दोहरे। ग्वालियर की रहने वाली हूँ। लोगों को लगता है, कुछ समझ नहीं पा रही हूँ। उनकी तरह समझ विकसित कर न पायी और करना भी नहीं चाहती हूँ। सिर्फ़ जीना है। अपनी शर्तों पर, अपनी मर्ज़ी से। डिग्री मिलने के बाद घर चलाने के लिए एक अदद नौकरी की चाह भर है। नौकरी में डूबना नहीं चाहती हूँ। सच तो यह है कि प्रेम मैं भी करना चाहती हूँ डूबकर,

अपने आपको भुलाकर। भूलना मैं चाहती हूँ ख़ुद को। वह भी भूले। प्रेम करते हुए सँकरी गलियों में जाना चाहती हूँ। चाहती हूँ, लोगों को, बच्चों को बताना। ख़ूब पढ़ो। पढ़ो कि इतिहास में क्या दर्ज़ है? पढ़ो कि समाज के ढाँचे का निर्माण कैसे हुआ? कैसे बना अर्थतन्त्र? क्यों है हमारे आँगन में ग़रीबी का बसेरा? सवालों के साथ गली-गली जाना चाहती हूँ। चाहती हूँ, मेरे हाथ में हो हाथ जो चले साथ-साथ।

हो चुकी तमाम गुज़ारिश, अब डिग्री के साथ मिलने वाली घृणा, प्रताड़ना के तमगे लैब में ले जाकर उसे प्रेरणा व साहस से तब्दील करना चाहती हूँ। अब तक ज़िन्दगी से प्यार किया है मैंने। ताउम्र करती रहूँगी फिर चाहे जो क़ीमत चुकानी पड़े। लड़ना पड़े। ज़िन्दगी को कभी हारने नहीं दूँगी। लिखूँगी जी भर के कि दिमाग़ के भीतर इकट्ठा न हो उदासी, परेशानी, भय, पलायन के गट्ठर।

क्लास फोर की सरकारी नौकरी कर हमें पढ़ाने वाले पिता की उदास लम्हों की आस बनकर ख़ुद को, साथियों को, घर वालों को, गली वालों को सबको लेकर साथ ख़ुशी से भर दूँगी। ज़िन्दगी मैं तुझसे बेइन्तहा प्यार करती हूँ। मैं मरना नहीं चाहती हूँ, ए ज़िन्दगी।

अप्रैल, हरे पत्ते झड़ गये थे और कोपल फूटने लगी

"एम्स में बालमुकुन्द, आयी.आयी.टी. कानपुर में माधुरी। इम्युनोलॉजी में मंजरी के बाद लिनेश...कितने बच्चों की हत्या होगी? क्यों मारे जाते हैं हमारे बच्चे? क्या है गुनाह?" प्रज्ञा ने कहा और चुप हो गयी। चुप हो गया नरेश।

प्रज्ञा रामटेके कॉलेज की सीमेंट वाली कुर्सी पर बैठकर जब बोल रही है तब डेढ़ बजे हैं। गरमी से पसीना बह रहा है। पेड़ मरियल हैं। हवा अपने साथ धुएँ की गन्ध के साथ आ रही है। तब पिछवाडे वाले हिस्से में कॉफ़ी, समोसा, आलुबड़ा जैसी चीज़ें बन-पक रही हैं। कई कुर्सियाँ भरी पड़ी हैं। तब भी कई खड़े हैं। इन्वर्टर से चार पंखे कैंटीन में चल रहे हैं। भीतर से आग और तपा हुआ तेल जल रहा है। ठीक उसी वक़्त सड़क से लगी बगीचेनुमा जगह पर प्रज्ञा को नरेश सुन रहा है। तब तीसरा कोई नहीं उनके पास। बहुत सारे हैं उस कैम्पस में, जो आ-जा, खा-पी, ही-हा जैसी कुछ चीज़ों-बातों से अटा पड़ा है।

उस वक़्त नरेश ने कहा, "कितने ताज्जुब की बात है। हायर एजुकेशन वाला एक भी लड़का या लड़की मरने के पहले चिट्ठी नहीं लिखता। दोस्तों को नहीं बताता। प्रोफ़ेसरों को ख़बर नहीं होती और मर जाता है। आत्महत्या मान लिया जाता है।"

"वर्क लोड, टेंशन, डिप्रेशन और लव अफेयर इन चीज़ों में हत्याओं को आत्महत्या करार दिया जाता है।"

"तब भी कोई नहीं लिखता। मरने वाले किससे डरते हैं?"

"इतना सताया जाता है नरेश कि जुबान बन्द हो जाती है। दिमाग़ कुन्द हो जाता है। कोई सहारा न हो, तो अकेलेपन में प्रताड़ना तोड़ देती है। टूट जाते हैं धीरे-धीरे सपने, इरादे और छूट जाती है मंज़िल..." उदासी में डूबकर कहती है और नम हो जाती हैं प्रज्ञा की आँखे। छलकते नहीं आँसू लेकिन चेहरा बता देता है पूरा इतिहास, जो प्रताड़ना से भरा हुआ है।

नरेश कहता है, "क्यों नहीं लड़ते...?"

"ये तो ठीक-ठीक पता नहीं... मेरे साथ पहले साल शुरुआती दिनों में रागिनी हँसते हुए कहती थी, 'शुडू क्या हाल है? ...शुडू, क्या चल रहा है? ...शुडू, तुम पढ़ने की तकलीफ़ क्यों उठाती हो? जैसे एडमिशन हो गया है वैसे ही पास हो जाओगी।' प्यार से बोलती थी रागिनी। बड़े लाड़ से बोलती थी रागिनी, आजा मेरी शुडू। शुड्डो....'रागिनी हग करती। तब उसकी मासूमियत, उसका प्यार ममता के अलावा कुछ और सोच भी नहीं सकते थे हम। रागिनी बोलती थी, 'ज़माना बदल गया है। लाइफ़ में चेंज आया तो बोलने में भी। यू नो! आक्सफ़ोर्ड वालों ने कई शब्द हमारे उठा लिए हैं। मैंने उनको शुडू भेजा है। कॉलेज में जब बहुत सारे शुडू आ गये तो शब्द को भी आना चाहिए।" न उदासी है न ग़ुस्सा। अटकता रहा कुछ जो रोक देता है प्रज्ञा को।

"उसके साथ क्यों रहीं?" सपाट सवाल किया नरेश ने।

"एक ही रास्ता हो। एक ही क्लास रूम, एक ही कैंटीन, एक ही स्टैण्ड हो तो क्या करें? आँख बन्द नहीं कर सकते। कान में रुई डाल नहीं सकते।" बोलते-बोलते चुप हो गयी प्रज्ञा। नरेश की आँखों में देखा फिर बोलने लगी, "नया जमाना? रागिनी का मतलब तो बाद में समझ में आया। सीधे-सीधे एससी, एसटी, ओबीसी शब्द बोल नहीं सकते हैं, इसलिए नया शब्द ईजाद

किया, शुड्रू।" प्रज्ञा बोलते-बोलते चली गयी कॉलेज के पहले साल में। जहाँ अँधेरे में घुटन के अलावा कुछ नहीं मिलता है। अजनबी लगते हैं सब। वहाँ के गलियारे में शुड्रू-शुड्रू के अलावा कुछ भी सुनायी नहीं देता है।

"प्रताड़ना बन्द नहीं होती है। कुछ शब्द बदल जाते हैं। कुछ तरीक़े चेंज कर लेते है। पॉलिश हो गये न बाज़ार वाले। मासूमियत के साथ गला काटते हैं। ये हर रोज़ काटते मारने के लिए।" नरेश ने प्रज्ञा को देखते हुए कहा।

प्रज्ञा ने कहा, "रागिनी ने कहा था हायर मार्क्स मिलने के बाद भी मुझे केमिकल नहीं मिला और एक तू है लाडो, जिसे कम मार्क्स लाने पर भी मनचाही फैकल्टी मिल गयी। शुड्रू, तुम लोगों के कारण दो साल बर्बाद हो गये मेरे। हमारा हक़ छीनने वाली तेरा क्या करूँ?" तब मैंने कहा था "तुम्हारा हक़? सदियों से हमारे हक़ पर डाका डाला है तुमने। सदियों से सहते रहे हैं हम। अब हमें मौक़ा मिला तो पच नहीं पा रहा है?" हमारे साथ वाली मुक्ता गोयल बोली थी, "रागिनी, ये तरीका ठीक नहीं है। ये क्लासमेट है। क्लासमेट। उसे इस तरह बोल नहीं सकती।" रागिनी ने फिर कहा था, "क्यों न बोलूँ चमची..." मुक्ता बोल उठी थी, "तुमने यही सीखा है रागिनी, इस तरह बोलना! नोचना जानवर की तरह!" जब रागिनी नहीं मानी तो मैंने कहा था, "जितना सामर्थ्य है उतना किया मैंने। कोई चीटिंग नहीं की। मेहनत की। मेहनत के बल आयी हूँ और यह बता दूँ यहाँ पास होने के लिए नहीं मिलता रिज़र्वेशन?'' रागिनी का हाथ पकड़कर मैंने कहा था, ''एक बात कहूँ, सेशनल में तो तुम्हें मिलता है रिज़र्वेशन। हमें तो सज़ा दी जाती है, सेशनल में सज़ा भुगतते हैं हम। चूँ करें तो प्रोफ़ेसर निपटा दे। वहाँ प्रोफ़ेसरों की मानसिकता, यहाँ तुम्हारी...सब एक जैसे हो तुम। एक जैसा सोचते हो न बढ़ें हम, न पढ़ें हम। लेकिन रागिनी मैं पढूँगी, अच्छी तरह से समझ ले।" तब मुक्ता ने मुझे धकेलते हुए कहा था, "चलो यार, मैटर क्लोज़ करो। क्लासमेट ऐसा नहीं करते। चलो, पीरियड का टाइम हो रहा है।" उस रात बहुत रोयी मैं। मेरे साथ मुक्ता भी रोयी और संघमित्र भारती भी आयी। तब लगा चलो कोई मेरे साथ है। वह अहसास नहीं होता तो पता नहीं क्या करती मैं। सारी बहादुरी को समेटा था उस रात मैंने।"

"संघमित्र...कौन...दिखी नहीं कभी..." नरेश ने जिज्ञासा के साथ कहा।

"उसने तो पहले ही साल कॉलेज छोड़ दिया था। वह सहन नहीं कर पायी। वो रहती तो उसके पास भी आत्महत्या के अलावा दूसरा रास्ता नहीं होता। कॉलेज छोडकर जाने वालों के बारे में कोई सोचता ही नही, क्यों छोड़ देते हैं कॉलेज..." मातम-सा छा गया।

"यहाँ तो आत्महत्या करने वाले के बारे में कोई भी कुछ नहीं कहता है, तो ड्राप आउट के बारे में सोचने के लिए वक़्त कहाँ है?" नरेश ने निराश होकर कहा।

बहुत देर तक जब कोई नहीं बोला तो कहने लगी प्रज्ञा, "नरेश, उन दिनों जब शुडू पर ऑब्जेक्शन लिया मैनें तो रागिनी, राजेश और दूसरे साथियों ने मेरे सामने बोलना तो बन्द किया था लेकिन इशारे, होंठों पर ज़ुबान चलाने के तरीक़े और हद तो तब हो गयी जब मुँह में थूक इकट्ठा कर हमारे सामने थूकते थे। दूसरों को लगता है इतनी छोटी-छोटी बातें हैं। वर्क लोड, टेंशन यह सभी के साथ होता है। हम अछूते नहीं रहते हैं। हमें तो ये प्रताड़ना अतिरिक्त रूप से मिलती है। फ्री में...न चाहते हुए। इस तरह का व्यवहार तोड़ देता है हम लोगों को नरेश। तोड़ देता है।"

"जो लड़ नहीं पाते वे मारे जाते हैं और वे कहते हैं आत्महत्या कर ली।" नरेश ने कहा।

"हायर एजुकेशन में मेरिट वालों का राज चलता है। मेहनत के बल पर हम लोगों की आर्थिक हैसियत थोड़ी–बहुत बढ़ी तो रिज़र्वेशन का थोडा-सा बेनीफिट लेने लगे। इन्हें डाका लगता है। इनके माँ-बाप को भी सहन नहीं होता। बचपन से ही दूर रखा जाता है हम लोगों से। अब साथ बैठने लगे तो पहाड़ टूट पड़ा, पहाड़।" प्रज्ञा का पीछा नहीं छोड़ा इन बातों ने। उसके चेहरे पर तीन साल पुराना कैलेंडर दिख रहा है।

"हम सब भाई-भाई; जब कोई बोलता है तो जी में आता है उसका गला दबाकर कहूँ कि यहाँ आकर देख! देख कि भाई-भाई को कैसे प्रताड़ित करते हैं।" नरेश का ग़ुस्सा उफान पर आ गया।

"हम प्रताड़ित होते हैं और वो करते जाते हैं। फिर मैने भी रिप्लाई देना शुरू किया था। एक बात बताऊँ! ये जो हत्या, आत्महत्या वाले हैं इन्होंने जीवन में कभी भेदभाव देखा नहीं होगा। इसका ताउम्र अहसास नहीं होता होगा उन्हें और जब यहाँ देखते हैं तो धक्का लगता है और टूट जाते हैं।" प्रज्ञा ने कहा।

"तमाम टेंशन, प्रताड़ना को जो झेलता है, उस मरने वाले के चेहरे पर दिखती है। क्या उनके दोस्तों को नहीं दिखी? प्रोफ़ेसरों ने महसूस नहीं किया? क्या किसी का ध्यान नहीं जाता? कोई तो पूछता इतनी मेहनत करने वाले मेधावी लड़का-लड़की क्यों कर लेते हैं आत्महत्या? कोई नहीं बताता है इसका कारण? न मीडिया, न पुलिस, न प्रशासन, न आयोग; कोई नहीं। कोई नहीं तफ़सील करता है, हत्यारा कौन है?" नरेश ने प्रज्ञा के चेहरे को देखते हुए कहा।

"हत्यारे नहीं बताया करते हैं कि वे हत्यारे हैं। हत्यारों से उम्मीद करते हो कि वे बतायेंगे अपना नाम...सच तो यह है—न दोस्त होते हैं, न प्रोफ़ेसर,जो हमारी वेदना को महसूस कर सकें। पूछना तो बहुत दूर की बात है। हमें ही बनना होगा अपना दोस्त, अपना प्रोफ़ेसर। तब हम जान पायेंगे।"

"वे सोचते हैं आत्महत्या तो सभी करते हैं, इनकी आत्महत्या भी उसी श्रेणी की है। लेकिन ये बहुत बड़ा झूठ है। झूठ।" नरेश को लगता है कैसे पर्दाफ़ाश करे।

"नरेश, हत्यारों के पास होते हैं शुद्ध, योग्यता, हक़ जैसे हथियार। धीमी मौत के शस्त्र लगातार चलाते रहते हैं। फिर वह कॉलेज हो, चौराहा, दफ़्तर या टी.वी., अख़बार। अब तो नेट भी है। इनसे बचने के लिए रास्ते की तलाश करते हैं तो आत्महत्या की खाई में पहुँच जाते हैं।" उस खाई की तरफ़ जाने वाली अन्धी सुरंग में चलती हुई गाड़ी अचानक रुक जाने के बाद वाला अहसास प्रज्ञा के दिमाग़ से चेहरे पर दिखने लगा।

"मैंने कोशिश की थी कारण जानने की, लेकिन सोर्स इतने लिमिटेड हैं कि सबके सामने बताने के लिए कुछ ख़ास नहीं मिलता।" असफलता से थकी हुई आवाज़ में कहता है नरेश। थोड़ा रुका, फिर कहने लगा, "सब जानते हैं लेकिन एविडेंस माँगते हैं। ये बताओ, अब तक कहाँ के एविडेंस मिले हैं? गुहाना, मिर्चपुर। झज्झर, अकोला... कभी बस्ती जलती है तो कभी बलात्कार, कभी हत्या। सब होता है। ये तो होता ही आया है। कोई नहीं बोलता। अब नये तरीक़े अपना लिए तरक्कीपसन्दो नें। नया ज़माना है, यहाँ इस जगह पहुँचने की क़ीमत हमें चुकानी पड़ रही है। हमारे बच्चों की क़ीमत जान देकर। हत्या, जलाना, बलात्कार के बाद ये आत्महत्या नया तरीका है।"

"कहते हैं, आत्महत्या किस बेस पर कहते हो? न सुसाइड नोट है, न साक्षी। मीडिया, पुलिस, कॉलेज सब कह देते हैं आत्महत्या। बिना जाँच किये, बिना जाने। सब चुप हैं। कोई नहीं बताता कि जो भी मरता है वह बिना लिखे क्यों मरता है? ...कुछ कहे बिना, बोलता नहीं कोई...डरते हैं कि हम रिज़र्वेशन वाले हैं?" बोलते-बोलते प्रज्ञा की आँखें लाल हो गयीं।

"हम बोलेंगे अब। हाँ, हमें फ़ख्र है कि हमारे माँ-बाप ने अपनी पूरी ज़िन्दगी हमें बनाने के लिए लगा दी...उनके लिए...बाबा साहेब के लिए कि उनकी बदौलत हम हैं यहाँ खड़े। हम कहेंगे कि हैं हम कोटे वाले।"

"हमारे यहाँ तहरीर चौक नहीं है?" प्रज्ञा संयत होकर बोलती है, तो कहता है नरेश, "हमारे यहाँ महू है।"

कर का मनका डारिके

—हेमलता महिश्वर

"और पता है दी, एट द लास्ट मोमेंट उसने सुसाइड कमिट कर ही लिया..." क़ौसर ने मुझे बताया।

"अबाउट हूम यू आर टॉकिंग... ?" मैंने चौंकते हुए उससे पूछा।

"अरे वही, गुटका प्रकरण वाली... " उसने पहेलियाँ बुझाना जारी रखा।

पूरे दो साल बाद मुलाक़ात हो रही थी उससे। ऐसे ही ग़ायब हो जाती है वह। जब भी बात करेगी, पूरे उत्साह से।

अपनी सारी गतिविधियों की जानकारी देती है जैसे मैं उससे हिसाब माँगती हूँ उसके पल-छिन का...आज यहाँ धरना तो कल वहाँ प्रदर्शन...मुख्यमन्त्री के बँगले के बाहर तो कभी विधानसभा घेरने की बात। जब औपचारिक होगी तो मैं उसके लिए 'मैम' होती हूँ और अनौपचारिक होगी तो 'दी'। दुबली-पतली सी काया लिए फुरफुन्दी की तरह यहाँ-वहाँ डोलती रहती है।

मेरी आँखों की चौंध वह पढ़ लेती है और फिर मेरी स्मृतियों के ठहरे पानी में कंकर नहीं, पत्थर मारती कहती है—"अरे दी! आप कैसे भूल सकती हैं...याद नहीं है वह परिवार परामर्श केन्द्र वाली वर्कशॉप..."

उसके कहन ने तमाम ठहराव में जैसे औचक ही गोता मारा और अतल गहराइयों में छिपी स्मृतियों को वापस सतह पर तैरा दिया।

"ओह हाँ! तब तो वह लड़का बेचारा बहुत दुखी होगा!" मेरे स्वर में सहानुभूति भर गयी।

"हाँ, हाँ...क्यों नहीं?...क्यों नहीं? आपको तो पता ही है...लड़की को तो घर में कोई पसन्द नहीं करता था...शानदार दूसरी शादी हो गयी उसकी और

अब तो ख़ूब दान-दहेज भी मिला है।" उसके व्यंग्यात्मक लहजे में काँटे उभर आये थे।

मैं एकदम चुप हो गयी और मुझे तीन-चार साल पुरानी बात याद आ गयी।

"हाँ मैम! आपको आना है इसी महीने की तेईस को रायपुर...। हाँ ...वहीं...रवीन्द्र मेमोरियल हॉल में...पूरे दिन की वर्कशॉप है...पता है न...कहाँ है...अरे वहीं...विजय स्तम्भ चौक..." क़ौसर पूरे उत्साह से कह ही रही थी कि मैंने उसे बरजा था।

"हाँ बाबा! पता है। बस तुम यह सोच लो कि मैं सुपात्र हूँ या नहीं तुम्हारी वर्कशॉप के एक्सपर्ट के तौर पर?"

"कैसी बातें कर रही हैं आप दी?...आपके तो हम उसी दिन से कायल हो गये थे जब से आपको यूनिवर्सिटी के ऑडिटोरियम में गोधरा काण्ड पर प्रतिक्रिया देते सुना था।" उसके स्वर में उलाहना जैसे घुल गया थी।

"क़ौसर, उस पर बात करना मेरे लिए बनिस्बत आसान था, तुम्हारे इस काम के। परन्तु...ख़ैर...तुम्हें मुझ पर यक़ीन है तो मैडम जी...हमें आपके यक़ीन पर यक़ीन है।" मैंने उसके उलाहने को विगलित करने का प्रयास किया। और हुआ भी बिल्कुल वही ...वह हँस पड़ी और मैंने चैन की साँस ली कि चलो फिर किसी को नाराज़ करने से बच गयी।

पूरे साढ़े तीन या चार घण्टे लगते हैं रायपुर पहुँचने में। सारे रास्ते मेरे भीतर यही चलता रहा कि आख़िर मैं वहाँ जा ही क्यों रही हूँ? मैं ख़ुद ही, ख़ुद के सवालों में घिरी रास्ता तय कर रही थी। पूरे समय ख़ुद को बरज रही थी कि आख़िर घर से निकलना, न निकलना तो मेरे बस में था ना। क्या वह अपनी व्यस्तता छोड़कर मेरे पास यह देखने आती कि मैंने कोई बहाना तो नहीं किया है? अरे! कह ही देती तबीयत ठीक नहीं या कोई ज़रूरी मीटिंग निकल आयी या...या बेटे की तबीयत ठीक नहीं, या अचानक मेहमान आ गये...कुछ भी। पर नहीं साहब...'रघुकुल रीत' जैसे तुलसीदास जी हमीं लोगों के लिए बना गये थे। वचन दिया है बेटा तो पूरा भी करो।

फिर सोचा कि जैसे गया तीर और ज़ुबान से निकला शब्द वापस नहीं लौटाया जा सकता वैसे ही अब शिवनदी के पुल पर पहुँचकर वापस नहीं जाया जा सकता। अब मुझे यह सोचना चाहिए कि मैं वहाँ क्या कर सकती हूँ...

मैं क्या सच में उनकी कोई काउंसलिंग कर पाऊँगी जैसी कि क़ौसर मुझसे अपेक्षा कर रही है? यदि उन्होंने कोई बहुत कठिन चुनौती खड़ी कर दी तो...ऐसा नहीं था कि मैंने क़ौसर से वर्कशॉप के नेचर की जानकारी न ली हो...ली और भरपूर ली। अपनी पिछली यात्रा में उसने मुझे बताया था कि अब तो घरेलू हिंसा ऐक्ट आ गया है वरना पति-पत्नी में हुई अनबन जब हिंसा का स्वरूप ले लेती और पत्नी परेशान होकर जब अदालत का दरवाज़ा खटखटाती तो अक्सर ही मामला दहेज का बनता था। ऐसे में मामले को सुलझाने या फिर किसी निर्णय तक पहुँचने में अच्छी-ख़ासी परेशानी का सामना करना पड़ता। और समय तो निश्चित ही काफ़ी लगता था। सो सरकार ने तय किया था कि महिला पुलिस थाने के अन्तर्गत परिवार परामर्श केन्द्र की शुरुआत की जाये ताकि काउंसलिंग के द्वारा मामले सुलझाने का प्रयास किया जाये।

"तो यहाँ सलाह मशविरा कौन देता है?"

"बता रही हूँ, दी। स्त्रियों के अधिकारों को लेकर जो स्त्रियाँ स्वतन्त्र या संगठन के रूप में काम कर रही हैं, उन्हें ही प्रशासन परामर्शदाता की यह ज़िम्मेदारी दे देता है। इस बात का विशेष ध्यान रखा गया कि इस समिति में एक स्त्री प्रसूति चिकित्सक, एक स्त्री वकील और एक स्त्री मनोचिकित्सक अनिवार्यतः हों।"

"तो इसका मतलब लक्ष्य को प्राप्त करने में सरकार सफल...।"

"अरे कहाँ दी...योजना तो जिस पुनीत भाव से आरम्भ की गयी वैसे ही फिसड्डी भी हो गयी..." उसने बीच में ही मुझे टोका।

मैंने चौंकते हुए पूछा।

"आपको तो पता ही है...इस देश में राजनीति जो न करवा ले। बहुधा मनोनयन राजनीतिक रसूख से होने लगे हैं और परिणाम ये हुआ कि परामर्शदाता बनने के लिए ही लड़ाइयाँ शुरू हो गयीं।" क़ौसर के चेहरे पर मुर्दांगी तारी होने लगी थी।

"तो फिर...?"

"तो फिर क्या दी...इस वज़ह से घरों में लड़ाइयाँ तो बन्द नहीं हो गयीं ना...वे तो बदस्तूर जारी हैं और इसलिए ऐसे में काम तो कैसे भी हालात में करना है।" उसने आदतानुसार चुटकी लेते हुए ख़ुद के भीतर के जोश को फिर से इकट्ठा करते हुए कहा।

"भइया...तुम्हें तो सलाम है...प्रणाम है...आगे बताओ।" मैंने मन-ही-मन उसके साहस की दाद दी और वापस उस सिरे को पकड़ना चाहा कि इन केन्द्रों में काम कैसे होता है।

"जैसे स्त्री परामर्शदाता नियुक्त और मनोनीत की जाती हैं वैसे ही अब तो कहीं-कहीं पुरुष परामर्शदाता भी नियुक्त और मनोनीत किये जाने लगे हैं ताकि दोनों ही पक्ष अपनी बात खुलकर कह सकें।" उसने भी मेरी ही तरह ताना-बाना टूटने नहीं दिया और सम पर लौटते हुए कहना जारी रखा।

"पर क़ौसर जैसे कि तुम बता रही हो तो कि मामला राजनीतिक हो गया है तो क्या सच में जिसे हम अस्मिता कहते हैं, उसकी रक्षा हो पाती है? ये परामर्शदाता क्या सच में किसी स्वतन्त्र चिन्तन के साथ कुछ सुझाव देते हैं या फिर...क्या कुछ आश्वस्त् हुआ जा सकता है।" मैंने जानना चाहा।

"यही तो पेच है दी..." उसने चिहुकते हुए कहा, "जिस तरह की राजनीतिक पूर्वपीठिका से ये लोग आते हैं, वैसे ही सुझाव...मतलब कि निष्पक्षता और तटस्थता और परिपक्वता की जैसी माँग होती है, वह पूरी नहीं हो रही है... इसीलिए तो हमारा यह संगठन कार्यशाला आयोजित करने की योजना बना रहा है ताकि सरकार को कुछ फीडबैक दिया जा सके।"

"तो क्या सरकार तुम्हारी बातें सुनेगी?"

"इसका तो पता नहीं पर हमारे पास कुछ तथ्य तो इकट्ठे हो ही जायेंगे जिनके आधार पर हम कुछ ठोस बातचीत करने में सफल हो सकते हैं।" मन्द्र पर उसने बात छोड़ी।

"तो ठीक है क़ौसर...जब भी मेरी ज़रूरत पड़े बताना, मैं ज़रूर तुम्हारे साथ काम करूँगी...जैसा भी बन पड़ेगा..." मैंने अपने सारे हथियार डाल दिये।

और फिर उसका फ़ोन जब आया तो मेरे सामने न का सवाल ही नहीं था। मैं निकल पड़ी थी। वह यह बताना भी नहीं भूली कि परामर्शदाताओं को आस-पास और दूरदराज के छोटे-मोटे शहर से भी बुलाया है। वह कह रही थी—

"और जानती हैं, इसमें उन्हें बुलाने के लिए ही एड़ी-चोटी का ज़ोर लगाना पड़ा है..." उसका स्वर फिर विकृत हो चला था... "यदि हम उनसे कहते कि आप लोगों को प्रशिक्षण देने के लिए कार्यशाला हो रही है तो वे छूटते ही कहतीं कि अब हम जो सबको समझा रहे हैं, हमें भी समझाने वाले पैदा हो गये।

इसलिए हमने उनसे कहा कि आप लोग जो काम कर रही हैं, कैसे कर रही हैं, क्या दिक्क़तें आ रही हैं, इसकी जानकारी लेनी है ताकि आप लोगों को और अच्छी परिस्थितियाँ उपलब्ध करवायी जा सकें। और वे लोग तैयार हो गयीं।"

मैं समय से पहले ही क़ौसर के बताये स्थान पर पहुँच गयी थी। उस हॉल की सजावट देखकर फिर मुझे क़ौसर की समझदारी पर रश्क़ हुआ था। कमरे में चारों तरफ़ सिर्फ़ दरी ही बिछी हुई थीं, कुर्सी और मंच जैसी कोई व्यवस्था उसने नहीं कर रखी थी ताकि अनौपचारिक वातावरण में आसानी से बात हो सके।

अब उसने मुझसे जाकर पूछा,–"दी! आप कंफरटेबल तो हैं ना?"

"अब मैं क्या बोलूँ? ओखली में सर ख़ुद रखवा दिया और अब पूछ रही हो..." मैंने भी लपककर कहा।

"हा हा हा..." वह खुलकर हँसी और फिर कहने लगी–"वे अपने- अपने अनुभव बतायेंगी कि किस तरह की समस्याओं से उनका सामना होता है। आपको उनकी समस्याएँ सुननी हैं और बड़ी मुलामियत से उन्हें ये सुझाव

देना है कि और बेहतर तरीक़े से काम कैसे किया जा सकता है, बस ...इतना ही तो। और आप तो इस विषय पर इतना बोलती-लिखती रहती हैं। फिर आप अकेली थोड़े ही हैं...आपको मिलाकर पाँच लोग हैं हमारे एक्सपर्ट..." कहते हुए क़ौसर ने फिर चुटकी ली और मेरे तनाव को दूर करने का प्रयास भी किया। मैं मुस्कुराये बग़ैर न रह सकी। जीवन के रूखे-सूखे बीहड़ में भी हास-परिहास का सोता उसके भीतर फूटता रहता। उसकी इस अदा पर ही मैं यहाँ खिंची चली आयी थी।

धीरे-धीरे ग्यारह बजे तक सारी यानी तीसों परामर्शदाता स्त्रियाँ आ गयीं। तरह-तरह की महँगी-सस्ती साड़ियाँ, बनाव-शृंगार, लिपस्टिक, चूड़ी-कड़े, आल्ता, पाजेब, बिछिया, परफ्यूम। आभूषणों के भी उतने ही प्रकार, जिससे उनकी हैसियत का पता चल रहा था...कुल मिलाकर यह कि सारी अपने-अपने परिवेश की खुली किताब थीं। मैं तो अब तक भी असमंजस से उबर नहीं पा रही थी कि परामर्शदाताओं की ऐसी उपस्थिति ने मुझे और भी अपनी भूमिका के बारे में सोचने को मजबूर कर दिया। लग रहा था किसी बौद्धिक गतिविधि में नहीं, रुतबे का प्रदर्शन करने वाली पार्टी में आ गयी, जहाँ मैं बेचारी हो गयी थी।

बाक़ी सारी एक्सपर्ट्स तो नीति निर्धारक तत्त्व की तरह थीं। उनकी सीधी भूमिका थी। आयी.पी.एस. देवयानी का व्यक्तित्व बेहद आकर्षक था। अपनी पुलिसिया वर्दी और हैट के साथ उन्होंने मुझे बाँध लिया था।

क़ौसर ने सम्बोधन आरम्भ किया, "मेरी प्रिय साथियो! आज की इस कार्यशाला में मैं क़ौसर आप सबका इस्तेक़बाल करती हूँ, स्वागत करती हूँ। मैं बहुत शुक्रगुज़ार हूँ कि आपने समय निकाला और इस कार्यक्रम में शरीक हुईं। हम सब आपस में एक-दूसरे से परिचय प्राप्त कर लें। सबसे पहले मैं आप लोगों का परिचय हमारी पाँचों मेहमानों से करवाना चाहती हूँ।"

उसने बताया कि सुश्री देवयानी एक आयी.पी.एस. अधिकारी हैं...पत्रकार आशाकिरण हैं...वकील अर्पिता हैं और डॉक्टर सुदर्शना हैं और प्रोफ़ेसर सुवर्णा। हमने बारी-बारी से सबका परिचय लिया और बातचीत शुरू हो गयी।

मैंने ध्यान दिया कि क़ौसर ने किसी का भी उपनाम नहीं बताया। पर बाक़ी परामर्शदाताओं ने अपना उपनाम ज़रूर बताया था।

चाय आ गयी थी और सबने पीनी शुरू कर दी। आयी.पी.एस. देवयानी ने अपनी बात रखी थी। देवयानी ने पहले क़ौसर को धन्यवाद किया कि उसने एक ऐसा क़दम उठाया है जिसकी सराहना की जानी चाहिए और सरकार के साथ मिलकर ऐसे काम करने की आवश्यकता पर बल दिया। उन्होंने अपील की कि उपस्थित परामर्शदाता अपने कुछ अनुभव सुनायें जिससे हमें दिशा प्राप्त हो सके कि कैसे काम करना है और परामर्शदाता केन्द्रों को किस तरह की सुविधाओं से लैस करना चाहिए। किस तरह के क़ानूनन प्रावधान किये जाने चाहिए और किस तरह के लोगों से हमें सहायता लेनी चाहिए। फिर पत्रकार समुदाय से भी अनुरोध किया कि किस तरह मुद्दों को उठाना चाहिए।

उनकी बात सुनकर साधना शर्मा, जो सबसे आख़िरी में पहुँची थीं, उन्होंने अपनी बात रखने की इजाज़त माँगी। साधना शर्मा ने? आरम्भ किया। उन्होंने अपने ताजातरीन अनुभव को शेयर करना चाहा। उन्होंने बताया कि एक क़िस्सा अभी-अभी उनके केन्द्र में आया था जो गुटका प्रसंग के नाम से जाना गया। हमारे साथ-साथ वहाँ उपस्थित समस्त परामर्शदाता चौंक गयीं।

"गुटका"—सारे लोग एकाएक कह उठे।

अभी उत्सुकता जगी ही थी कि देवयानी का मोबाइल बज उठा। बातचीत से पता चला कि कहीं कोई बलवा हो गया है और उन्हें तुरन्त निकलना पड़ेगा। वे क्षमा माँगती, कार्यशाला को शुभकामना देती आपाधापी में निकल गयीं। उनके साथ पत्रकार आशाकिरण भी निकल गयीं। वे भी भला नयी ख़बर कैसे छोड़ सकती थीं। दोनों ने क़ौसर से कहा कि वह कार्यशाला की रिपोर्ट उन्हें ज़रूर दे। क़ौसर ने हामी भरी। उन्हें विदा किया और इधर साधना जी अनमनी होकर अपने केस के असर को कम नहीं होने देना चाहते हुए अपनी बात जारी रखे थीं–

"अरे हाँ, भई! हमारे लिए भी यह एकदम नया केस था। कुछ समझ में ही नहीं आ रहा था कि कैसे सलाह दें! न दान-दहेज का चक्कर, फिर भी बहू की ससुराल वालों से पटरी नहीं बैठ रही थी। वो तो कारोबारी परिवार था कहिए तो पति से घर छोड़ते नहीं बन रहा था वर्ना तो उफ़! वह घर तुड़वाकर रहती...।"

हालाँकि गर्मी हो चली थी और हॉल के पंखे भी मरियल गति से घूम रहे थे। सारी महिलाएँ अपने-अपने हाथों की फ़ाइलों से खुद को हवा कर रही थीं। सब जैसे अवाक् सिर्फ़ साधना के बोलने का इन्तज़ार कर रही थीं और साधना जी...साधना जी अपने ही शहर के एक बहुप्रतिष्ठित परिवार का क़िस्सा बड़ी अदा के साथ अपने चेहरे पर भव्यता का भाव लाकर बता रही थीं। वे कह रही थीं कि–"...शहर के मशहूर को-एड कॉलेज का एक छात्र नेता था और उसका आतंक भी। अनावश्यक उससे कोई भिड़ता भी नहीं था। उसे अपनी ही क्लास की एक लड़की से प्यार हो गया। प्यार तो प्यार होता है, कोई ज़ोर-ज़बर्दस्ती तो चल नहीं सकती थी। उसने उसे रिझाने के लिए एक नया ही तरीक़ा सोचा। कक्षा के कुछ विद्यार्थियों के साथ वह कॉलेज की कैंटीन में गया और चाय के बाद नेता ने उस लड़की को खुश्बूदार गुटका ऑफ़र किया जिसे लड़की ने थोड़े ना-नुकुर के बाद ले लिया। लड़की को वह गुटका अच्छा लगा...जब भी वह उससे मिलता उसे गुटका ज़रूर देता। लड़का सच में लड़की से बहुत प्यार करता था और उससे शादी करना चाहता था। पर दोनों के ही घरवालों को इस शादी से आपत्ति थी। लड़के के दोस्तों ने उनकी आर्य समाज में शादी करवा दी। लड़की के घरवालों ने लड़की से रिश्ता तोड़ लिया और नेतानुमा लड़के के आगे उसके परिवार वाले झुक गये। अकेला लड़का था, क्या करते?"

"जब शादी ही हो गयी तो परेशानी कहाँ रह गयी?" धमतरी से आयी वनिता अपने-आप को रोक न सकी।

सबके साथ मेरी उत्सुकता भी बढ़ गयी थी। पर हमें तो अपने सब्र का परिचय भी देना था। साधना जी कुछ चालीस वर्ष के आसपास रही होंगी और उन्होंने जैसे सबको अपनी रहस्यात्मक वक्तृता शैली के मोहपाश में आबद्ध कर लिया। साधना जी दम लेने को ठहरीं और पानी पीना चाहा। उनके साथ बैठीं दो-तीन महिलाओं ने अपनी बोतल देनी चाही। पानी पीकर फिर उन्होंने कहना शुरू किया ही था कि डॉ. सुदर्शना की कॉल आ गयी और उन्होंने इजाज़त माँगी कि वे जाना चाहेंगी। वे चम्पई गोरे रंग की एक ख़ूबसूरत आकर्षक व्यक्तित्व की स्वामिनी थीं। उनके नर्सिंग होम में कोई इमरजेंसी केस आ गया था, शायद डिलीवरी केस था और वे वहीं से अपने असिस्टेंट को समझाना शुरू कर चुकी थीं। फीटल हार्ट साउण्ड चैक करने को कह रही थीं।

उनके जाने के बाद साधना ने फिर बताया—

"शादी तो हो गयी और परिवार के विरोध के बावजूद लड़की घर में आ गयी। अब क़िस्सा तो ये था कि लड़की की बस एक ही माँग थी अपने पति से कि उसे गुटका खाना है और पति भी अपनी पत्नी की यह माँग पूरी करता। उसके कबर्ड में सिर्फ़ गुटका ही होता। चौबीसों घण्टे वह गुटका ही खाती रहती। फिर वो प्रेग्नेंट भी हो गयी पर उसकी गुटका खाने की आदत बढ़ती ही चली गयी। डॉ. ने उसे गुटका खाने से मना कर दिया और घरवालों ने उस पर सख़्ती करनी शुरू कर दी। वह किसी भी तरीक़े से गुटके का इन्तजाम करती।... "

साधना जी की बातों का असर हो रहा था और बड़ी शिद्दत से हो रहा था। सारी महिलाएँ सिसकारी भर रही थीं। हाय! ओह, जैसी आवाज़ें भी अनचाहे, अनजाने में उनके मुँह से निकल ही जाती थीं। साधना जी भी पूरी महारत के साथ किस्सागो की तरह बयान कर रही थीं। उन्होंने कहना जारी रखा—

"...कामवाली बाइयाँ, धोबी, घर के नौकर-चाकर किसी को भी वह चुपके से पैसे देती और गुटका मँगवा लेती। पर जैसे ही घरवालों को इस चोरी-छिपे गुटका मँगवाने का पता चला तो सबने उसे ख़ूब बुरा-भला कहा और सारे नौकरों को उससे बात नहीं करने के लिए धमकाया। एक दिन पड़ोस की

कामवाली रौताईन ने बाहर से आवाज़ देना शुरू किया। सास बाहर निकली तो रौताईन ने उसके हवाले एक टोकरा गुटका कर दिया। वह हैरान रह गयी कि यह गुटका मँगवाया किसने? पूछने पर रौताइन ने बताया कि उनकी बहू ने ऊपर छत पर चढ़कर पीछे की दीवार की जाली में से पाँच सौ रुपये का नोट एक चुटके की तरह फेंका था और चुपके से उसे गुटका लेकर दोपहर को आने के लिए कहा था। सास ने उसे डाँटा कि क्या वह सबका काम ऐसे ही कर देती है तो उसने बताया कि उसे बहू ने इस काम के लिए सौ रुपये अलग से दिये थे।...”

साधना जी फिर अपनी बातों का असर देखने के लिए रुकीं। उन्होंने पाया कि कमरे में उनकी आवाज़ के अलावा कोई और आवाज़ नहीं सुनायी दे रही है, सिवाय पंखों की घर्र-घर्र के। अब तो उनके चेहरे पर जैसे एक तेज़ छा गया था। फिर अब किसी के भीतर सब्र भी नहीं रह गया था, सब क़िस्से का अंजाम जानने को लालायित थीं।

“...अब तो उस बहू को न केवल खरी-खोटी सुनायी गयी बल्कि अब तो मार-पीट भी शुरू हो गयी। जब बहू हमारे केन्द्र में आयी तो दोनों पक्षों को सुनकर लगा कि बहू की ग़लती है।” उन्होंने असर देखकर कहना जारी रखा।

यही क़िस्सा था गुटका वाला—वे अब चैन की साँस ले रही थीं। अब तो कमरे में जैसे हंगामा ही मच गया। सारी महिलाएँ बग़ैर किसी अनुशासन के बोलने-बतियाने लगीं।

क़ौसर ने किसी तरह सबको चुप कराया ही था कि मैंने पूछ लिया “क्या उस वक़्त वहाँ कोई डॉ. थी?”

“नहीं, अरे डॉ. लोग तो अपने पेशेंट में ही उलझे रहते हैं, उन्हें कहाँ फ़ुरसत होती है इन सब कामों की? अभी भी देखो, है कोई यहाँ?” एक साथ ही साधना जी ने अपनी महत्ता और बाकियों को काहिल बता दिया।

“अच्छा, तो क्या आप लोगों ने उसके परिवार वालों को उसे किसी डॉ. के पास ले जाने की सलाह दी?” मैंने बिना रुके पूछा।

“अब डॉ. क्या करता? डॉ. भी तो वही बताता जो हमने समझाया। अरे भई, हम सबने तो मिलकर समझाया कि प्रेग्नेंसी में नशीले पदार्थ का सेवन नहीं करना चाहिए। इससे उसका ही नहीं उसकी होने वाली सन्तान का जीवन भी ख़तरे में पड़ जायेगा। पर वह थी कि सुनने का नाम नहीं लेती थी।”

फिर लगा कि एक-एक पर कमेंट देना शायद ठीक नहीं होगा। और भी लोगों को सुनना बेहतर होगा; यह सोचकर मैं चुप रह गयी।

दुर्ग की अपर्णा बाजपेयी ने साधना से पूछा—''यह तो ठीक है कि आप परिवार की प्रतिष्ठा की ख़ातिर नाम नहीं लेना चाह रही हैं, पर यह तो बताइए कि लड़का किस जाति का है?''

"ब्राह्मण है।"

"और लड़की?" —बिलासपुर की नमिता गुप्ता ने पूछा।

"यही तो रोना है...वो यहाँ की ओ.बी.सी. है!"

"तभी तो..." —लगभग समवेत् स्वर में सबने कहा।

मुझे तो इस बात पर ही आपत्ति थी कि जाति पर आधारित बातें हों। पर मैं ऐसे थी जैसे नक्कारखाने में तूती।

वकील साहिबा भी मुँह दबाकर हँसने लगी थीं। एकाएक जैसे सभा में जोश तारी हो गया।

"अरे! ये तो ऐसी ही होती हैं..."

"छोटी-छोटी बातों पर लड़ने वाली...।"

"इनका न शास्त्र न धर्म..."

"बस साड़ी बदलें जैसे पति बदल लेती हैं..."

"अरे! हम तो जन्म-जन्मान्तर के बन्धन की बात करते हैं और ये लोग एक ही रिश्ते को नहीं निभा पातीं..."

अब तो जितने मुँह उतनी बातें होने लगीं। उन्हें रोक पाना कठिन हो गया। मैं क़ौसर की तरफ़ देखने लगी। मेरे चेहरे पर छायी नागवारी उसने पढ़ ली और फिर ज़ोर-ज़ोर से ताली बजाकर सबको शान्त किया। उसने बड़ी ही चालाकी के साथ उनसे पूछा कि आख़िर वे ऐसा क्यों मानती हैं और सामाजिक स्तर पर क्या सुधार चाहती हैं?

अनुपमा सहाय ने उत्तर देते हुए कहा, "यहाँ की सबसे बड़ी समस्या चूड़ी पहनने की है। औरतें और आदमी दोनों ही बड़ी आसानी से एक-दूसरे को छोड़ देते हैं। बच्चे भी बड़े होने तक सौतेले पिता के पास बड़े हो जाते हैं और पता नहीं कैसा इनका समाज है! बड़े होने के बाद फिर पहले पिता के पास भी चले

जाते हैं और पहला पिता उन्हें स्वीकार भी कर लेता है।" अनुपमा जी के चेहरे से जैसे घृणा टपक रही थी।

उनकी इसी बात के सिरे को पकड़कर महासमुंद से आयी शशि मिश्रा ने जोड़ा, "हाँ, यही तो कारण है कि इनके यहाँ की लड़कियाँ ससुराल में नहीं निभा पातीं। कैसे वो ब्राह्मण परिवार इस लड़की को बर्दाश्त् कर रहा होगा?"

कुल मिलाकर सबकी बातों से हमें अन्दाज़ा तो हो ही गया था कि इन परामर्शदाताओं की मानसिकता किस तरह की है और वे किस तरह से परामर्श केन्द्र में अपने कर्तव्यों को निभा रही होंगी। अब क़ौसर ने वकील अर्पिता से निवेदन किया कि ऐसे मसले पर वे कुछ प्रकाश डालें। अर्पिता ने साधना जी के समर्थन में ही अपनी बातें परिष्कृत ढंग से रखीं और कुछ धाराओं की चर्चा की।

अब क़ौसर ने मुझसे सम्बोधन के लिए आग्रह किया। मेरे भीतर जाने क्यों एक डर-सा था कि ये लोग मेरी बातों पर पता नहीं कैसे रिएक्ट करेंगी। फिर भी, मैंने सोचा कि अपनी बात तो कहनी ही चाहिए। मैंने उनसे कहा कि मैं कोई भाषण नहीं देना चाहती। मेरे भीतर कुछ जिज्ञासाएँ ज़रूर पैदा हो गयी हैं। उनकी बातों को सुनकर तो मैं उनके अनुभवों का लाभ लेना चाहूँगी। वे लोग ख़ुशी-ख़ुशी तैयार हो गयीं।

मैंने साधना जी से पुनः जानना चाहा कि उस गुटके वाली बहू की शिकायत क्या थी?

उन्होंने मुँह बिचकाते हुए कहा—वह बोलती थी कि मुझे मेरे घर के लोग गुटका खाने नहीं देते...मेरे ऊपर सख़्ती करते हैं...माँ-बाप तो छूट ही चुके हैं...अब पति भी ध्यान नहीं देता...कोई इनको समझाये कि मैं गुटके के बग़ैर नहीं रह सकती...बस वह एक ही रट लगाये रहती कि उसे गुटका खाना है... ।"

"तो क्या आपको ऐसा नहीं लगा कि यह कुछ एडिक्ट होने जैसा मसला है और उसे मनोवैज्ञानिक चिकित्सा की ज़रूरत है...?" मैंने पूछा।

साधना जी के साथ अन्य परामर्शदाता भी निरुत्तर हो गयीं।

अब तो मैंने कहना जारी रखा - "देखिए ... हम सब जो अपने-अपने रीति-रिवाज, सामाजिकता के साथ बड़े होते हैं ... चाहे कितनी ही कोशिश कर लें, कहीं न कहीं ख़ुद को ही अच्छा मानने लगते हैं...

"ये आप क्या कह रही हैं...?" नीला पाठक ने सवाल किया।

"अच्छा! तो सुनिए...दहेज अपने समाज की कितनी बड़ी समस्या है और कितनी लड़कियाँ इसका शिकार होती हैं...क्या ऐसे रिवाज के ख़िलाफ़ सामाजिक तौर पर हमारे यहाँ कोई कठोर क़दम उठाया गया है?..." मेरा तीर निशाने पर लगा था। "...औरत रो-रोकर, घुट-घुटकर अपने ससुराल से अपनी अर्थी निकाले उससे बेहतर नहीं कि वह अपने पति से अलग और कुछ नहीं तो कम-से-कम सम्मानपूर्वक अपना जीवन ही संचालित करे... और फिर जिस समाज की आप बात कर रही हैं, मज़ाक बना रही हैं, वहाँ कितने क़िस्से दहेज के बनते हैं, कितने क़िस्से आपसी अनबन के बनते हैं...इनका सामाजिक गठन बहुत मज़बूत है...इसलिए औरतों को अपनी जान बाक़ी समाज की तुलना में बहुत कम गँवानी पड़ती है। ...जीवन का मोल ये लोग जानते हैं...इसलिए स्वतन्त्रता देते हैं...हमें उन्हें सन्तुलित दृष्टिकोण से देखना होगा..."

परामर्शदाताओं के चेहरों पर थोड़ी-थोड़ी सहमति के भाव थे। मैंने फिर कहा—

"...गुटका वाली उस लड़की को ड्रग एडिक्ट की तरह के ट्रीटमेंट की आवश्यकता थी, प्यार की ज़रूरत थी। उसके माँ-बाप की जगह कोई भर सके, ऐसे दुलार की आवश्यकता थी...पर पता नहीं अब क्या होगा? ...वह हीन ग्रन्थि का शिकार हो सकती है...इसलिए हमें किसी भी केस पर काम करते हुए जाति और धर्म के आधार पर रणनीतियाँ नहीं तय करनी चाहिए। ...हमेशा जो पीड़ित है...उसकी परिस्थितियों के अनुसार परामर्श देना चाहिए।"

अब जाकर वकील साहिबा ने मेरी बातों का समर्थन किया और समय की तरफ़ सबका ध्यान खींचा। शाम के पाँच बजने चले थे। कार्यशाला की समाप्ति।

सुदूर जगदलपुर से आयीं विज्ञा त्रिपाठी ने अपने धन्यवाद प्रस्ताव में यह स्वीकार किया कि उन्हें जाति-धर्म से हट कर समस्याओं को देखना चाहिए और यह भी अपेक्षा की कि परामर्शदाताओं की समिति में जिन विशेषज्ञों को नामांकित करते हैं, वे वहाँ ज़रूर उपस्थित हों।

क़ौसर ने यह नोट किया और सबका धन्यवाद करते हुए कार्यशाला के समापन की घोषणा की। सभी को चाय दी गयी। अब तो एक तरह की

अनौपचारिकता पसर गयी थी। साधना जी चाय पीती हुई आयीं और मुझसे मेरा पता माँगा। मैंने उनकी डायरी में अपना नाम लिखा डॉ. सुवर्णा महेसकर। साधना जी ने झाँकते हुए पूछा—"महेसकर! यानी महाराष्ट्रियन ब्राह्मण...तभी तो बड़ी वैचारिकता है आपमें..."

"नहीं...मैं ब्राह्मण नहीं..." मैंने उन्हें टोका।

"तो..." साधना जी के चेहरे पर सवालों के जाल थे जिन्हें देखकर मैं फिर सकुचा गयी। इतना सब पढ़ने-लिखने और सोचने के बाद भी जाने क्यों किसी के द्वारा यह सवाल करते ही जैसे कोई अनजाने अपराध का सा एहसास होता है।

मैंने धीरे-से किन्तु दृढ़ स्वर में कहा—"मैं शिड्यूलकास्ट को बिलांग करती हूँ ..."

बिना एक क्षण गँवाये साधना जी ने मेरे हाथों से अपनी डायरी ली और मेरे सामने बैठी वकील साहिबा के साथ जाकर बैठ गयीं।

इज़्ज़त

—अजय नावरिया

'उस्सा आ रही है भाया,—बदन सिंह आया तो बहुत तेज़ी से, पर बोला बहुत ही धीमे स्वर में, लगभग फुसफुसाते हुए। जयदेव की आँखें मनचाही मुराद पूरी होने से चमक गयीं। आँखें तो बदन सिंह की भी रोशन थीं, पर उनमें सिर्फ़ हिंसा थी। जयदेव ने सुनते ही जल्दी से उसके कन्धे पर हाथ मारा—'तू निकल जा, दिखना नयीं उसे।' जयदेव ने झटपट अपना बस्ता उठाया और डिस्पेंसरी के अन्दर की तरफ़ 'सुखबीर का फ़ोन आते ही पहुँच जइयो रे बदना।' जयदेव ने भागते हुए बदन सिंह की पीठ पर शब्द फेंके। चारों तरफ़ मई की मार देने वाली गर्मी थी। तेज़ गर्म हवा से अब भी भभका उड़ रहा था, जैसे हवा किसी जलती भट्ठी के अँगारों के बीच से निकलकर आ रही हो। पंछी अब भी पेड़ों की छाया छोड़ने को तैयार नहीं थे। उषा पूरी ताक़त में साइकिल दौड़ा रही थी। वह तो जैसे इस पल यह भी भूल गयी कि वह दो महीने के पेट से है। पसीने और धूल से उसका चेहरा ढँक गया। नाक से पसीना लुढ़कते हुए जब होंठों पर टपकता, तो मुँह में कुछ नमकीन-सा घुल जाता। नमकीन उसे जान याद आया...वह मुस्कुरा रई।

निगाह में घड़ी फिर अटकी, पाँच बजने में अभी दस मिनट थे, इसलिए उसके मन में थोड़ी तसल्ली तो पड़ी। लेकिन वह पैडल पहले ही की तरह तेज़-तेज़ मारती रही। उसके साँसें धौंकनी की तरह चल रही थीं। बीसलपुर गाँव से जब वह निकली तब सवा चार हुए थे। बीसलपुर गाँव से आनेवाली यह छोटी सड़क प्रधानमन्त्री सड़क योजना के तहत अभी पिछले साल ही बनी थी, पर उसकी जर्जर हालत देखकर लगता यों कि जैसे बने हुए सैकड़ों साल बीत गये। यही सड़क मुख्य सड़क से अंग्रेज़ी के 'एल' वर्ण की तरह एक सिरे पर

आकर जुड़ती। मुख्य सड़क के किनारे पहुँचकर उसने फिर घड़ी देखी–'सात मिनट बाक़ी हैं।' वह बुदबुदायी–'और गाड़ी भी दूर-दूर तक नहीं है।'

उसके पाँव अब कुछ धीमे हुए। यही पाँच बजे वाली एक अकेली बस थी, जो रोहनपुर गाँव को दूसरे गाँवों और मीर-गंज तहसील से जोड़ती। मीरगंज छोटी तहसील नहीं थी। एक छोटे-मोटे शहर जैसी ही आबादी थी। सुबह नौ बजे मीरगंज तहसील से यही बस आती और सारे गाँवों को जोड़ती हुई कनकाधाम गाँव पहुँचती और शाम पाँच बजे सारे गाँवों का आपसी रिश्ता तोड़ते हुए वापस साढ़े छह बजे मीरगंज पहुँच जाती। सुबह यह माला में मनके पिरोती और शाम को यह माला टूट जाती। फिर सभी गाँव रोहनपुर की ही तरह अकेले, आत्मनिर्भर और आक्रामक टापुओं में बदल जाते। ये आत्मनिर्भर टापूनुमा गाँव अपने अकेलेपन में भेड़ियों की तरह खूँखार हो जाते।

'सर्रऽऽऽचर्रऽऽऽ...' अचानक साइकिल के पैडल फ्री हो गये। 'हैत् तेरे की।' उषा ग़ुस्से में बड़बड़ायी। उसने जल्दी से साइकिल किसी तरह पैर के सहारे से रोकी। साइकिल स्टैंड पर खड़ी की और फटाफट चैन चढ़ाने लगी।

'हरामज़ादे जयदेव तेरे कीड़े पड़ेंगे।' वह गालियाँ देती ताबड़तोड़ पैडल मारती जाती। 'अभी तो दो मिनट हैं।' घड़ी देख उसने मन-ही-मन कहा। अब दूर सड़क किनारे प्राथमिक चिकित्सा केन्द्र की सफ़ेद छत दिखने लगी, तो सुकून किसी कबूतर की तरह उसके कन्धे पर आ बैठा।

'काका मैं चली।' चिल्लाते हुए उसने साइकिल दीवार से सटाकर छोड़ दी। वह जानती थी कि घनश्याम काका उसे बाद में डिस्पेंसरी के अन्दर खड़ी करके ताला लगा देंगे। उसने झटपट अपना बैग उठाया और सड़क की तरफ़ दौड़ पड़ी। बस वहीं रुकती थी।

साल-भर पहले ही उषा रोहनपुर में नर्स होकर आयी थी। इधर उसने कोर्स किया, उधर उसे नौकरी मिल गयी। यह उसकी पहली पोस्टिंग ही थी। जयदेव की नज़रों को तो उसने आते ही भाँप लिया, पर उसे माँ की सीख याद थी। आदमी की जात बहुत डरपोक होती है बेटा, औरत अगर आँखें लाल रखे, तो वो गीदड़ बन जाता है। कभी आगे नहीं बढ़ेगा और जो औरत ही हँस-बोलकर रास्ता खोलेगीतो फिर तो वो भेड़िया हो जायेगा, घर में घुसकर खींच ले जायेगा। तब उषा नवीं कक्षा में पढ़ रही थी। उषा और कल्ली दोनों साथ-साथ स्कूल जातीं।

एक शाम लौटते हुए खेत में ज़मींदारों के कुछ लड़कों ने उन दोनों को घेर लिया। उषा शरीर से दोहरी थी, उसने सामने खड़े लड़के को ज़ोर का धक्का मारा और भाग निकली। घर आकर उसने माँ को सब बातें विस्तार से बतायी तो माँ ने यही बात समझायी। पर हाँ, इसके बाद कल्ली का स्कूल जाना छूट गया। वह बहुत बीमार रहने लगी। चार-पाँच महीने की बीमारी के बाद कल्ली आख़िर एक दिन मर गयी। उषा ने कई बार उससे मिलने की कोशिश की, पर उसके घरवाले उसे किसी से मिलने न देते। आख़िरकार एक बार कल्ली से मुलाक़ात का मौक़ा उषा पा ही गयी। उषा के मन में उस दिन की घटना को लेकर पहले एक घटाटोप रहस्य था। कल्ली से सारा वाक़या सुनकर वह रीढ़ कँपा देने वाले भय में बदल गया। ...पर जयदेव भेड़िया कहाँ था! वह तो कबूतर की तरह गर्दन फुलाकर, नाचता, घूमता, गुटरगूँ करता आगे बढ़ा। ''आओ उषा रानी, फूलों से तुम्हारी अर्चना करूँ या स्वागत।'' नौकरी ज्वाइन करने के दूसरे-तीसरे दिन ही उषा से छूट लेते हुए जयदेव ने आगे बढ़ने की कोशिश की, पर उषा के आँख तरेरकर देखने से उसने बात पलट दी, कि कहीं उसके रोष की आँच में यह नाज़ुक बात झुलस न जाये। गेंदे के तीन-चार फूल अब भी जयदेव के हाथ में थे, पर अब उसकी हिम्मत नहीं पड़ी कि कुछ और कहे।

'क्यों परेशान कर रहे हो कम्पाउंडर साहब?' घनश्याम काका उषा का विरोध देखकर मदद को आगे बढ़े। वही यहाँ झाड़ू लगाने से लेकर चौकीदारी तक का सारा काम करते।

''तू चुप कर बे चमार के।'' घनश्याम काका को जयदेव ने ज़ोर से घुड़का। ''तुझे बड़े लोगों के रिवाजों का कुछ पता है...बड़े लोगों का बड़े लोग फूलों से ही स्वागत करते हैं।'' जयदेव की आवाज़ में अब भी गरमी थी। घनश्याम काका को डाँटकर जयदेव का अपमानित मन कुछ ठण्डा हुआ। घनश्याम काका चुप लगा गये। वह दरवाज़े के बाहर टुकुर-टुकुर देखने लगे। बाहर बरगद के नीचे दो-तीन मरीज़ बैठे हुए हैं। एक औरत कुछ दूर लम्बा घूँघट काढ़े उकड़ूँ बैठी हुई थी। पास ही बैठा उसका नंग-धड़ंग बच्चा रोये जा रहा था।

''भाईसाहब, बैरवा (चमार) तो हम भी हैं।'' उषा के इस कहने में स्वाभिमान, रोष और घृणा थी। यह शब्द किसी तेज़ चाकू की धार से भी पैने थे। यह कहते ही जैसे एक धमाका हुआ, शायद डिस्पेंसरी के कमरे में या फिर

जयदेव और घनश्याम काका के दिमाग़ में। वे दोनों उसे ज़्यादा से ज़्यादा किसी पिछड़ी जाति की लड़की मान रहे थे।

जयदेव की हैरान आँखों में इस बार सिर्फ़ उषा की भरी-पूरी माँसल देह और साँवले रंग की उजास भर गयी। अब उसका ध्यान उसकी बड़ी-बड़ी कजरारी आँखों से हट गया, जिनकी पिछले दो दिन से वह मन-ही-मन बड़ाई कर रहा था। घनश्याम काका की आँखों में आत्मीयता आ गयी। जयदेव का मुँह अब भी खुला था। वह कभी घनश्याम काका की तरफ़ देखता तो कभी उषा की तरफ़। इस बीच उसने बाहर बैठे मरीज़ों की तरफ़ भी देखा।

''यह बात किसी को बतइयो मत उषा रानी।'' अपने उत्साह के आवेग में वह लपककर उषा की तरफ़ बढ़ा। पर उषा दो क़दम पीछे हट गयी। ''अब तू ये बतायेगी तो तेरे हाथ से दवाई कौन लेगा, मेरी रानी।'' वह बेशर्मी पर उतर आया। ''ये बात हम तीनों के बीच ही रहे बस।'' उसने घनश्याम काका की तरफ़ समर्थन के लिए देखा।

उषा चिढ़कर पलट गयी। ''हमारे हाथ में क्या गन्दगी लगी है, जो कोई हम से दवा न लेगा?' कह तो गयी उषा, फिर सोचा कि वह बार-बार हम-हम क्यों कह रही है?

''हाथ नहीं उषा रानी, यहाँ के लोगों के मन गन्दे हैं, गाँव है ये गाँव...'' जयदेव ने बढ़कर उषा के कन्धे पर हाथ रख दिया हौले से।

''दूर से बात करो भाईसाहब।'' उषा कन्धा झटक कर आगे हो गयी। बड़े आरा ऊँची जात के...। वह बुदबुदायी जैसे कई फफोले फूटे हों।

वक़्त इसी तरह छोटे-छोटे पंखों से धीरे-धीरे उड़ता रहा। साल-भर का एक लम्बा वक़्त जाने कब निःशब्द गुज़र गया। ऐसा नहीं था कि जयदेव उसके बाद चुपचाप बैठ गया। उषा का चमकते मेहनती रंग वाला भरा-पूरा शरीर किसी ततैया की तरह जयदेव को काटता रहता, पर उषा की दहकती हुई बड़ी-बड़ी लाल आँखें उसे डराये रहतीं। जयदेव कभी कोई सामान पकड़ाते-धरते कोशिश करके उससे भिड़ता या छू जाता तो आग उसके मन में और सुलग जाती।

उषा पर दाँत गड़ाकर बैठने वाला अकेला जयदेव नहीं था। गाँव का पटवारी सुखबीर सिंह भी खीसें निपोरे, मौक़ा देख जब-तब डिस्पेंसरी पहुँच जाता। सुखबीर आता तो उषा के पहले भी था, पर तब कभी महीना-बीस दिन में आता। इधर तो उसका आना-जाना लगभग रोज़ हो गया! कभी छाछ ले

आता, तो कभी फल, तो कभी मिठाई। जयदेव को शुरू में उसके रोज़ आने से चिढ़ होती। वह उससे सीधे मुँह बात भी न करता। पर सुखबीर को इस बेरुखी से कोई शिकायत न थी। वह तो बस वहाँ बैठे-बैठे उषा को आते-जाते, काम करते देखता रहता। घनश्याम काका के हाथ कभी फल भिजवाता तो कभी मिठाई तो कभी कुछ और। जयदेव और सुखबीर के बीच ऐसा रिश्ता बन गया जैसे दो नर पशुओं के बीच एक मादा के लिए बन जाता है।

पर धीरे-धीरे दोनों के बीच इस आधार पर अपनापा पैदा हो ही गया कि आखिर उषा से दोनों को मिलती तो उपेक्षा ही है।

"जी तो करता है इसकी आँखें फोड़ दूँ...ऐसे घूरकर देखती है, जैसे खा जायेगी।" जयदेव ने सुखबीर से मन बाँटना शुरू किया।

सब ऐसे ही अकड़ती हैं शुरू में, बढ़कर हाथ पकड़ लो। सब क़ाबू में आ जाती हैं। फिर सुखबीर ने अपनी मर्दानगी के कुछ ऐसे क़िस्से जयदेव को सुनाने शुरू किये, जिनका लब्बोलुआब यही था कि हर औरत चाहती है कि आदमी पहल करे। जो बढ़कर उठा ले, मीना उसी की। ये उसी से राज़ी रहती हैं। सुखबीर ने ग़लत-सलत शेर पढ़ा। 'औरत बस पर्दा चाहती है, चर्चा नहीं चाहती। आदमियों से अलग मन थोड़े ही है औरतों का।'

"तू क्या मुझे जनखा समझे बैठा है?" जयदेव ताव खा गया।

"एक बार घनश्याम नहीं था, तो दोपहरी में मैंने भी बढ़कर उसे ज़बर्दस्ती पकड़ लिया साली ने इतनी ज़ोर का धक्का दिया कि गिरते-गिरते बचा... डिस्पेंसरी से ऐसे बाहर भागी कि..." जयदेव ने अपनी इज़्ज़त बचाये रखने के लिए सुखबीर से शायद यह झूठ ही कहा। असल में तो उषा की जलती आँखों की लक्ष्मण रेखा को पार ही नहीं कर पाया कभी वह।

"बात तो ठीक है। इज़्ज़त बड़ी चीज़, इन रांडों का क्या!" सुखबीर भी सकपका गया। "वो कहावत है न कि हँसी तो फँसी, मुस्करायी तो जेब में आयी, पर इस रांड को तो मैंने हँसते-मुस्कराते भी नहीं देखा।"

"अरे रहने दे सुखबीर, ख़ूब हँसती-बोलती है, बीरबानियों को देखते ही चटर-पटर शुरू हो जाती है साली की।"

जयदेव के मुँह पर अफ़सोस गहराया—"अपनी मर्जी की मालकन है।" दोनों इसी तरह अक्सर मन बाँटते रहते।

"उषा रानी, आला उठाकर हमारे गले में वरमाला की तरह डाल दो।' जयदेव अपनी भड़ास निकालने का कोई मौक़ा नहीं छोड़ता। उसने यह बात इतनी नाटकीयता से कही कि सामने स्कूल पर बैठी अधेड़ महिला समेत तख़्त पर बैठे सभी मरीज़ हँस पड़े।

उषा कटकर रह गयी। उसने बिना जवाब दिये स्टेथोस्कोप दराज में से निकालकर मेज़ पर रख दिया। जब वह स्टेथो स्कोप मेज़ पर रखने लगी तो जयदेव ने उसी नाटकीय अन्दाज़ से गर्दन आगे बढ़ायी, जैसे वरमाला पहनने के लिए बढ़ायी जाती है! मरीज फिर हँस पड़े। मरीज ज़्यादा से ज़्यादा जयदेव के साथ अपनी नज़दीकी बढ़ाना चाहते थे, ताकि वक़्त-ज़रूरत दवाएँ मुफ़्त मिल सकें।

डॉ. गिरधर गोयल, डिस्पेंसरी के इंचार्ज, कभी महीना-पन्द्रह दिन में एकाध बार आ जाते, तो आ जाते, वरना वह शहर में अपनी प्राइवेट प्रैक्टिस में ही रहते। डॉ. गोयल की ग़ैर-हाज़िरी में कंपाउंडर जयदेव उर्फ़ डॉ. जे.डी. अग्रवाल का ही आसपास के सात गाँवों में दबदबा रहता। वह डॉक्टर गोयल की कुर्सी पर बैठकर जिसे चाहता दवाई देता और जिसे चाहता लात मारकर भगा देता। गाँव का यह प्राथमिक चिकित्सा केन्द्र जयदेव का ज़मींदारा था।

"अम्मा क्या उमर है तेरी?" जयदेव ने गले में स्टेथोस्कोप डालते हुए, तेज़ आवाज़ में, स्टूल पर बैठी महिला से पूछा। वह माहिला वेशभूषा और बोल-बानी से मेव समाज की ही लगी।

"उमर, माझें ना पता डागदर साब, तम ही हसाब लगा लो।"

"कितने बालक हैं?"

"सात रोक हैं..." महिला ने सात उँगलियाँ खड़ी कीं। "दो मर लिए।"

"अरी बड़ा ही बड़ा कित्ता बड़ा है।" जयदेव ने मुस्कराकर उषा की तरफ़ देखा, जो बहुत ध्यान से महिला को देख रही थी।

"डागदर साब, बड़ा छोरा ना है, छोरी है।" माथे पर हाथ मारते हुए महिला ने कहा। "छोरा होता तो अब तक खेत जोतबे लाक हो जाता।"

"सैंतीस साल।" जयदेव ने अन्दाज़े से रजिस्टर में महिला का नाम लिखकर उम्र लिख दी। हालाँकि जयदेव ख़ुद पैंतीस साल का था, पर अच्छे खान-पान और देखभाल के कारण पैंतीस का लगता नहीं था। सामने बैठी महिला शायद उससे उम्र में छोटी ही थी, पर ग़रीबी की मार से उसकी अम्मा हो गयी।

''अनपढ़ आदमन की क्या उमिर डागदर साब, जो जँचै वो लिखो।'' महिला ने खाँसते हुए ओढ़नी का पल्ला मुँह से लगा लिया।

''देख अम्मा, खाँसी की यह दवा तो दे रहा हूँ। नियम से लेगी तो ठीक हो जायेगी, अर ठीक न हो तो अइयो ज़रूर। तेरे बलगम की जाँच करवानी होगी। उरियो मते, अगर टी.बी. हुई तो लम्बी दवाई चलेगी, पर ठीक हो जायेगी एकदम, पोते-पोतियों के साथ खेलेगी।'' कहते हुए जयदेव ने फिर उषा की तरफ़ देखा। उषा ने बढ़कर मेज़ पर दवा की शीशी रख दी साथ में, गोलियाँ भी।

''बहुत समझदार है हमारी उषा रानी, इसे भी दवाओं की समझ हो गयी है अब।'' जयदेव ने जानबूझकर उषा की सार्वजनिक प्रशंसा की।

सभी मरीज़ों पर इसका अच्छा प्रभाव पड़ा। मरीज़ों की आँखों में ख़ुशी चमक रही थी कि अब जयदेव की ग़ैरहाज़िरी में निराश होकर वापस नहीं जाना पड़ेगा। जयदेव की इस खुलेआम तारीफ़ ने पल-भर को उषा की आँखों में भी ख़ुशी भर दी। जयदेव ने इस ख़ुशी को तुरन्त पकड़ भी लिया।

''भाईसाब, अम्मा के आला लगाके तो आपने देखा ही नहीं!'' महिला स्टूल से उठने लगी तो लपककर उषा ने जयदेव से कहा! उषा की आँखों में जवाब था, जयदेव के द्वारा की गयी तारीफ़ों का। जयदेव के गरम अरमानों पर उसने तुरन्त ठण्डा पानी डाल दिया कि वह तारीफ़ से भी कब्ज़े में नहीं आने वाली।

'अम्मा को ज़रूरत तो नहीं दिखती, पर चल।' जयदेव अन्दर ही अन्दर जलभुन गया। वह उसकी चालाकी भाँप गया। 'हरामजादी' उसने मन-ही-मन उषा को गाली दी। कान में स्टेथोस्कोप लगाकर वह चुपचाप जाँच करने का नाटक करने लगा।

उषा ने ये अचानक मज़ाक़ में नहीं कहा। वह जब से यहाँ आयी, तब से जयदेव की इस हरकत पर नज़र रखे हुए थी। मरीज़ चाहे पैर-दर्द का हो या पीठ-दर्द का, वह एक बार तो नाम को ही सही, स्टेथोस्कोप ज़रूर लगाता। जनाना मरीज़ों के तो ख़ास तौर से।

'यह सब बेमतलब नहीं है।' वह यह सब देखकर सोचती।

'कुछ नहीं, बदमास अपना मन बड़ा करता है।' उषा ने जब अपने मन की बात घनश्याम काका को कही तो उन्होंने हाथ झटकते हुए कहा—

"मरा है कंपौडर और करे डागदर का स्वाँग...सारदूल का स्वाँग करें, छूकर की करतूति..."

पर जाने क्यों, उषा के मन में घनश्याम काका की यह बात जमी नहीं। अगर किसी के मन में शक एक बार बैठ जाये, तो फिर होने वाली हर घटना और व्यवहार को वह उसी दिशा में ठेलता, जोड़ता चलता है, जहाँ उसे जाना होता है। पर उषा पढ़ी-लिखी समझदार। उसने एक बार सीधे जयदेव से ही पूछ लिया—"क्या सभी मरीज़ों को आले से चैक करना ज़रूरी होता है?"

"हैं!" जयदेव का मुँह ऐसे खुल गया, जैसे साँप का मुँह गर्दन दबाने से खुल जाता है। "ना, बिल्कुल ना"? पर मैं तो एहतियातन करता हूँ। तुम जानती हो न टी.बी. अभियान चल रहा है राज्य में, बड़े डॉक्टर साहब का हुक्म है।" उसने जैसे ख़ुद के छोटा डॉक्टर होने की घोषणा की। "अब यहाँ के गाँववालों की ज़िम्मेदारी तो हम पर ही है।" वह खिसियानी-सी हँसी हँसा।

आदमी भले ही औरतों की चाल न समझे पर औरतें एक ही नज़र में आदमी की नज़र पकड़ लेती हैं। जयदेव का जवाब उषा के गले नहीं उतरा।

तभी दरवाज़े पर गोरे रंग की एक औरत सिर पर लूँगड़ी डाले आ खड़ी हुई, "डाक्टर साब, पेट में बहुत दर्द है।"

"अरे राधा, क्या हुआ तुझे?" राधा को देखकर उषा झट आगे बढ़ी।

राधा को गौना होकर गाँव में आये अभी चार-पाँच महीने ही हुए थे, पर उषा से उसकी अच्छी जान-पहचान हो गयी थी। राधा से मुलाक़ात सावित्री बहन जी ने करायी थी जो 'आँगन' नाम की संस्था में सामाजिक कार्यकर्ता थी। गाँव के मन्दिर के पुजारी जगन्नाथ शर्मा की वह इकलौती सन्तान थी। उसका पति चार साल पहले किसी हादसे में गुज़र गया। तब से वह इसी संस्था के माध्यम से गाँव-देहात में समाज सेवा में व्यस्त रहती।

"क्या हुआ राधा?" राधा कहते-कहते जयदेव की जैसे लार टपकने को हुई। जयदेव को तो औरत की परछाईं भर से काम-ज्वर चढ़ जाता, फिर राधा तो सामान्य स्त्रियों की तुलना में ज़्यादा सुन्दर और स्वस्थ थी।

'पेटदर्द' राधा ने फिर दोहराया तो जयदेव ने उसे भीतर वाले कमरे में पड़ी खाट पर लेटने को कहा। वह जाकर चुपचाप लेट गयी। उषा का माथा ठनका तो वह भी वहीं जा खड़ी हुई। जयदेव उसे वहाँ से हटाना तो चाहता था,

पर कह कुछ नहीं पाया। कुछ देर यों ही पेट पर हाथ फेरता रहा, कभी उँगली से नाभि के नीचे दबाता, कभी ऊपर और पूछता जाता कहाँ दर्द है?

"आला लइयो उषा रानी।" जयदेव ने कहा। वह झटपट आला ले आयी। जयदेव आले से उसकी छाती के इधर-उधर कुछ-कुछ जाँच करता रहा। जब मन कुछ ठण्डा हुआ तो दवा देकर फ़ारिग हुआ।

बात आयी-गयी हो गयी। कई दिन गुज़र गये। जयदेव के ज़ेहन से भी यह बात उतर गयी।

"अरे उषा रानी, तुम्हें तो बहुत खाँसी है! लापरवाही मत करो।" जयदेव ने उषा को खाँसते देखा तो पहले ही दिन टोका। हालाँकि इस चिन्ता में भी लालसा लिपटी हुई थी।

उषा को दो-तीन दिन से ज़ुकाम था, आज हल्की खाँसी भी हो गयी। वह ज़ुकाम की दवा ले रही थी, पर कोई आराम नहीं मिला। धीरे-धीरे खाँसी बढ़ती गयी। तीन-चार दिन में ही खाँसी ने दवा के बावजूद ऐसा ज़ोर पकड़ा कि वह खाँसते-खाँसते बेदम हो गयी।

"बढ़ा ली न बीमारी, पहले ही कह रहा था।" जयदेव की कामना कसमसायी। "अरे उषा रानी, दोष और दुष्ट का दमन तो दहलीज़ पर ही कर देना चाहिए, घर में घुसा तो दाग लग ही जायेगा...आओ मैं जाँच कर लूँ।" जयदेव के हाथ इस मौक़े के लिए तड़प रहे थे, पर उसने भरसक संयम दिखाया। उसके चेहरे पर वही चमक थी, जो किसी पण्डित की आँख में, मुद्दत बाद मिले किसी मालदार जजमान को देखकर आती है।

उषा क्या करती, ख़ुद दवा ले-लेकर वह हार गयी थी। डॉ. गोयल के आने का क्या तय, बैठ गयी मन मारकर। पर बैठने से पहले घनश्याम काका को भी बैठा लिया सामने किसी बहाने से। जयदेव ने कई तरीक़ों से घनश्याम काका को इधर-उधर करने की कोशिश की, पर वह भी ऐसे जमे कि उठकर नहीं गये।

"तेज़ साँस..." जयदेव ने आला कन्धे की तरफ़ चिपकाया।

"और ज़ोर से, लगातार, रुके मत।" जयदेव ने उँगलियाँ फैलाकर उषा की त्वचा को छू लिया हौले से। उसकी हिम्मत बढ़ी तो उसने आला उषा के कन्धे पर लगाकर जाँचना शुरू कर दिया।

"घूम जा।" कहते हुए जयदेव ने उषा की छाती पर आला हल्के से रखा।

और फिर दूसरी बार आला उठाकर छाती के निचले हिस्से में दबाकर जाँच की। जयदेव को थोड़ी शान्ति पड़ी, पर इस शान्ति ने उसका चैन छीन लिया। उसने इस मुलायम हिस्से को उँगलियों से ऐसे छुआ जैसे फूल को छूते हैं, पर उषा को लगा कि यह भेड़िये की खुरदुरी जीभ है।

उषा साफ़-साफ़ समझ गयी कि आख़िर जयदेव को राज्य में फैलती टी.बी. की बीमारी की क्यों चिन्ता है? वह एकदम उठ खड़ी हुई।

"बहुत अच्छे हैं।" जयदेव ने उठती हुई उषा से कह ही दिया। हालाँकि 'हैं' उसने कुछ धीमे-से ही कहा। इस 'हैं' में खुशामद थी, मिन्नत थी, आरज़ू थी। उषा किसी से कुछ न कह सकी। आख़िर क्या कहती? वह इस अपमान से भीतर-ही-भीतर सुलगती रही। अपमान का यह बोझ दिनों-दिन घटने की बजाय भारी होता गया, जैसे बादल इकट्ठे होकर दैत्याकार हो जाते हैं।

"राधा, तू मेरा नाम न ले तो एक बात बताऊँ!" उषा ने राधा से कहा। राधा ने 'हाँ' में सिर हिलाया तो उषा ने राज़ फ़ाश किया—"देख राधा, मैं तो तुझ जैसी पतिविरता औरत को देखते ही समझ गयी कि किसी ऊँचे ख़ानदान से आयी है। अब तू ही बता, क्या पेटदर्द में कोई छाती पर आला लगा-लगा के देखता है? पतिविरता औरत पराये मर्द का हाथ भी छूने से बचती है और इस निकम्मे जयदेव ने तो...अगर यह बात किसी ने तेरे आदमी को बतायी तो उसे कितना बुरा लगेगा।"

इस बात ने तुरन्त असर पैदा किया। राधा दौड़ती-भागती सीधे खेत पर पहुँची और अपने पति बदन को, उषा का नाम लिए बिना, एक ही साँस में बता दिया कि कैसे जयदेव ने उसकी छाती पर हाथ रखने की कोशिश की। कड़ी धूप में खेत पर काम करते बदन का पारा सातवें आसमान पर चढ़ गया। बीस-बाइस साल के कड़ियल मर्द के लिए यह बरर्दाश्त् कर पाना मुश्किल था कि कोई उसकी बीवी पर हाथ फेर दे। तेज़ दोपहरी ने अन्दर की इस आग को और प्रचण्ड कर दिया। वह खेत से सीधे डिस्पेंसरी की तरफ़ गालियाँ बकता हुआ भागा! राधा डर तो गयी, पर अब क्या करती? तीर कमान से निकल चुका था।

"अरे मार डाला रे, चौधरी साब!" जयदेव के मुँह पर बदन के दो-तीन मुक्के पड़ते ही वह चिल्लाते हुए चौपाल की तरफ़ भागा। पर बदन का गुस्सा

उतरने को तैयार न था। वह तो भागते हुए जयदेव की पीठ पर भी मुक्के पर मुक्के मारे जाये! दौड़कर सुखबीर सिंह ने बीच-बचाव की कोशिश की, पर बदन बिल्कुल आपे से बाहर था। वह जयदेव को ज़मीन पर पटककर लातों से धमाधम पीटने लगा। कई लोगों ने मिलकर किसी तरह बदन को पकड़ा, पर तब तक काफ़ी देर हो चुकी थी।

जयदेव पिटकर भी चुपचाप नहीं बैठा। उसने पटवारी सुखबीर सिंह और सरपंच हीरा सिंह को खिला-पिलाकर भरोसे में लिया और दो दिन बाद ही पंचायत जोड़ दी।

सुखबीर सिंह ने हुक्का एक तरफ़ करते हुए पंचायत की शुरुआत की, "यह सब यहाँ नहीं चलेगा, जयदेव सरकारी आदमी है।"

''और यह सब चलेगा, जो जयदेव कर रहा है?'' बदन आँख तरेरकर खड़ा हो गया।

पंचायत में साठ-सत्तर आदमी जुट चुके थे। कुछ बीस-पच्चीस औरतें भी थीं, जो घूँघट काढ़े धूप में एक कोने में खड़ी थीं। कुछ बच्चों के लिए भी यह खेल, तरबियत और मज़ाक़ का मौक़ा बन गया था।

'अरे बदन! पंचों का कुछ लिहाज कर, सारी बिरादरी बैठी है।' सुखबीर ने पंचों की तारीफ़ कर उनके अहंकार को उकसाया। ''ऐसा क्या कर दिया जयदेव ने? भले मानस, जो को...वो भी बीरबानी के कहने पर!'' सुखबीर की इस बात ने असर किया।

''वो इस...मेरी बीरबानी।'' बदन की ऐंठ कुछ ढीली पड़ गयी। वह समझ न पाया कि क्या कहे। 'अब मैं क्या बताऊँ?'

"मैं बताता हूँ सरपंच जी।' कहते हुए सुखबीर खड़ा हो गया।

''पंचो, बदन की औरत के पेट में दर्द हुआ। अब सब जानते हैं कि बदन का गौना अभी बैसाख में ही हुआ है। जयदेव भला आदमी ठहरा। इसने सोचा कि भई कहीं बाल-बच्चे की उम्मीद तो नहीं है, सो इसने आले से उसका मुआयना किया। बस जी इतनी बात हुई, अब ये बदन जाने कि इसकी बीरबानी ने जाकर क्या कहा? भई, जब आला लगेगा तो मरीज़ की देह में ही लगेगा, भैंस के लगाके तो देखेगा नहीं डॉक्टर। इस बेचारे के तो हवन करते हाथ जल गये।'' सुखबीर ने बात कहते हुए चारों तरफ़ निगाहें जाल की तरह फेंकी, फिर पासा फेंका—''ऐसे तो हस्पताल ही बन्द हो जायेगा।''

यह कहकर सुखबीर ने जैसे ब्रह्मास्त्र फेंका।

“नहीं-नहीं, यह बदन ने ग़लत किया...ग़लत किया।” यह सुनते ही सभी लोगों के सिर ऐसे झूमने लगे, जैसे कोई प्रेत सवार हो गया हो।

“यह अकेली सत्ती सावत्तरी बची है हमारे गाँव में!” एक चिल्लाया।

“सरकारी आदमी पर हाथ उठाना तो बिल्कुल ग़लत है भाई।” दूसरे ने जोड़ा। “बीरबानी की बात मानने वाला मर्द तो निरा मूरख ही समझो!” तीसरे ने भिड़ाया।

“फ़ैसला सुनाओ सरपंच जी।” सुखबीर ने लोगों की शह पाकर सरपंच हीरा सिंह की तरफ़ देखा।

“सब पंचों और बिरादरी की सहमति से बदन पर दस हज़ार का दण्ड है। अगर बदन दो दिन में यह भर दे तो ठीक वरना उसका हुक्का-पानी बन्द।” सरपंच ने एक साँस में दो टूक फ़ैसला दे दिया। अपनी ही जाति के बदन के ख़िलाफ़ यह सरपंच और बिरादरी द्वारा सामाजिक वध की सज़ा थी। यह सज़ा सिर्फ़ राधा को नहीं दी पंचों ने, मानो यह पूरी स्त्री जाति को मुँह खोलने पर तमाचा जड़ा गया।

बदन माथे पर हाथ रखकर इसे मंजूर करने के अलावा और क्या करता। धीरे-धीरे सब लोग अपने-अपने घर को चले गये। औरतें भी अपने चूल्हे-चौके में लग गयीं। सब तरफ़, पहले ही की तरह सब शान्त हो गया। धीरे-धीरे साँझ पड़ी, फिर रात घिर आयी।

“तू फिर दारू पीकर आया है?” बदन देर रात घर में हारे क़दमों से घुसा तो राधा ने टोक दिया।

“हरामज़ादी मुँहजोरी करती है। तेरे क्या बाप के पैसों की पी है...?” बदन भड़क गया। सुबह का सारा ग़ुस्सा उसने राधा की जमकर धुनायी करके निकाला। इसी बीच राधा ने उषा से हुई सारी बात बदन को बतायी। दोनों आदमी-औरत, बाद में एक-दूसरे के गले लगकर ख़ूब रोये। उनकी चिन्ता अब दस हज़ार की थी, उनके रोम-रोम में बिरादरी से बाहर होने का भय व्याप गया।

“हूँ, तो यह इस राँड का बोया बीज है।” बदन ने अगले ही दिन जाकर जयदेव को सारी बात बतायी तो जयदेव ने फुँकार भरी।

“मेरी औरत में कहाँ इतनी अकल डागदर साब, नरसजी ने उकसा दिया उसे तो।''

''नरस-वरस कुछ ना है ये बदन।'' फिर जयदेव ने उषा की जात खोल दी। तू मेरा साथ दे तो नंगी परेड कराऊँ इसकी। ससुरी इतने दिन रह ली गाम में बड़ी जात की बनकर। हमारी बनायी बिल्ली हमसे मियाऊँ?''

'मैं तो ख़ुद साली से बदला लेना चाहूँ जी...दस हज़ार का दण्ड लग गया और बिरादरी में बीरबानी की इज़्ज़त गयी सो अलग।'' उषा की जात पता चलते ही बदन की बाँहें भी फड़कने लगीं। वह साँप की तरह बल खाने लगा।

''तो फिर तू सब्र रख...मौक़ा मिलते ही तुझे मैं कहानी समझा दूँगा।'' इस गुप्त मन्त्रणा पर दोनों ने मन-ही-मन दस्तख़त कर दिये। मौक़े का इन्तज़ार करते-करते दिन और हफ़्ते बीतने लगे। एक दिन शराब के नशे की झोंक में बदन के मुँह से उषा की जाति और जयदेव से हुई गुप्त मन्त्रणा का राज़ राधा के सामने खुल गया। राधा के पेट में जब यह बात न पच सकी तो उसने अपनी सहेली सावित्री से सब कहकर शान्ति पायी।

''तुम अब सँभलकर रहना उषा बहन!'' सावित्री, बदन और जयदेव की साँठगाँठ का सुराग़ देते हुए फुसफुसायी।

''आपकी बहुत मेहरबानी बहनजी?'' उषा अपनत्व पाकर पिघल गयी। वह भीतर-ही-भीतर कुछ डर भी गयी।

''मेहरबानी कैसी...तुम मेरी बहन जैसी हो। ग़लती न तुम्हारी है और न राधा की। वो बेचारी इतनी पिटी कि बोल गयी सब, वरना कोई अपने हितैषी का नाम बताता है भला।'' सावित्री ने उषा को अपने गले लगा लिया। फिर उसके दोनों कन्धे मज़बूती से पकड़ते हुए कहा—''इस जयदेव हरामी को मैं ख़ूब जानती हूँ। एक बार बहुत पहले इसने ऐसे ही मेरे साथ बदतमीजी की थी। मैंने ऐसा थप्पड़ रसीद किया कि इसके होश फाख़्ता हो गये। ग़रीब औरतों की बेबसी का फ़ायदा उठाता है यह नीच।'' उषा यह सुनकर सकते में आ गयी। कैसी अजीब विडम्बना है कि सावित्री का थप्पड़ खाकर भी यह चुप है और मुझ पर हमले की साज़िश कर रहा है। मैंने तो उसे कभी थप्पड़ नहीं मारा। क्या है इसके पीछे...क्या मेरी जाति या फिर कमज़ोर होना? वह सोचने लगी।

शाम को जब उषा घर पहुँची तो उसने यह सोचकर कि पति को ऐसी बातें बता देनी चाहिए, सुजान को कुछ बातें बतायीं और कुछ छिपायीं। वक्ष पर हाथ फेरने की जयदेव की कोशिश को वह छिपा गयी।

''अच्छा किया तूने जो चेकअप नहीं कराया, मैं तुझे यहाँ अच्छे डॉक्टर को दिखा दूँगा।'' सुजान ने कहा तो सही, पर उसके चेहरे पर विषाद था। ''तू उससे ज़्यादा बात तो नहीं करती न?''

''नहीं तो, मैं तो उस कमीने से बात ही नहीं करना चाहती।'' उषा कह गयी साफ़ दिल से, पर सुजान का मन न समझ पायी।

''कब से परेशान कर रहा है?''

''शुरू दिन से ही...'' स्टोव में हवा भरते हुए उषा ने कहा। ''इस गैस सिलेंडर को भी आज ही मरना था?''

''तूने पहले क्यों न बतायी ये बात?'' सुजान लगातार सवाल कर रहा था अब। इस पर उषा ने कोई जवाब नहीं दिया तो सुजान ने आगे पूछा—''देखने में कैसा है, मतलब क़द-काठी?''

''गोरा-चिट्टा है होने को तो, अच्छा लम्बा-चौड़ा भी है। पर है एक नम्बर का लम्पट...किसी एक का नहीं है।''

जयदेव की यह तारीफ़ सुजान को नागवार गुज़री। आदमी अपनी औरत के मुँह से किसी और मर्द की तारीफ़ नहीं सुन सकता। सुजान के मन में एकाएक सन्देह का सर्प फनफनाकर उठ खड़ा हुआ।

''तुझे कहीं भा तो नहीं गया वो, ऊँची जात का लम्पट?'' सुजान ने भरसक अपने स्वर को मज़ाक़िया रखा।

उषा ने उसके कुचाली घोड़े रोके, ''दोबारा मत कहना ऐसे, मुझे अच्छा नहीं लगता ऐसा मज़ाक़ भी।''

घर का सब काम निबटाकर दोनों जब सोने लगे तो सुजान ने कहा, ''उषा, मैं यह बर्दाश्त् नहीं कर सकता कि कोई दूसरा मर्द तुझे देखे भी, छूने की बात तो दूर रही। अगर मुझे तेरी तरफ़ से कोई बात पता चली...तो...तो फिर...''

''तो फिर?''

''तू मेरे साथ न रह पायेगी।'' सुजान ने दो टूक कह दिया। ''मैं रतनलाल नहीं, जो यह सब सह पाऊँ।''

"मत सोचो जी ऐसा तुम।" कहकर दिखावे को तो उषा उससे लिपट गयी, पर मन-ही-मन उसकी इस धार से आज वह कट गयी बुरी तरह। रतन की पत्नी की बेवफ़ाई की बात उषा भी जानती थी। पर सुजान की इस कठोरता से उषा के उल्लास का जादुई संगीत मद्धम पड़ गया।

कई दिनों बाद, इधर डॉ. गोयल डिस्पेंसरी आये। जयदेव तो चुपचाप अपनी योजना पर था।

"डॉक्टर साहब, आसपास के गाँवों की उन औरतों की सूची बनानी है जिन्हें टी.बी. की शिकायत है।"

"तो बनाओ, मुझसे क्या पूछते हो?" डॉक्टर गोयल लापरवाही से कुर्सी पर पसर गये।

"औरतों का मामला है साब, गाँव-देहात में मर्द को कोई न बताने वाली।" जयदेव ने पासा फेंका।

"तो फिर?"

"मतलब किसी औरत को करना चाहिए यह काम।" जयदेव की इस बात से उषा दहल गयी। डिस्पेंसरी में इन चारों के अलावा इस समय कोई न था। "मैं कैसे अकेली कर पाऊँगी साब, गाँव इतनी दूर-दूर हैं?" डॉक्टर गोयल ने उषा की तरफ़ देखा तो तुरन्त उषा ने अपना बचाव प्रस्तुत किया।

"अकेली को नहीं, तुम्हें कोई खा रहा है यहाँ। गाँव-देहात में ऐसा कोई डर नहीं है।" जयदेव उषा को डपटते हुए डॉक्टर गोयल से मुखातिब हुआ, "फिर उषा साइकिल चलाना जानती है। आपको नहीं पता डॉक्टर साहब कि उषा बैरवा (चमार) जाति की है, मेहनत से नहीं घबराती यह।"

अब उषा को समझ आया कि उस दिन जयदेव क्यों उसे उकसा रहा था कि अगर आती है तो वह साइकिल चलाकर दिखाये। उसने अपनी मूर्ख वीरता में सरपट साइकिल दौड़ाकर दिखायी थी। उसके मन में कहीं यह बात भी थी कि वह जात के कारण उसके गुण को नीचा करके आँक रहा है। साइकिल चलाकर दिखाने के पीछे यह भी एक वजह थी।

"तुम्हें साइकिल चलानी आती है उषा?"

"जी..." उषा झूठ नहीं बोल पायी।

"यह औरतों का मामला है साब, वरना तो मैं ही..." वह हैं– हैं कर हँसा। "और फिर आजकल ज़िले में डिस्पेंसरियों के औचक निरीक्षण हो रहे हैं। आप अगर शहर में भी हुए तो कम-से-कम काग़ज़ पूरे होने पर मैं कुछ झूठ-सच तो कह सकता हूँ।" यह कहकर जयदेव ने डॉक्टर गोयल के कोने कसे। डॉक्टर गोयल जाते हुए उषा को आदेश देते हुए गये, "इस महीने में यह काम पूरा कर दो उषा।" उषा क्या कहती। "जी साब", कहकर चुप हो गयी। जयदेव की ख़ुशी छिपाये नहीं छिपती थी।

उषा की आँखें अब भी दिशा के उसी किनारे पर टिकी थीं, जहाँ से बस के आने पर भूरा उड़ती। पर अभी तक वहाँ कोई हलचल या धब्बा भी नहीं था। 'पाँच बजकर बीस मिनट हो गये, पर बस का कोई पता नहीं।' उषा ने पहले घड़ी की तरफ़ देखा, फिर सामने डिस्पेंसरी से आते हुए घनश्याम काका पर उसकी नज़र पड़ी। उषा यहाँ से अकेली ही सवारी थी। 'इतनी देर तो आज तक नहीं हुई बस को। उसने अपने बैग से अपना नोकिया का नया मोबाइल फ़ोन निकाला और सुजान को फ़ोन मिलाने लगी। यह फ़ोन काम पर लगते वक़्त सुजान ने तोहफे में दिया था।

उसने कई बार कोशिश की, पर नेटवर्क कवरेज न होने के कारण फ़ोन नहीं मिला। आख़िर एक बार फ़ोन मिल गया, तो उसने बस के न आने की बात सुजान को बता दी। इस बीच ही फ़ोन फिर कट गया और नेटवर्क कवरेज न होने के कारण मिला ही नहीं। 'कितनी अच्छी चीज़ है यह।' उषा के चेहरे पर इस तनाव में भी मुस्कान आ गयी।

उषा ने हेडफ़ोन की पिन मोबाइल में लगायी और गाने सुनने लगी–'मर जावाँ तेरे इश्क में मर जावाँ।' मधुर भण्डारकर की 'फ़ैशन' फ़िल्म के इस गाने को सुजान से ख़ास कहकर उसने अपने 'मेमोरी कार्ड' में रिकॉर्ड करवाया था। उषा की आँखें दिशा के उसी कोने पर टिकी थीं।

उषा की जब शादी हुई तब वह बस सत्रह की ही थी। सुजान बीसेक के लगभग। शादी के दो साल बाद गौना हुआ उनका। सुजान अपने पिता का अकेला सहारा। उसके पिता ने सुजान की माँ की असमय मृत्यु के बाद दूसरी शादी नहीं की। उनकी यादों के सहारे ही वह बेटे को पालते रहे। दूसरे, वे अम्बेडकर समाज सेवादल के सक्रिय कार्यकर्ता थे। वक़्त काटने की समस्या

उनके सामने नहीं थी। सुजान गबरू जवान था तो उषा भी कम सलोनी नहीं थी। 'भैमाता ने अपने हाथों से जोड़ा बनाया है।' बिरादरी में जो भी देखता, कहता ज़रूर।

शादी के बाद के कुछ महीनों तक तो सुजान का और किसी काम में मन ही न लगता। 'तेरी काँख की ख़ुशबू और तलुओं की छुअन से जैसा सुकून मिलता है, वैसा संसार में कहीं नहीं है।' सुजान थोड़ी देर को काम पर जाता, और आते ही उससे लिपट जाता। उषा 'पिताजी आ जायेंगे, पिताजी आ जायेंगे' कहकर छूटने का अभिनय तो करती, पर छूटना वह भी नहीं चाहती, "तू तो मेरी चुम्बक है उषा और मैं तेरा लोहा।"

"लोहा नहीं सोना।" उषा भी लाड़ करती।

"तो तू फिर पारस हुई।" सुजान भी उसका भग्न करता!

"मुझे लड़कर और खरा सोना बना दे तू।"

'तुम तो बड़े अनुभवी हो।' उषा जब थककर चूर हो जाती, तो कहती। 'धत्त...' सुजान की आँखों में शर्म आ जाती।

सुजान के चेहरे की लाली देख उषा का मन गहरे तक ठण्डा हो जाता। उसने ख़ुद को दुनिया की सबसे अमीर औरत माना कि वह अपने आदमी की ज़िन्दगी में पहली औरत है।

इन्सान की कैसी अजीब-अजीब कामनाएँ हैं...जहाँ पहला होने का आह्लाद औरत और आदमी के जीवन में ख़ुशी को चौगुना कर देता है, तो वहीं दूसरा होने का डर, विषाद के विषैले फनों से हर पल उसे डसता रहता है।

"जानती हो, तुम्हारे भीतर मुझे सबसे ज़्यादा क्या भाता है?" सुजान ने धीमी आवाज़ में पूछा। वह करवट लेकर उषा की तरफ़ देखने लगा।

दोनों के बीच चुप्पी चहलक़दमी करने लगी। सुजान ने जान-बूझकर चुप्पी को पास बिठा लिया। उषा को ही हारकर, एक शदीद इन्तज़ार के बाद चुप्पी को भगाना पड़ा—"बताओ न!"

"तेरी नाक, ऐसे घुमावदार नथुने...इन पर तेरी इज़्ज़त इतराती है।" सुजान ने एक-एक शब्द ठेलते हुए कहा!

"और तुम्हारे भीतर जानते हो मुझे क्या अच्छा लगता है?' उषा ने पलटकर सवाल दागा तो सुजान 'क्या-क्या' पूछता ही रहा, पर उषा ने नहीं बताया तो

नहीं ही बताया। सुजान बहुत ज़िद करता तो वह अपना चेहरा अपनी हथेलियों से ढँक लेती। सुजान कुछ-कुछ भले जानता, पर वह उषा के मुँह से ही सुनना चाहता था इसे।

"तुम्हारी नाक मेरे भोले भगत।" सुजान के आग्रह से हारकर वह कहती ज़रूर पर उसका मन बार-बार चिल्लाकर कहना कुछ और चाहता।

उषा ने जब नर्सिंग असिस्टेंट का डिप्लोमा कोर्स करने का इरादा जताया तो सुजान ने उसका साथ दिया। कोर्स करने के कुछ महीने बाद ही उषा की यह नौकरी लगी।

उषा ने सुजान को इस बात के लिए भी मना लिया कि जब तक उसकी नौकरी नहीं लगेगी, तब तक कोई बाल-बच्चा नहीं।

"तुम्हारे भीतर जानते हो मुझे क्या अच्छा लगता है?"

उषा ने सुजान की चमकती हुई आँखों से वह राज आज शादी के तीन साल बाद तब बताया, जब वह नौकरी करने के साल-भर बाद पक्की हो गयी। आज वह एक महीने के पेट से थी।

यह सब सुनकर सुजान सच में उस रात बिना सपनों वाली, गहरी और निश्चिन्त नींद सोया। किसी पुरुष को जब कोई औरत ताक़त देती है, तब क्या वह वाक़ई पुरुषोत्तम हो जाता है? अगली सुबह, जब वह जागा तो वह बिल्कुल नया सुजान था, जैसे वह पूछी पर पताका फहराने निकला हो।

उषा ने घड़ी देखी 'साढ़े पाँच बज गये' वह बुदबुदायी। पिछले एक मिनट में वह शायद चालीस बार घड़ी देख चुकी थी। अभी सूरज एकदम न ढला था, पर ढलान पर आ गया। उसके मन में अब घबराहट के बादल घिरने लगे। 'मेरी छतरी के नीचे आ जा, क्यों भीजे कमला खड़ी-खड़ी, तेरी नाक की नथनी भीजे, नथनी की भीजे कड़ी-कड़ी।' गाते-गाते जयदेव ने अपनी राजदूत मोटरसाइकिल उसके पास आकर रोक दी। "क्या हुआ उषा रानी, बस न आयी?" जयदेव ने मोटरसाइकिल से उतरते हुए उषा से पूछा और बेशर्मी से उसके पास आ खड़ा हुआ।

"आती ही होगी।" कहते हुए वह थोड़ा पीछे हट गयी। उसने हेडफ़ोन हटाया और सुजान को फोन मिलाने लगी।

फ़ोन पर बार-बार 'नो नेटवर्क कवरेज' की रट से वह झुँझला गयी। 'हैलो-हैलो' जैसे ही फ़ोन मिला, वह चिल्लायी। उधर से सुजान 'हैलो-हैलो' बोले

जा रहा था, पर उषा की आवाज़ उधर नहीं गयी। उषा ने जयदेव को दिखाने के लिए फ़ोन पर पूरी बात की ताकि जयदेव को कोई ऐसा सुराग़ न मिले कि वह अकेली पड़ गयी है। "कितनी देर में पहुँच जाओगे? अच्छा आधे घण्टे में, ठीक है।" आख़िरी बात कहकर ही उषा ने फ़ोन काटा।

जयदेव का सारा ध्यान उषा की बातों पर लगा था।

जयदेव एक तरफ़ उषा की फ़ोन पर होने वाली बात से घबरा गया, तो दूसरी तरफ़ उसे बदन सिंह की देरी पर ग़ुस्सा आया। बदन सिंह का अभी तक कहीं अता-पता नहीं था। तभी दूर सड़क किनारे तेज़ डग भरता आता बदन सिंह उसे दिखायी दिया तो जैसे उसकी साँस आयी। वह मोटरसाइकिल की टेक से आराम से अधखड़ा हो गया।

"डागदर साब, क्या घर जा रहे हो?" बदन ने पास आकर अदब से पूछा तो उसने उपेक्षा से दूसरी तरफ़ देखना शुरू कर दिया।

"क्या मुझे रस्ते में भटकैया गाँव के मोड़ पर छोड़ दोगे?" बदन के स्वर में मिन्नत थी।

"क्यों, तेरे ससुर ने ख़रीदकर दी है दहेज में मुझे?" जयदेव भन्नाया। "दिखता नहीं है तुझे, आज हमारी राधा रानी की बस नहीं आयी है अभी तक...हमारा भी कुछ फ़र्ज़ है, इन्हें सलामती से घर पहुँचाना है मुझे।" जयदेव ने जीभ लपलपायी। "वहाँ हमारे चाचा के सौ बरस पूरे हो गये।" बदन ने कह ही दिया। "ना भाई साब, आप तो इन्हें ही छोड़ दो..." उषा के मन का डर उठा। उसे सावित्री की ताकीद याद आयी। 'मेरा आदमी आ रहा होगा।' कह तो गयी उषा, पर भरोसा उसे ख़ुद भी नहीं था। फ़ोन कई बार मिलाने पर भी नहीं मिला। अब उसका मन गाने सुनने से भी नहीं बहल रहा था। उसे रह-रहकर बुरे ख़याल आने लगे।

"चलती है तो बता उषा, देख ले कहीं आज बस आये ही न?" जयदेव ने डराया, पर उषा टस-से-मस न हुई। उल्टे बेपरवाह हो थोड़ा आगे को बढ़ गयी। "चल बे बदन, तेरा भाग अच्छा अपना भाग ओछा।" कहते हुए जयदेव ने किक मारी और बदन को बैठाकर बढ़ चला। "सब ठीक तो है न?" कुछ आगे बढ़ते ही बदन से उसने पूछा।

“हाँ डागदर साब, सब ठीक है। सुखबीर पटवारी का फ़ोन आ गया, तभी मैं आपके पास आया। बस ख़राब हो गयी है। क्लीनर को दो सौ रुपये और एक बोतल के पैसे देने पड़े बस। उसने कोई पुर्जा उड़ा दिया बस का। अब नहीं चलने की, सुखबीर आ रहा है।” बदन ने तफ़सील से बात बतायी तो जयदेव का कलेजा ठण्डा हुआ।

सवा छह होने को आये पर बस नहीं आयी। उषा के मन में बेचैनी बढ़ गयी। उसने सुजान को हज़ार बार फ़ोन मिलाया, पर 'नेटवर्क उपलब्ध नहीं है', सुन-सुनकर उसे चिढ़ हो गयी। रह-रह कर उसके दिमाग़ में सावित्री की बात घूमे। वह रात में डिस्पेंसरी में नहीं रुकेगी। जयदेव का कोई ठिकाना नहीं, वह वापस आ सकता है। घनश्याम काका तो बेचारे बूढ़े हैं, वो क्या कर पायेंगे? गाँव के घर भी पास नहीं हैं कि बचाने को कोई आ जाये। नहीं, अपनी बिरादरी के घरों में चली जायेगी। पर फिर तो सबको पता चल जायेगा, नौकरी करना भारी हो जायेगा गाँव में और फिर यहाँ वह जानती किसको है? आख़िर में उसने तय किया कि वह 'आँगन' संस्था की कार्यकर्ता सावित्री के घर ही चली जायेगी।

वह उसे ज़रूर रात-भर के लिए आसरा दे देंगी। पर अगर उन्होंने मना कर दिया तो...सोचते ही उसके गले में जैसे फाँस अटकी...'बिरादरी के घर तो हैं ही। काका बता देंगे कोई घर।' उसकी घबराहट बढ़ती गयी। वह हारकर घनश्याम काका के पास जा बैठी ताकि बातें करके ध्यान हटाये।

पाँच-सात मिनट बीतते-बीतते, सामने सड़क पर आती जीप देखकर घनश्याम काका लगभग दौड़ते हुए सड़क तक पहुँचे। जीप में पटवारी सुखबीर सिंह को देख घनश्याम काका की साँस में साँस आयी। उन्होंने हाथ से इशारा कर गाड़ी रुकवायी।

“क्यों बे घनश्याम, क्यों मरने को आ रहा है?” सुखबीर ने डपटा।

“मुसीबत है साब।” घनश्याम काका की आवाज़ ख़ुशामदी थी। 'आप किधर को जा रहे हैं साब?'

“अबे, मैं तो तहसील जा रहा हूँ। दो दिन बाद राहुल गाँधी आने वाले हैं, अपने जिल्ले में...भई हरिजनों के लिए उनके मन में बहुत दर्द है...अरे हम भी तो यही मानते हैं, सब हरि के ही तो बन्दे हैं।”

''तहसील मतलब मीरगंज?'' घनश्याम काका को उसकी बात से जैसे कोई मतलब नहीं था।

''हाँ-हाँ मीरगंज, और कहाँ है तहसील गधेराम...वहाँ किसी आनन्दाराम बैरवा के यहाँ कुछ काग़ज़ छोड़ने हैं।'' सुखबीर ने प्यार से झिड़का। बैरवा कहते वक़्त उसने उषा की तरफ़ चोरी से देखा।

''हमारी बच्ची उषा की गाड़ी आज नहीं आयी...आप उसे मीरगंज छोड़ देते तो मेरबानी होती।'' मिन्नत में हाथ जुड़ गये उनके। कुछ पल उसने सोचने का अभिनय किया। उसने कुछ दूर खड़ी उषा की तरफ़ नज़र डाली तो उसका शरीर गेहुअन साँप की तरह डँस गया। ''भई औरत जात है...पहले उससे तो पूछ लो, हम तो सरकारी आदमी हैं और सरकारी आदमियों की मदद करना अपना फ़र्ज़ मानते हैं।'' उसने बरबस अपने मनोभावों के सपा को कुचला।

उषा भी कुछ दूरी पर खड़ी सब सुन रही थी। उसने आनन्दाराम का नाम भी सुना हुआ था। वह मुहल्ले के दूसरे हिस्से में रहते थे और कांग्रेस के वरिष्ठ कार्यकर्ता थे। सरकारी आदमी के भरोसे वाली बात भी उसके मन में जमी। उसने सोचा कि हर हालत में गाँव से निकलना ही ठीक होगा। कुछ दिखावे की ना-नुकर के बाद, जिसमें हाँ-ना दोनों होती हैं, वह मान गयी। सुखबीर ने आज तक भी कोई बदज़बानी नहीं की थी कभी।

''पीछे की तरफ़ बैठ जाओ।'' सुखबीर ने कहा तो रहा-सहा अविश्वास भी गिर गया।

''मैंने सुना है कि जयदेव तुम्हें बहुत परेशान करता है...बड़ी हरामी चीज़ है वो। जीप कुछ दूर चली तो सुखबीर ने जयदेव की बुराई करके बातचीत की शुरुआत की। उषा शुरू में थोड़ा झिझकी, पर कुछ देर बाद वह भी उसकी बुराई-भलाई में शामिल हो गयी। सड़क लगभग सुनसान थी। इक्का-दुक्का आदमी एक-डेढ़ किलोमीटर चलने पर दिखते। गाँवों में तो शाम होते ही सोता पड़ जाता है। ज़िन्दगी एकदम रुक जाती है। गाँव भयावह हो जाते हैं।

''यहाँ से ले लूँ, रास्ता आधे के लगभग बच जायेगा।'' सुखबीर ने उषा की तरफ़ देखे बिना पूछा तो उषा ने न हाँ की, न मना किया। सुखबीर ने इसे हाँ मानकर कच्ची सड़क पर जीप उतार दी। जल्दी तो उषा को भी थी। खेत सूखे पड़े थे। जीप आती देख, आपस में लड़ते दो सियार झाड़ियों में जा छिपे।

'पौने सात हो गये।' धुँधलका बढ़ता देख उषा ने घड़ी देखी तो बुदबुदायी। उसने फ़ोन मिलाया, पर वही आवाज़–'नो नेटवर्क प्लीज़।' वह झल्ला गयी-'किस काम का है यह कमबख़्त।'

जीप इस समय मुख्य सड़क से दो-ढाई किलोमीटर भीतर चल रही थी। तभी दूर खुले मैदान में मोटर साइकिल पर दो आदमी खड़े दिखायी दिये।

''ये जयदेव हरामी यहाँ क्या कर रहा है?'' सुखबीर ने कहा तो जैसे उषा के प्राण हलक को आ लगे। इससे पहले कि वह कुछ समझ पाती, सुखबीर ने जीप मोटरसाइकिल के पास जाकर रोक दी। ''लो भई डॉक्टर साहब, अपना स्टॉफ सँभालो? तुम्हारी दक्षिणा ले आये।''

सुखबीर के ये शब्द उषा पर भारी पत्थरों की तरह गिरे। घबरा गयी एकदम से, चक्कर-सा आता महसूस हुआ। पर सँभाल गयी ख़ुद को, तुरन्त ही जीप से नीचे कूदी और सड़क की तरफ़ दौड़ पड़ी–''बचाओ-बचाओ।'' पर दूर-दूर तक सुनने वाला कौन था वहाँ? जयदेव ने उसे दौड़ने दिया। अपनी मोटर-साइकिल स्टार्ट कर वह उसके पास दस सेकण्ड से भी कम वक़्त में पहुँच गया। सुखबीर भी अपनी जीप वहीं ले आया। उषा बुरी तरह हाँफने लगी। तीनों भूखे भेड़ियों की तरह उसे घूरने लगे।

सुखबीर जीप से कूदकर तेज़ी से आगे बढ़ा। उसने उषा की ठोड़ी पर प्यार से हाथ फेरा। उसी पल उषा ने अपने घुटने की एक ज़ोरदार चोट सुखबीर के अंडकोष पर की। वह एक हृदय-विदारक चीख़ के साथ एक तरफ़ लुढ़क गया। सुखबीर की यह हालत देख जयदेव के बढ़ते क़दम पीछे को हो गये। सुखबीर घुटने मोड़े ज़मीन पर पड़ा-पड़ा कराह रहा था।

''आगे बढ़ हरामज़ादे...।'' उषा शेरनी सी दहाड़ी। ''धोखेबाज!''

''मरने दे इस कुतिया को, भगा इसे यहाँ से।'' जयदेव ने पीछे हटते हुए कहा। ''रुक छिनाल, अभी तेरी अकड़ निकालता हूँ।'' कहते हुए बदन सिंह तेज़ी से झपटा। उसके मन में उषा के लिए भयानक प्रतिशोध था।

'तड़ाऽऽक...' उषा के एक झन्नाटेदार थप्पड़ से उसके भी होश फाख़्ता हो गये। पर अगले ही पल वह सँभल गया। वह मज़बूत किसान आदमी था।

उसने ग़ुस्से से फनफनाते हुए, पलटकर एक ज़ोरदार मुक्का उषा के मुँह पर दे मारा। वार भरपूर पड़ा, आह के साथ उषा लुढ़क गयी। उसकी नकसीर फूट गयी।

"अबे पहलवान मार तो नहीं दी?" जयदेव उषा को निस्पन्द पड़े देख तुरन्त आगे बढ़ा और नब्ज़ टटोली। "ज़िन्दा है साली, पानी मार इसके मुँह पर।" कहते हुए जयदेव उठ गया।

बदन सिंह ने झुककर उषा की धोती के पल्ले से ही पहले ख़ून साफ़ किया और फिर पानी के छींटे उसके मुँह पर मारे। पल-दो पल में उसे चेतना आयी। "पहले मैं..." जयदेव लकड़बग्घे की तरह लहराया।

उषा को कभी उजाला महसूस होता, कभी गहरा अँधेरा छा जाता। उस डरावने अँधेरे में वह चीख रही थी, सिर पटक रही थी, रहम की मिन्नतें कर रही था। ये अजीब सपने थे। सब कुछ लुट गया, सुजान हाथ मसल रहा है, वह नहाये जा रही है, झरना झर-झर ऊपर को चढ़ रहा है, नदी वेग से किनारे तोड़ निकली है, बादल ज़ोर से फटा और मूसलाधार बारिश होने लगी, सुजान दौड़ा चला आ रहा है, वह उससे दूर भागती जाती है, तभी सावित्री उसका हाथ पकड़कर मन्दिर में ले गयी, एक ही मुक्के में मन्दिर की मूर्ति खील-खील हो गयी, उषा वहाँ हिल रही है, राधा की मूर्ति वहाँ पहले से लगी हुई है, सावित्री ने सुखबीर, जयदेव और बदन के सिर काटकर उनके पैरों में चढ़ा दिये। राधा किलकारी मारकर मन्दिर से बाहर आ गयी, उषा के रौद्र रूप से डरकर गाँव वाले इधर-उधर भागने लगे, उसने मन्दिर से बाहर क़दम रखते ही सरपंच हीरा सिंह समेत सारे पंचों को पाँव से दबा दिया, पंचायत में, चुपचाप एक कोने में खड़ी घूँघट वाली औरतें एक-एक कर अपने कपड़े उतारकर पंचायत में बैठे आदमियों पर फेंकने लगीं।

"मर तो न गयी कुतिया?" उषा की चेतना तक जो गिरते-पड़ते शब्द पहुँचे, वह बदन सिंह के थे। 'जिन्दा है।' उसने उसकी साँस चलते देखकर कहा। "कह तो ना देगी?" बदन सिंह फिर सुरसुराया। "कहीं इज़्ज़त उतार दे हमारी।"

"तू बिल्कुल मत डरे बदन, कहेगी तो अपनी इज़्ज़त खोयेगी। अभी तो हम तीन जानते हैं, बाद में सारा जमाना जान जायेगा।" सुखबीर गुर्राया।

"बड़ी ऊँचा नाक वाली बने थी, आराम से मान जाती तो ये बेकद्री होती।" जयदेव ने जोड़ा। "अब चलो यहाँ से। दारू भी ख़त्म।" बोतल एक तरफ़ फेंकते हुए जयदेव ने सलाह दी।

'कैसे जी पाऊँगी?' उषा ने गला फाड़कर रोना चाहा, पर रो न सकी। उल्टे मन में आया कि वह आख़िर क्यों रोये, किस बात के लिए? एकाएक सुजान का चेहरा उसके ज़ेहन में घूम गया। 'वो मुझे क्या पहले की तरह प्यार करेंगे? अपना मनहूस चेहरा उन्हें मैं...' उसे लगा कि वह मलकुण्ड में पड़ी है। वह अपनी धोती से अपना मुँह पोंछने लगी। मैं सुजान को भी छोड़ दूँगी, मरद की जात सब एक-सी...इससे भला मेरी इज़्ज़त कैसे चली गयी। इन नामरदों ने ज़रा भीतर तक मुझे ज़बर्दस्ती छू लिया तो मेरी इज़्ज़त इसमें कैसे चली गयी? इनकी इज़्ज़त इसमें नहीं गयी? मैं कल्ली बनकर नहीं मरूँगी...मैं क्यों मरूँ, ऐसे चुपचाप मरने से ही इनकी हिम्मत बढ़ी है, मैं रोऊँगी नहीं, चिल्ला-चिल्लाकर सबको बताऊँगी, चौपाल पर खड़ी होकर चिल्लाऊँगी, और वह चिल्लाने लगी—इज़्ज़त...इज़्ज़त, थूकती हूँ ऐसी झूठी और कमज़ोर इज़्ज़त पर। पाँच मरद अगर किसी अकेले मरद को पीट दें तो क्या उसकी इज़्ज़त चली जाती है? थू है ऐसी इज़्ज़त पर, आक् थू!' उसने पास पड़े पत्थरों पर थूक दिया। सामने पुलिस थाने में सोनिया गाँधी खड़ी हैं। मैं सोनिया गाँधी को चिट्ठी लिखूँगी। 'माननीया सोनिया गाँधी जी, आप भी औरत हो, मेरा कुछ न्याय करो।'

उषा की आँखें खुल गयीं। आसमान तारों से भरा था। दूर-दूर तक कोई न था। उसने मुँह पर बिखरा हुआ साफ़ किया। झाड़ियों से हवा साँय-साँय कर गुज़र रही थी। दूर कहीं गीदड़ों के आपस में लड़ने की आवाज़ें आ रही थीं।

'सचमुच क्या फ़र्क़ पड़ा इससे...मैं क्यों बेवजह मर जाऊँ?' उषा धीरे-धीरे उठकर बैठ गयी। उसने अपने कपड़े ठीक किये। वह खड़ी हो गयी। उसने थोड़ी दूर पड़ी शराब की खाली बोतल झुककर उठायी और मज़बूती से पकड़ ली। 'इन गीदड़ों का हाल तो मैं अब ज़रूर ख़राब करूँगी।' मन में उसने पक्का निश्चय किया। धीमे-धीमे क़दमों से वह मुख्य सड़क की तरफ़ बढ़ती गयी।

छोटी बहू

—रजनी दिसोदिया

अगले हफ़्ते हमारे विभाग में स्त्री विमर्श पर संगोष्ठी होनी थी। यह मार्च का पहला सप्ताह था। 'वीमेन्स डे' पर पूरे दिन का कार्यक्रम था। कार्यक्रम का संचालन मुझे ही करना था। समाज में स्त्रियों की दशा पर कितने ही सेमिनारों में जाना हुआ था। कुछ जगहों पर ख़ुद भी भाषण दे चुकी थी, फिर भी कुछ तैयारी तो करनी ही थी।

"तुम्हारा संडे का क्या प्रोग्राम है?" शाम को ऑफ़िस से आकर सुभाष ने पूछा।

"मंडे ऑफ़िस में पूरे दिन का कार्यक्रम है 'वीमेन्स् डे' पर।" मैंने संक्षिप्त-सा उत्तर दे उनकी ओर देखा।

"संडे को सुरजी बुआ के यहाँ जाना है।" उन्होंने जूते खोलते हुए कहा।

अभी कल ही सुरजी बुआ के पति के गुज़र जाने की सूचना मिली थी। हमने सोचा था कि बारह-तेरह दिन बाद जब तेरहवीं होगी तो उसी दिन हम भी चले जायेंगे। सुरजी बुआ यूँ तो मेरे पति की सगी बुआ हैं, पर वे पली अपने मामा के घर हैं। तो इस तरह उनके दो मायके हैं। एक उनका अपना मायका यानी हमारा परिवार और दूसरा उनके मामा का परिवार। उनके मामा मेरे पति के भी मामा ही हैं। सुरजी बुआ का आना-जाना मामा के यहाँ ज़्यादा है इसलिए हमारे लिए वे रिश्ते की बुआ हो गयी थीं। उनसे हमारा इतना ही सम्बन्ध था कि वे हमारे यहाँ गाँव से देसी घी भिजवाती थीं। जब फूफाजी के गुज़र जाने की सूचना मुझे मिली थी तब मेरे सामने उनकी वही बाहुबली वाली छवि उभर आयी थी। अपने एक हाथ में दस से पन्द्रह किलो घी का पीपा और दूसरे कन्धे पर भारी काला बैग उठाये पके रंग के दुबले-पतले फूफाजी।

अक्सर जब वे हमारे घर आते तो उनकी यही धज होती। हमेशा सफ़ेद रंग का कुर्ता-पाजामा पहनते और उस पर गमछा जिससे साफ़े का काम भी लिया जाता और तौलिए का भी। और तो और गर्मी और मक्खियाँ उड़ाने के लिए भी उसी का इस्तेमाल करते।

"पर तेरहवीं तो शायद अगले संडे को होगी?" इस सबके बीच भी मुझे अपने ऑफ़िस के कार्यक्रम की चिन्ता अधिक थी।

"वहीं बुआ के कुनबे में ही किसी की शादी है अगले शुक्रवार, वे लोग सब कुछ उससे पहले ही निबटा देना चाहते हैं।"

"ओह! अब...खैर...।" मैं जानती थी कि कोई उपाय नहीं है, जाना तो पड़ेगा ही। अभी भी गाँव- देहात में पुराने रिवाज कुछ नयेपन के साथ चल ही रहे हैं। फूफाजी के जाने के बाद हमें यानी बुआ के असली मायके वालों को भी बुआ के नये कपड़े और पगड़ी लेकर जाना था। इसका हमें पहले से ही पता था।

आज मैं पहली बार बुआ की ससुराल आयी थी। हमारे फूफा गाँव के लम्बरदार थे। हालाँकि मुझे अभी तक यह नहीं पता था कि गाँव का लम्बरदार, गाँव का कौन-सा पद होता है और उसकी गाँव में क्या भूमिका होती है? पर गाँव का लम्बरदार पूरे गाँव का लम्बरदार होता है? क्या चमार भी गाँव के लम्बरदार होते या हो सकते थे?...नहीं? पता नहीं यह किस तरह का महत्त्वपूर्ण पद है? पर कोई पद तो है, कुछ विशेष। घर की हालत किसी शहराती को दिखा दी जाये तो उस बेचारे को समझ ही न आये कि कहाँ बैठे और कहाँ खड़ा हो। क्योंकि बहुत कुछ मेरी भी यही हालत हो रही थी वहाँ जाकर। पर वास्तव में घर की हालत बुरी न थी। चार बड़े-बड़े कमरों वाला ख़ूब बड़ा घर था। जिसके साथ ही एक बड़ा खुला बरामदा था जिसे ऊपर से खुला छोड़ दिया गया था कि धूप और हवा नीचे कमरों तक आराम से पहुँच सके। साथ में रसोईघर, नहानघर और फ्लशवाला शौचालय। सभी सुविधाएँ बराबर। घर के दो निकास थे और वे ही दो प्रवेश द्वार भी। पहला प्रवेश द्वार घर की बैठक में खुलता है जहाँ फूफा की नयी तस्वीर उनके दिवंगत माता-पिता के साथ ही लटक रही थी। दूसरा दरवाज़ा सीधा बरामदे में खुलता था जिसमें अन्दर घुसते ही दायीं तरफ़ शौचालय के दरवाज़े के साथ ही एक दुधमुँहा पाडा (भैंस का नवजात

बच्चा) बँधा था। इसी बरामदे में सारे कमरों के दरवाज़े खुलते थे। बैठक के साथ ही लगता अगला बड़ा कमरा बुआ की अभी-अभी नयी ब्यायी भैंस का कमरा था। उसी का पाड़ा बाहर दरवाज़े के साथ बँधा था। भैंस इस कमरे में केवल शाम और रात को ही रहती थी, बाक़ी समय वह घर के बाहर ही बाँधी जाती थी। बिलकुल, आप सही सोच रहे हैं; इस कमरे और बाहर बरामदे में कच्ची ज़मीन थी जिस पर बालू रेत डालकर उसे काफ़ी आरामदायक बनाया गया था। अब बेचारा पशु सीमेंट की कठोर ज़मीन पर केसे उठ-बैठ सकता है। घर के पीछे के हिस्से में दो कमरे और थे जिसमें से एक तो भैंस के तूड़े (भूसा) और खळ से भरा था। दूसरा बुआ और फूफा का अपना कमरा था, पर इसमें भी एक ओर अनाज के बोरे एक के ऊपर एक लगाकर तरतीब से रखे हुए थे तथा दूसरे कोने पर निवाड़ का एक बड़ा पुराना-सा पलंग और पुराने ज़माने की बड़ी ट्रंक थी जिनमें बुआ की चालीस-पचास साल पुरानी गृहस्थी का न जाने क्या-क्या सामान भरा था। इन पर लगे पुराने ज़माने के ताले जैसे अब आने-जाने वालों को उदासी से ताक रहे थे। यह तो देखने वाले की नज़र है कि उसे इस भरे-पूरे घर में बदहाली के दर्शन होते हैं या समृद्धि के।

वहाँ दूर-दूर की रिश्तेदारियों से औरतों का हुजूम पर हुजूम मुहकाण (मरे व्यक्ति का शोक मनाने) आ रहा था। जब मैं वहाँ पहुँची तो बाहर बरामदे में कच्ची बालू भरी ज़मीन पर पुरानी तिरपाल बिछा गाँव और रिश्ते की औरतें बुआ को घेरे बैठी थीं। गाँवों में शोक जताने के लिए रिश्तेदारी में अकेले नहीं जाया जाता। ऐसे समय पर संयुक्त परिवारों का रूप देखते ही बनता है। मैं वहाँ पहुँचकर अभी आसपास का जायज़ा ही ले रही थी कि घर के बाहर काफ़ी दूर से ही बहुत सारी औरतों के समवेत् रोने की आवाज़ ने मेरा ध्यान खींचा। क्रमश तेज़ होता वह क्रन्दन जैसे घर पर टूट पड़ा। जैसे सब आने वालियों में बुआ तक पहुँचकर अपना शोक जताने की होड़ लग गयी। पहले से बैठी औरतों ने तुरत-फुरत सब नयी आने वालियों को बुआ तक पहुँचने का रास्ता दिया। आते ही औरतें बुआ को पकड़- पकड़कर दहाड़ें मारकर रोने लगीं। मुझे साफ़-साफ़ लग रहा था कि उनमें से ज़्यादातर बुआ और फूफा से दिली तौर पर कोई जुड़ाव महसूस नहीं कर रही थीं। और एक कर्मकाण्ड की तरह उस कार्य को निपटा रही थीं। कुछ ही मिनटों में रुदन थम गया या आस-पास बैठी

औरतें नयी आने वालियों और बुआ को शान्त करती हुई नाटक का पटाक्षेप करने लगीं।

—हे बुआ, ले पाणी पी ले थोड़ा।

—ऐ रोण नै तो सारीए उमर पड़ी सै, के आज ही निबटा के जाओगी।

—ऐ छोरी तेरी सास नै भी चा (चाय) पकड़ा।

नयी आने वालियों को पानी और चाय इत्यादि पकड़ा दिया गया जिसे हाथ में ले वे भी धीरे-धीरे आस-पास सरक गयीं और सुस्ताने लगीं। फिर...।

—ऐ तेरी सास पार (पिछले) साल खेत में गिर गयी थी, इब ठीक सै?

—के बताऊँ चाची, बूढ़ी मिस करे सै।

—भतेरी, तेरी बहु के कुछ सै के नयी? के साल हो गया ब्याह नै? (गर्भ से है या नहीं)

—कित भाब्बी किमै कोन्या। आयी तो सै, अर वा बैठी तेरा पीच्छा नै। उसने बहु की ओर इशारा करते हुए कहा। थमी समझाओ इसने।

—तेरी सासु न आयी ?

—मेरी तो सासु अपणे मामा के पोते के ब्याह में जा रही सै, बूड्ढी इब भी अपणा मन की ऐ करे सै।

—ऐ तेरी छोरी किसी सै, अपणे सासरे (ससुराल) में?

—किसी हो ताई, हमनै तो ब्याह दी।

वे अपनी बातों में डूब गयी थीं। वास्तव में उनके लिए ऐसे अवसर सामाजिकता को जीने का माध्यंम थे। सोशल मोबिलाइजेशन। आख़िर वे मृत्यु का शोक मनायें भी तो कब तक? यह कोई एक दिन का रोना थोड़े ही था। बुआ के लिए तो यह रोना अब ज़िन्दगी भर के लिए लिखा जा चुका है। ऐसा मैं उस समय वहाँ बैठी सोच रही थी। वहाँ बैठी औरतों और बाहर बैठे पुरुषों के बीच धीरे-धीरे यही चर्चा गर्म हो रही थी कि अब बुआ कहाँ रहेगी? किसके पास? बुआ के चेहरे पर उनकी लूगड़ी का पल्लू पड़ा था। उसके पीछे से वे क्या सोच रही हैं? उनकी आँखें किसे देख रही हैं?, कुछ समझ नहीं आ रहा था। वे अचल लग रही थीं।

मैं आते समय अपने साथ दस-दस, पन्द्रह-पन्द्रह किलो के वे खाली पीपे भी ले आयी थी, जिनमें देसी घी भरकर बुआ, फूफा जी के हाथ हमारे यहाँ

भेजती थीं। बुआ और फूफा दोनों इतने बड़े इस घर में पिछले कितने ही सालों से अकेले रह रहे थे। दोनों मिलकर भैंसें पालते, दूध-दही होता घी बनाते और बेचते थे। हम उस घी के पुराने ग्राहकों में से थे। सच पूछो तो दिल्ली में रहकर असली घी खाने का गुमान बुआ और फूफा के कारण ही हममें था।

आस-पास की बड़ी-बूढ़ियाँ जो तेरहवीं में आयी थीं बता रही थीं—

"ये के सहज ही जी लिकड़ो सै...मरता मरता भी एके ही रट 'सुरजो एकली (अकेली) किस तरह डाँगर (पशु) नै समालैगी।"

"इस भैंस का चक्कर मैं तो मेरो मटो अस्पताल भी ना गयो। पिच्छा सै भैंस ब्या (बच्चा पैदा होना) गयी तो?"

फूफाजी की आँतों में कैंसर हो गया था। इलाज के लिए बार-बार रोहतक जाना पड़ता, पर इतने दिन भैंसों को छोड़कर कैसे जायें!

''कितनी ही कही, ताऊ भैंस की सानी-पानी तो कोई कर ही देगो। पर नाट (मना करना) गयों। न भाई इस हालत मैं भैंस इकली कोन्नी छोड्डी जावै।'' औरतें विभिन्न तरह से फूफा की तारीफ़ कर रही थीं।

"अरै बेट्टी, डांगर के साथ तो डांगर होणो पड़ै सै।" एक बुज़ुर्ग औरत ने मुझे भौंचक हो उन लोगों को सुनते देख मेरे कन्धे पर हाथ रखकर कहा।

जानवर की भूख-प्यास और उसकी भावात्मक ज़रूरतों को समझने के लिए जानवर के साथ एकाकार होना पड़ता है, उनके एक-एक स्वर और हाव-भाव को पहचानना पड़ता है; तब जाकर उस मूक प्राणी की भाषा पढ़ी जा सकती है। मुझे भी भैंस कुछ उद्विग्न दिखायी पड़ रही है। शायद प्रसव के बाद की पीड़ा हो या उसे न देख पाने का दुख जो अभी चार दिन पहले तक तो था। चाहे खाट पर ही लेटा था पर उसके खाँसने तक की आवाज़ से वह निश्चिन्त हो जाती थी कि वह है।

मुझे उस समय याद आया, मैंने कहीं पढ़ा था कि शहरों में पालतू पशुओं के भी हॉस्टल खुल रहे हैं। जहाँ आप अपने पालतू कुत्ते-बिल्लियों को किसी आपातकाल में छोड़ सकते हैं। जैसे किसी ज़रूरी काम से हमें घर बन्द करके जाना ही हो और हम अपने पालतू को अपने साथ ले जाने में असमर्थ हों। मेरे मन में शहरी और ग्रामीण परिवेश में पशु-प्रेम पर विचार होने लगा। हम शहरी लोग पशु-प्रेम के इस उद्दाम दौर से नहीं गुज़रते, ऐसा तो नहीं है। मैंने

शहरों में ऐसे कितने ही परिवार देखे हैं जो अपने कुत्ते-बिल्लियों को लेकर इस तरह की चिन्ताओं से दो-चार होते रहते हैं। कहीं बाहर आते-जाते समय वे अपने पालतुओं को कहाँ और किसके सहारे छोड़ें; यह समस्या अक्सर उनके सामने मुँह बाए खड़ी रहती है। पर शहरों में पशु-प्रेम अक्सर मॉडर्न दिखने और अपने अकेलेपन से लड़ने का उपाय अधिक होता है। वहाँ पशु आपकी आर्थिक पोज़ीशन का द्योतक तो होता है पर उसे निर्मित करने का सहयोगी नहीं। गाँव-देहात में पशु आपके खान-पान की ज़रूरतों, खेती-बाड़ी और आर्थिक व्यवसाय से जुड़ा होने के कारण जीवन का हिस्सा होता है, कोई पाला हुआ शौक़ नहीं। इसलिए पशु और इन्सान दोनों एक-दूसरे के सहयोगी होते हैं और रिश्तों में एक-दूसरे के करीबी।

पति की मौत के तीन ही दिन बाद भैंस का सफल प्रसव कराने में जुटी बुआ का वर्णन सुनकर मुझे यह भली प्रकार समझ आ गया।

"ये बिरा! तेरी बुआ तो घणो बड़ो जी ले रही सै। रात नै एकली नै भैंस की जचगी करा ली।" एक ने कहा।

"भैंस के डकराते ही या तो सब कुछ भूल गयी!" दूसरी ने सहारा दिया।

वह औरत जिसका जीवनाधार ही छिन गया था, चारों ओर से हताश और निराश। भविष्य का क्या स्वरूप होगा? किसी को पता नहीं। वही जैसे अपनी किसी नयी ब्याही कन्या का सफल प्रसव कराने में तन-मन से जुटी है। विश्वास करना ही मुश्किल। कैसा है यह जीवन? हर हाल में जीवन का स्वागत। जीवन के फूट पड़ने की राह को सँवारती बुआ।

बुआ और फूफा के तीन बेटे और दो बेटियाँ हैं। इन सबके साथ अपने छोटे देवर जिसकी पत्नी बाल्यकाल में ही दो मासूम बच्चों को इसी बुआ के सहारे छोड़कर स्वर्ग सिधार गयी थी; के बच्चों का लालन-पालन, ब्याह-सगाई और उनकी जचगी तक बुआ के ही हाथों हुई। ये बच्चे भी बुआ-फूफा के ही खाते में गिने जाते रहे। इन सबके रहते हुए भी बुज़ुर्ग होने पर बुआ और फूफा ने गाँव के घर में अकेले रहना स्वीकार किया। चाहते तो वे भी किसी के भी यहाँ रोज़-रोज़ की चिख-चिख, झिख-झिख के साथ रह ही लेते, पर जब दोनों को एक-दूसरे का साथ था और कमाने-खाने की ताक़त तो क्यों किसी की सुनते और क्यों किसी को सुनाते। जब से मुझे फूफा जी के गुज़र जाने का

समाचार मिला तो तभी से मुझे भी यही चिन्ता हो रही थी कि अब बुआ का क्या होगा? वो कहाँ रहेंगी? किसके साथ रहेंगी? कैसे रहेंगी? और यहाँ बुआ सब कुछ भुला भैंस की तिमारदारी में लगी थी। न जाने क्यों मेरी चिन्ता बढ़ने की जगह कम होने लगी थी।

बुआ का बड़ा बेटा शुरू से ही निकम्मा रहा। माँ-बाप ने ये सोचकर ब्याह दिया कि गृहस्थी का बोझ पड़ेगा तो आप लाइन पे आ जायेगा। वो तो क्या लाइन पै आना था! वो तो उसकी लुगाई बैरण कमाऊ निकली। झोटे की तरह काम करती और उसी की तरह जो सामने आ जाता उसके सींग मारती। दूसरा बेटा यूँ तो लायक था पर शहर में एक कमरा लेकर रहता था। पत्नी बीमार रहती थी और शायद ठीक भी होना नहीं चाहती थी। अब बुआ और फूफा को केवल छोटे का ही सहारा था। उसकी शादी को भी लगभग डेढ़-दो साल हो चुका था पर उसकी पत्नी पिछले आठ-नौ महीने से अपने मायके में ही थी। पति-पत्नी में कहीं कुछ अनबन इतनी बढ़ गयी थी कि बेटी का पैदा होना भी उसे नहीं पाट पाया। जो बहू अपने ससुर की बीमारी में भी न आ सकी, वह उनकी मृत्यु के बाद सामाजिक संस्कार में आयी थी। अपनी बेटी को लिए अपने तमाम घर-परिवार वालों के साथ। इस समय सभी के बीच बातचीत और चर्चा का विषय वही बनी हुई थी।

– हाँ ऐ, छोटणी बहु आयी सै के? किसी ने पूछा।

– आरी सै न, ऊप्पर बैठ्ठी सै बेगम बणके। बूआ की बड़ी बेटी ने तल्खी के साथ कहा।'

– इब तो रहैगी (रहेगी) के नाटै सै?

– बेरा ना मामी, बड़ी बेटी ने लम्बी साँस ली। अब तक तो काको रह्या करतो..., कहकर वह सिसकने लगी। "ये कमलेश, चार कप चाय बणाईये" बाहर से किसी पुरुष ने आकर उससे कहा तो वह आँसू पोंछ रसोई में चली गयी।

– छोरियाँ को मरण सै माँ-बाप की हेज ही कर सकें सै राखै तै न सकें कोन्या अपणै धोरै। पूछने वाली ने अपनी नम आँखों को पोंछा।

बाहर पुरुषों के बीच भी यही चर्चा गर्म थी। घर के बाहर टेंट लगाकर छाया तो कर रखी थी पर भरी उमस में हवा बन्द होने के कारण अजीब-सी

बेचैनी बनी हुई थी। बड़े-बूढ़े अपना-अपना गमछा घुमाकर हवा पैदा करने की कोशिश कर रहे थे पर साथ ही बीड़ी के सुट्टे उड़ाकर अपना ही प्रयास व्यर्थ भी करते जा रहे थे। और करते भी क्यूँ ना, पीतल की दो बड़ी थालियों में बीड़ियाँ और माचिस सबके बीच में खाने की तस्तरी की तरह जो परोसी गयी थी। शायद यह गाँव का चलन था।

– श्यामलाल, थारी भैंस कोन्या दीखती। कितै? और बाँध राक्खी सैं के किसी एक ने चाय पकड़ाते पुरुष से पूछा।

–दो भैंस तो बडल्टी ले जा रही सै ताऊ। अब इन बूढ़ा-बूढ़ी के बसकी रहै रही सैं भैंस! खामखाह की रीस करें सैं। उसने धीरे से कहा। जैसे किसी ने उसकी दुखती रग को सहला दिया था। वह चाय की ट्रे लेकर वहीं ऊकड़ूँ बैठ गया। "म्हारलो बाबू भी कदै किसी की बाकस मैं आयो सै के, मैं कितणी बार कहूँ थो कि दो भैंस म्हारले घर बाँध द्यो। जब तबीयत सँभल जा तो अपणी नै हैटी (वापस) ले लियो।"

– रै श्यामलाल भाई, चाय तो पकड़ा दे के जमा ए ठण्डी प्यावागो! कुछ उम्रदराज पुरुष ने आकर उसे वहाँ से उठाया और अपनी चाय लेकर वहीं बैठ गया।

– भाईसाब, छोरी हफ्ता मैं दो चक्कर लगाया करती। भैंसाँ नै नुवाहया करती, अपणा माँ-बापू नै सँभाळ के जाया करती और यो हरामखोर... मेरा यार नै ईब बात आवैं सैं।

– भाई किसनै बतावै सै, सबनै नी बेरा इसका। यो तो काबू ही अपणा बाप के आया करतो। नी ईब तक बेच गेरतो सब क्या नै।

– सही कहो सो भाई साहब, अब, बूढ़ी की मर (मुसीबत) होगी। जब तक रामफल थो मर्द-बीर मेह-पाणी मैं भी अपणो टाइम काट लिया करते। बैरी माँ की तो चिन्ता करे कोनी, भैंस की गिणती करतो डोलै सै।

–छोटी बहु के क्है सै, राखैगी के बूढ़ी नै? बात दूसरी ओर घूम गयी।

–राखैगी तो जब न जब वा रहैगी...सारो गाम कट्ठो (इकट्ठा) कर ल्याई सै साथ।

यूँ आज का यह आयोजन उसका झगड़ा सुलझाने को नहीं किया गया था पर ना जाने कैसे धीरे-धीरे पूरा माहौल उसी ओर घूम गया।

बुआ ने घर के ऊपर एक कमरा छोटे बेटे की शादी से पहले उसी के लिए डाल दिया था। वह नयी बहू इसी कमरे में कूलर चला कर अपनी बेटी को लेकर सुबह से ही आ बैठी थी। पूरे घर में कम-से-कम यह कमरा तो ऐसा था जिस पर वह अपना अधिकार समझती थी। उस दिन काफ़ी गरमी और उमस थी। गाँव का माहौल और यूँ बीच-बीच में हवा चल ही जाती थी। पर फिर भी नीचे मन काफ़ी घबरा रहा था। हम शहराती लोगों के लिए एक भाव से दूसरे भाव में जाना सहज सम्भव नहीं होता। बार-बार क्रन्दन और फिर धीरे-धीरे रोज़मर्रा की बातचीत पर आते चले जाने का वह क्रम मेरे लिए असह्य हो चला था। सो मुझे बुआ ने इशारे से ऊपर चले जाने को कहा। उस बिछी हुई तिरपाल पर मैं उतनी बेपरवाही से नहीं बैठ पा रही थी जैसे वे तमाम ग्रामीण औरतें बैठी थीं। समस्या मुझमें थी, उनमें नहीं। एक रिश्ते की ननद मुझे ऊपर ले गयी। वहाँ पूरे अधिकार के साथ पहले से ही विराजमान बहू ने न तो मुझे अन्दर कमरे में ही बुलाया और न ही मैं उसके अधिकार की सीमा में कोई हस्तक्षेप करते हुए अन्दर जा कर बैठ पायी। मैं बाहर ही पड़े एक मूढ़े पर बैठ गयी। अब मेरे चिन्तन का सिरा दूसरी ओर घूम गया। जब तक नीचे थी केवल बुआ और फूफा के बारे में ही सोच रही थी। अब ऊपर आकर यह बुआ की बहू मेरी सोच पर छा गयी।

यूँ यह लड़की जो शादी के बाद केवल पाँच-छह महीने ही अपनी ससुराल में रही थी। और पिछले लगभग नौ-दस महीने से वह अपने मायके में ही रह रही थी। उसके बावजूद उसकी अधिकार भावना मेरे लिए अचम्भित करने वाली थी। इस अधिकार भावना का आधार क्या वही भारतीय विवाह—व्यवस्था है जिसे प्रायः स्त्रियों की दुर्दशा का कारण मान लिया जाता है? वह नाराज़ थी। बहुत ज़्यादा नाराज़। कोई बहुत ज़रूरी वजह रही होगी जिसने उसे उसके सास-ससुर और पति से दूर तो रखा। पर यह सम्बन्ध अब नहीं ही रह सकता, इसे समाप्त हो जाना चाहिए; ऐसा ख़याल भी उसके दिमाग़ में न आया। शायद उसे कुछ उम्मीद बाक़ी लग रही थी, हालाँकि मेरा शहरी दिमाग़ मुझे यह भी सुझा रहा था कि क्या पता यह ससुराल वालों से कुछ पैसा ऐंठ पाने का कोई नया जुगाड़ सोच कर आयी हो? नीचे शोर बढ़ता ही जा रहा था। शायद

उसके परिवार वालों और बुआ के परिवार वालों के बीच बहसें तेज़ हो रही थीं। जितना मैं सुन पा रही थी, मायके वाले ज़्यादा हावी थे। फूफा की मौत तो उनके लिए एक बहाना थी जिसके सहारे वे पूरी बिरादरी सहित उठकर चले आये थे कि आज मामला निपटाकर ही लौटेंगे।

''के छोरी आप्पै चाल के आपणे घराँ गयी थी?'' उनकी ओर से कोई बार-बार कह रहा था।

''कोई के चाल के आया इसणै लिवाण (लेने)? नयी-नयी असनाई (रिश्तेदारी), छोरी नै अकेली क्यूँकर भेज देत्ते?''

''भाई, थारीये छोरी का तो नखरा ही घणा सैं। फेर भी हमने तो कदै कुछ न कही। यो तो बालक पेट पड़ते के साथ ही छोरा के पाछै पड़ गयी कि मैं तो आपणे घरां जाऊँगी। उरै तो कोई मैन्ने सम्भाळणिया ही कोन्या।'' यह बुआ का वर्जन था, पर बुआ तो पति शोक में बैठी थीं। भला वह यह बात सबके बीच कैसे कह सकती थीं।

उस लड़के का भी यही कहना था कि उसके नखरे बहुत ज़्यादा थे। उससे कभी कोई काम हुआ ही नहीं। पैर भारी होने के बाद तो उसके लिए पानी पकड़ाना भी भारी हो गया था इसलिए—"मैं उसनै उसके घराँ गेर आया।" यह भी उस लड़के के भीतर चल रहा था, वह यह कहना चाहता था पर बेचारा इस समय अपराधी-सा मौन खड़ा था। यह सब मुझे तब से पता था जब पिछले साल वह दिल्ली आया था। इस समय न तो बुआ कुछ कह पा रही थीं और न ही वह लड़का जो इस समय इस पूरी पंचायत के सामने निरीह-सा बैठा नज़र आ रहा था। फूफा थे नहीं कि कोई जवाब देते। बाक़ी कोई और इनकी तरफ़ से बोलने वाला था नहीं। बड़ा बेटा तो व्यस्त था, आख़िर वह घर का मुखिया होने जा रहा था। तो घर की प्रत्येक वस्तु की जानकारी उसे होनी चाहिए। मुखिया के तौर पर उसे अपनी यही भूमिका समझ आ रही थी। मुझे पता नहीं क्यों लग रहा था कि लड़की के परिवार वाले ज़्यादती कर रहे हैं। फूफा की गम्भीर बीमारी की बात सुनकर तो उसे स्वयं आना चाहिए था। आख़िर अब जिस अधिकार से कमरे में कूलर चलाकर लेटी है, उसे बनाये रखने की खातिर तो उसे आना चाहिए था। जब परिवार के लिए कुछ करने का समय था तब तो वह इस गुमान में बैठी रही कि जब तक उसे उसका पति लेने नहीं **आयेगा**

तब तक वह यहाँ क़दम नहीं रखेगी। तो अब क्यों आयी है? यह मैं क्या सोचने बैठ गयी। अब भी तो बुआ के भविष्य का सवाल था। अब सब उसी की ओर देख रहे थे कि वह यहाँ वापस आने के लिए मान जाये जिससे बुआ के लिए घर में कुछ आधार बन सके। मैं भी मन-ही-मन मनाने लगी कि वह मान जाये और अपना घर-बार सँभाल ले। बात बढ़ती जा रही थी। पंचायत की राय हुई कि कोई भी फ़ैसला होने से पहले लड़की से उसकी राय पूछी जाये। लड़की के घरवाले ज़ोर-ज़ोर से बोल रहे थे। माहौल में गर्मी घुलने लगी थी। बात को हाथ से निकलता देख इधर शहर से आये बुआ के मायके वालों ने (मामा) पहल की और लड़के वालों की ओर से लड़की से बात करने और उसकी समस्या जानने का आश्वासन दिया। मैं छत पर बैठी यह पूरी गहमागहमी सुन रही थी। शहरों में खाप पंचायतों के क़िस्से, उनके अमानवीय निर्णय अक्सर अख़बारों में पढ़ने को मिल जाते हैं। क्या यहाँ भी कुछ ऐसा ही होने वाला है? मेरे दिल की धड़कन बढ़ गयी थी। ख़ूब उमस थी फिर भी उस ओर ध्यान नहीं जा रहा था। पता नहीं वह लड़की कैसे अन्दर इतनी शान्त होकर बैठी थी। और यह भी मैं कैसे कह सकती थी क्योंकि मैं उसे देख नहीं पा रही थी। उसके मन में क्या चल रहा था? मैं इस उधेड़बुन में ही थी कि मेरे देखते-देखते नीचे वाले रेले से बहुत से औरत-आदमी उठकर ऊपर की ओर चले आये। उसकी माँ, चाची-ताई, भाई-बन्धु कोई। दस-पन्द्रह लोग ।

—लड़की ब्याही थी, कोई कूआँ मैं थोड़े ही गेर दी थी कि मर के जीवै! हमनै कोई मतबल नी। लड़की की ताई कह रही थी।

"म्हारी छोरी में कोई ऐब हो तो कहो, न्यूँ घर से थोड़े ही काढ़ दोगे?" लड़की का कोई रिश्ते का भाई कह रहा था।

"अभ्भी सामणै ही बात हो जायेगी। तसल्ली तो राख्खो।" लड़के की ओर से किसी ने हिम्मत करके कहा। आस—पास रहने वाली औरतें लड़की के नकचढ़ी होने की बात कर तो रही थीं पर बहुत दबे स्वर में। वह भीड़ उस कमरे के मुहाने पर खड़ी हो गयी। कुछ लोग अन्दर चले गये। अन्दर क्या बात हो रही थी, पता नहीं। सबकी समवेत् आवाज़ों में कुछ भी ठीक से सुनायी नहीं दे रहा था। पर अब वह बहुत ऊँचा-ऊँचा रो रही थी। यह रोना बहुत ग़ुस्से

और अपमान से भरा हुआ रुदन था। कुछ था जिसने उसे भीतर तक भेद दिया था। कुछ ही मिनटों में लगभग ग़ुस्से में काँपती हुई वह भीड़ को चीरती हुई बाहर आयी और सीधे किंकर्तव्यविमूढ़ से खड़े अपने पति से मुखातिब हुई। "क्यूँ रै! इब बताता क्यूँ नी, इब के दही जमग्या तेरे मुँह मैं?" कहकर उसने जो ज़ोरदार धक्का उसे दिया कि एक बार को वह लड़खड़ा गया। इतने सारे लोग भौंचक...यह क्या हुआ? माँ ने बेटी को पकड़कर अन्दर की ओर धकेला। "...रै डाक्कण (डायन) यो कै करे सै?" उसकी ताई ने कहा। कौन ऐसी औरत को सहन करेगा जो भरी पंचायत के सामने अपने मर्द पर हाथ उठा दे। इतनी मुश्किल से मौक़ा देखकर तो बात बनती नज़र आ रही है और यह सब बिगाड़ दे रही है। वे भी तो आख़िर कितने दिन उसे अपने घर रख सकते थे। कल को उसके भाई का ब्याह होगा। नयी बहू बेरा नी किस मिजाण (स्वभाव) की आवै?

''इसतैं न्यूँ बूझो कि यौ आपणी सारी आच्छी बुरी बात क्यूँ आपणी भाब्बी धोरे बताया करे। इसकी घरआली मैं सूँ कि इसकी भाब्बी? जो यो रोज़-रोज़ जायेके उस धोरे रो के आया करे?'' अब वह सारी शर्म-लिहाज भूलकर साफ़-साफ़ बकने लगी थी।

उसका आरोप था कि वह लड़का अर्थात् उसका पति उससे अधिक अपनी भाभी पर विश्वास करता था और अपनी गृहस्थी की हर छोटी-बड़ी बात जाकर अपनी भाभी को बता आता था जिससे भाभी बराबर उसे नीचा दिखाती थी। लड़की अपने पति पर एकछत्र शासन चाहती थी। वह किसी भी तरह अपने पति को किसी से बाँट नहीं सकती थी। यह बँटवारा यौन सम्बन्धों का नहीं था जैसा कि ऐसे मौक़ों पर समझ लिया जाता है। मुद्दा था कि वह चाहती थी कि उसके पति के लिए सबसे विश्वसनीय अगर कोई हो तो केवल वही हो। वह अपने सुख-दुख की कोई भी बात सबसे पहले और सबसे ज़्यादा उसी से साझा करे। वह जल-भुन कर राख हो जाती थी कि जब उसे अपनी जेठानी से किसी ऐसी बात का पता चलता जो उसके पति ने उसे न बताकर उसकी जिठानी को बतायी होती थी। अहमियत बात की नहीं थी, अहमियत उस विश्वास की थी जिसके काबिल भाभी को तो माना जाता पर उसे नहीं। या तो वह अपने पति का विश्वास जीत नहीं पा रही थी या पति उस अति दुर्दमनीय औरत से परास्त हो भाभी की शरण में चला गया था।

—डाँगर दिनभर कितै चरै, साझँ नै तो घराँ ही आया करे बावली।'' ''किसी ने उसकी नासमझी पर उसे समझाना चाहा।

—''वो मन्नै भी बेरा है काकी। पर जुगाली तो अपनै घराँ आयके करा करे।'' उसने पलटकर जवाब दिया। ग़ुस्से में उसकी आँखों से अब भी आँसू बह रहे थे। अगर मन का मेल न हुआ तो तन का मेल भी किस काम का।

ख़ैर अभी उसकी भाभी वहाँ नहीं थी। किसी ने जल्दी ही उसे ख़बर पहुँचा दी कि यहाँ कैसे उस कल की आयी बहू ने उस पर कितना गम्भीर आरोप लगा दिया है। जिठानी यानी बुआ की बड़ी बहू गाँव के घर से दूर बाहर क़स्बे की तरफ़ रहती थी। उसके पास भी तीन-तीन भैंसें थीं जिनके काम में और चार-चार पढ़ने वाले बच्चों को सँभालने में उसे फ़ुरसत ही नहीं मिलती थी। वह गाँव में आकर तेरहवीं में शामिल होना नहीं चाहती थी। घर से लड़-झगड़ कर अलग हो चुके ये बहू-बेटे बुआ और फूफा जी से कम ही वास्ता रखते थे। यह तो रिवाज था कि पगड़ी बड़े बेटे के सिर पर बँधेगी वरना वह भी यहाँ नहीं आता। उन दोनों के लड़ाके व्यवहार के बारे में मैंने पहले भी कई बार सुना था। आज उसकी इस कला के साक्षात् दर्शन मैंने किये। शायद वह पहले से जानती थी कि कुछ ऐसा होने वाला है। इन दोनों की गृहस्थी बिगाड़ने में शायद उसका कोई रोल तो था। जिसके लिए उसने तैयारी कर रखी थी। साढ़े पाँच फीट की लम्बी-पतली वह औरत जिसके अंग-अंग को उसके कठोर श्रम ने बिना जिम जाये निचोड़ कर निखार दिया था। उम्र कोई चालीस के आस-पास थी। पर कहीं भी दो इंच मांस भी फालतू नहीं था। उसके मेहनती होने की तारीफ़ हर कोई करता था। अकेले दम भैंसों की ख़रीद-बेच करके वह अपने बच्चों को पाल रही थी। कठोर श्रम ने उसे ख़ूब मुँहज़ोर बना दिया था। किसी के दो ऊँचे बोल भी उसे बर्दाश्त् नहीं होते थे। सारा दिन चक्की की तरह चलती। न किसी से कुछ लेती, न देती। जब वह भड़भड़ाती हुई घर में दाख़िल हुई तो सबको जैसे साँप सूँघ गया। वे सीढ़ियाँ जिन पर हम शहरी लोग घुटनों पर हाथ रखकर साँस खींचकर चढ़ते हैं उन्हें हिरनी-सी उलाँघती हुई वह छत पर चढ़ आयी। अब लड़की के मायके वालों को ख़तरा महसूस हुआ। ये क्या बला आ पहुँची। वे अपनी ही बेटी को कोसने लगे। वह हाथ चमका- चमकाकर उसके घर वालों को सुनाने लगी।

—"इसी ही सीख दे के भेज राख्खी सै थमनै आपणी छोरी, अक जो मुँह मैं आया बक दिया। दसाँ साल छोटा से मेरा देवर मेरा तैं... अपणै बाळकाँ कि तरैं राख्या सै...। थारै घराँ होता होगा न्यूँ!" वह साँस लेने के लिए थोड़ा रुकी।

छोटी बहू के मायके वाली वे स्त्रियाँ जो अभी तक बोल-बोल कर सर पर चढ़ी जा रही थीं उन्हें कुछ सूझ भी नहीं रहा था कि अपनी लड़की के उस बोल को कैसे मिटायें? उसके एक इस वाक्य ने जैसे सब कुछ बिगाड़ दिया। गम्भीर आरोप था। यूँ गाँव-देहात में ऐसे आरोप लगते रहते थे पर इस औरत पर...सब जानते थे कि यह आरोप झूठा था। वहाँ बैठी मैं तो यह भी जानती थी कि उस लड़की का भी वह मतलब नहीं था जो बड़ी बहू ने लिया था। भाषा की अनगढ़ता और ग़ुस्से में ज़बान पर क़ाबू न रख पाने ने यह स्थिति पैदा कर दी। दोनों के बीच अपने-अपने अपमान की जंग छिड़ी थी।

—उल्टी बात मतना करे, तन्नै बेरा है जो मैं कहणा चाहूँ?...

—बेरा क्यूँ ना! तेरी तै रग-रग नै जाणू सूँ।

—तेरा मतलब के है इस ताईं (इसके साथ) बतलाण का?

"तेरे से रोट्टी तो पोई कोन्या जांदी। मोबाइल, फ़िल्म देखण वाला चाहिए...। बैरण न्यू तो देख तेरा खसम रपिये कितने कमावै है!" कहकर उसने उसे ठेंगा दिखाया। छोटी बहू के तन-बदन में आग-सी लग गयी। उसने पास पड़ी बाल्टी को इतनी ज़ोर से लात मारी कि वह देर तक लुढ़कती रही। भीड़ एकदम से पीछे हट गयी। ग़ुस्से में उबलती वह पीछे जाकर दीवार पर सिर पीटने लगी। "बैरी तैनै मैं किसी जोग्गी न छोड्डी।" वह तो उसे औरतों ने पकड़ लिया नहीं तो वह शायद अपना सिर ही फोड़ डालती।

—"तेरा खसम नै तो कमा-कमा के घर भर दिया न!" वह फिर से पलटी। "फेर तू खेताँ मैं लावणी करती क्यूँ डोला करे...? तू क्यूँ हाड़ तूड़ाती डोला करे?"

वह छटपटा रही थी। कुछ ऐसा करना और कहना चाहती थी कि उसे धूल चटा सके। पर उसे ऐसा कुछ मिल ही नहीं रहा था। धीरे-धीरे पुरुष समाज वहाँ से खिसकने लगा। उनके लिए स्त्रियों की यह मजलिस उपहास **और टाइम** बरबादी का केन्द्र हो गयी थी।

''भाई, ये तो अपणा फ़ैसला आप ही करण लाग री सैं, इननै कित म्हारी जरूरत रह रही सै?'' जीने से नीचे उतरते हुए एक ने गमछे से अपना मुँह पोंछते हुए कहा।

''ये किसके बाकस (क़ाबू) मैं आवै से।" दूसरे ने बुआ के छोटे बेटे की ओर इशारा करते हुए जवाब दिया।

मैं भी नीचे आ चुकी थी। चार बजने को आये थे। इस समय भी वापस चले तो कहीं सात-आठ बजे तक घर पहुँच पायेंगे। यहाँ तो पगड़ी बँधाई की असली रस्म जिसके लिए सब इकट्ठा हुए थे, उसका कुछ अता-पता ही नहीं था। मैं अपने पति को खोजने लगी थी कि अब आगे का क्या सोचा है? यह क्या! नीचे बुआ तो भैंस की पगहा पकड़े उसे घर के बाहर बाँधने के लिए ले जा रही हैं। भैंस का पाडा भी अपनी माँ से मिलने के लिए उछल-कूद मचाये है। दो दिन के बाद ही उसमें इतनी शक्ति है कि वह चाहे तो खूँटा तुड़ा डाले। घर के बाहर ही दीवार के साथ खूँटा गड़ा था। बुआ ने भैंस को वहाँ बाँध दिया। वह पाडे को लाने अन्दर चली गयीं, मैं एकटक खड़ी बुआ को ताक रही थी। आख़िर बुआ इतनी शान्त कैसे हैं? इतनी अफरा-तफरी में दाँव पर उनका वजूद भी तो था। मैं उनसे बात करना चाहती थी। तभी बाहर...

—''देख ले भाई, यो भैंस सै। चार दिन हुए ब्यायी नै। कम-से-कम दस-बारह किल्लो दूध तो किते न गया!'' यह बुआ का बड़ा बेटा था।

—''भैंस बिकाऊ कोन्या, बुआ के कान खड़े हो गये।'' वह अन्दर से ही चिल्लायीं। छोटी बहु दनदनाती नीचे की ओर आ रही थी कि उसी क्षण उल्टे पाँव ऊपर चढ़ गयी।

—इब तू इसका के करेगी। तेरा अपणा ही ठिकाणा कोन्या। इसने कित राखैगी।

''क्यूँ मेरा ठिकाणा नै के होया। यो घर रह्या।'' बुआ जैसे सारी परिस्थितियों को समझकर अपने लिए निर्णय ले चुकी थीं। "भाई, थमनै चिन्ता करण की जरूरत कोन्या। इबै तो मेरे हाथ चालै हैं। उन्होंने ख़ूब सोच-समझकर कहा। "कोई रैह, तो रैह नयी अपणा रास्ता देखे। पर मैं तो उरै ही रहूँगी।"

भैंस अभी जवान ही थी, शायद तीसरी बार ही ब्यायी थी। ग्राहक की नज़र में जँच गयी थी। वह अभी वहीं खड़ा था। उसे लग रहा था कि अभी बुढ़िया

ग़ुस्से में है पर वास्तव में वह अकेली भैंस नहीं रख सकती, बूढ़ी हड्डियों में वह दम कहाँ जो डाँगर नै राखै। और बड़े बेटे के रंग-ढंग भी वह जानता था। उसे रोकने वाला अब घर में कोई नहीं था। पत्नी उसे रोट्टी तो दे सकती थी पर दारू के लिए उसे जुगाड़ना ही पड़ता था। इस समय सभी रिश्तेदार छोटे बेटे की गृहस्थी बचाने में लगे थे। वह चुपचाप पली-पलायी भैंस को अकेला डकार लेना चाहता था। पचास-साठ हज़ार से कम तो क्या होगी। उसकी अपनी पत्नी ने पिछले साल अस्सी हज़ार में अपनी भैंस बेची थी।

– ''इकल्ली रह लेगी घर मैं। तेरीयै रोट्टी मन्नै जुटाणी पड़ैगी। इस भैंस नै कित से खुवावैगी। तेरी छोटी बहू के तो बोल सुण ही लिए होंगे?'' उसने माँ के हाथों से लगभग भैंस की रस्सी छीनने की कोशिश की। बुआ की आँखें भर आयीं। मुझे देखते ही उन्होंने पल्लू से उन्हें पोंछ लिया। इससे पहले की वे कुछ और कहतीं...।

– ''भैंस के हाथ कोन्या लगाओ जी..., भैंस म्हारी सै।'' यह छोटी बहू थी। "अपणा घर तो डाकण भी छोड़ दिया करे" कहकर उसने साथ ही खड़ी बड़ी बहु की ओर निहारा। दोंनो छत पर खड़ी ये सारा नज़ारा देख रही थीं। बड़े बेटे के बढ़ते हाथ थम गये। इस आवाज़ को वह पहचान गया था।

–''सिर पर धर ले तू और तेरी बहू इस भैंस ने!'' सरेआम पकड़ लिए गये उठाईगीरे की तरह उसने रस्सी छोड़ दी। अगले ही पल बड़ी बहू भुनभुनाती हुई नीचे उतरी और खा जाने वाली नज़रों से अपनी पति को देखती हुई वहाँ से निकल गयी। बुआ ने भी राहत की साँस ली। कम-से-कम अब उसकी भैंस तो उसके पास रहेगी। सारे माहौल ने जैसे राहत की साँस ली। बुआ को सहारा मिल गया। पगड़ी बेशक बड़े बेटे के सिर बँधी पर अब यह किसी से छिपा नहीं था कि अगली मुखिया घर की छोटी बहु थी। अपने घर में वह यूँ किसी को घुसपैठ न करने देगी। जब हम वहाँ से निकले तो अँधेरा गहराने लगा था। लोग अपने-अपने घर दीया-बाती में लग गये थे। बिजली के लट्टू जलने लगे थे। गैस चूल्हा होने के बावजूद घरों में चूल्हे सुलगने लगे थे। अब दिल पर कोई बोझ नहीं रह गया था। हमें विदा करते समय बुआ गहरे अपनत्व से अपनी भैंस के ऊपर हाथ रखकर खड़ी थीं। अब मुझे कल के कार्यक्रम की याद सताने लगी थी। 'वीमेन्स डे' पर, मैंने अभी तक नोट्स भी नहीं बनाये थे। पहुँचते-पहुँचते ग्यारह बज जायेंगे...।

बेस्ट ऑफ़ करवाचौथ

—रजनी तिलक

करवाचौथ स्त्रियों का त्योहार, रंग-बिरंगी चूड़ियाँ, बिन्दी-महावर, लाल-गुलाबी लहँगे, साड़ी, नये फ़ैशन की क्लिपें, जूड़े-चोटी, पाँव से लेकर हथेलियों तथा नाभि और गले से नीचे छाती के ऊपरी हिस्से से कोहनी तक, रानी की तरह अपनी-अपनी हैसियत से बाहर सजी-धजी हर स्त्री अपने पति की आयु के लिए व्रत धारण किये है।

सुबह आज कोर्ट जाना था। पिछले दस वर्षों से मैं कोर्ट के चक्कर लगा रही हूँ। मेरे प्रेमी, मेरे पति, 'स्वामी' ने मुझ पर तलाक़ का मुकद्मा डाला था। मेरा दोष था कि मैं उसके मनमाफ़िक बाई, पत्नी व संगिनी न बन सकी। उसका एक सपना था वह एक क्रान्तिकारी कम्युनिस्ट कार्यकर्ता बनकर देश, समाज पर अपना सर्वस्व न्यौछावर कर दे। उस सर्वस्व में उसकी पत्नी हो अस्सी फ़ीसदी और बेटी बीस फ़ीसदी, वह था स्वयं हम सबका मालिक। जिसे हमारे न्यौछावर का सम्पूर्ण हक़ था। हमारे नीचे वाले घर में पति-पत्नी व एक बच्चा रहता था। पति थोड़ा सुस्त, पत्नी ज़रा होशियार। रिज़र्व बैंक में नौकरी करके पति से ज़्यादा तनख्वाह लाती थी। वह शाम को दफ़्तर से आती, बाहर से ही अपने पति को बाहर खाट पर बैठे देख हँसकर पूछती—

"साहब, कैसा दिन बीता?"

"अच्छा..." वह कहते हुए उठकर पत्नी के साथ-साथ घर में घुस आता।

मेरे पति को बड़ा अच्छा लगता। उसके दिल में गुदगुदी होती। मैं नौकरी से आती, साथ में क्रेच से बेटी और उसका सारा सामान ढोकर लाती। बेटी रास्ते में ही एक-दो बार फिसलकर टॉफी-बिस्कुट कुछ छिटक लेती। हमारा घर दूसरे माले पर था। मैं सीढ़ियाँ चढ़कर आती। अचानक जल्दी पहुँचकर कभी-कभी

जनाब कोई-न-कोई- सिद्धान्तपरक पुस्तक पकड़े बड़ी गम्भीरता से अध्ययनरत दीखते। मैं धीरे से किचन में जाकर बेटी का सामान वग़ैरह एक कोने में रखती और चाय बना कर लाती और पूछती–

"कब आये?"

"मैं तो यार दिन में ही आ गया था। साला आर.के. शर्मा...दलाल के साथ झगड़ा होते-होते बचा..."

मैं चाय पीते हुए हूँ ऽऽ करती तो वह और उत्साह से बताना शुरू कर देता।

"हमारी यूनियन (उनके नेतृत्व में चलने वाली यूनियन) ने ओवरटाइम यूनिफार्म का सवाल उठाया। साले सब मैनेजमेंट के लोग 'कन्वैन्स एलाउंस' में पैट्रोल का पैसा लेते हैं, आते-जाते हैं चार्टर्ड बस में। हमने उनका फ़ोटो खींच लिया..." इसी दौरान बेटी जो ढाई-तीन साल की थी कभी मेरे कन्धे चढ़ती, कभी-कभी दोनों के बीच आ जाती। मैं कभी बेटी को एक तरफ़ बैठाने की कोशिश में कान लगाकर उसकी बात सुनने की कोशिश करती तो कभी बेटी को, जिसकी बाल सुलभ माँग चलती रहती। उसे लगता मैं उसकी बात पर ध्यान नहीं दे रही हूँ तो वह बिगड़ उठता।

"तुम स्साले...कुछ नहीं जानते। आदमी की क़द्र नहीं करते। सारा दफ़्तर मेरे नाम से डरता है। तुम औरत हो...? क्या औरत हो...? नीचे देखो...वह स्याला लँगड़ा (नीचे वाले घर का पति) उसकी बीवी उसे साहब कहती है। रिज़र्व बैंक में नौकरी करती है। वह स्याला उसके पाँव की धूल भी नहीं।"

मुझे भी ग़ुस्सा चढ़ने लगता है। मैं दबाने की कोशिश करती हूँ। इस बीच बेटी सहम कर चुप हो जाती है। मैं कहती हूँ–

"अच्छा...बाबा ऽऽ सॉरी ऽऽ। सुनाओ न, सुन रही हूँ।"

मेरी खीज भरी माँग से वह और चिढ़ जाता है।

वह एक कामरेड था, मैं एक अम्बेडकरवादी महिला कार्यकर्ता। हमारी शुरुआती मुलाक़ातों की जगह थी–भोपाल गैस त्रासदी के धरने, प्रदर्शन जुलूस। दलित अत्याचारों की बैठकें, लैंगिक शोषण दमन के विरुद्ध सक्रिय एक चर्चित नारीवादी महिला समूह 'सहेली' के दफ़्तर और कहीं भी, जहाँ थोड़ा लेफ़्ट, थोड़ा सेक्यूलर, थोड़ा नारीवाद और थोड़ा मानवाधिकार का मिला-जुला तबका इकट्ठा हुआ हो।

मैं उन दिनों अपने छोटे बहन-भाइयों की देखभाल और परम्परावादी विचारों वाले पिता के प्रतिबन्ध के बावजूद ख़ूब सक्रिय थी। आँगनवाड़ी यूनियन में काम के तहत सीलमपुर स्लम में जाकर बच्चों को पढ़ाना, शाम को बी.पी. हाउस 17 नम्बर कमरे में यूनियन कार्यकर्ताओं के साथ शाम को दिनभर की गतिविधियों पर चर्चा करना। कामरेड भी आते और हमारी व्यस्तता में ख़ुद भी डूबने की कोशिश करते। मैं कार्यकर्ता ही थी। ये पक्की सरकारी नौकरी में थे, उसमें भी यूनियन लीडर थे। हमारी मुलाक़ातें, बातें और ख़याल मन-ही-मन में थे। होंठों पर आकर चुप हो जाते। घर का लफड़ा-झगड़ा, पिताजी की बन्दिशें, आँगनवाड़ी यूनियन को काँग्रेस द्वारा हड़प लेना, सीलमपुर स्लम उठकर नन्द नगरी चले जाना आदि घटनाएँ घटीं, मेरा स्कूल भी उठ गया। मेरे स्कूल के हिस्से की ज़मीन पर स्थानीय नेताओं के क़ब्ज़ा करने से मैं कार्यकर्तापन से टूट गयी। बहुत बीमार हो गयी। तभी एक क्लर्क की नौकरी का नियुक्ति-पत्र मिला, वह भी बम्बई में। पिताजी ने विरोध किया। आज तक वही नौकरी मेरा व ज़रूरतमन्द दोस्तों व अन्य लोगों को पेट पाल रही है। फिर मान गये। मेरे बड़े भैया साथ गये। नौकरी, हॉस्टल आदि की व्यवस्था कर वापस लौट गये।

मुम्बई शहर के हॉस्टल में दिल्ली के रिश्तेदार, दोस्तों की चिट्ठियाँ मीठे शहद से बढ़कर थीं। सुबह एल.एल.बी. की कक्षा में जाती। फिर दिन-भर नौकरी और शाम को मास कम्युनिकेशन। बम्बई का कल्चर-अंग्रेज़ी बोलने का कल्चर था। दोनों अंग्रेज़ी माध्यम क्लासें मेरे सर से गुज़र जातीं। छह महीने तक कुछ समझ नहीं आया। लेकिन शाम को आते ही बहन-भाई, बचपन के दोस्तों व नये वैचारिक दोस्तों की तरह-तरह की चिट्ठियों में तरह-तरह के भावों से दिन-भर का तनाव कुछ कम हो जाता। कुछ समय बाद पढ़ाई समझ आने लगी तो अचानक दिल्ली बदली हो गयी। सब कुछ बीच में छोड़कर दिल्ली वापस आना पड़ा। यहाँ आकर फिर गाड़ी पुराने ढर्रे पर अब एक नया हिल्ला। दलित थियेटर की धुन लग गयी। सुजाता सिंह, तारा राम टेके व मैं, अशोक लोखंडे, यशवन्त मिभोसे व दिनेश खन्ना ने बड़ी मेहनत से 'देवदासी' नाटक का स्टेज शो श्रीराम सेंटर में किया। उसके बाद सुजाता ने 'मुल्याटो' किया। मेरी और कामरेड की मुलाक़ातें अब प्रतिदिन

बढ़ने लगीं। शाम को मेरे ऑफ़िस आते या कहीं भी हम मिल लेते। एक दिन चाय पीते-पीते उसने बूझा—

"मुझसे शादी करोगी?"

मुझे लगा एक कप चाय और पियोगी? मैंने कहा, ''क्यों नहीं?''

"पक्का...?"

मैंने कहा, ''पक्का।''

एक महीने बाद हम दोनों कार्यकर्ता पति-पत्नी में बदल गये। प्रेम-भरी दोस्ती एक शासन में बदल गयी। सत्ता का हस्तान्तरण हुआ, मैं गृहणी बायीं में तब्दील हो गयी। वह गृहस्वामी पति में स्थापित हो गया। जीवन के झंझावातों में फँसती गयी। सुबह का नाश्ता-खाना, सास-ससुर, ननद-देवर; उनकी दिनचर्या, उनकी जीवन-शैली, सोच और ज़रूरतें हमसे अलग थीं। किन्तु उनके लिए मुझे ही खटना था। उनकी देखभाल मेरी ही ज़िम्मेवारी थी। फिर परिवार की राजनीति का एक अलग पहलू मैं सीखने की कोशिश कर रही थी, उस पर पति असहयोग करते। उनके लिए अब मैं ही 'चैलेंज' हो गयी थी। मुझे परिवार में खलनायक बनाकर प्रस्तुत किया जाने लगा। परिवार की स्त्रियों से मुझे अलग किया गया क्योंकि मैं नारीवादी थी...। 'नारीवादी शराब पीती हैं, सिगरेट पीती हैं। मल्टी सेक्स करती हैं...।' पश्चिमी नारीवाद की इस छवि को लोगों ने, यहाँ तक कि प्रगतिशील व कम्युनिस्टों ने भी ख़ूब प्रचारित किया। मेरे पति उनकी इस छवि को मेरे साथ जोड़कर देख रहे थे। परिवार के पुरुष; मेरे जेठ जिनका कोर्ट में तलाक़ का केस चल रहा था, देवर, मेरे ससुर शादी में मेरे द्वारा ले जायी गयी अम्बेडकर या बुद्ध की पुस्तकें पढ़ते तो पति को सहन नहीं होता था। अम्बेडकर को दलाल बताते तो ससुर उसकी हाँ में हाँ मिलाते। जेठ इन्हें नज़रअन्दाज़ करके किताबें पढ़ते। देवर कहता 'भाभी, किताबें छुपा दो, उठाकर रख दो। भइया कट्टर कम्युनिस्ट हैं।, गोया कम्युनिस्ट होना सिर्फ़ किताबें पढ़ना और रौब गाँठने का पर्याय हो। नौकरी के बाद शाम का खाना, छुट्टी वाले दिन पूरा घर धोना-पोंछना, सबके कपड़े धोना यही मेरा समाजकार्य हो गया था।

शादी की पहली करवाचौथ आयी। देवरानी ने, जिसकी शादी मुझसे 10 दिन बाद हुई थी। धूम-धड़ाके से व्रत रखा। मुझसे भी उम्मीद की गयी। मगर मैंने व्रत न रखकर अपने पति के मान का हनन किया। मैंने वह व्रत न रखकर

महसूस किया कि मैंने भ्रम पाला कि अभी भी क्रान्तिकारी विचारों को अपने अन्दर मरने नहीं दिया। आस-पड़ोस सब ने शादी की पहली करवाचौथ न मनाने की लानतें दीं, बार-बार यही कहा कि इससे पति का प्रेम बढ़ता है, पत्नी पर विश्वास बनता है। पत्नी के विश्वास और प्रेम का दुनिया में कोई महत्त्व हो न हो मात्र व्रत रखकर चाँद पति का मुखड़ा देखना ही जन्म-जन्म का प्रेम है। मैं वैसे भी गर्भवती थी, समय पूरा था। शायद कामरेड ने उस समय मेरी रक्षा की। उसने सिद्धान्त का चोला पहना।

"आपकी तरह परम्परावादी नहीं है ये...ये अम्बेडकरवादी है, अम्बेडकरवादी पूजा नहीं करते।"

"तो अम्बेडकर की बीवी करवाचौथ नहीं करती थी? ग़लत बात है भाभी जी...भाई साहब के लिए आपको व्रत रखना चाहिए था।"

"हाँ-हाँ, न रख पायी तो हमारा क्या प्यार नहीं रहेगा? या तुमने रखा तो कभी तुम्हारी लड़ाई नहीं होगी?"

"भाभी जी, आप हमारे मुहल्ले की पहली नास्तिक औरत हो।" मैं ज़्यादा बोलकर उनका व्रत व मूड ख़राब नहीं करना चाहती थी।

मेरे बड़े भाई भी कार्यकर्ता थे। भाभी पक्की पूजापाठ व हिन्दू मत वाली थी। दोनों में क़ाफ़ी कहा-सुनी रहती थी। परन्तु वह कोई करवाचौथ न छोड़ती। चाँद का मुँह देखकर भाई के पाँव छूती तो मेरा भाई हँसकर उसका सम्मान करता। वह बड़ा उदारवादी और लोक व्यावहारिक था। वह कहता–

"देखो, चाँद मेरी उम्र बढ़ा देगा। शायद तेरे व्रत से मेरी उम्र और बढ़ जाये... ।"

मनोहर भइया 38 साल की उम्र में अचानक ब्रेन हैमरेज हो जाने पर परिनिर्वाण को प्राप्त हुए। शादी के 12 करवाचौथ पर किये जाने वाली दीर्घ आयु के लिए व्रत, मंगल कामनाएँ भी उन्हें मृत्यु से न बचा सकीं।

शादी के बाद का पाँचवाँ करवाचौथ था। बेटी भी चार साल की हो गयी थी। नौकरी, घर और पति के साथ मैंने काफ़ी समझौता कर लिया था। मैंने बैठकों में जाना बन्द कर दिया, 'सहेली' जाना छोड़ दिया, बहन-भाइयों से मिलना-जुलना कम हो गया। यहाँ तक कि दलित और स्त्रियों के उत्पीड़न पर अपनी आँख, नाक, कान सब बन्द कर लिए थे। एक समर्पित पत्नी की तरह

जीने की कोशिश करने लगी थी। शाम को मैं दफ़्तर से लौटी और खाना वग़ैरह बनाकर बेटी के साथ टी.वी. देखने बैठ गयी। पति देर से आये, हमने साथ खाना खाया। मैं अब व्रत के बारे में सोचने लगी कि क्या फ़र्क़ पड़ता है अगर बन्दे को मेरे व्रत रखने से अच्छा लगेगा तो रख लेना चाहिए। आख़िरकार रहना तो जीवन-भर साथ ही है। माँग मेरी केवल शादी में ही भरी गयी थी, वो भी मेरी ननद ने ही ज़बरदस्ती भरकर नेग-रस्म पूरी की थी। मैं सोच रही थी सब तामझाम शुरू करना चाहिए...। फिर खुद को क्या फ़र्क़ पड़ता है?

8 मार्च की रैली में लिबरेशन की नेता विनोद मिश्रा की पत्नी कुमदनी ने माँग भरी हुई थी, तब भी इसने मुझे कोहनी मारकर दिखाया व जताया था। उस दिन रात को हम दोनों में नारी स्वतन्त्रता, सिन्दूर और अस्मिताओं को लेकर काफ़ी बहसा-बहसी हुई थी। उसका कहना था लोगों के बीच काम करने वाली औरतों को ऐसी परम्पराएँ निभानी चाहिए। मेरा सवाल रोल मॉडल को लेकर था कि क्या हम पारम्परिक रूप में ही जाकर समाज में काम करें, अपने दो रूप धरें? अपने बुद्धिजीवी सर्कल में एक, समाज में दूसरा? ख़ैर, बात उसने ही शुरू की—

"क्या सोच रही हो?

"क्या...पण्डित जी?"...

''करवाचौथ रख रही हो?"

"हाँ रख सकती हूँ। लेकिन।"—मैंने कहा।

"लेकिन क्या...?"

"यही कि पहली बार व्रत सास रखवाती है..."

"वो क्या करती है?"

''यही सुबह की सरगी, सुबह का तारा ढलने से पहले सास खिलाती है। फिर नयी साड़ी, नये गहने...नाश्ता, चूड़ियाँ बिन्दी-मेहँदी...10-15 हज़ार का ख़र्चा है।"

"इतने से कम में नहीं चलेगा..." मैंने कहा, "चलेगा"...और मैं हँस पड़ी।

शायद उसने ताड़ लिया कि मैं मज़ाक ही मज़ाक में गहरा मज़ाक कर गयी हूँ। वह झेंप उठा, सँभलकर बोला—

"छोड़ यार...हम नहीं पड़ते इन चक्करों में, स्साला हिन्दुआइज़ेशन है सारा... ।"

हम सोने के लिए बिस्तर पर चले गये। वह खर्राटे लेने लगा। लेकिन मुझे नींद नहीं आयी। मैं उसके बारे में सोचती रही कि कैसा सुनहरा जाल व ख्वाहिश है, जिसमें पुरुष भी क़ैद हैं, मान-सम्मान, जीवन-आयु के लिए इस दिन हर पति अपनी पत्नी के इस पाखण्ड भरे कृत्य के लिए बलिहारी है। यह पूर्व संस्कारों का सूत्रपात...हर स्त्री पारम्परिक समाज को ज़िन्दा रखने के लिए आतुर दीखती है। वह अपनी अस्मिता को पुरुष में विलीन करने के पर्व को गर्व से मनाती है। यह कैसी ग़ुलामी है? दो दिन बाद करवाचौथ था। मैंने अलग तरह का व्रत रखा। सुबह साथ-साथ चाय पी। बेटी को स्कूल भेजा और हम दोनों साथ-साथ दफ़्तर गये। मैंने उसे बता दिया कि दिन में खाना नहीं खाऊँगी। शाम को साथ-साथ खाना खायेंगे। वह बहुत खुश हुआ, लेकिन...बोला—

"रहने दे, फिर कहेगी मुझसे व्रत रखवाता है... ।" उसे डर था कि कहीं उसके कम्युनिस्टों को यह बात न पता चल जाये।

"नहीं-नहीं...मैं अपनी मर्ज़ी से रख रही हूँ... ।"

दिन-भर मैंने दफ़्तर में काम किया। मैं भी और दिनों की अपेक्षा थोड़ा सज-धज कर गयी थी। मेरे बॉस ने बम छोड़ दिया।

"क्या...मैडम...लाल झण्डे वालों ने व्रत रख लिया?"

मैंने कहा, "यस सर...थोड़ा-थोड़ा कुछ आधा... ।"

"मैडम...पति नाम का जीव है न, वह बहुत असुरक्षित है। व्रत में वह विश्वास से सीना फुला लेता है, ठीक किया मैडम... । ख़ैर, जल्दी जाना है तो चले जाना... ।"

"नहीं सर...टाइम पर जायेंगे... । वो खुद लेने आयेंगे।"

हमारे सर स्वयं लाल झण्डे वालों के हमदर्द थे। लेकिन उनकी कमज़ोरियों और सिद्धान्तों की ख़ूब मज़ाक़ करते थे।

शाम को वह मुझे प्रफुल्लित-सा लेने आया। मुझे साड़ी लेने का ऑफ़र दिया तो मैंने कहा—"फिर कभी..."

उस शाम मेरी बेटी समेत हम तीनों ने बटर चिकन खाकर अनोखा करवाचौथ मनाया। उसने मुझे अच्छी साड़ी देने का भी वादा किया।

इन पिछले दस वर्षों में 'अनोखा करवाचौथ' हर बार याद आया। हालाँकि हमारे रिश्ते शादी के पहले हफ़्ते में चौथे से ही फनाह हो गये थे। शादी के तुरन्त बाद हम हनीमून को रोककर कलकत्ता में राजनीतिक सेमिनार के लिए गये थे। वहाँ एडवोकेट भगवानदास भी थे जिन्हें मैं अंकल कहकर पुकारती थी। इस सेमिनार में भगवानदास जी दलित मुद्दों पर एक कार्यशाला ले रहे थे कि अचानक वे कुछ देर के लिए बाहर गये। उनके जाते ही उनकी अनुपस्थिति में हमारे पति महोदय ने उनके बारे में अशोभनीय बातें बोलनी शुरू कीं। उनके लौट आने पर स्वयं चुप बैठ गये। मुझे यह बात कुछ हज़म न हुई। शाम को वापस धर्मशाला (जहाँ हम इनके दोस्तों के साथ सामूहिक रूप से रुके थे।) जाकर मैंने सुबह की बात पर आपत्ति जतायी।

मेरी आपत्ति पर इन्होंने तुरन्त चुटकी ली और अपने साथियों को बुलाकर मेरी मज़ाक़ उड़ा दी। हँसते-हँसते लोटते-पोटते इन तीनों मित्रों ने कहा–

"ये तो भगवानदास की चेली निकली...पक्की अम्बेडकरवादी।"

अम्बेडकरवादी होना जैसे कोई गाली हो। इस शादी से मैं विचारों में ठगी गयी। यह व्यवहार मैं सहन नहीं कर पा रही थी। मेरी रुलाई फूटने लगी। मैं धम्म से वहीं बैठ गयी। रिश्तों का कम्यून। दोस्तों के बीच मेरी उनकी निजता का कोई भेद नहीं था बल्कि वे मुझसे भी ज़्यादा नज़दीक थे। मैं कहाँ से अनावश्यक वहाँ प्रवेश कर गयी। वहाँ मेरे लिए रत्ती-भर जगह न थी। अब मैं उनके बीच अनर्गल विचित्र दर्शन का अनुसरण करने वाली चेली और घर की मेहरी थी। मैं दोस्तों की कतार से उतारकर घर की चारदीवारी में पहुँचा दी गयी। अब रोटी बनाना, नौकरी करना, पर हर बात में हाँ कहना ही मेरा वजूद, मेरी कर्तव्य होना चाहिए था मैंने अपनी शादी के सात साल इसी वातावरण में क़ैद होकर झेले।

कम्युनिस्ट पति का चरित्र और उसका व्यवहार आम आदमी से अलग नहीं था। हर तरह से दमनकारी था। किसी भी तरह से समान नहीं था। बल्कि ये वो विद्वान हैं जो शब्दों व कुतर्कों के तीरों से दर्शन की आड़ में ज़्यादा अस्मिता को छेद सकते हैं। पुरातनपन्थी पति कहेगा तुम मेरी हो। मेरे सिवा किसी की कल्पना न करो। बिल्कुल ठीक, क्योंकि यही उसका दर्शन व समझ है। उसकी

समझ की सीमाएँ हैं। परन्तु प्रगतिशील साथी कहेगा कि मैं विद्वान हूँ। तुमसे ज़्यादा जानता हूँ। (खोखले अव्यावहारिक सिद्धान्त) मैं एक सिद्धान्त के प्रति प्रतिबद्ध हूँ। मेरे प्रति और उसके प्रति एकनिष्ठ होना तुम्हारे लिए आवश्यक है वरना हमारी पटरी अलग है। रात को दिन, दिन को रात कहते-कहते मैं थक गयी। टूट कर बिखर रही थी।

नारीवाद भ्रम है, अम्बेडकरवाद छलावा है, बुद्धिज्म पलायन है, पिछड़ावादी होना क्रान्ति के लिए घातक है। क्या व्यक्तिगत आज़ादी, स्त्री की अस्मिता को दबाना क्रान्ति के लिए घातक नहीं? क्या दर्शन के नाम पर वर्चस्व लादना क्रान्ति के लिए घातक नहीं? क्या सामन्ती व्यवहार पर परिवारों को टिकाना क्रान्ति के लिए घातक नहीं? क्या विकल्प है हमारे जज्बातों की अभिव्यक्ति का? दलित-पिछड़े-नारीवादी अम्बेडकरवादियों का? क्या ये समूह उपेक्षित, शोषित और दमित नहीं? क्या उत्पादन के साधनों पर हमारा स्वामित्व है? विचारों के मठों पर किसका नेतृत्व है? या हमारी समस्याएँ सब सतही द्वन्द्व? अब हमारी निजता व विचार सार्वजनिक होने लगे। मिलकर जो हमने घर बनाया था, उस पर उसका ही एकमात्र अधिकार क्योंकि वह उसके नाम बेनामी था। शुरू में उसके ज़्यादातर वामपन्थी दोस्त सम्पत्ति बनाने की आलोचना तो करते थे लेकिन उसके घरेलू आचरण की नहीं। वे जुटने लगे, रातों रात बैठकें होने लगीं। बारी-बारी कई धाराओं के लोग बैठे, उसने स्वयं ही सबको ख़ारिज किया। उसकी सम्पत्ति बँटवाने वालों से वह कन्नी काटने लगा। अब उसका घरेलू व्यवहार उजागर होने लगा। उसकी 'राजनीति' व 'व्यक्तिगत' दो धुरों पर स्पष्ट दीखने लगी। इस कृत्य से वह अपमानित व आहत हुआ। उसने मुझ पर ज़ोर से बोलकर, अन्तिम हथियार इस्तेमाल किया। 'चरित्र पर लांछन' जो एक पुरुष हमेशा लगाता है। देर से घर आती है, लड़के साथ में लाती है। सहेलियाँ शराब पीती हैं तो ये भी पीती होगी! मेरे माँ-बाप की इज़्ज़त नहीं करती, मेरे साथ मारपीट करती है, घर में झगड़ा करके मुझे तनाव में रखती है, मेरे खाने में स्टैपलर पिन डालकर मुझे मारना चाहती है...मेरा मकान बिकवा कर अपने मायके वालों को देगी आदि...।

यह मामला वामपन्थी दोस्तों में सुलझाया गया, पर उसने नहीं माना। अपनी शब्दावली को प्रतिक्रियावादी न्यायालय में वह सब आरोप ले, उपस्थित

हो गया। सुविधा को सलाम। हमें घर से बाहर निकालकर अपना क़ब्ज़ा ठोंकने के लिए अपने परिवार को लाकर रख लिया। पाँच साल की बेटी को लेकर मैं दर-बदर यहाँ-वहाँ किराये की खोलियों में भटकती रही। बहुत कठिन दिन थे, न पूरी तनख्वाह, न रहने को छत। बेटी के स्कूल-क्रेच का खर्चा। ऊपर से तरह-तरह की असुरक्षा। सुबह से शाम तक बेटी का स्कूल, नौकरी, नौकरी से दोपहर को क्रेच, फिर नौकरी, फिर शाम को क्रेच, फिर घर, भागदौड़। कभी वुमेन सेल तो कभी क्रेच स्थल से वापस उसके द्वारा भेजे 'दूतों' के साथ समझौतों की बैठकें...। मैंने कोर्ट से कन्नी काटनी चाही क्योंकि मेरी हैसियत ही कहाँ थी कि मैं लड़ने के लिए वकील कर सकूँ। मैं प्रताड़ित थी, आहत थी, अपमानित थी। फिर भी अन्दर ही कहीं-न-कहीं घर न टूटने देने की कमज़ोरी भी थी। एक मानवाधिकारों पर काम करने वाले नेता, एडवोकेट आहूजा ने आगे बढ़कर केस लड़ने की पेशकश दी। मुझे पलायन करने से रोका। मुझे क़ानूनी भाषा की जानकारी दी, हिम्मत दी और मेरा केस लड़ा। क़ानून के सभी मोर्चों पर मेरा पति हार गया लेकिन उसका अहम, उसका व्यवहार, उसकी तुनक पहले से ज़्यादा बढ़-चढ़कर दिखी। हमारी बेटी अब 15 बरस की होकर किशोरावस्था में आ चुकी थी।

पिछले दिनों कथादेश में डॉ. धर्मवीर ने फिर से दलित स्त्रियों पर अपने वैचारिक हमले किये हैं। उन्होंने उन्हें नैतिक जामा पहनाने का अभियान छेड़ा है। वे 1994 से इस कार्य पर चिन्तनशील हैं। उनके पहले स्त्रीपरक चिन्तन भरण-पोषण व हिन्दू कोडबिल ने स्त्रियों को तलाक़, भरण-पोषण या अन्य छोटी-मोटी सुविधाएँ दी हैं, क्यों दी हैं? इस विधि से पहले आदमी आज़ाद था और औरत पुरुष पर निर्भर। वह निकम्मा, लायक, नालायक, मर्द-नामर्द, सबल-निर्बल कुछ भी था पर था सर्वोपरि। चाहे तो वह निक्का न कमाये। मन जहाँ चाहे, जब चाहे ब्याहता पर सौतन, सौतन पे सौतन लाकर रख दे। न हो तो उसे भगा दे। वहीं अपने भाई, भतीजों के रहम पर चलने वाली औरत की इस दुर्दशा पर डॉ. अम्बेडकर ने हिन्दुओं पर एक कोडबना कर उनकी नाक में हल्का सा नकेल डाल दिया। यह नकेल औरत पर ही था और औरत ने बुरा नहीं माना क्योंकि वह मूल्यों की कद्र करती हैं। उसे तो हर व्यवस्था में समझौता करना होगा। वह स्वतंत्र इकाई नहीं, यूनिट का हिस्सा है। इस विधि से उसे बच्चां गोद लेने का हक मिला।

शादीशुदा है तो पति को सौतन न बिठा देने का हक़ दिया। पति कमाता है। शादीशुदा आदमी को अपनी पत्नी व बच्चों की देखरेख करने का दायित्व सौंपा है। धर्मवीर जी को आपत्ति है। वह नौकरशाह हैं। नौकरशाह का भारत के संविधान में विश्वास रखना पहला दायित्व है, अपनी व्यक्तिगत राय दर्शन देना दूसरा प्रयोजन। वह लेखक का अपना चिन्तन है जिसे व्यक्त करने की संविधान आज़ादी देता है। यह विचार व्यक्त करने की संविधान भी आज़ादी देता है। विचार दर्शन लड़ने की ऊर्जा उसे पितृसत्तात्मक समाज दे रहा है। औरतें बिखरी हुई इस सत्ता से लड़ रही हैं; सड़क पर, घर में, दफ़्तरों में, खेतों में, कोर्ट में, फैक्टरियों में, विधानसभा और संसद में। मीडिया में, सिनेमा और थियेटर में। पूँजीवाद ने औरतों को घर से बाहर निकाला है। स्त्री मुक्ति आन्दोलनों ने स्त्रियों के अधिकारों की वकालत की है परन्तु दोनों ही मुहिम उन्हें स्वतन्त्र अस्तित्व-बोध कराकर उनके आत्म-निर्णय के अधिकार को व्यापक बदलाव में बदलने की प्रक्रिया में जोड़ने में असमर्थ रहे हैं। शायद प्रतीकात्मक आज़ादी की छवि से कुण्ठित होकर धर्मवीर जैसे लेखक नारी विरोध का झण्डा उठाकर उन्हें जारकर्म में दिखाने का भ्रम फैलाने का प्रयास कर रहे हैं। वे बार-बार कहते हैं असली जड़ स्त्री की यौनिकता है। उनकी शब्दावली स्त्री का जारकर्म। इस यौनिकता पर नारीवादी चिन्तक क्या करती हैं? वे कहते हैं कि स्त्री को अपने तन और अपने मन दोनों पर स्वयं का नियन्त्रण चाहिए। इससे आगे बढ़कर कहते हैं कि उत्पादन के साधनों पर हमारा अपना नियन्त्रण चाहिए। लिंगीय पूर्वाग्रह से मुक्त उन्हें बौद्धिक श्रम और शारीरिक श्रम का बाज़ार भाव चाहिए। अपनी आमदनी पर उन्हें अपना नियंत्रण चाहिए।

सवाल यह उठता है कि जब औरत का अपनी निजी चीजों पर नियन्त्रण बढ़ता है तो परिवार, समाज और सत्ता को बर्दाश्त् नहीं होता। परिवार स्त्री श्रम का उपयोग सामूहिक रूप में करता है। समाज पुरुष को सर्वोपरि देखने में सम्पूर्णता का अनुभव करता है। सत्ता के मजबूत स्तम्भ हैं पुरुष वर्ग, नौकरशाह, नेता, अभिनेता। कार्यपालिका, न्यायपालिका, संघ पालिका पुरुषों की संख्या से भरी पड़ी हैं चाहे वो सवर्ण हों या दलित। शिक्षा, स्वास्थ्य, रोजगार, विकास व बदलाव के हर मोड़ पर नीति-निर्धारण प्रक्रिया में उनका वर्चस्व है। जो समाज

और घरेलू जीवन की जमीनी स्तर पर नीतियों के लागू करने की क्षमतओं से अनभिज्ञ नहीं, बल्कि वहा वंचितो के प्रवेश पर परहेज है।

नारीवादी स्त्रियों की अभिव्यक्ति से क्या देश में बदलने की मुहिम नज़र आती है? नहीं वे चाहती हैं समान आस्तित्व की स्वीकृति कि उन्हें जीवन के हर पहलू एवं समाज के हर तबके में फैलाया जाये। यानि वह समझ व सोच जो स्त्री-पुरूष के भेद को सिरे से खारिज़ करके परिवार में बौद्धिक व आमदनी के स्रोतों में संतुलन बना कर, एक-दूसरे केक लिए समांतर विकास के रास्तो का निर्माण कर सकें। इस प्रक्रिया के अभ्यास में केवल अपना परिवार नहीं, बल्कि न दीखने वाला अन्तिम परिवार शामिल किया जा सके। जो पहले जागे, जिसके पास ज़्यादा साधन हों, जो ज़्यादा जागरूक है उसे ही अलख जगाने के लिए निकलना होगा। परिवारों व समाज का लोकतान्त्रिकरण हो, काम कठिन है लेकिन लगना होगा। दलित कहाँ है इस स्त्रैण समानता की मुहिम में? कठिन है, लेकिन लगना होगा। दलित जातिवाद ब्राह्मणवाद के उग्र तेवरों में लड़ रहा है। वह दस्तक दे रहा है। राजनीति, धर्म, सामाजिक मोर्चों व साहित्यिक सर्जन व बहस के गलियारों में। ज्योतिबा फुले व सावित्री बाई फुले के अथक संघर्षों ने ब्राह्मणवाद के पाखण्ड व सामन्ती प्रवृत्ति को ललकारा। तरह-तरह की मुहिम चलाकर छुआछूत, सती-प्रथा, विधवा-मुण्डन का विरोध किया। बाल-हत्या प्रतिबन्ध, विधवा विवाह, विधवा आश्रय केन्द्र खोलकर समाज के बीच खड़े हो स्त्री दासता की साँकलें खोलीं। डॉ. अम्बेडकर ने इसी ज़मीन पर स्त्री सुधारों के क़ानून संविधान में प्रस्तावित किये। अछूतों व मानवता के क़ानून में, प्रकृति के नियमों में प्रत्येक व्यक्ति को चाहे वह किसी भी रंग-रूप, क़द काठी, जाति, धर्म, नस्ल व लिंग का हो उसे समान अवसर प्राप्त करने का अधिकार है। उनकी प्राथमिकताएँ समाज के हर तबके की औरत को वर्तमान पारिवारिक ढाँचे में सम्मान दिलाने की थीं। वह आज भी क्रान्तिकारी क़दम है क्योंकि वर्तमान पारिवारिक ढाँचा घरेलू हिंसा और दबाव को हिंसा नहीं, स्त्री सुलभ गुण आज भी सहनशीलता दायित्व मानता है।

स्त्री मुक्ति, दलित मुक्ति और मानव मुक्ति के उपनिवेश जाति-धर्म की सीमाएँ तोड़कर बिखरते-टूटते परिवार और उसमें घुटने टेकते, सिसकते, बहकते इन परिवारों के मर्द-स्त्री विशेष तौर पर बच्चे हैं। उनमें से एक अंश मैं आज

जब कोर्ट पहुँची तो सोचा नहीं था कि यह दस सालों की परिणति का दिन होगा। हर बार की तरह वह बेचैन, उग्र व तेजी, ताव में नहीं था। वह चुप, उदास, शिथिल-सा दीख पड़ा। नहीं तो क्या मजाल कोर्ट में वह सीना ताने, तमतमाये चेहरे से दस बार गर्दन ऐंठा कर अन्दर-बाहर न घूमें! परन्तु आज क्या ख़ास बात थी? इतनी उदासी तो उसके चेहरे पर अपने प्रिय चाजी (पिताजी) के देहान्त पर भी नहीं हुई थी। आज अन्दर की ज्वाला शान्त थी। वह जो हमेशा मुझे और मेरे वकील को देख हिकारत की नज़रों से मुँह मोड़ लेता था, वह चुप था।

मेरे वकील के जूनियर ने उसे देखकर मुझसे चुटकी ली,–"की गल है?"

"अस्सी करवाचौथ दा व्रत नहीं रखा ए...आज तो स्सी करवाचौथ दी लाज रखनी सी...!"

मैं मज़ाक़ समझ रही थी। जवाब क्या देती। तभी उनकी तरफ़ का वकील सन्देशा लाया कि हम बात करना चाहते हैं...

"हमें भी कोई दिक़्क़त नहीं...परन्तु आपकी 'पार्टी' टिक कर बात नहीं करती।" मेरे वकील ने जवाब दिया। "...हम कोशिश करते हैं।"

तीनों वकीलों ने थोड़ी देर बात की। फिर एकान्त में ले जाकर मुझे उनका आर्थिक प्रलोभन सुनाया। मैं टूटी हुई शादी को जोड़ते-जोड़ते थक चुकी थी, मैंने स्वीकृति दे दी। वहीं तुरन्त हाथों-हाथ एक समझौते का प्रारूप तैयार हुआ जिसमें हम दोनों ने बारी-बारी हस्ताक्षर किये। हस्ताक्षर करने से पूर्व मेरे मन में आया कि एक बार अपनी बेटी से बात कर लूँ। परन्तु फिर मन-ही-मन सोचा कि क्या वह दिल से इस समझौते पर अपनी सहमति देगी। निश्चित रूप से नहीं। आशा की एक डोर से वह बँधी है। शायद मेरे पापा एक दिन प्रायश्चित्त करें। जैसे हमें घर से निकाला था वैसे ही किसी दिन ग़लती मानकर हमें ले जाने के लिए आ जायें। प्रारूप पर हस्ताक्षर करने के बाद मैं अपने दफ़्तर की ओर पैदल ही चल पड़ी। रास्ते में इंडिया गेट पड़ता है और उसके चारों तरफ़ सरकारी दफ़्तर, कोर्ट-कचहरी की इमारतें व उसमें कार्यरत हज़ारों कर्मचारियों, में त्यौहार का उत्साह दीख पड़ा। बस स्टॉप पर सजी-धजी महिला कर्मचारी चाहे वे क्लास वन ऑफ़िसर हैं या चतुर्थ श्रेणी की; घर पहुँचने की जल्दी की बेताबी से बस

या थ्री व्हीलर का इन्तज़ार कर रही थीं। दफ़्तर पहुँची तो देखा पुरुषकर्मी लंच कर रहे थे तो साथ ही एक-दूसरे को उलाहना व चुटकियाँ दे रहे थे।

"क्यों भई...आज तो हम सब चाँद की तरह दुर्लभ हैं। बीवियाँ शाम को पाँव छुएँगी...राति...ज़रा सँभल के...!" उनका मज़ाक़ सुनते हुए मैं अपनी सीट पर जा बैठी। कोर्ट जाने के चक्कर में मैं घर से लंच लेकर नहीं चली थी। अतः चाय वाले को चाय का ऑर्डर दे मैं अपने रोज़ के काम के सम्मन व वारंट तैयार करने लगी। थोड़ी देर में चाय आ गयी। चाय पीकर फिर काम से लग गयी। तीन बजे से दफ़्तर की सभी औरतें घर के लिए निकल चुकी थीं। मैंने भी शाम पाँच बजे घर के लिए प्रस्थान किया। एक सवा घण्टे बाद जब मैं घर पहुँची तो मैं भूल-सी चुकी थी कि मैंने आज से परेशन पर रज़ामन्दी दी थी। आठ बजे जब मैं अपनी बेटी के साथ खाना खाने बैठी तो मैंने दिन की बातें याद करते हुए उसे बताया कि आज मैंने तलाक़ पर अपनी सहमति दे दी है। सुनकर बेटी को दुख हुआ, लगभग वह रोने लगी। मुझे देखकर वह हैरान भी थी...

"मम्मी, आप खाना कैसे खा सकती हैं?" मैं संयत थी। ग्यारह साल बाद इस भ्रमजाल की डोर को काटकर। मुझे न सुख था न दुख।

"खाना, तुम भी खा लो...बेटे...जीने के लिए और लड़कर जीने के लिए खाना ज़रूरी है।" उसने बेमन से खाना खाया। उसके खाना खा लेने के बाद मैंने बताया, ''तुम्हारे पापा घोर परम्परावादी हैं। पिछले 10 वर्षों में हमारी यह एक तारीख़ अचानक करवाचौथ पर आयी। नहीं जानती हूँ आज उसने क्या महसूस किया होगा...संवेदनाओं को जोड़ने के प्रतीक को उसने तोड़ा है। इस फ़ैसले से उसे दूसरी शादी के लिए मुक्ति मिली, और मुझे तुम्हारी पढ़ाई-लिखाई के लिए आर्थिक सुरक्षा...। मेरे लिए यही है बेस्ट ऑफ़ करवाचौथ।"

गुफाएँ

—सूरज बड़त्या

अपूर्वा ऑफ़िस में भी थी और बाहर भी...उसकी मौजूदगी को ऑफ़िस में कोई झुठला नहीं सकता था, लेकिन अपनी चेतना के साथ बाहर होने की बात अपूर्वा भी झुठला नहीं सकती थी। मन का द्वैत ही तो था यह। जीवन की रोशनी ने उसे अँधेरे में ला पटका था...घर से वह ऑफ़िस पहुँचती और फिर न जाने कब समय की चौखट लाँघकर अपने 'अतीत के घर' में जा बैठती। उसका मन अतीत में अधिक रमता। वह स्मृतियों को आज के झरोखे में टटोलती तो बदरंग अतीत निराश भी करता कभी-कभी। रोज़ वह इस पर न सोचने का प्रण करती और अगले ही दिन इसे तोड़ डालती। स्मृतियाँ उसके लिए यातनाघर थीं, पर उनमें घुसना उसे सुकून देता। स्मृतियों में रवानगी का सफ़र कभी-कभी नागवार गुज़रता, और ऐसा तब होता जब अमन का चेहरा उसके सामने आ जाता।

अपूर्वा और अमन के पारिवारिक जीवन की सुबह सिर्फ़ आठ महीने में ही साँझ में ढल गयी थी। आठ महीने भी कहाँ चल पाये थे दोनों साथ, और फिर समय ने सम्बन्धों के अस्त होने का ऐलान कर दिया। समाज बदलने की अमन की चाहतों ने परिवार को पहले तोड़ डाला। सभ्य, शिक्षित और विचारों से वामपन्थी अमन घर में कितना संकीर्ण था, यह बात अपूर्वा जल्द ही जान गयी थी। अमन ने कहा था, "मैंने शादी घरवालों के दबाव में की है, मुझसे ज़्यादा उम्मीद मत रखना।" कहाँ ज़्यादा उम्मीदें रखी थीं अपूर्वा ने?

वह बचपन से देखती आयी थी कि पिताजी अगर माँ को डाँटते थे तो फिर शाम को घर जल्दी आकर उन्हें मनाते भी थे। उनके मनाने का अद्भुत तरीक़ा था। सभी को बाहर घुमाने ले जाते, जैसे अपराध-बोध से निजात पाना चाहते हों। ख़ूब सैर-सपाटा...रात का खाना बाहर ही होता। पिताजी अच्छे खाने के

शौकीन थे। करोल बाग का एक ढाबेनुमा रेस्तरां 'आँगन' पारिवारिक माहौल के चलते बहुत भाता। चार थाली लेकर पाँच जन उसमें आराम से खा लेते। फिर घर लौटते हुए मानुषी आइसक्रीम की ज़िद करती। छोटी बहन मानुषी और विवेक हमेशा अम्मा-पिताजी के झगड़े का इन्तज़ार करते। झगड़े का कितना सुखद अन्त था...

माँ अक्सर अपूर्वा को समझाती, "पति की बातों को दिल से नहीं लगाते, उनसे जीवन बँधा होता है। जहाँ पति है, वहीं जीवन है।" अपूर्वा समझ नहीं पाती कि अमन के साथ जीवन है या...जीवन की आस में इन्सान मृत्यु तक मोह में फँसा रहता है। फिर दाम्पत्य जीवन...?

अपूर्वा का पढ़ा-लिखा शिक्षित परिवार था। बाबा साहेब के विचारों में जीवन की सार्थकता तलाशता हुआ। जैसे पिताजी 'शिक्षित बनो' के मन्त्र को घोलकर पी गये थे। पिताजी के पिताजी यानी दादाजी ठेठ अँगूठा छाप थे, लेकिन उन्हें पंचायती का शौक़ था। पंचायत में फ़ैसले सुनाते-सुनाते जीवन की व्यावहारिकता को समझ लिया था। पिताजी बताते हैं कि एक बार दादाजी कहीं से सुन आये थे, "अगर जीवन सुधारना है तो पढ़ना होगा और शहर जाना होगा।" दादाजी ने आकर पिताजी को बताया था कि अपने लोगों के लिए ऐसा किसी अपने नेता ने कहा है। उस समय पिताजी छोटे थे, वे क्या समझते...? दादा जी ने कहा, "इस उम्र में मैं क्या पढूँगा...पर गनेशी तुझे पढ़ाऊँगा मैं।"

उन्होंने यह किया भी था। कुछ दिनों बाद पंचायती झगड़े के कारण दादाजी पिताजी को लेकर दिल्ली चले आये थे। दादी तो थीं नहीं...वो पिताजी के पाँच वर्ष का होते ही एक बीमारी में चल बसी थीं। एक ही बेटा था उनका। दादाजी, दादी को बहुत चाहते थे। पिताजी ने अक्सर उन्हें दादी की तस्वीर से अकेले में बाते करते देखा था। वे दादी के उस स्केच को सहेजकर रखते जो गाँव में उनके दोस्त कालू बंजारे ने बनाकर दिया था। तब से उसी को सँभाले थे। अब तो वह काग़ज़ का एक टुकड़ा था, जिस पर आड़ी-तिरछी रेखाएँ तैरती हुई दिखती थीं।

सबके लिए भले ही वे आड़ी-तिरछी रेखाएँ हों, लेकिन दादाजी के लिए जीवन का उत्स थीं। मानो रेखाओं की अस्पष्टता से भी जीवन को ताप मिलता था। स्पष्ट जीवन के अनुभव काले-धब्बों से हमेशा सालते साथ रहते।

अपूर्वा के लिए स्मृतियाँ कभी उत्सव के रूप में आतीं, कभी एक खौफ़नाक तल्खी लिए। ऑफ़िस में उसकी मेज़ के ठीक सामने दीवार पर एक कैलेंडर टँगा था। वह रोज़ उसे देखकर तारीख़ के अपने अनुमान को दुरुस्त करती। कई बार वह सोचती कि कैलेंडर को वह पीछे या आगे ले जाकर तारीख़ों को बदल सकती है, पर क्या वह ऐसा अपनी ज़िन्दगी की तारीख़ों में भी कर सकती है?

पिता महेश प्रसाद दिल्ली यूनिवर्सिटी से बी.ए. कर बैंक में क्लर्क लग गये थे। आज वे बैंक में मैनेजर हैं। तीनों बच्चों को उन्होंने मुक्त नीले आकाश को छू लेने के सपने के साथ पाला था। बुद्ध से लेकर कबीर, रैदास, मीरा, फुले, सावित्रीबाई और बाबा साहेब की जीवनियाँ उन्हें कण्ठस्थ थीं। अपूर्वा को सपने में पिता की बातें चलचित्र की तरह दिखतीं। पिता कहते, "सम्मान कमाने के लिए मरना पड़े तो मर जाओ। बिना सम्मान कोई कुछ नहीं..." और कभी कहते, "सपनों से जेबें भरी रहनी चाहिए।"

तब उनकी कोई बात समझ नहीं आती थी, पर अब लगता है कि पिताजी 'सम्मान' और जीवन की आशा की चमक हमारी आँखों में देखना चाहते थे। लेकिन अपूर्वा द्वारा राजन से शादी के लिए कहने पर पिताजी, मामाजी के साथ कैसे उबल पड़े थे—यह बात अपूर्वा के लिए हैरत में डालने वाली थी। अपूर्वा ने पहली बार पिताजी को कड़ाहे में खौलते पानी-सा पाया था।

अपूर्वा का परिवार जाति से दलित और उपजाति से चमार था। अपूर्वा और भाई-बहनों के जाति प्रमाण-पत्र के जातिसूचक कॉलम में यही लिखा था। उसे क्या मालूम था कि चमार और जाटव भी ब्राह्मण और शूद्र की तरह आपस में ब्याह नहीं करते। क्या दोनों की सामाजिक श्रेणी में अन्तर है? राजन चमार नहीं जाटव था। 'सभी दलित एक हैं' पिताजी का यह वाक्य उसे झूठा लगा था। बचपन से पिताजी यही तो सिखाते आये थे कि, "जाति तोड़नी है तो एका करना होगा। सभी दलित एक-सा अपमान सहते हैं, इसलिए बिना एका हुए सम्मान नहीं होगा।"

"क्या यह वाक्य बनावटी था...?" सोचते हुए अपूर्वा की आँख भर आती। आँखों के दोनों कोरों से ढुलककर कुछ बूँदें उसके मुँह के कसैलेपन को गाढ़ा कर देतीं। उसकी स्मृतियों में अमन के साथ गुज़ारे लिजलिजी अन्तरंगता के चित्र घुले होते तो कभी राजन के साथ पंख लगाकर उड़ने की चाहत के बिम्ब।

यही सब, समय ने उसकी पकड़ से बाहर कर दिया था। दाम्पत्य जीवन की यादें उसके कसैलेपन को गाढ़ा ही तो करती हैं। उसके जीवन में सवालों और द्वन्द्वों का एक अनवरत सिलसिला इन दिनों शुरू हुआ जो आज इतना विकराल हो गया है कि वास्तविक दुनिया और लोगों के भीतर के यथार्थ के बीच सामंजस्य बहुत मुश्किल से होता।

अपूर्वा और राजन की मुलाक़ात लाइब्रेरी में हुई थी। परीक्षा के दिनों में अपूर्वा सवेरे घर से निकलकर लाइब्रेरी चली जाती। वहीं पर राजन भी आता। शुरू में अपूर्वा ने कोई विशेष बात नोट नहीं की थी, जिससे उसका ध्यान राजन पर जाता। हम विशेष का ही नोटिस लेते हैं, सामान्य हमारी पकड़ में मुश्किल से आता है। क्या विशेष सम्बन्ध बनने का प्रारम्भ सामान्य से ही होता है? शायद ऐसा ही है। कम-से-कम राजन के सिलसिले में तो ऐसा ही था। सामान्य मुलाक़ातों के क्षणों ने विशेष सम्बन्ध को रचा था लेकिन अगर इसका प्रतिलोमीकरण करें तो अमन के साथ विशेष सम्बन्ध उसे बना-बनाया मिला था। धीरे-धीरे वह सम्बन्ध विशेष से सामान्य की ओर होता गया।

राजन से संवाद की शुरुआत अचानक ही हुई। एक दिन उसे लाइब्रेरी जाने में देरी हो गयी। जब वह लाइब्रेरी पहुँची तो घड़ी के ग्यारह बजाने की घोषणा के साथ ही लाइब्रेरी की सभी सीटों को भर दिया था। उसने इधर-उधर निगाह दौड़ायी, लेकिन कोई भी सीट ऐसी नहीं थी जिसके सामने स्टडी टेबल पर किताबें या बैग न रखे हों। कुछ पल वह यूँ ही खड़ी रही और मायूस होकर बाहर की तरफ़ जाने लगी। उसने देखा कि लाइब्रेरी में बैठा एक लड़का उसे बुला रहा है। पहली पुकार को उसने नोटिस नहीं किया, लेकिन उसने पाया कि इशारे में बदतमीज़ी नहीं थी बल्कि अबकी बार उसने अपने दायें हाथ की उँगलियों से उसे पास आने का संकेत किया। वह झिझकी...लेकिन उस लड़के ने एक कुर्सी से बैग हटाकर संकेत किया तो अपूर्वा खाली सीट पर जा बैठी। उसने लड़के को थैंक्स कहा था। वह दोपहर का लंच साथ ही लेकर जाती थी। खाने का कोई निश्चित समय नहीं था। पढ़ते-पढ़ते वह जब भी थक जाती या ऊँघने लगती तो उठकर बाहर आती और छोटे-से बने पार्क में नीम के नीचे बैठकर रोटियों को हौले-हौले कुतरते हुए खाती।

लाइब्रेरी के आस-पास के लोग और वहाँ के माहौल में वह अभी अजनबी ही थी। वहाँ आने वाले अधिकतर समूह में बैठकर खाना खाते और समूह में ही चाय पीते हुए चर्चा करते। अप्रैल आते ही दिल्ली का मौसम आग उगलने लगता। दोपहर की गर्म हवा पौधे से लेकर जीव-जन्तुओं तक को झुलसाती। पार्क के जिस कोने में अपूर्वा खाना खाती वहीं बीचों-बीच एक अधखुला नल लगा था जिसमें से पानी रिसकर नीचे छोटे-से गड्ढे में भर जाता। प्यासी चिड़ियाँ अक्सर उस गड्ढे के चारों ओर बैठकर पानी पीतीं, थोड़ा इधर-उधर फुदकतीं, चहकतीं और किसी आहट पर फुर्र से उड़कर पेड़ पर जा चढ़तीं। कभी-कभी चिड़ियों की कोई टोली उस पानी भरे गड्ढे में डुबकियाँ लगाती। इन दृश्यों को देखकर दिमाग़ी थकान दूर हो जाती। वैसे थकान दूर करने के लिए लाइब्रेरी के बाहर पार्क के कोने में करीम चाय वाले की एक स्टोव, पतीला, दो डिब्बों और कुछ काँच के गिलास के साथ खुले आकाश के नीचे दुकान थी। अक्सर लोगों की आवाज़ वह सुनती, "करीम, दो बटा तीन लाना। करीम भाई, चार बटा सात देना इधर...थोड़ा जल्दी।"

चहल-पहल के साथ करीम और उसके साथ काम करने वाले दो छोकरे चाय देने और खाली काँच के गिलास को ढूँढ़ते, भागते फिरते। उन दोनों छोकरों के नाम शायद किसी को मालूम न थे। उन्हें कोई छोटू कहता तो कोई 'ऐ इधर आ' से बुलाता।

राजन भी प्रायः अकेला ही खाना खाता। चाय पीता। कभी-कभी उसका एक दोस्त साथ दिख जाता। एक दिन जब अपूर्वा लाइब्रेरी में बैठी पढ़ रही थी तो राजन ने उसके पास आकर धीरे से कहा, "क्या आप चाय पियेंगी?"

अकबका गयी थी अपूर्वा। उसके अकबकाने का एक कारण यह था कि वह प्रेमचन्द का 'गोदान' पढ़ रही थी और पढ़ते हुए विचारों में खोयी थी, अचानक आये प्रस्ताव को वह सुन नहीं पायी। उसे केवल राजन के होंठ हिलते देखे। वह समझ गया कि वह उसे नहीं सुन पायी। उसने पुनः दोहराया था... "चाय पिओगी...?" अपूर्वा कुछ नहीं बोली मगर उठकर लाइब्रेरी से बाहर आ गयी।

बाहर निकलकर राजन ने करीम से दो चाय लाने को कहा और उसकी ओर देखकर कहा, "मेरा नाम राजन है और मैं लॉ सेकेंड ईयर में हूँ।" कुछ पलों के लिए दोनों के बीच चुप्पी पसरी रही।

"आपका क्या नाम है...?"

"अपूर्वा"

"आप किस ईयर में हैं...?" पूछा था राजन ने।

"बी.ए. सेकेंड ईयर" बताकर अपूर्वा ने राजन की आँखों में उगते सवालों को एक निगाह देखा।

करीम का एक छोकरा चाय के गिलास में आधी से थोड़ी ज़्यादा भरी हुई चाय दोनों के हाथों में थमा गया। चाय पीने का उसका बिल्कुल मन न था। उस दिन दी गयी सीट के एवज़ में व्यावहारिकता के चलते वह चाय पीने चली आयी थी।

समय ने दोनों के सामान्य परिचय को विशेष में कब बदल डाला, दोनों ही नहीं जान पाये। समय ने सम्बन्धों को स्वाभाविक रूप से गाढ़ा किया था। अब लाइब्रेरी में अपूर्वा और राजन आमने-सामने की सीट पर ही बैठते। दोनों के बीच एक लम्बी स्टडी टेबल ही तो थी। राजन जल्दी आकर पहले से निश्चित सीट को अपूर्वा के लिए रिज़र्व कर लेता। वह थोड़ी देर से आ पाती थी। घर और लाइब्रेरी की दूरी पच्चीस किलोमीटर की थी। इतना लम्बा फ़ासला तय करना शुरू में तो उसे परेशान करता। कभी-कभी बसों की धक्का-मुक्की और मनचलों की फ़ब्तियाँ उसके न जाने का कारण बन ही जातीं पर राजन से परिचय होने के बाद वह बिना नागा लाइब्रेरी जाती। अब तो वह संडे को भी जाने लगी थी। लाइब्रेरी पहुँचकर वह सबसे पहले राजन के साथ चाय पीते हुए ढेरों बातें करती...सहज रूप से घर, आस-पास के माहौल और अख़बार में पढ़ी किसी ख़बर पर...

राजन बोलता कम और सुनता अधिक था। वह जब भी राजन से कुछ पूछती तो यही कहता, "अच्छा तुम बताओ इस पर।" वह जानती थी कि राजन उसके बोलते रहने पर उसे एकटक निहारता रहता। अपूर्वा बोलते हुए राजन की आँखों में कभी-कभी तैरती हुई उदासी और चमक को पकड़ लेती। राजन की आँखें और होंठ उसे बहुत सुन्दर लगते। उसने कई बार कहा भी था, "तुम्हारी आँखें बहुत सुन्दर हैं, लेकिन इनके भीतर की उदासी से डर लगता है।"

सुनकर हौले से दाँत निपोर टाल जाता था वह। कभी राजन बोलता, "अपूर्वा, इन्सान कितनी मुश्किल से जन्म लेकर बड़ा होता है। उसके बनने

में क्या अकेले उसी का अधिकार है। क्या औरों का...माँ-बाप, भाई-बहन या समाज का कोई उत्तरदायित्व नहीं? हम क्यों अपने जीवन पर केवल अपना अधिकार समझ ख़त्म कर देते हैं? पीछे क्या होगा वह हम क्यों नहीं सोचते? क्या आत्महत्या जीवन से पलायन नहीं है? हम क्यों जीवन से पलायन करें? हम उन परिस्थितियों के ख़िलाफ़ लड़ते क्यों नहीं? लड़कियों को संघर्ष करना सीखना होगा।" कहते हुए वह अवसाद से भर जाता...आँखें उग आये काले धब्बों से डरावनी हो जातीं...अपूर्वा को लगता कुछ और पूछने पर आँखें बरसने लगेंगी...ऐसे में ध्यान हटाने के लिए आइसक्रीम खाने को ले जाती। उसने कई बार आँखों में मँडराये काले धब्बों का कारण पूछा था लेकिन हमेशा वह इसे टाल जाता। बाद में पता चला कि उसकी बहन के साथ रेप हुआ था। उसके बाद उसने आत्महत्या कर ली थी। अपूर्वा के बोलते रहने पर कहता, "अपूर्वा, तुम बोलते हुए अच्छी लगती हो पर हमारे समाज में लड़कियों को सुनता कौन है...वह तो सिर्फ़ सुनाने के लिए बनी हैं। इतना पेशेंस तुम लोग लाती कहाँ से हो?''

सावित्रीबाई, डॉ. अम्बेडकर, रैदास, वाल्मीकि...सभी जयन्तियों पर बिना नागा राजन के एस.एम.एस. आते...बधाई के साथ किसी कार्यक्रम की सूचना भी होती। ऐसे ही एक बार एस.एम.एस. भेजने पर अपूर्वा को राजन की जाति जानने की जिज्ञासा हुई थी। पर जाति पूछने की हिम्मत तो नहीं जुटा पायी वह।

एक दिन लाइब्रेरी पहुँचने पर अपूर्वा ने राजन को नहीं पाया। उसका बैग वहीं था, पर वह नदारद...ऐसा पहली बार हुआ था। वह चिन्तित होकर बाहर निकल आयी। करीम चाय वाले के पास खड़े देखा था राजन को। अपूर्वा को देखकर वह उसके पास चला आया...बहुत संयम रखने के बावजूद राजन की आवाज़ में एक तल्ख़ी को महसूस किया था अपूर्वा ने...राजन ने कहा था... "नागपुर की घटना मालूम चली।" समझ गयी थी अपूर्वा कि वह खैरलांजी के बारे में पूछ रहा है...

''हाँ, कल टी.वी. पर देखा।'' एक गहरी उदासी और भारी मन के साथ उसने शब्द बाहर उड़ेले।

"अपूर्वा" कहकर फिर अपने को संयमित करते हुए बड़ी मुश्किल से बोला था वह– "क्या हम लोकतन्त्र में रहते हैं...? क्या मनुष्य सचमुच सभ्य हो

गया है...? हरामियों ने हमारी माँ-बहन के साथ रेप कर दिया। हमारे लोगों..." कहते-कहते रो पड़ा था राजन...अपूर्वा बड़ी मुश्किल से चुप करा पायी थी। फूटकर रोया था राजन। "अपूर्वा...? मैं नहीं जानता कि तुम्हारी जाति क्या है, पर मैं आज तुम्हें अपने बारे में बताना चाहता हूँ...मैं दलित हूँ" ...कहकर थोड़ा रुका और एक गहरी लम्बी साँस लेकर पुनः बोला, ''शायद तुम दलित का अर्थ न समझ पाओ...मैं शेड्यूल्ड कास्ट हूँ। वे मेरे लोग थे जिनकी चाहतों और सपनों को मसल दिया गया। उनका क्या क़सूर था? क्या इस समाज में दलितों को जीने का भी हक़ नहीं...कभी तो मन करता है कि आग का बदला आग...मौत का बदला मौत हो...तभी मानेंगे ये...अब हम कमज़ोर नहीं हैं।" ...कहते हुए तमतमाने लगा था।

गर्म माहौल को कुछ हल्का करना चाहा था अपूर्वा ने...ठिठकी ख़ामोशी को धकेलते हुए अपूर्वा ने कहा, ''राजन...मैं भी एस.सी. हूँ।" सुनकर चौंका था राजन। और अपूर्वा ने उसके विकृत चेहरे पर एक ख़ामोश शान्ति को धीरे से फैलते देखा।

राजन ने कुछ शान्त होकर बताया, "कल एक मीटिंग है...मैं नहीं आ पाऊँगा।"

अपूर्वा को राजन के शब्द अपने कानों में गूँजते महसूस हुए थे, 'आग का बदला आग...मौत का बदला मौत...' दिनभर दोनों लाइब्रेरी में बैठकर पढ़ नहीं पाये थे...वे उन लोगों को नहीं जानते थे, कोई रिश्ता भी नहीं था। फिर यह अपनापा कैसा था? क्या सभी शोषितों के बीच ऐसा ही अपनापा होता है! सोचा था अपूर्वा ने...तुरन्त ही इस पर दूसरे विचार चढ़ आये थे... 'सभी शोषितों के बीच अपनापा नहीं हो सकता...जाति अपनापे में बाधा है। तब क्या शोषितों के बीच अपनापा नहीं हो सकता...? जाति अपनापे में बाधा है तब क्या शोषितों के बीच ही अपनापा होगा? हिन्दुओं ने हमारे लोगों के घर जलाये थे।'

उसे पिताजी के शब्द यकायक याद आये, "बेटा हम हिन्दू नहीं बौद्ध हैं, बाबा साहेब ने ऐसा ही बताया है। हिन्दू धर्म आततायियों का है...'' फिर अपूर्वा को कुछ दिन पहले हिस्ट्री के पेपर की तैयारी के दौरान हिन्दू धर्म के बारे में पढ़ते हुए अबुल फ़ज़ल का कथन याद आया, "हिन्दू अनुकूल

आचरण करने वाले और सबके प्रति दयालु होते हैं। उनका संसार में किसी से बैर नहीं..." अगर ऐसा है तब गोहाना में हमारे लोगों के घर क्या मुसलमानों या ईसाइयों ने जलाये थे? फिर बाबरी मस्जिद तोड़ने वाले या उड़ीसा में फादर स्टेंस को जलाने वाले कौन थे... अपूर्वा की चेतना ने पंख फैलाने शुरू किये। पिताजी की बतायी बातें उसके अवचेतन से निकलकर सामने आती जा रही थीं।

'हम हिन्दू नहीं हैं...और जो हिन्दू नहीं वह इस देश में असुरक्षित है।' लेकिन पिताजी ने यह भी बताया था कि यह देश हमारा है... हमारे पुरखे रहते हैं यहाँ। हिन्दू आततायियों की कोई टोली यहाँ चली आयी थी। हमारे पूर्वज तो अहिंसक थे और शान्ति से रहते थे। ग़ुलाम बना लिया था हमें। फिर हमारे लोग मुस्लिम और ईसाई बन गये। सोचते-सोचते उलझती गयी थी अपूर्वा... अचानक एक विचार कौंधा, 'तो क्या इसलिए मुसलमानों, दलित और ईसाइयों को बारी-बारी से जलाया जाता है?' उसे लगा जैसे उसने अन्याय की जड़ों को पहचान लिया। तब तो भारत में मुस्लिम और ईसाई अपने ही हैं...हमारे अपने पूर्वज, मन-ही-मन बुदबुदायी। तो क्या हम अपने देश में भी असुरक्षित हैं? वह सोचकर सिहर उठी थी। उसे बुद्ध के विचार याद आये, "जो हिंसा में विश्वास रखते हैं, मानवता के दुश्मन हैं..."

अगले दिन वह भी लाइब्रेरी नहीं जा पायी...उसका मन नहीं हुआ था। उन अनजाने अपने लोगों के दुख से व दुखी थी। दूसरे दिन सवेरे अपूर्वा जल्दी ही लाइब्रेरी पहुँच गयी। आज उसने राजन के लिए सीट आरक्षित की थी और ऐसा पहली बार हुआ था। सीट पर बैठकर हिन्दी साहित्य की किताब निकालकर पढ़ने लगी। भक्तिकाल का सन्त साहित्य उसे अधिक भाता। वहाँ उसे अपनापा लगता और जहाँ अपनापन लगता है इन्सान वहीं सहज होता है। अपूर्वा भी राजन के साथ अब अधिक सहज हो गयी थी। उसने राजन के प्रति अपने मन को मुक्त कर दिया था। उसे अब राजन पर प्यार आता था। उसमें वह अपने को तलाशती।

अपूर्वा ने राजन को लाइब्रेरी में घुसते हुए देखा। हाथ के इशारे से उसने राजन को सीट के बारे में बताया। फिर उठकर राजन के साथ बाहर चली आयी। उसने राजन के चेहरे पर उदासी देखी थी। वह तनाव में था, लेकिन शान्त था। आँखें लाल, पथरायी हुई-सी जान पड़ीं... आँखों से नमी का

निकलकर पथरा जाना बहुत ही भयावह होते जाने का संकेत है। उसके चेहरे की शान्ति भीतर के भूचाल को बता रही थी। चाय का ऑर्डर दे शुरुआत अपूर्वा ने ही की थी, "कैसा रहा कल?" चेहरे पर तेज़ी के साथ चढ़ते-उतरते भावों को देखा था...तमतमा उठा वह...''पूरे गाँव में नंगा घुमाकर रेप किया था। हमदर्दी के नाम पर लोग नेतागीरी करने पहुँच रहे हैं...हमारे लोग रो रहे हैं, हमारी समृद्धि बर्दाश्त नहीं कर पाये...वो..." लाख संयम रखने के बावजूद सहज नहीं हो पाया था, ''सवर्णों की तरह क्या ओ.बी.सी. से भी अब हमें लड़ना होगा? पूरे देश में कभी यादव, कभी जाट और गुर्जर हमें मार रहे हैं? जिन्हें ब्राह्मणवाद से लड़ने के लिए हमारे साथ आना था, वही अन्याय करने पर आमादा हैं। ...अब हमें सोचना होगा।"

कुछ दिन बहुत ही बेचैन और परेशान रहा था राजन। बड़ी मुश्किल से उसे सहज कर पायी थी अपूर्वा। राजन किसी संगठन के कार्यक्रमों में हिस्सेदारी करता...वह अपूर्वा को भी चलने को कहता। कभी वह टाल जाती तो कभी ज़्यादा मनोव्वल करने पर चली भी जाती। सच तो यह था कि राजन जब भी मनौव्वल करता उसे बहुत अच्छा लगता।

सितम्बर के पहले सप्ताह का अन्तिम दिन था। पिछले तीन दिनों से बारिश के कारण अपूर्वा लायब्रेरी नहीं जा पायी थी। जाती भी तो कैसे? पिताजी घर पर मानुषी और विवेक के साथ छुट्टी किये बैठे थे। खाने के शौकीन पिताजी ने कभी पकौड़े, कभी कचौरी और कभी पराँठे की फ़रमाइशों से घर के रुटीन को उलट डाला था। बहुत दिनों के बाद बाहर की भागमभाग से घर का माहौल ख़ुशगवार हुआ था। तीन दिनों तक तला हुआ खाने से अब उसे देखते ही उबकाई आती थी। पूरे घर में तेल की महक अब भी तैर रही थी। अपूर्वा बाहर निकलना चाहती। वैसे भी तीन दिन तक राजन से न मिलने पर वह बेचैन हो उठी। जैसे ही चौथे दिन आकाश थोड़ा खुला वह जल्दी तैयार होकर घर से निकल गयी। उसे डर था कि कहीं हल्की-सी बारिश शुरू हुई नहीं कि उसका निकलना आज भी मुश्किल हो जायेगा। बारिश से मौसम तो ख़ुशनुमा हो गया, पर ज़मीन पर चलना दूभर। बड़ी मुश्किल से पाँव जमाते हुए वह बस स्टैंड तक आयी थी। प्रायः वह पौने नौ की ही बस लेती, लेकिन आज वह आठ बजे ही स्टैंड पर पहुँच गयी थी। उसे ज़्यादा इन्तज़ार नहीं

करना पड़ा। उसने जल्दी ही बस में चढ़कर सीट ली और राजन की स्मृतियों से जुड़ती चली गयी।

यूनिवर्सिटी का नाम सुनकर वह झटके से ख़यालों से निकली और जल्दी से बस से उतर गयी। वह पंख लगा उड़कर लाइब्रेरी पहुँचना चाहती थी। वह जानती थी कि राजन दस बजे से पहले लाइब्रेरी नहीं आयेगा और उसमें अभी आधा घण्टा बचा है। पर चाहतों पर किसका बस...उसने सोचा... 'क्या पता राजन आज जल्दी आ गया हो...'

अपूर्वा के लाइब्रेरी पहुँचने के बीस मिनट बाद आया था राज़न। इस दरम्यिान किताब खोले हुए कनखियों से न जाने कितनी बार आँखें बाहर दरवाज़े का मुआयना कर चुकी थीं। राजन को देखते ही अपूर्वा की हार्टबीट बढ़ गयी। रोमांचित होते हुए भी उसने मनोवेगों को क़ाबू कर लिया था, जबकि राजन ने लाइब्रेरी में बैठे अन्य लोगों का ध्यान रखते हुए हौले से शिकायती लहजे में कहा था, ''तीन दिन के बाद आज बादलों से चाँद कैसे निकल आया है...?"

कुछ बोल नहीं पायी थी अपूर्वा...वह उठकर लाइब्रेरी से बाहर निकल आयी। करीम को चाय के लिए बोलकर कहा, "कैसे आती...? तीनों दिन पिताजी, मानु और विवेक घर पर थे...तुम लड़कों को क्या डर...? जब चाहो मुँह उठाकर बिना कहे निकल जाओ...कौन पूछता है तुम्हें...''

राजन समझ गया कि अपूर्वा नाराज़ हो गयी है। उसने बनावटी शिकायत का झीना पर्दा डाले हुए ही कहा, "ऐसा पहली बार हुआ है कि मेरा बैग लाइब्रेरी में था और मैं बाहर। क्या करता! तुम्हें देखे बिना कहाँ सुकून...?"

"बस रहने दो, ज़्यादा डायलॉग नहीं।" कहा था अपूर्वा ने।

झेंपते हुए राजन ने कहा, "क्यों न आज कहीं घूमने चलें? जहाँ तीन दिन नहीं पढ़े, वहाँ एक दिन और सही।"

सुनकर कुछ देर चुप रही थी अपूर्वा। राजन दोबारा पूछने की हिम्मत जुटा ही रहा था कि अपूर्वा ने कहा, "चलो... पर कहाँ?"

"तुम बैग तो उठाओ...चलते-चलते सोच लेते हैं।" और सचमुच बस स्टैंड तक आते-आते सोच लिया था राजन ने।

बस लेकर दोनों पुराना किला पहुँचे। अपूर्वा ने झील में भरा हुआ पानी देखकर मचलते हुए कहा था, "राजन, आओ बोटिंग करते हैं।" आज अपूर्वा को आकाश पहले से नीला दिखा था, रोमानी नीला। पानी का रंग भी तो आज नीला था। कहीं यह उसकी आँखों का दोष तो नहीं। सोचा था उसने। बोट में बैठते हुए पानी के तल में भी नीलाई को महसूस किया था उसने। उसने राजन से पूछा, "आज मुझे सब कुछ नीला क्यों लग रहा है?"

"यह हमारी मुक्त चाहतों और सपनों का रंग है..." कहा था राजन ने।

"क्या खैरलांजी के लोगों की चाहतों का रंग भी नीला था, हमारी चाहतों जैसा?" अपूर्वा ने फिर पूछा था...अपूर्वा ने राजन को विचारों की गहराई में डुबकियाँ लगाते हुए देखा। वह समझ गयी कि उसने राजन के भावुक ग़ावों को कुरेद डाला है। उसने बोट में राजन की बगल में बैठते हुए उसका हाथ अपनी दोनों हथेलियों के बीच में रख अपनी दाहिनी हथेली से सहलाकर राजन की आँखों में झाँकते हुए पूछा था, "राजन, इन बातों का क्या भावुक होने से कोई सॉल्यूशन निकल आयेगा? भावुकता हमारी ऊर्जा को सोख लेती है। हमें संयत होकर सोचना होगा। ठण्डा लोहा ही गर्म लोहे को काटता है...भावुकता गर्म हवा का झोंका ही तो है जो झुलसाता है, परेशान करता है।" वह अपनी रौ में न जाने क्या-क्या बोलती गयी। कहते-कहते राजन को एकटक अपने को निहारते देख अपूर्वा रुक गयी थी। राजन की आँखों में शरारत के बादलों को घुमड़ते हुए पाया था उसने, बेचैनी को पढ़ लिया था। राजन ने उसके हाथ को अपने हाथ में लेते हुए उसकी गरमाहट और संवेदना को महसूस किया।

दोनों आज पहले से कहीं अधिक क़रीब हो चले थे। पहली बार दोनों घूमने निकले थे। पहली बार आदर्शों की घटाओं से निकलकर सहज मानवीय ज़मीन पर उतरे थे। क्या आदर्श हमारे मानवीय होने में बाधा हैं? बेहतर होने की चाह हमारी मानवीय इच्छाओं को ढाँप लेती है। अनेक प्रश्न कौंधते और सॉल्यूशन के रूप में जवाब भी साथ ही तैरते आते। राजन ने पूछा था, "क्या इन पलों को हम परमानेंट नहीं बना सकते?"

सुनकर अपूर्वा ने अपने को बोट के एक कोने में समेटा और अपने दायें हाथ को पानी में उतार दिया था। उसने पानी के भीतर ही अपनी हथेलियों को

खोल दिया। पानी उसकी उँगलियों के बीच से निकल रहा था। उसने हथेलियों को बन्द करके पानी को उसमें क़ैद करना चाहा था। उसे लगा कि उसके भीतर बैठी चिड़िया उड़ना चाहती है, दूर असीम...मुक्त नीले आकाश में चिड़ियाँ चहचहाने लगी हैं। होंठों को बुदबुदाते हुए महसूस किया था।

अपूर्वा ने बी.ए. थर्ड ईयर पास करके एस.एस.सी. की परीक्षा दी थी। आज उसी का रिजल्ट आना था। शाम होते-होते उसने जान लिया कि वह एस.एस.सी. की परीक्षा में पास हो गयी है। उसने राजन को लैंडलाइन फ़ोन पर इसके बारे में अति हर्ष के साथ बताया। उसने यह भी बताया था कि कुछ दिनों तक वह लाइब्रेरी नहीं आ पायेगी। उदासी को राजन की आवाज़ में पकड़ लिया था अपूर्वा ने। "कुछ ही दिनों की तो बात है, फिर...हो सकता है कि..." कहकर शरारत करते हुए चुप हो गयी थी अपूर्वा।

"फिर...हो सकता है कि..." बेचैनी से पूछा था राजन ने, "...हो सकता है कि मुलाक़ात के पल स्थायी हो जायें..." कहकर अपूर्वा ने उधर से राजन की तेज़ साँसों को सुना था। वह कुछ दिनों तक नौकरी की औपचारिकताओं को पूरा करने में लगी रही। उसे नियुक्ति—पत्र भी मिल गया। उसकी नियुक्ति बाल कल्याण मन्त्रालय में हुई थी।

इसी बीच अपूर्वा ने राजन के साथ सम्बन्ध को एक आकार देने के लिए माँ से बात की। बात तो पिताजी से वह सीधे भी कर सकती थी, पर अपने बारे में, वह भी अपनी ही शादी की बात! इसीलिए उसने राजन के बारे में माँ को सब कुछ बता दिया था। सुनकर माँ चौंक गयी थी। उसे एक बार को तो विश्वास ही नहीं हुआ था। दिनभर माँ चुप रही थी... अपूर्वा माँ के स्वभाव को जानती थी। माँ का चुप हो जाना उनके अशान्त और बेचैन मन का संकेत था। किसी बात पर सहमत न होने पर भी वह चुप हो जाती थी। लाख कोशिशें करो पर मज़ाल है कि कोई उन्हें बुलवा पाये। अपूर्वा ने माँ को राजन के बारे में बता तो दिया था, पर अब वह पछता रही थी, 'क्या ज़रूरत थी माँ को बताने की? पिताजी से डायरेक्ट भी तो कहा जा सकता था। ऐसा न हो कि माँ के संस्कार...लेकिन माँ ऐसा क्यों करेगी? क्या दुनिया की कोई भी माँ अपने ही आँचल की खुशियों का गला दबायेगी।' ऐसे अनेकों विचार अपूर्वा के मन में चहलक़दमी करते डरा रहे थे।

माँ का परिवार दिल्ली के करोलबाग में ही रहता था। दसवीं में फेल होकर माँ ने जब आगे न पढ़ने की घोषणा की थी तब किसी ने दबाव भी नहीं डाला था, आगे पढ़ने का। लड़कियों को दबाव देकर पढ़ाता भी कौन है? वह तो पिताजी...माँ देखने में जितनी सुन्दर थी, उतनी ही व्यावहारिक भी। करोलबाग के 'आँगन' रेस्तराँ का रास्ता माँ ने ही तो दिखाया था पिताजी को। माँ बताती थी, "तू जब मेरे पेट में थी तो हर हफ़्ते खाने जाते थे वहाँ।"

माँ गोरी थी, नानी जैसी। लेकिन क़द नाना जैसा लम्बा। अपूर्वा ने भी माँ की तरह क़द-काठी पायी थी, पर रंग में पिताजी जैसी तांबई थी।

शाम घिरते ही अपूर्वा की बेचैनी बढ़ गयी थी। वह अपने कमरे में बैठी पत्रिका के पन्ने उलट रही थी। नौकरी ज्वाइन करने के बाद आज उसकी पहली छुट्टी थी। फिर से माँ को पिताजी से बात करने को कहने की उसकी हिम्मत नहीं हुई। पिताजी दूसरे कमरे में मामाजी के साथ किसी गम्भीर बातचीत में मग्न थे। वैसे मामाजी घर पर कम ही आते थे। बिज़नेस के सिलसिले में उन्हें अधिकतर दिल्ली से बाहर ही रहना पड़ता। फलों के थोक व्यापारी थे वे। प्रत्येक सीजन फल के लिए कभी नागपुर, कभी यू.पी., कभी शिमला जाकर फलों को पसन्द करते, पेशगी देते और वापिस चले आते। वहाँ से व्यापारी ट्रकों में माल लादकर आज़ादपुर मण्डी में भेजते, जहाँ पर मामाजी उन्हें बेच देते। वे जब भी घर आते थे, ढेरों सीजनी फल लाते। कभी लीची की पेटियाँ तो कभी सन्तरे, अनानास या आम। सेब और अंगूर मानुषी को बहुत अच्छे लगते तो अपूर्वा को सन्तरे और आम। विवेक सभी फलों को खा लेता। मामाजी चार महीने बाद घर आये थे। जून में जब आये थे तो आम और खरबूजे लाये थे। हफ़्ते भर सब उन्हें खाते रहे थे...अब की वे सेब और अंगूर लाये थे। पिताजी और मामाजी में ख़ूब छनती थी। बिज़नेसमैन होते हुए भी मामाजी सामाजिक कार्यों में रुचि लेते। वैसे भी करोलबाग जहाँ वे रहते, दिल्ली की दलित राजनीति और गतिविधियों का केन्द्र माना जाता। सभी दलित जातियाँ वहाँ थीं। लेकिन सभी अपनी-अपनी उपजातियों के खोल में सिमटीं, दलित आन्दोलन चलाती हुईं।

अपूर्वा की नौकरी लगने के बाद मामाजी का यह पहला आगमन था। वे आकर सबसे पहले बच्चों से ही मिलते थे।

अपूर्वा ने माँ को पिताजी और मामाजी के पास भीतर जाते हुए देखा था। घण्टा भर होने को आया, लेकिन बाहर नहीं आयी। उसने कभी भी भीतर होती बातों पर ध्यान नहीं दिया था। आज वह आँखें और कान दरवाज़े पर ही गड़ाये थी। वह आज सब कुछ सुनना चाहती थी। आज की चर्चा का विषय अपूर्वा ही थी। अपने बारे में जानने की चाहत इन्सान के धैर्य को क्षीण कर देती है। समय एक भार जैसा लगा था उसे। उस भार को परे ढकेलना अपूर्वा के बस से बाहर था। कभी उसे कमरे में एकदम शान्ति सुनाई देती तो कभी मामाजी और पिताजी की तेज़ आवाज़ें।

अपूर्वा ने माँ को कमरे से बाहर निकलकर आते देखा। माँ का चेहरा तनाव में खिंचा हुआ दिखायी दिया था, "तुम्हारे पिताजी बुलाते हैं।" उन्होंने हल्के रुँधे गले से कहा।

ख़राब समय की आशंका ने अपूर्वा की धड़कनों की रफ़्तार को बढ़ा दिया, चाहतें डूबने लगी थीं। कुर्सी से खड़ा होने में पूरी ताक़त लगानी पड़ी थी उसे। क्या होगा...? सोचा था उसने। कमरे में घुसते हुए मामाजी को दायीं तरफ़ खिड़की के पास सोफ़े पर बैठे पाया और पिताजी ठीक उनके सामने थे। उनके पीछे की दीवार पर बुद्ध और अम्बेडकर की बड़ी-सी तस्वीर लगी थी। बीच टेबल पर दो खाली चाय के कप रखे थे, जिनके भीतर चाय के सूखने पर हल्के पीले धब्बे उसने देखे थे। अपूर्वा पहली बार पिताजी का सामना करने में घबरायी थी। आज उसके जीवन का फ़ैसला था। तब क्या पिताजी और मामाजी आज जज बन गये थे। ...क्या माँ भी उनके साथ शामिल हैं? सोचा था उसने। इन्सान अपने भविष्य का फ़ैसला ख़ुद क्यों नहीं कर सकता...? वह सोचते हुए खाली कुर्सी पर धँसती चली गयी थी। माँ अभी खड़ी थी।

"तुम भी बैठ क्यों नहीं जातीं..." रूखी आवाज़ में कहा था पिताजी ने। अपूर्वा के भीतर की चिड़िया ने सहमकर पंखों को समट लिया था। गहरी अवसाद भरी ख़ामोशी पिताजी ने ही तोड़ी, "अपूर्वा, तुम्हारी मम्मी ने बताया था।'' सर्द लहजे में कहकर चुप हो गये थे। ऐसा लगा जैसे बाक़ी शब्द गले में अटककर रह गये हों, "किसी लड़के का जिक्र किया था।" कहकर जैसे ज़ोर

लगा मुँह से बाहर शब्दों को थूका। उसने पिताजी की ऐसी आवाज़ पहले कभी नहीं सुनी। बात फिर से ठहर गयी थी।

मामाजी ने ठहराव को तोड़ा था, "अपूर्वा...देखो, लड़का है तो अपना ही...लेकिन हमारा समाज इसके लिए अभी तैयार नहीं होगा। हम मान भी लें। ...लेकिन आगे मानुषी...क्या होगा उसका? तुम्हारी तो शादी, चलो हो जायेगी। समाज की नाराज़गी को हम झेल लेंगे...मामला सिर्फ़ यहीं तक का तो नहीं?" कहकर मामाजी चुप हो गये थे।

अपूर्वा ने नज़रें उठाकर पिताजी को देखा था। वे गर्दन झुकाये बैठे थे। अपूर्वा उनकी आँखों में देखना चाहती थी। क्या यही विचार पिताजी के भी हैं...? उसे विश्वास नहीं हो पाया था। सपनों और चाहतों को उगाने वाले पिताजी इतने संस्कारधर्मी और भीरू कब से हो गये? उसे माँ की आँखों में झाँककर देखने की इच्छा हुई थी। माँ को कातर निगाहों से अपनी ओर ही देखते पाया था उसने। तो क्या माँ भी शामिल थी बेटी के पंख कतरने में? माँ ख़ामोश थी, हमेशा की तरह असहमति में या नाराज़गी में। पर आज तो उन्हें बोलना चाहिए, सोचकर अपूर्वा ने याचक के रूप में आँखों से अपनी चाहतों का दामन माँ के सामने फैलाया। अपूर्वा को अपनी ओर देखते हुए माँ ने पिताजी की ओर देखा। ख़ामोशी बहका न दे, यह सोचकर मामाजी ने अपूर्वा से कहा, "यह मत सोचना अपूर्वा कि हम तुम्हारी ख़ुशियाँ नहीं चाहते। हमसे बढ़कर बच्चे की ख़ुशियाँ कौन चाहेगा...? अगर मामला सिर्फ़ तुम्हारी ख़ुशियों तक सीमित रहता तो कोई बात नहीं थी लेकिन आँच तो हमारे घरों तक भी आयेगी। अगर दीदी और जीजाजी मान भी जाते हैं तो तुम्हारे नाना-नानी और हम तो शादी में शामिल नहीं होंगे। ...हमें अपने बच्चों के बारे में भी तो सोचना है।" कहकर ढीले होते शिकंजे को उन्होंने कसने की कोशिश की थी। मामाजी को डर था कहीं पिताजी राज़ी न हो जायें।

"नहीं होते हैं तो न हों नाना-नानी और मामा-मामी शामिल! ...कौन-सी आफ़त आ जायेगी?" मौन चीत्कार भीतर गूँजा था अपूर्वा के। "रही बात मानुषी की तो वह भी पढ़कर आत्मनिर्भर होकर अपने लिए चुनाव ख़ुद ही कर लेगी।"

मामाजी फिर बोले, "देखो अपूर्वा! कहने को तो सभी दलित एक ही हैं, लेकिन जो लड़का तुमने पसन्द किया है वह जाटव है और हम चमार...हालाँकि ब्याह-बेटी के सम्बन्ध जाटवों ने ही हमसे ख़त्म किये हैं। अब अगर हमारी लड़की जाटवों के यहाँ ब्याही जायेगी तो क्या इसमें हमारी नाक नीचे नहीं होगी? समाज में जाति न हो तब इसे मानना पागलपन है, लेकिन जब सारे काम जाति देखकर ही होते हैं तो..." अपूर्वा के लिए दलितों के भीतर जाटव और चमार का झमेला एकदम नया था। हाँ, चमार-चूहड़े, धानक, खटीक, डोम, पासी, महार और बनजारे आदि दलितों की उपजातियाँ उसे मालूम थीं। 'इन्हीं के बीच तो एकता की बात बाबा साहेब ने की थी।' पिताजी बचपन से यही सब तो बताते आये थे।

अपूर्वा ने कभी नहीं सोचा था कि चमार और जाटव का झगड़ा सबसे पहले उसके सपनों को ही खा जायेगा। उसने राजन से कभी नहीं पूछा था उसकी उपजाति के बारे में। वह तो संयोग से एस.एस.सी. का फॉर्म भरते समय कास्ट सर्टिफ़िकेट की जीरॉक्स कॉपी करते हुए राजन की नज़र उपजाति वाले कॉलम पर पड़ी थी, "अच्छा तो तुम चमार हो! और हम जाटव हैं।" कहा था राजन ने। पर अपूर्वा के लिए तो सभी दलित एक ही हैं। यही सब तो उसने बचपन से सीखा है। आज पिताजी का यह दोहरा व्यवहार क्यों? पिताजी कुछ बोलते क्यों नहीं...वह मामाजी को डाँट क्यों नहीं देते। लगता है अपूर्वा के ख़िलाफ़ षड्यन्त्र रचा जा चुका है। इसके सूत्रधार मामाजी ही लगे थे।

'शिक्षा हमें सही, ग़लत में चयन का विवेक देती है...हमारी ऊर्जा को दोगुना कर देती है...' उसे बचपन में सिखाये गये पिताजी के ये वाक्य स्मृति से बाहर निकलकर गूँजते दिखे थे...यह क्या हो गया आज पिताजी को...इतने रेडिकल...लेकिन आज, आज वे अन्य पिताओं जैसे संस्कारी और जातिबद्ध हो गये थे...समाज को सामाजिक बीमारियों के बारे में बताने वाले पिताजी आज ख़ुद कैसे सामाजिक व्याधियों से घिरे थे...उसे पूरी दुनिया खोखली नज़र आयी थी...बाहर विचारों से हृष्ट-पुष्ट दुनिया संस्कारों में कितनी पुरातन है। तो क्या पिताजी की सोच अभी भी पुरातन है? वे क्या सिर्फ़ कहने में रेडिकल हैं? उसे पूरी दुनिया संस्कारी लगी थी। ऐसे में समाज कैसे बदलेगा? उसने सोचा।

दोहरे व्यक्तित्व में जीते हैं हम...निर्णायक पल ही हमारे विचारों की असली कसौटी हैं? क्या सही है और क्या ग़लत यह विचार नहीं, बल्कि सामाजिक संस्कार ही तय करते हैं। अपूर्वा ने पिताजी को देखते हुए कहा, "पिताजी, क्या आप भी यही चाहते हैं?"

उसे मामाजी की आवाज़ फिर सुनाई दी थी, "जीजाजी, आप ही बता क्यों नहीं देते सब कुछ?" पिताजी ने चेहरा ऊपर उठाकर सख़्त होने की कोशिश की। बहुत मेहनत करनी पड़ी थी उन्हें इसके लिए... "अपूर्वा, तुम्हारे मामाजी ठीक कहते हैं...अभी हमारा समाज तैयार नहीं है। भले ही हम कितने प्रगतिशील हो जायें...लेकिन रहना तो हमें अपनी जात में ही है। हमें जाति तोड़नी होगी, लेकिन अभी थोड़ा वक़्त लगेगा। बाक़ि तुम्हारी मर्ज़ी है। मैं तुम्हें रोक नहीं रहा, लेकिन..." कहकर चुप हो गये थे।

उसे आज पिताजी ऐसे कसाई लगे थे जिसने अपने घर में ही किसी मेमने को प्यार से पाला हो और अन्त में ख़ुद ही उसकी गर्दन को दबोच लिया हो। अब माँ ही बची थी जो पिताजी को मना सकती थी, लेकिन वह तो ख़ामोश थी...दुनिया की सभी औरतों ने ख़ामोशी का वरण क्यों किया? औरतें कब ख़ामोशी को तोड़ेंगी? अपूर्वा ने माँ की पलकों के कोरों से आँसुओं को ढुलकते हुए देखा।

"अपूर्वा, हमारी सोच असली जीवन से आगे की होती है। हम सोचते हैं आदर्श लेकिन हमें सच का दामन कभी नहीं छोड़ना चाहिए। जीवन का सच आदर्श से कहीं अधिक क्रूर है। हम केवल अपने बारे में ही तो नहीं सोच सकते। शिक्षा हमारे निजत्व का ही विकास नहीं करती, बल्कि वह हमें सामाजिक और पारिवारिक ज़िम्मेदारियों को भी उठाना सिखाती है। अगर तुम परिवार और भाई-बहनों की चाहतों की बलि देकर व्यक्तिगत जीवन को बेहतर करना चाहो तो करो, पर मैं तुम्हें इसकी इजाज़त हरगिज़ नहीं दूँगा।" कहकर पिताजी कमरे से बाहर निकल गये थे।

मामाजी ने एक ठण्डी लम्बी साँस ली थी। उनके भीतर कुछ अटका हुआ था, जो अब धीरे-धीरे सामान्य हो चला था। लेकिन माँ का रो-रोकर बुरा हाल था। मामाजी बहुत देर तक कमरे में ख़ामोश बैठे रहे थे...उनके संस्कार जीते

थे...पर रिश्ते के ताप और आदर्शों को कमज़ोर करके। धीरे से बिना कुछ बोले वे उठकर चले गये। माँ को अकेली छोड़ अपूर्वा अपने कमरे में चली आयी थी।

अपूर्वा ने होश सँभालने के बाद पहली बार इतना भार मन और दिमाग़ पर महसूस किया था। जब भी वह परेशान होती या कहीं उलझ जाती तो तुरन्त पिताजी के पास चली जाती थी, समझने या समाधान के लिए। लेकिन आज...अब वह कहाँ जाये, सुलझाने वाले ने ही तो उलझाव पैदा किया है। रोती रही थी अपूर्वा रात-भर। चिड़ियों के चहचहाने ने अँधेरे के जाने और उजाले के आने की सूचना दी थी। सुबह को रोशनी से महसूस किया था उसने। लेकिन यह सब बनावटी लगा था उसे। उसके भीतर घिर आये अँधेरे को यह उजाला रोशन नहीं कर सकता था। उसे यह सुबह अपनी नहीं लगी थी। तो क्या स्त्री की सुबह और उजाले अलग-अलग होते हैं? वह राजन को क्या जवाब देगी? क्या उसे मना कर दे? क्या वह घर से चली जाये? क्या वह झुककर सब कुछ मान ले? सब के जीवन की छद्म खुशियों और परिवार को बचाने के लिए क्या वह अपनी चाहतों को बदरंग बना दे। माँ ने आकर आँखें बन्द किये जागती अपूर्वा को जगाने के लिए पुकारा था। उसने अधखुली पलकों से माँ को देखा। सिरहाने बैठकर माँ ने उसके बालों को हाथों से सहलाते हुए कहाँ, "उठ जा बेटी...मैं जानती हूँ कि यह ग़लत है...लेकिन हमारी क़िस्मत में केवल निर्णयों को मानना लिखा है। हमें अपना निर्णय कहाँ लेने देता है समाज? कहीं भी चले जाओ, सभी पुरुष एक-से होते हैं।"

अपूर्वा ने अपनी आँखों के कोरों से गर्म बूँदों को गालों से फ़िसलते महसूस किया। वह माँ के सीने से लग फफक पड़ी। माँ-बेटी की रुलाईयों से कमरा भी एकबारगी दहलने लगा था।

अपूर्वा ने हफ़्ते भर राजन से कोई बात नहीं की। कितनी बार उसका फ़ोन ऑफ़िस में और घर के फ़ोन पर आया था। न होने का उदास बहाना कहलवाया था उसने। वह जानती थी कि राजन का सामना वह नहीं कर पायेगी। घर में पिताजी उसका सामना करने से बचते रहते। ऑफ़िस से आकर वह अपने कमरे में चली जाती और कोई किताब या पत्रिका लेकर उसके पन्ने पलटते सोचती

जाती। उसने मौन प्रतिरोध करने का फ़ैसला किया था। वह जानती थी यह ग़लत है, पर वह इसे तय कर चुकी थी।

एक दिन सुबह ऑफ़िस जाते हुए उसने अपनी पूरी ऊर्जा को इकट्ठा करके आवेगों को संयमित कर राजन को फ़ोन किया था, "हैलो...हाँ राजन, मैं अपूर्वा! कैसे हो?"

राजन के लिए यह अप्रत्याशित था, "हैलो...अपूर्वा, कहाँ चली गयी थीं तुम? न कोई फ़ोन...न...क्या हो गया? तुम्हें मैंने कितनी बार फ़ोन किया... कितना परेशान रहा मैं?" ढेरों सवाल राजन दनादन बेचैनी के साथ उड़ेलता गया था।

सुनकर अपनी आवेगी साँसों को संयमित करते हुए अपूर्वा ने कहा था, "राजन, मैं अब मिल नहीं पाऊँगी तुमसे...हमें अब..."

"लेकिन क्यों?" अपूर्वा की बात को बीच से चीरते हुए कहा था राजन ने। आगे कहने लगा, "अपूर्वा, क्या बात है? क्या हम एक बार मिल नहीं सकते... प्लीज।"

राजन की आवाज़ में याचना को महसूस किया था अपूर्वा ने। बोली, "ठीक है, लंच के बाद मैं आज हाफ लीव ले लूँगी। क़ॉफी हाउस में मिलते हैं।" कहकर अपूर्वा ने सख़्त होने की कोशिश की, लेकिन उसकी आँखों में गर्म पानी भर आया था। 'आख़िर राजन की क्या ग़लती है? क्यों उसके सपनों को मार रही है?' वह सोच रही थी।

ऑफ़िस पहुँचने के लिए अपूर्वा ने मेट्रो ली। उसे मेट्रो में सीट मिल गयी थी। मेट्रो ठीक उसके ऑफ़िस के पास से गुज़रते हुए आगे बढ़ जाती थी। इंडिया गेट से एक स्टॉप पहले पड़ता था उसका ऑफ़िस। विचारों में खोयी अपूर्वा ने उद्घोषणा सुनी। 'अगला स्टेशन राजीव चौक...द नेक्स्ट स्टेशन इज़ राजीव चौक।'

वह मेट्रो से उतरकर ऑफ़िस पहुँची।

अपूर्वा ऑफ़िस में कोई काम नहीं कर पायी थी। पिताजी द्वारा बताये ढेरों उदाहरण उसे याद आ रहे थे, 'बेटा, अब दलित एक हो रहे हैं। वे आपस में शादी-ब्याह करने लगे हैं। देखो, जो रियल अम्बेडकरवादी हैं, बौद्धिष्ट हैं वे विचारों को जीवन में उतार रहे हैं। बहुत से चमार समुदाय के लोगों ने

वाल्मीकि, खटीक या फिर धानकों से शादी की है। वाल्मीकि समुदाय के पढ़े-लिखे लोगों ने उपजातियों के बन्धन को तोड़ा है।

पिताजी ऐसे ढेरों उदाहरण उन्हें बताते। लेकिन उसे शब्द याद आता 'रियल अम्बेडकरवादी' तो क्या पिताजी रियल अम्बेडकरवादी नहीं हैं? मामाजी के घर जब भी वह जाती थी तो उनकी बेटी आशिमा उसे बताती, 'दीदी, पड़ोस में रहने वाली सरोज ने धानकों के लड़के से शादी कर ली, कोई झगड़ा नहीं हुआ।' कभी कहती, 'अपूर्वा दीदी, पता है मेरे मामाजी के लड़के ने वाल्मीकि लड़की से शादी की थी। हम भी गये थे वहाँ...बड़ा मज़ा आया था...'

ऐसी शादियाँ करने वाले ही क्या रियल अम्बेडकरवादी हैं? क्या कभी जाति हमारे समाज से ख़त्म हो पायेगी...? उसने ऑफ़िस से आधे दिन की छुट्टी ली और भारी क़दमों से क़ॉफी हाउस के लिए निकल गयी। ऑफ़िस से ज़्यादा दूर नहीं था क़ॉफी हाउस। उसने पैदल चलकर पहुँचना ही मुनासिब समझा। क़ॉफी हाउस में भीड़-भाड़ ज़्यादा थी। दोपहर को आस-पास सरकारी एवं प्राइवेट ऑफ़िसों से घिरे क़ॉफी हाउस में लोग लंच करने चले आते। एक तो यहाँ लम्बे समय तक बैठने का पूरा मौक़ा रहता, दूसरा पॉकेट की रेंज के कारण एक ख़ुशनुमा बड़े होने का एहसास भी। मन में फूटती कोंपल लिए युवक-युवतियाँ भी बेधड़क आते थे। यहाँ उन्हें एकान्त भले ही न मिले लेकिन किसी कोने की सीट तलाश वे एकान्त बना ही लेते। यहाँ पत्रकारों, लेखकों और बहुत से व्यावसायिक या सामाजिक संगठनों की गोष्ठियाँ भी ख़ूब होतीं। कॉफ़ी की प्यालियों में बहुत-सी चाहतें और सपने परवान चढ़ते। क्रान्ति की घोषणाएँ क़ॉफी की चुस्कियों के साथ जज़्ब होतीं। विचारों के साथ खेलने का अड्डा भी था यह। साउथ इंडियन खाना खाने वालों की भी यहाँ भरमार होती। लाल और नीले रंग की कुर्सियाँ, पेप्सी और कोक वाले अपने प्रचार के लिए मुफ़्त में दे जाते, जिन पर लोग लम्बे समय तक धँसे रहते। क़ॉफी हाउस में घुसते ही कॉर्नर में बैठा दिखा था राजन। अपूर्वा ने धड़कनों की बढ़ी रफ़्तार को पूरी ऊर्जा के साथ ब्रेक लगाकर धीरे किया था। राजन की आँखें हमेशा की तरह उदास थीं और चेहरा शान्त। 'चेहरे पर किसी भाव का न होना क्या भावशून्य हो जाना है?' तुरन्त ही दूसरा विचार पहले वाले विचार पर चढ़ आया।

इन्सान चेतना खोकर भी भावशून्य होता है तो क्या राजन चेतना खो बैठा? सोचकर थरथरायी थी वह।

"हैलो राजन, हाउ आर यू?" अन्तरंगता को औपचारिकता में लपेटकर उसने कहा।

"हैलो।" संयत हो पूछा था राजन ने, "कॉफी लोगी या ठण्डा?"

"कॉफ़ी लूँगी।" राजन दो क़ॉफी ट्रे में लिए चला आया। कुछ इधर-उधर की बातचीत करते औपचारिक हुए रिश्ते को सामान्य करने की कोशिश की। बात अपूर्वा ने ही शुरू की, "राजन, हमारे अलग-अलग उपजाति से होने के कारण, पिताजी और मामाजी ने हमारी शादी के लिए एकदम से मना कर दिया है। हक़ीक़त की ज़मीन पर काँटें उगे हैं। हमारे अपने रेडिकल लोग भी उन काँटों को खाद-पानी दे रहे हैं। मुझे माफ़ कर देना राजन, मेरे सपने तो... खैर! कोई बात नहीं, लेकिन तुम्हारे सपनों को तोड़ने की मैं ही अपराधिनी हूँ। लड़कियों के सपने की क्या क़ीमत है यहाँ? जाति तोड़नी है बस इन्हें। ख़ुद मुक्त होना है। दलित औरतों को ग़ुलाम बनाकर ही रखना है। एक गुलाम दूसरे ग़ुलाम की मदद क्यों नहीं करता? दलित पुरुष तो मुक्त हो ही जायेंगे एक दिन, लेकिन हम दलित औरतों की ग़ुलामी का क्या? बाबा साहेब ने कहा था, 'वे हिन्दू जात में पैदा हुए हैं, हिन्दू जाति में मरेंगे नहीं।' लेकिन हम औरतें कहाँ जायें? जहाँ देखो वहीं..." कहकर डबडबायी आँखों को साफ़ किया उसने।

राजन ख़ामोश था जैसे हमेशा की तरह कह रहा हो, 'अच्छा तुम बताओ इस पर।' ख़ामोशी को शब्दों से मुक्त किया था राजन ने, ''तो क्या तुम भी पिताजी और मामाजी के फ़ैसले को मान रही हो? सब कुछ समझते हुए अगर तुम्हारी जैसी लड़कियाँ ऐसा करेंगी तो नासमझ लड़कियों का क्या होगा? समाज में उगे उन्हीं काँटों को तो उखाड़ना है अपूर्वा। तुम्हें एग्जाम्पल बनना चाहिए अपूर्वा।"

'एग्जाम्पल बनना चाहिए।' अपूर्वा ने मन-ही-मन दोहराया। झुरझुरी-सी हुई थी देह में। तुरन्त भीतर कहीं डेरा जमाये ख़ौफ़ ने पंख फैलाये थे।

"नहीं राजन, एक रिश्ते को बनाने के लिए मैं ढेरों रिश्तों को नहीं काट सकती। उनका क्या क़सूर है? मानुषी का क्या होगा? मामा के बच्चों का क्या होगा...? माँ से तो हमेशा के लिए..." कहकर चुप हो गयी थी अपूर्वा।

राजन ने बहुत कोशिश की थी अपूर्वा को कनविन्स करने की, पर भावुकता की जकड़न तर्कों को कहाँ जगह देती है।

"ठीक है अपूर्वा।" भारी मन से कहा था राजन ने, "पर मैं तुमसे उम्मीद करूँगा कि तुम फिर से सोचना।"

अपूर्वा जाना नहीं चाहती थी। उसका मन किया दहाड़ें मारकर रो दे। अपने सपनों की फ़सल को ख़ुद ही तो आग लगायी थी। उसे लगा कि उसके भीतर की चिड़िया ने चहचहाना बन्द कर दिया है। 'कहीं वह मर तो नहीं गयी?' सोचकर डर लगा था उसे। वह उठकर राजन के साथ बाहर निकल आयी। उसने ऑटो लेकर अन्तिम बार राजन के भोले-उदास चेहरे को देखा। मुस्कुराकर बाय कहने की भरसक कोशिश करते राजन की आँखों में भरे पानी को उसने देखा था। उसे राजन के सीने पर सिर रखकर रोने का मन हुआ। बहुत कंट्रोल किया था उसने। ऑटो वाले ने ही मदद की थी, "चलें मैडम..."

"चलो", कहकर हाथ हिलाया था उसने राजन की ओर।

एक सम्बन्ध के अन्त ने दूसरे सम्बन्ध के आने का रास्ता बनाया था। मामाजी और पिताजी ने पूरी कोशिश की थी ऐसा लड़का ढूँढ़ने की जो पढ़ा-लिखा, प्रगतिशील और सामाजिक सक्रियता वाला हो। मामाजी ने ही एक दिन उसके पास आकर कहा था, "अपूर्वा, तुम्हारी शादी के लिए लड़का ढूँढ़ा है। चाहो तो मिल लो उससे।"

"मेरी चाहतों की कितनी फ़िक्र है, मेरी चाहत का चयन मुझे पूछे बिना हो। मामाजी मैं कुछ नहीं बोलूँगी, पहले भी तो आपने ही तय किया था। आप लोग ही सब कुछ तय करते हैं। हमारी क़िस्मत में तो सिर्फ़ उसे मानना लिखा है।" कहकर चुप हो गयी थी वह। पिताजी अब उससे बात करने में कतराने लगे थे। माँ ने शादी के मसले पर कभी बात नहीं की थी। उनके बीच माँ-बेटी से ज़्यादा एक औरत होने का अपनापा गाढ़ा हो गया था।

शादी की सारी तैयारी मामाजी और पिताजी ने ही पूरी की थी। मामाजी तो शादी जल्दी करके भार और अपराध से शायद मुक्त होना चाहते थे, पर पिताजी चाहते थे कि एम.ए. की परीक्षा दे ले। इसलिए जून तक इन्तज़ार करना पड़ा था। अगस्त में अपूर्वा की शादी सजातीय समुदाय के अमन से हो गयी थी या कर दी गयी थी।

बिना सपने और चाहतों को पाले अपूर्वा ने शादी के बाद ही अमन को देखा था। बातचीत में आधुनिक ही लगा था। परिवार पुरातन ख़यालों का ही था, इसे अपूर्वा ने हफ़्ते भर में ही जान लिया। ऑफ़िस से पन्द्रह दिन की छुट्टी ले रखी थी अपूर्वा ने। अमन के कमरे में ढेर सारी किताबें थीं। मार्क्सवाद और ढेरों राजनीतिक—सामाजिक विषय की किताबें। अम्बेडकर, बुद्ध, फुले या दलित आन्दोलन की कोई किताब नहीं दिखी थी। अमन स्कूल में हिस्ट्री का टीचर था। शादी के कुछ दिनों बाद स्कूल जाने लगा था। अपूर्वा दिन-भर अकेले बोर होती। घर में किससे बात करे? अमन स्कूल से सीधे संगठन के ऑफ़िस जाता या फिर कार्यक्रम में। अपूर्वा को वह इसकी सूचना देता और कभी-कभी तो उसकी भी ज़रूरत नहीं समझता। छुट्टियाँ ख़त्म होने पर जब अपूर्वा ऑफ़िस पहुँची तो उसे मुक्त होने का एहसास हुआ था—जैसे बँधे खूँटे से गाय खुलकर भागी हो। लेकिन यह मुक्ति का एहसास अस्थायी था। शाम होते ही उसे फिर से बँधना होगा। 'दाम्पत्य जीवन क्या औरत को क़ैद करता है?' अपूर्वा ने सोचा।

शादी को पन्द्रह दिन गुज़रे थे। घर से दूसरे या तीसरे दिन पिताजी या माँ का फ़ोन बिना नागा आता। हर बार वे अमन के व्यवहार और घर के माहौल के बारे में जानना चाहते। उन्हें लगता कि पति का अच्छा व्यवहार और घर के अच्छे माहौल में ही औरत खुश रहती है। इसमें अपनी चाहतों का कोई मोल नहीं।

अपूर्वा को अमन जितना आधुनिक लगा था, उतना वह स्वभाव में नहीं था। घर में वह केवल पुरुष था, हिंसक पुरुष। घर आते ही उसे समय पर खाना मिलना चाहिए। कपड़े प्रेस किये हुए चाहिए। स्त्री-पुरुष समानता की बात कहने वाला घर में उसे एक दासी से ज़्यादा क्या समझता? कभी-कभी वह अच्छे मूड में होता तो अपूर्वा को समाज में अमीर वर्ग और ग़रीब वर्ग के बीच अन्तर का कारण बताता। अन्याय की जड़ें समझाता। ऐसे में जब भी अपूर्वा जाति की बात करती तो कुछ समय वह धैर्य से सुनता, लेकिन अन्त में झल्ला जाता, "तुम भी, पता नहीं किस दुनिया में रहती हो? अब उतना जातिभेद नहीं होता। अगर कहीं है भी तो वह क्रान्ति के बाद व्यवस्था बदलने के साथ ख़त्म हो जायेगा।"

बाबा साहेब के बारे में कहता, “अम्बेडकर बड़े दार्शनिक थे, पर समाज बदलने की कोई वैज्ञानिक समझ उनके पास नहीं थी। जाति, वर्ग का ही एक हिस्सा है। जाति समाज का मूल आधार नहीं, बल्कि अधिरचना है। सारा दलित आन्दोलन जाति की राजनीति कर रहा है। दलित लेखन, दलित आन्दोलन, राजनीति सब साम्राज्यवादी साज़िश है।” अपूर्वा के भीतर आक्रोश पनपता पर वह उसे दबोचे रखती। कभी अमन कहता, “अपूर्वा, औरत भी शोषित वर्ग का हिस्सा है, पुरुष प्रधानता भी व्यवस्था बदलने पर ही ख़त्म होगी। औरत को भी समाज बदलने में योगदान देना चाहिए।”

लेकिन जब अपूर्वा को महीने की पगार मिलती तो उसे अमन की माँ यह कहकर ले लेतीं, “तुम क्या करोगी बेटी, इसको मैं रख लेती हूँ। जब ज़रूरत हो माँग लेना।'' और अपूर्वा के ज़रूरत पड़ने पर कहती,” ख़र्च हो गये सब, घर में इतना ख़र्चा है कि बस्स।”

कई बार तो उसके पास ऑफ़िस जाने के लिए किराये हेतु भी पैसे नहीं होते। वह अमन से कहती तो वह कहता, “क्या करोगी पैसे का? चलो, मैं तुम्हें ऑफ़िस तक स्कूटर से लिफ्ट दे दूँगा...”

अमन के दोस्त भी कभी-कभार घर आते। मीटिंग होती। लड़कियाँ भी आतीं। देश-समाज पर क्रान्तिकारी विचार दिमाग़ से निकलकर घर के माहौल में तैरते रहते। उनकी सारी आवभगत अपूर्वा को ही करनी होती। छुट्टी वाले दिन ही होती थी यह चर्चा। एक छुट्टी होती और उसे भी समाज बदलने वाले क्रान्तिकारी विचार लील जाते...आदमी और औरत की समानता जैसे अनेक शब्द किचन में काम करते उसके कानों में गिरते। अपूर्वा को पिताजी, मामाजी और अमन सभी एक जैसे लगे थे। चेहरों पर अलग-अलग विचारों का नक़ाब लगाये समान संस्कारधर्मी पुरुष। ‘पुरुष विचारों में कितना रेडिकल होता है लेकिन विचारों की वास्तविक कसौटी क्या घर नहीं होता?’ घर के कामों में भी उसका बिल्कुल मन नहीं लगता।

अमन को एक बार अपूर्वा पर बहुत प्यार आया। वह उसे रोमानी बातें करते-करते आदर्श को आकार देने लगा था, “औरतें कितना कष्ट सहती हैं

समाज में; पहले पिता के घर में, फिर पति के घर में। न जाने कब ये समाज बदलेगा? कब हम बेहतर समाज में साँस लेंगे? अच्छा अपूर्वा, एक बात बताओ, क्या कभी तुम्हारी दोस्ती किसी लड़के से हुई थी?" अपूर्वा को चुप देखकर फिर कहा, "देखो, मैं वैसा संस्कारी पुरुष नहीं हूँ जो कुछ पता चलने पर नाराज़ हो जाऊँ। अच्छा चलो, मैं ही बताता हूँ। हमारे संगठन की एक लड़की है करुणा। मैं उससे शादी करना चाहता था पर कुछ कारण ऐसे बने कि करुणा तैयार नहीं हो पायी।"

"क्यों?" पूछा था अपूर्वा ने।

"वह पढ़ना चाहती थी और संगठन का काम भी करना था। इधर माँ का दबाव, रिश्तेदारों के ताने। फिर तुम्हारे बारे में सुना और मैंने हाँ कर दी।"

"करुणा की जाति क्या थी?" पूछा था अपूर्वा ने।

"अरे! ऐसी कोई बात नहीं है। वैसे करुणा चक्रवर्ती है। जाति संगठन में किसी के लिए महत्त्व नहीं रखती। सब एक-दूसरे के घर आते-जाते हैं, खाते-पीते हैं। अभी उस दिन आयी तो थी अपने घर, जो गुलाबी रंग का सूट पहने थी। पिछले हफ़्ते संगठन के ही अमित राय से शादी कर ली। लड़कियाँ भी कभी-कभी अजीब-सा व्यवहार करती हैं। साल-भर पहले शादी न करने का कहकर और अब शादी..." बाक़ी शब्दों को मुँह में चबाता रहा था अमन।

अपूर्वा ने सोचा कि क्या अमन सच में नहीं समझ पा रहा? क्या वह नहीं जानता कि करुणा ने उससे शादी क्यों नहीं की? जाति सभी के लिए इम्पोर्टेंट है। चाहे वह कम्युनिस्ट हो या समाजवादी, अम्बेडकरवादी हो या गाँधीवादी। जाति अमीर और ग़रीब में कोई भेदभाव नहीं करती। दलित अमीर हो या ग़रीब...वह सबकी नज़रों में घृणित है। कुछ घृणा के बिम्ब आँखों में उभर आते हैं और कुछ नहीं।

"अच्छा इसे जाने दो, तुम बताओ अपूर्वा। तुम्हारा भी कोई ऐसा अनुभव है क्या?" अपूर्वा ने समानता की बात करने वाले अमन द्वारा बार-बार पूछने पर राजन के बारे में बता दिया। ऐसा कुछ था भी नहीं जो बताने लायक न हो। सुनकर अमन कुछ देर चुप रहा, "अच्छा, तो अगर तुम्हारे मामाजी बीच में न

आये होते तो तुम आज राजन के आगोश में होती!" कहकर बेहूदगी से दाँत निपोरे थे, "भई, तुम्हारे मामाजी का तो मुझे एहसान मानना चाहिए।" अपूर्वा ने अमन के भीतर कुछ अटका हुआ महसूस किया। आँखों में काले बादल उगते हुए दिखे। अपूर्वा को डर लगा था।

अब अमन उससे खिंचा-खिंचा सा रहने लगा। एक बार अपूर्वा ने उससे बात करनी चाही तो अमन ने उसे झटक दिया था। "वहीं जाओ अपने उस अम्बेडकर के पास। मेरे पास क्या है?" अपूर्वा ने फिर से बात करने की कोशिश की तो अमन ने उबलते हुए अपूर्वा को चाँटा मारा था, "हरामज़ादी, पता नहीं और क्या किया था उसके साथ?" कहकर परे धकेला था।

अपूर्वा ने भीतर चिड़िया की बेचैन चिल्लाहट को महसूस किया। वह सन्न रह गयी। उसका मन दहाड़ें मारने को हुआ। अगले दिन वह चुपचाप ऑफ़िस के लिए तैयार हुई। अमन और उसके बीच कोई बात नहीं हुई। आज उसके पास किराये के पैसे भी नहीं थे। उसने कमरे में सब जगह तलाश किया। उसे अलमारी में काग़ज़ के नीचे दबाकर रखे हुए दस के दो नोट मुड़े हुए मिले। घर से निकलकर वह फ़ोन बूथ तक आयी थी। पहली बार था कि उसने घर पर फ़ोन करके कुछ पैसे ऑफ़िस में आकर देने के लिए पापा को कहा था।

शादी के दो महीने में पहली बार ऐसा हुआ कि अमन घर नहीं लौटा था। उसने अमन की माँ से चिन्तित होते हुए पूछा। वह बोलीं, "अरे, आ जायेगा, बच्चा तो है नहीं, अपने किसी दोस्त के घर रुक गया होगा। वह पहले भी ऐसा करता रहा है, कोई नयी बात नहीं है। फिर अब तो यह तुम्हारी ज़िम्मेदारी है कि वह बाहर न रुके। मुझसे तो वह बहुत ग़ुस्से में रहता है कि ऐसी बहू ला दी! न तो सुन्दर है न इसे कुछ आता है।" कहकर वह चली गयीं।

हफ़्ते भर तक घर पर नहीं आया था अमन। अब यह उसका रुटीन हो गया था। वह घर आता, कुछ औपचारिक बातें करता, घर से धुले कपड़े लेता और चला जाता। अमन की माँ पूरी पगार झपट लेतीं। अपूर्वा का चेहरा कुम्हलाने लगा था। आँखों में एक तय उदासी घिर आयी थी। उसे अपने ख़र्चे के लिए पिताजी से पैसे मँगाने पड़ते। एक शाम जब वह ऑफ़िस से लौटी तो उसने अमन को घर पर ही पाया। वह कोई किताब पढ़ रहा था।

"क्या चाय बना दूँ?" अपूर्वा ने पूछा था। अमन कुछ नहीं बोला। अपूर्वा ने चाय बनायी। अमन को चाय देकर वह पास की कुर्सी पर बैठ गयी, "मैं तुमसे कुछ बात करना चाहती हूँ।"

"हाँ, बोलो।"

"ऐसा मैंने क्या कर दिया है जो तुम ऐसा व्यवहार कर रहे हो? ऐसा कब तक चलेगा?"

"कैसा कब तक चलेगा।" अमन ने कहा।

खीज को भीतर बड़ी मुश्किल से रोका था। "क्या तुम्हें नहीं पता मैं क्या पूछ रही हूँ?" भरसक पोलाइटनेस रखते हुए पूछा।

अमन ने कहा, "मुझे कैसे पता तुम क्या जानना चाह रही हो? मैं कोई ज्योतिषी तो हूँ नहीं। इतने दिनों बाद आज आया हूँ और आते ही तुमने बखेड़ा खड़ा कर दिया।" अमन ने चिल्लाते हुए कहा।

"क्या मैंने ही बखेड़ा खड़ा किया है? क्या तुम्हारे घर से बाहर रहने का कारण मैं ही हूँ? अगर ऐसा है तो..." बोलते-बोलते रुक गयी अपूर्वा।

"हाँ-हाँ बोलो, क्या कहना चाहती हो? मुझे तो कई बार ऐसा लगता है कि तुम अब भी अपने उस...जाकर मिलती हो...तुम अगर जाना चाहो तो..." एक तीखी तल्ख़ी के साथ कहा था अमन ने।

"चुप करो अमन तुम अपनी बकवास।" कहकर रोने लगी थी अपूर्वा।

अमन ने उसके कपड़े अलमारी से निकालकर बाहर फेंक दिये थे और बाहर जाते हुए बोला, "चली जाना अभी, नहीं तो..."

अमन के जाने के बाद वह सोचती रही...अनेक प्रकार के विचार उसके दिमाग़ में आ रहे थे। वह बेचैन हो गयी। ख़ुद को संयमित किया। अपूर्वा ने फ़ैसला कर ही लिया। उसने अपना सामान समेटा...और घर से बाहर निकल आयी। लेकिन वह कहाँ जाये...? क्या पिता के घर...लेकिन क्या वह घर उसका अपना है या पति का घर उसका अपना था? पहले पिता ने शादी करके उसे निकाला था और अब अमन ने। औरत का अपना घर कौन-सा है? उसने पति के घर से निकलकर पिता के घर भी न जाने का फ़ैसला किया। वह अपनी एक दोस्त के घर पहुँची और कुछ दिन ठहरने को कहा था।

अपूर्वा अब अँधेरे को चीरना चाहती थी। अँधेरे जीवन में सुबह के लिए बेताबी उसने महसूस की। यह एक विराट महाकाव्यात्मक परिवर्तन का आगाज़ था, जिसकी रोशनी उसके भीतर उग आयी थी। लेकिन... क्या यह समाज, संस्कारी पुरुष, जाति-व्यवस्था उसके रोमानी सपनों को उगने देंगे? सोचकर सर्द हो थरथरायी। वह करे क्या? ऐसे चौराहे पर वह खड़ी थी जिसके सभी रास्तों पर अलग-अलग विचारधाराओं के मास्क लगाये संस्कारी पुरुष खड़े थे, जिनमें अपने भी शामिल थे और कुछ अजनबी चेहरे भी। अपनी मुक्ति का रास्ता उसे कहीं नज़र न आता। अन्धकार उसका गहराता जा रहा था। उसका अपना क्या है? न घर है, न सपने हैं, न चाहतें... वह उड़ना चाहती थी, लेकिन उसके पंख कुतर दिये गये थे। सपने बदरंग हो चुके थे। चाहतें क़ैद हो गयी थीं।

वह गहरे अवसाद से घिर आयी। तीखे द्वन्द्व से दिमाग़ फटने लगा था। किधर जाये...? एक तरफ़ माँ-बाप और उनका प्यार तो दूसरी तरफ़ व्यावहारिक ज़िन्दगी में उनकी जड़ताएँ जो जीवन के नये धरातल पर इस डर से नहीं उतरते कि उनकी अपनी ज़मीन खोखली है। एक तरफ़ पीछे छूट गया प्रेमी और दूसरी तरफ़ सामन्ती पौरुष का प्रतिनिधि अमन और विचारधाराएँ। न कोई बाहर, न कोई घर में लेकिन आज अपूर्वा के पैरों के नीचे अपनी ज़मीन है, नौकरी है। सभी को परख भी लिया है। अपना रास्ता अब वह स्वयं चुनेगी। उसने तय किया कि नयी दुनिया के ख़्वाबों की ताबीर के लिए वह अतीत की स्मृतियों को विस्मृत कर देगी। वह नयी दुनिया बनाने की राह पर निकल पड़ी। उसने संकल्प किया और राजन का फ़ोन डायल करने लगी...।

हार गयी ज़िन्दगी

—कौशल पवार

रोशनी ने अभी-अभी चूल्हे में गीली लकड़ियाँ डाली ही थीं कि बारिश दोबारा से शुरू हो गयी। आज सारे दिन से बारिश हो रही थी, जिस कारण से घर का सारा सामान भीग गया था। छत से टप-टप गिरती पानी की बूँदों ने घर की एक भी चीज़ भिगोने से नहीं छोड़ी थी।

ऊपर की ओर मुँह उठाकर आकाश की ओर देखकर रोशनी ने कहा—"आज तो भूखे पेट ही सोना पड़ेगा..." कहकर ठण्डी आह भरी। उसे अपने पेट की चिन्ता थोड़े ही थी, चिन्ता थी तो अपने छोटे बच्चों की जो बार-बार माँ से कुछ खाने के लिए माँग रहे थे। क्या करे वह, उसे कुछ समझ नहीं आ रहा था। बच्चों का बाबा भी अभी तक घर नहीं लौटा था। शायद बारिश की वजह से या फिर ज़मींदार ने कुछ और काम पकड़ा दिया होगा करने के लिए। इसलिए वह बार-बार घर की दहलीज़ तक जाती, फिर लौट आती पर वह नहीं ही आया था। वह रुआँसी हो गयी।

दहलीज़ पर खड़े-खड़े बार-बार ऊपर आसमान की ओर देखती कि बारिश थोड़ी-बहुत रुक ही गयी होगी लेकिन हर बार भीगकर वापिस आ जाती। आज बारिश रुकने का नाम नहीं ले रही थी। जब हल्की-हल्की बूँदाबाँदी हुई थी तभी उसने मिट्टी के चूल्हे को घर के अन्दर रख लिया था लेकिन जब तक वह लकड़ियों को उठा पाती कि बारिश ज़ोरों से शुरू हो चुकी थी। फिर भी उसने जलावन तो घर में रख ही लिया था।

वह सोच रही थी कि जलावन ऊपर-ऊपर से गीला हुआ होगा। थोड़ा जलाकर ही देख ले। उसने माचिस ढूँढ़ ली और एक प्लास्टिक की पन्नी को चूल्हे में डालकर उससे लकड़ियाँ जलाने की कोशिश करने लगी। माचिस की

तीली जैसे ही गीली लकड़ियों को छूती कि तुरन्त बुझ जाती। बार बार जलाने की कोशिश में माचिस की डिब्बी ही आधी रह गयी।

फिर सोचा मिट्टी का तेल ही डालकर देख ले। उसने टाँड़ पर रखी दिये की डिब्बी को उठाया। डिबिया को थोड़ा हिलाया, फिर खोलकर देखा कि इसमें तो थोड़ा-सा ही तेल बाक़ी है। कहीं रात को जलाने की ज़रूरत पड़ी तो यही तेल काम आयेगा जिससे घर में चांदना हो जायेगा, नहीं तो इस बारिश के मौसम में घर में कीड़ा, केंचुआ न निकल आये और अँधेरे में काट ही न ले। लेने के देने पड़ जायेंगे। इसलिए उसने जलावन के लिए तेल का इस्तेमाल नहीं किया। वैसे भी डिपो वाला राशन कार्ड पर तेल देता ही बहुत कम है। लालची है, सारा तेल ब्लैक में ही बेचता है; वह भी ग़रीब लोगों को। नहीं तो ये ज़मींदार तो इससे मुफ़्त में ही छीनकर ले जाते हैं। उनको ये कुछ नहीं कह पाता—सोचा रोशनी ने। फिर चूल्हे के पास आ कर बैठ गयी।

बच्चों को भूख से बिलखते भी तो वह नहीं देख सकती थी। उसने फिर से टैरिकोट का छोटा टुकड़ा और एक सूखा हुआ पॉलिथीन हाथ में लिया और उसको भीगी हुई लकड़ियों के बीच में रखकर दिया। माचिस की तीली जलायी, उससे आग जल गयी। थोड़ी राहत की साँस ली उसने। सो जल्दी से पानी का पतीला चूल्हे पर रखा, चक्की से पीसा हुआ दलिया उसमें डाल दिया। थोड़ा नमक डाला और उसको चम्मच से घुमाने लगी ताकि गाँठ न बन जाये। थोड़ी देर में दलिया बनकर तैयार हो गया। दोनों बच्चों के लिए कटोरों में दलिया डाल दिया और थोड़ा बचाकर भी रख लिया, अपने बच्चों के बाबा के लिए।

बाहर पानी बरस रहा था। जगह-जगह से घर की छत टप-टप कर रही थी। सारे घर में पानी भर गया था। जिधर से पानी नहीं टपक रहा था, उसी जगह पर उसने दोनों बच्चों को बैठाकर दलिया खिला दिया।

बच्चों की भूख शान्त हो गयी। बच्चों को सन्तुष्ट देखकर वह बहुत ख़ुश हुई। लेकिन चूल्हे में फूँक मार-मारकर उसकी आँखें लाल हो गयी थीं जो अब तक भी जल रही थीं। आख़िर उसने आग जला ही ली थी, ऐसे सोचकर वह ख़ुश हुई। फिर उसने सोचा—'इबके छत पै माटी अच्छी तरहाँ डालेगी ताकि अगली बार बारिश मैं छत ना टपके, यूँ टपका सारी-सारी

रात बैठायाँ राखै, छत से टप-टप करती पाणी की बूँदां के खातर घर के सारै बासण ना रखने पडैं...' ऐसे सोचते-सोचते वह दोनों बच्चों को अपनी छाती से चिपकाकर सो गयी। रात को बारिश कब रुकी, उसको पता ही नहीं चला।

रोशनी जिस बस्ती में रहती थी वह गाँव के जोहड़ी के पास बसी थी। जिसके एक ओर जाटों और ब्राह्मणों के घर थे तो दूसरी ओर सड़क के किनारे-किनारे वाल्मीकि बस्ती थी। कुछ घर सहँसी, धोबी और नाईयों के भी थे। डेह समुदाय के लोग भी इसी बस्ती में उन सबके साथ मिलकर रहते थे। ये बस्ती के लोग भी अब अच्छा खाना-पीना, पहनना और घर में भी क़ीमती सामान रखने लगे थे। उनमें स्वाभिमान अब जागने लगा था। 'शिक्षित बनों' का नारा रोशनी की बस्ती के लोगों तक पहुँचने लगा था। लड़के और लड़कियाँ अब स्कूल जाने लगे थे। इस बदलाव को जोहड़ी से परे बसे लोग देख नहीं पा रहे थे। इसलिए भी पिछले कई दिनों से बस्ती के लोगों के साथ किसी-न-किसी बात को लेकर झगड़ा होता आ रहा था। बस्ती में सबको चिन्ता थी कि कहीं यह सामान्य-सा झगड़ा कोई और मुसीबत न ला दे। और हुआ भी यूँ ही।

अगले दिन बगड़ में ज़ोर-ज़ोर की आवाज़ सुनायी दी रोशनी को। सारे झुण्ड के झुण्ड एक ही दिशा में भागे जा रहे थे। अरे! देखो-देखो, आग आग। चारों तरफ़ इसी का शोर सुनाई दे रहा था। कोई कुछ बड़बड़ा रहा था तो कोई कुछ। कोई एक-दूसरे को पूरी बात बताने को तैयार नहीं था। रोशनी भी उसी तरफ़ भागी जहाँ से आग का धुआँ दिखायी दे रहा था। ठीक-ठाक से घर में जाटों ने पेट्रोल छिड़कर आग लगा दी थी जो धीरे-धीरे फैलकर दूसरे घरों को भी अपनी चपेट में ले चुकी थी। जैसे ही उसका ध्यान दूसरे घर में रखे ब्याह के सामान की ओर गया तो उसने चीखकर अपने मुँह पर कपड़ा बाँधे लड़कों को कहा—"नाश पीटे कीड़े पडेंगे, छोरी की हाय लगेगी, उसके ब्याह के गैणे-लत्ते जला दिये थमनै तो, उस बेचारी नै के बिगाड़ा है थारा?" वह बड़बड़ाती रही परन्तु किसी पर उसके रोने-धोने का कोई असर नहीं हुआ। धीरे-धीरे पूरी बस्ती को आग के हवाले कर दिया गया था। जितना भी सामान घर में रखा था, उस पर पेट्रोल छिड़ककर जलाया गया था। क़ीमती सामान लूट लिया गया था। बस्ती वाले देखते ही रह गये। सबको सामान से ज़्यादा अपनी जान की फ़िक्र थी।

इन्सान ज़िन्दा रहेगा तो सामान तो कभी भी ख़रीदा जा सकता था। इसी बात को सोचकर कोई आग से लड़ने का साहस नहीं जुटा पाया था।

अचानक एक घर से रोशनी को ज़ोर-ज़ोर से चीख़ने की आवाज़ें सुनाई दीं 'बचाओ बचाओ'। वह कई लोगों को हाथ की उँगली से इशारा करके बताने लगी थी। उसकी आवाज़ हलक में ही रुँध गयी थी। वह जान गयी थी कि ये तड़पने की चीखें क्यूँ और कहाँ से आ रही थीं? बस्ती के कुछ लोग सुमन को बचाने के लिए उसके घर की ओर दौड़े पर तब तक वह और उसके दादा जी बुरी तरह से जल चुके थे। फिर भी लोगों ने टूटे और जले हुए दरवाज़े से उन्हें आग में से निकाला पर तब तक सब कुछ राख हो गया था। दो जिस्म आग में भुनकर राख हो गये थे। उन लोगों के हाथ में कुछ नहीं आया सिवाय उन दोनों की राख के। इस दर्दनाक हादसे को देखकर बच्चे तो क्या बड़े से बड़ा दिलदार कहलाने वाला भी गश खाकर गिर गया था। इस जघन्य कांड की किसी ने कल्पना भी नहीं की थी कि इन्सानों को ज़िन्दा जलाने का साहस भी एक इन्सान दूसरे इन्सान के लिए कर सकता था। कल तक जो पूरे गाँव में साथ-साथ हर लड़ाई-झगड़े के बावजूद भी रहते आ रहे थे, सोचकर ही उनकी रूह काँप उठी थी।

सुमन, जो उस बगड़ की सबसे सुन्दर, सुशील, समझदार और बहुत ही पढ़ी-लिखी लड़की थी, आइ.ए.एस. बनना चाहती थी। बारहवीं की तैयारी के साथ-साथ वह इस में जुट गयी थी। पर बिल्कुल सामान्य थी। हर चीज़ को बारीकी से देखने और समझने वाली। बहुत मिलनसार थी वह, पर उसको बचपन में ही पोलियो मार गया था। वह चल-फिर नहीं सकती थी। अपनी व्हील चेयर पर बैठे-बैठे ही वह सारे काम निपटाया करती थी। उसके दादा जी तो मानो उसकी जान थे। हर हाल में वह उसकी मदद करने को तत्पर दिखायी देते थे। वह भी चाहते थे कि सुमन अपने पैरों पे खड़ी हो जाये। उसकी विकलांगता को वह उसकी क़लम की ताक़त से पूरा करना चाहते थे। इसलिए पढ़ाई से सम्बन्धित जो भी उसे चाहिए होता लाकर देते थे। छोटे से परिवार में हर तरह के अभावों के बावजूद भी वे लोग अपनी बस्ती वालों के साथ बहुत ख़ुश थे।

गाँव की इस बस्ती के लोगों को शौचालय न होने के कारण बाहर ही जाना पड़ता था। एक नयी बहू भी सुबह-सुबह बस्ती के बाहर खेतों की ओर जंगल-पानी के लिए गयी थी कि रास्ते में कुछ लड़कों ने उसका रास्ता रोकने की कोशिश की। उसने उनसे बचने की बहुतेरी कोशिश की पर वे नहीं माने तो जब एक आदमी ने उसका हाथ पकड़ने की कोशिश की तो उसने ज़ोर से तमाचा उसके गाल पर रख दिया और चिल्लाने लगी। तभी बहू की आवाज़ सुनकर एक आदमी आया, जिसके आगे आने पर वे सभी उसे देख लेने की धमकी देकर भाग गये। बहू ने सारी बात अपने घर में भी बतायी। बात आयी-गयी हो गयी।

एक दिन बस्ती की गली से कुछ जाटों के लड़के निकल रहे थे कि कुत्ता उन पर भौंकने लगा तो उन्होंने कुत्ते के सिर में ईंट मारी। कूँ-कूँ की आवाज़ सुनकर कुत्ते वाला बाहर आ गया तो उसने उन लड़कों को समझाया पर वे नहीं मानें। उन सबके बीच में कहा-सुनी हुई। बात झगड़े तक आ पहुँची। बस्ती के लोगों और लड़कों की तरफ़ से कुछ बड़े-बुजुर्गों ने बात को सँभालने और बीच-बचाव का काम किया। ये भी बात सुलझ गयी पर एक दिन फिर दोबारा झगड़ा हुआ तो गाँव के प्रधान लोगों ने पंचायत बुलायी। सारे लोग पंचायत में बात करने के लिए इकट्ठा हो गये थे। बस्ती में केवल महिलाएँ, बच्चे और बुज़ुर्ग बचे थे। कुछ पुलिस के लोग भी पंचायत में मौजूद थे। पंचायत शुरू हो गयी थी।

दोपहर होने को थी। बस्ती में महिलाएँ और बच्चे अपने-अपने घरों में थे। कुछ बड़े लोग ही बाहर पेड़ की छाया में खाट बिछाये बैठे ऊँघ रहे थे। चिन्तित भी थे कि पंचायत में दोनों ओर से झगड़े सुलझ जायें। अचानक दस-पंद्रह नौजवानों का झुण्ड हाथ में केरोसिन की पेटियाँ लिए बस्ती में आ गया था। बुज़ुर्ग कुछ समझ पाते, इतनी देर में उन्होंने घरों में घुसकर सामान बाहर फेंकना शुरू कर दिया और उनमें आग लगा दी। एक के बाद एक सब लोगों के घरों में रखे अनाज, सिलेंडर, फ्रिज, कूलर आदि सामान को तहस-नहस कर दिया। बच्चों की किताबों को आग लगा दी। —जो जेवर, पैसे आदि कीमती सामान मिला उसे लूट लिया गया। बुज़ुर्गों ने लड़खड़ाते हुए भागकर पंचायत में गये

लोगों को बस्ती में आग लगने की सूचना दी। जब वे लोग बस्ती तक आये तब तक तो घर आग की चपेट में आ गये थे।

सुमन उस वक़्त पढ़ रही थी और उसके दादा भी बैठक में लेटे हुए थे। अचानक आग का धुआँ उठता देख वे सुमन की तरफ़ अन्दर कमरे की ओर दौड़े। दबगों ने सुमन के घर के दरवाज़े पर बाहर से कुण्डी लगा दी थी। वह चिल्लाती रही पर किसी को रहम नहीं आया। दादा भी उस दरवाज़े को तोड़ नहीं पाया था। धीरे-धीरे आग ने सुमन और उसके दादा की आहुति ले ली थी।

न सिर्फ़ सुमन ख़त्म हुई बल्कि एक पूरी जमात सदा-सदा के लिए भय, अपमान, डर, आतंक की बलि चढ़ गयी थी जिससे उबरने के लिए न जाने कितना समय लगेगा।

ए.टी.एम.

—टेकचन्द

शादी-ब्याह करवाने में मध्यस्थ की भूमिका एक समय तक नाई निभाते थे। देश के कई क्षेत्रों में आज भी नाई ये काम बख़ूबी निभा रहे हैं। साथ ही जीवनसाथी . कॉम भी 'हद छोड़ बेहद जाकर' दुर्गम दूरियों तक रिश्तों के तार जोड़कर रहा है। दिल्ली में आदिम और आधुनिक संस्कृतियों का एक साथ निर्वाह हो रहा है। एक तरफ़ सूचना तकनीक, इंटरनेट, वैवाहिक साइट्स, मैट्रिमोनियल्स से रिश्ते बन रहे हैं, तो दूसरी तरफ़ दिल्ली देहात में आज भी बिचौले (मध्यस्थ) की भूमिका समाप्त नहीं हुई है। अधिकांशतः पारिवारिक ज़िम्मेदारियों से मुक्त लोग समाज-सेवा के इन सांस्कृतिक कार्यों को सम्पन्न करवाते हैं। वर-वधू पक्ष के छिपाने-बताने वाले तथ्यों से ये लोग बख़ूबी परिचित होते हैं। बस गोत्र न मिले। हर पक्ष के चार-चार, पाँच-पाँच गोत्र भाईचारा वग़ैरह...। मैट्रिमोनियल या जीवनसाथी . कॉम पर बेशक तथ्य छिपाकर प्रोफाइल डाल दो मगर बिचौले में जो दिलजमीं, तसल्ली और रिश्तों का लिहाज होता है वह आज भी क़ायम है।

जीवन से सन्तुष्ट पारिवारिक दायित्वों से मुक्त भूपसिंह ने अपने वाकूपटु स्वभाव के कारण ढेरों रिश्ते करवाये थे। ठीक-ठाक जोड़ मिलवाने में वह दूर-दूर तक की रिश्तेदारियों में मशहूर था।

"देक्खो चौधरी साब।" जब वो अपनी बात कहता तो सब ग़ौर से सुनते।

"जै थारा छोरा जलबोर्ड में नोकर सै ते इनकी छोरी बी बी. एड. कर री सै"। वह वर पक्ष के चेहरे को ग़ौर से पढ़ता। साथ ही झुर्रियों, भवों में छिपे लालच को भी भाँप जाता।

"छोरी नै टैस्ट पास कर लिया सै...आज ना तै काल मास्टरणी लागै ऐ लागै..." तुरुप का पत्ता-सा फेंक वह प्लेट में रखी नमकीन खाने लगता। दूसरे हाथ की तर्जनी से चाय पर आ गयी मलाई को कप के अन्दरूनी किनारे से चिपका देता। इस बीच वर-पक्ष की मुखिया महिला माँ, दादी, भाभी, चाची वग़ैरह 'मास्टरणी की तनखा' और पास-पड़ोस व रिश्तेदारियों से मिलने वाली ईर्ष्या भरी प्रशंसा का हिसाब-किताब लगा चुकी होती। अब उन्हें हड़बड़ाहट नहीं थी कि बैठक में दिखाया जा रहा लड़की का फ़ोटो कब भीतर जनानखाने में आये।

"फोट्टू अर शिकल (शक्ल) नै के धर के चाट्टै। जिब 'गुण' ना हो तैं..." लड़के की माँ कहती।

"ठीक कहवै जीजी।" लड़के की चाची इतनी महत्त्वपूर्ण उक्ति का समर्थन करती।

"ईब छोट्टे के छोरे की बहू ने देखल्यो...खालड़ा (खाल) ऐ भूरा सै...बी.ए. करी ओड़, काम तै कुछ ना आयी ऊपर तै..."

"ठीक कहवै है बाहण।" लड़के की ताई भी सुर में सुर मिलाकर सूरत और सीरत के विमर्श में ऐतिहासिक भूमिका निभाती।

"वो कहावत है ना 'दीखण का फल ऊजला बीच खुला बम्बाड़'' सौ सुनार की पर यह एक लुहार की होती।

सबके मन की बातें भूपसिंह समझ जाता। फुसफुसाहटों को तो वह मुनादी की तरह दर्ज करता। वह जान चुका था कि आजकल के रिश्तों में लड़के-लड़की एक दूजे की तोड़ के (टक्कर) हों ना हों कमाई में 'जोड़ के' होना ज़रूरी है। गोत्र, बाप और गाँव-गुहाँड़ (कुछ गाँवों में भाईचारा मान रिश्ता नहीं किया जाता।) की हदबन्दियाँ 'नौकरी वाली छोकरी' के समीकरण से टूटने-छूटने लगी थीं। दादी, परदादी के गोत्रों के अलावा आमने-सामने व भाईचारे के गोत्रों पर अड़कर अच्छा रिश्ता छोड़ने के दिन लदते जा रहे थे।

"ईब छोड्डो बी..." यदि दूरदराज का कोई रिश्ता या गोत्र आड़े आता तो लड़के का बाप सुट्टा मारते हुए फ़रमान-सा जारी करता।

"खजान का के हमने ठेक्का ले राखा सै...?...उसकी म्हारे के लाग?"

सब हैरानी से मुँह ताकते। घर-परिवार में बात-बात पर सबसे ज़्यादा आँट (गाँठ या अड़ना) लगाने वाला अजीब बात कर रहा है। वहाँ मौजूद उस पिता की आँखों में उम्मीद-भरी चमक आ जाती जिसकी लड़की का रिश्ता लेकर भूपसिंह यहाँ आया है।

"जिब खजान नै अपनी छोरी उस गोत (गोत्र) मैं ब्याह दी जिसमैं म्हारा बिल्लू ब्याह राखा सै...तै म्हारै बी के लाग रहगी...? म्हारै किसी आँट?" सबके चेहरों से दुविधा के भाव छँट जाते। तब तक औरतों के हाथों में लड़की के फ़ोटो आ चुके होते, जिन्हें वे बदल-बदलकर देख रही होतीं।

"ऐ! बैठी ओड़ बी चोखी लागै से..." एक कहती।

"ना हे! किताब ले के खड़ी ओड़ बी मास्टरणी लागै से..." दूसरी अन्य फ़ोटो को देख विमर्श को आगे बढ़ाती। तब तक लड़के की ताई खिसक चुकी होती; अपनी नालायक पत्थर बहू और हीरा लड़के की तुलना करती हुई।

"म्हारा तै सस्ते मैं लूट लिया...नास हो उस सुभास (बिचौले) का..." अन्य औरतें उसकी पीड़ा समझकर कनखियों से एक-दूसरी को देख मुस्कुरा रही होतीं। अब वे भी लड़की देखने और खजान की घरवाली से कुएँ-जोहड़ पर होने वाली सम्भावित मुठभेड़ को तैयार थीं।

भूपसिंह की बेचैनी और ध्यान को भंग किया मोबाइल पर बजने वाली धुन ने। छोटे बच्चे के हँसने की यह धुन उसके पोते-पोतियों ने भर रखी थी। क्षण-भर की खिलखिलाहट भरी हँसी के बाद उसने फ़ोन कान पर लगाकर ज़ोर से कहा।

"हाँ जी चौधरी स्साब!" फ़ोन पर बच्चे की खिलखिलाहट से आकृष्ट हो बस में बैठे जो लोग भूपसिंह को देखने लगे थे, अपने-अपने ध्यान में फिर लग गये। भूपसिंह भी अपनी तेज़ आवाज़ पर झेंपा, थोड़ा आहिस्ता बोला, "चौधरी स्साब, इसा करो...पाँच मिनट में थारे गाम के स्टैंड पै आ जाऊँगा...छोरे ने भेज द्यो...के आप आ रे सो सकूटी ले के...ठीक सै चौधरी स्साब मैं बस यो आया।" कहकर भूपसिंह ने फ़ोन जवाहर-कट जैकेट की जेब में रखा। उसने बस में निगाह दौड़ायी। सफ़ेद पैंट शर्ट, काली जैकेट और काली जूतियों में वह नेता-सा लगता है। भूरे रंग की एक लोई भी उसने कन्धे पर डाल रखी है।

उसे एहसास हुआ कि जैसे वह एक वी.आयी.पी. है। गुमान के साथ उसका हाथ जवाहर-कट जैकेट की नीचे वाली जेब में रखी बीड़ी-माचिस पर चला गया। फिर स्टैंड क़रीब आता देख बीड़ी-माचिस जेब में छोड़ दी और झटके से खड़े होकर बस की छत का डण्डा पकड़ लिया। वह अपने सफ़ेद बुग कपड़ों और काली चमकती जूतियों को दूसरी सवारियों के पाँवों, मैली चीकट बोरी, कट्टों, थैलों से बचाने की कोशिश कर रहा था। सुबह 11 बजे का समय था। ज़्यादातर ग्रामीण मण्डी से अपनी ज़रूरत की सब्ज़ी, फल, वग़ैरह लेकर आ रहे थे।

भूपसिंह स्टैंड पर उतरा तो देखा स्टैंड से थोड़ा हटकर चाय की गुमटी पर खड़ा लड़के का पिता बीड़ी के सुट्टे मार रहा था। दोनों की आँखें मिलीं। भूपसिंह मुस्कुराया। लड़के के बाप ने उसकी हँसी का अनुमोदन भर किया। भूपसिंह ने आगे बढ़कर हाथ बढ़ाया। लड़के के बाप ने दोनों हाथों में उसका हाथ लिया। भूपसिंह समझ गया मामला गम्भीर है। सारी बातें लड़की वालों के सामने नहीं हो सकतीं।

"दो चाह बणा दे रे, स्पेशल" कहकर लड़के के बाप ने स्कूटी को स्टैंड के पास लगा दिया। कई छोटे-छोटे गाँवों के बीच यह मँझोला-सा गाँव था। लोग यहीं से बस पकड़ते व सामान-सुलफ़ ख़रीदते। ठीक-ठाक आबादी को सँभाले यह गाँव क़स्बे की भूमिका निभा रहा था। चाय वाले के आसपास दो-दो, चार-चार की टोलियों में लोग ताश खेल रहे थे। अधेड़-बुज़ुर्ग, चाचा-भतीजा, चचेरे भाई, सब तरह की जोड़ियाँ जमी हुई थीं। बस जोड़ीदार मिले और दो-दो बाज़ी हो जाये।

यहाँ-वहाँ से ईंटें जुटाकर लोग उन पर टिके हुए थे। लड़के के बाप ने भी दो ईंटें जुगाड़ीं और तड़क से उतरकर एक खेत के गंजे से कोने की साफ़-सी जगह में आमने-सामने रख दीं। एक पर स्वयं बैठकर दूसरी पर भूपसिंह को बैठने का इशारा किया। एक साथ दो बीड़ी सुलगायीं, एक खुद पीने लगा और दूसरी भूपसिंह को पकड़ा दी।

"बैट्ठो चौधरी स्साब" भूपसिंह ने ईंट पर बैठते-बैठते बीड़ी थाम ली। औपचारिक बातों के बाद चाय भी आ गयी। लड़के के बाप ने भूपसिंह को जो फीडबैक दिया उसका लब्बोलुआब यह था कि भूपसिंह ने जिस लड़की से उसके लड़के का रिश्ता करवाया था, उस लड़की का चाल-चलन ठीक नहीं है।

भूपसिंह उलझन में था। लड़की और उसका घर-परिवार तो उसका ठीक से देखा-भाला था। उसकी अनुभवी आँखों ने लड़की को परख लिया था, फिर ये लोग ऐसा क्यों कह रहे हैं? इसी उधेड़बुन में भूपसिंह लड़के के बाप की स्कूटी पर बैठा उनके घर की तरफ़ चला जा रहा था। लड़की वाले भी आ चुके होंगे। उनसे कैसे बातें करूँगा? क्या कहूँगा? सोचता हुआ भूपसिंह स्कूटी पर बैठा गाँव की तंग गलियों में हिचकोले खाता जा रहा था।

पूरी बैठक भरी थी। लड़की का बाप, भाई और दो-तीन बड़े-बूढ़े आये हुए थे। लड़के के चाचा, ताऊ, दादा, दादी भी जमे थे। मर्द बैठक में विराजे थे तो महिलाएँ आँगन और रसोई में जमी थीं। भूपसिंह ने सब पर निगाह दौड़ाई और दोनों हाथों को जोड़ नमस्ते की। बैठक का यह हॉल टाइप कमरा गली से आँगन तक था। दो दरवाज़े थे, एक गली में खुलता था तो दूसरा आँगन में। बैठक से सटी हुई रसोई थी जिसका दरवाज़ा बैठक के दरवाज़े से लगकर खुलता था। बैठक व रसोई के बीच चार इंच की दीवार थी। इसी दीवार में रसोई की सर्विस विंडो थी जो बैठक में खुलती थी। इसी सर्विस विंडो पर लड़के की बहन ने क़ब्ज़ा कर रखा था। यहाँ से वह बैठक में चलने वाली कार्रवाई और उसके प्रभावस्वरूप रसोई में काम करती भाभी के चेहरे पर आने वाले भावों का अध्ययन कर सकती थी। यह उसकी फ़ेवरेट जगह थी। लड़के की माँ आँगन में खुलने वाले दरवाज़े से पीठ लगाये छोटी मूढ़ी पर बैठी थी। भूपसिंह ने हल्के-से मुस्कुराकर नमस्ते की तो निर्लिप्त भाव से उसने नमस्ते ली। मानो ज़्यादा मुस्कुराकर नमस्ते स्वीकार ली तो इस महीने का बिजली बिल बढ़कर आयेगा।

"राम-राम चौधरण जी" भूपसिंह की आवाज़ सुनकर शॉल और लूगड़ी में लिपटा एक और चेहरा प्रकट हुआ। लड़की की माँ पीछे आँगन में पटड़े पर बैठी थी। एक तरह से रसोई और बैठक को अलगाने वाली दीवार और दोनों के दरवाज़ों के बीच चार इंच की दीवार से पीठ लगाकर। मुँह ढँका था लेकिन आँखें रोयी-रोयी-सी थीं। भाव ऐसे जैसे सैकड़ों जूते पड़े हों। उम्मीद भरी निगाहों से उसने भूपसिंह को हाथ जोड़कर नमस्ते की। माँ के पीछे बेटी भी दिखायी दी। हल्के पारदर्शी घूँघट में से उसके शिकायत भरे भाव दिखायी पड़ रहे थे। ट्रे में पानी का गिलास लेकर उसने उसे रास्ता आगे बढ़ाया। उसकी माँ ने उसे रास्ता दिया। सास ने ऊँची मूढ़ी पर बैठे-बैठे देह तो मोड़ ली पर

पाँव नहीं हटाये। बहू बैठक में नहीं जा सकी। सास ने ट्रे उसके हाथ से लेकर लड़के को दे दी। लड़के ने आगे बढ़कर भूपसिंह की तरफ़ ट्रे की। हिचकिचाते हुए भूपसिंह ने गिलास उठा लिया। ऐसे जैसे गले में अज़गर डाले पैसा माँगने वाले के अज़गर पर हाथ फिराया हो।

"और सुणाओ चौधरी साब!" लड़के का ताऊ बोला।

"बालक तै ठीक है?" कहकर उसने हुक्का गुड़गुड़ाया।

"जी बस, ठीक-ठाक है...परमात्मा की मेहर सै...।"

जवाब देकर भूपसिंह सोफ़े पर बैठ गया। पानी का गिलास उसके हाथ में ही था। एक सम्भावित-से तनाव के लिए वह तैयार था।

"चाह (चाय) लाइए बेटे!" लड़के का बाप रसोई तक जा सकने वाली आवाज़ में बोला। 'बेटे' सम्बोधन बहू के लिए था। अब तक भूपसिंह के इन्तज़ार में सभी दो-दो बार चाय पी चुके थे। रसोई में मौजूद बहू ने फटाफट पतीले में पहले की बची चायपत्ती और अदरक में दो कप दूध डालकर गैस ऑन कर दिया।

"जी बस! चौधरी स्साब! चाह रहण दियो..." भूपसिंह कहना चाहता था लेकिन स्टैंड पर पी चाय की बात वह दबा गया। वह लड़की वालों का जी छोटा नहीं करना चाहता था। थोड़ी देर तक ख़ामोशी छायी रही। ऐसी ख़ामोशी जिसके आगे-पीछे तनाव भरी स्थितियाँ जुड़ी हुई थीं। रसोई में काम करती बहू की चूड़ियों की छनछनाहट और बर्तनों की टन-टन इस अभेद्य-सी ख़ामोशी में बार-बार सेंध लगा रही थी।

इच्छा-अनिच्छा के बावजूद भूपसिंह न चाय पी पा रहा था ना छोड़ पा रहा था। स्टील की प्लेटों में नमकीन और बिस्किटों पर मक्खियाँ भिनभिना जातीं जिन्हें सोफ़े पर बैठा लड़का जब तब अख़बार से हवा कर उड़ा देता।

"चौधरी स्साब!" लड़के के पिता ने ही चुप्पी तोड़ तनाव का सिरा पकड़ा।

"जिब (जब) तै यो ब्याह होया सै..." (खँखारकर गला साफ़ किया)

"हमने तै टैम पै टूक कोन्या मिले" फिर लम्बा—चौड़ा विवरण जिसे लड़की के बाप ने दिल पे पत्थर रखकर सुना, माँ ने डूबते मन से तो लड़की ने कसमसाते हुए सुना। लड़के की माँ तैश में थी। लड़के का ताऊ गुरु गम्भीर

बना हुक्का गुड़गुड़ा रहा था। लड़के के बाप ने बहू की सुबह से शाम तक की दिनचर्या को कुशल कहानीकार और सफल जासूस की तरह सुनाया। सार रूप में अन्तिम वाक्य इस प्रकार थे।

"चौधरी स्साब! नौकरी लागी ओड़ बहू तै हमनै तै कोई फैदा ना होया...।"

"सारी हाण इस मुबाइल नै कान कै लगाये रहवे सै" सास ने भी बात में पुछल्ला जोड़ा।

"नौकरी तो गाम में और बी बहू लाग रो सै यो सै न्यारी पैंसिपल लाग रही सै? लड़के की बहन ने परम्परा-निर्वाह का दायित्व निभाया।

"हर तीसरे दिन एजुकेशन जोन के नाम पै शहर जाई रहवै सै...," पीड़ित पति ने अपने प्रति बरती गयी उपेक्षा का वर्णन किया।

"कदे धरणा, कदे ट्रेनिंग...अलेकसन ड्यूटी। अर सनीचर-शुक्कर नै बिना बताये अपणे घरां चली ज्याँ..." यहाँ भी पत्नी की कमाई यहाँ-वहाँ लगने की बात थी। और लोग कमाई का हिसाब चाहते थे। तो पति कमाई के साथ-साथ समय का भी हिसाब चाहता था। सारी बातें लड़की का बाप ऐसे सुन रहा था जैसे भरी अदालत में पुख्ता सबूतों के आधार पर आरोप साबित हो चुके हों। लड़की पैदा करने, उसे पढ़ा-लिखाकर पाँवों पर खड़ा करने का आरोप! जाति-बिरादरी, गोत्र, भाईचारे का लिहाज कर रिश्ता करने का आरोप...। लड़की की माँ बायें मुड़कर एक बार रसोई में बेटी को देख लेती तो दायें मुड़कर बैठक में झाँक लेती। चोर-जननी की-सी स्थिति हो गयी थी उसकी भी। मुँह पर घूँघटनुमा ढाँठा बाँधा था, जिसमें से आँखें नज़र आ रही थीं जो कभी विस्मय से फैल जातीं तो कभी भर आतीं। कभी-कभी उनमें बेबसी वाला ग़ुस्सा भी तैर जाता। वह अपनी बात, जो बेटी की ही बात थी कहने को बेचैन थी। लेकिन मार-सी खाये बैठे पति को देख ख़ुद को रोक जाती। रसोई में काम कर रही लड़की से बर्दाश्त् नहीं हो रहा था। धोकर बर्तनों को रखने की आवाज़ें पटकने वाली आवाज़ों में तब्दील होने लगीं। उठा-पटक की ये आवाज़ें बैठक में हो रही शान्ति-शिखर वार्ता के लिए सशस्त्र विद्रोह की धमकी लगने लगी थीं। वर पक्ष में आँखों ही आँखों में क्षणांश-भर में प्रस्ताव-सा प्रस्तुत, अनुमोदित और पारित हुआ।

लड़का तेज़ी से उठकर रसोई की तरफ़ बढ़ा। सभा सकते में। लड़के की माँ को आमूलचूल परिवर्तन की आस-सी बँधी। उसने आँखों ही आँखों में पुत्र को 'विजयी भव' का-सा आशीर्वाद दिया। लड़की की माँ की आँखों में चिन्ता की लकीरें उभरीं। लड़के ने रसोई के दरवाज़े पर खड़े होकर पत्नी को खा जाने वाली नज़रों से घूरा। कुछ कहा नहीं। उसके पाँवों के पास सास बैठी थी। लड़की समझ गयी। लड़के की माँ समेत सबके कान वहीं लगे थे।

"चौधरी साब!" तनाव के इस चरम बिन्दु को भूपसिंह ने तोड़ना चाहा। लड़का बैठक में लौटा। सास ने उसाँस छोड़ीं। माँ ने उसे यूँ घूरा जैसे रणभूमि से पीठ दिखाकर लौटा हो, मानो दूध लजा दिया हो। लड़के के बाप को लगा जैसे पोल खुलते-खुलते बची हो।

"चौधरी साब!" भूपसिंह ने लड़के वालों की औक़ात से आश्वस्त्-सा होकर कहा, "देखो जी! दो बासण कट्ठे (इकट्ठे) रहवेंगे तो खुड़केंगे भी...इब म्हारा थारा टैम ना सै अक बहु-बेटी चुप मार ज्यां थीं...मरद माणस मैं उन्नीस-बीस कमी भी रहवै थी तै बिना चूँ करे उमर काट लिया करै थीं..." क्षण-भर को भूपसिंह साँस लेने को रुका तो लड़के के चेहरे पर मर्दानगी के भाव आये। देह को तोड़-मरोड़कर उसने अँगड़ाई ली।

"पर आजकल मामला बराबरी वाला सै..." भूपसिंह के ऐसा कहते ही लड़का जैसा था वैसी स्थिति में आ गया। मानो आधी खिंची तलवार वापिस म्यान में ठूँस दी हो।

"बराबरी का यो मतबल (मतलब) तो ना अक लुगाई मरद बण ज्यां..." लड़के की माँ ने बाज़ी पलटने से बचाना चाहा। लड़का फिर मर्दभाव से भर उठा।

"बहू-बेट्टी नै काण-कायदा भी होणा चाहिए...म्हारे पप्पू की बहू नै देखो, घर का काम सँभाले, नौकरी भी करै सै अर मीहने के मीहने तनखा ला के हाथाँ मैं धर दे सै अक् ल्यो पाप्पा जी..." लड़के का ताऊ अर्से बाद बोला मगर अचूक वार कर गया।

"हमने तै बेरा भी कोना चालता अक कित तनखा गयी..." लड़के की माँ ने नहले पे दहला मारा। बहू के चरित्र से बात कमाई पर आ गयी। फिर वो

तमाम उदाहरण भी गिनाये गये जहाँ कमाऊ बहू ने बिना चूँ-चपड़ किये अपना ए.टी.एम. सास-ससुर को थमा दिया, नौकरी पर जाने-आने का किराया भी सास-ससुर से ऐसे माँगती जैसे बेरोज़गार नालायक औलाद। दहेज में मिली मोटरसाइकिल या कार से शुरू-शुरू में तो पति-ससुर, देवर छोड़ आते, ले आते। फिर बस स्टैंड से लाने-छोड़ने लगे और फिर वह भी बन्द। कई जगह ए.टी.एम. के लिए बहू को मारा-पीटा भी गया।

दोनों पक्षों की ओर से तथ्य और उदाहरण पेश किये गये। कमाऊ और गऊ बहू का उदाहरण वर पक्ष की ओर से आया तो वधू पक्ष की ओर से बहू की कमाई से वास्ता न रखने वाले पति व सास-ससुर का भी चित्रण किया गया। बात धीरे-धीरे स्पष्ट होने लगी थी कि सारा मामला कमाई और ए.टी.एम. का है। रसाई में खड़ी बहू आहिस्ता-आहिस्ता बैठक की तरफ़ बढ़ रही थी, खेल के विशेषज्ञ उस दर्शक की तरह जो उत्साह से मैदान में ही उतर जाना चाहता हो। पहले वह रसोई और बैठक की विभाजक रेखा बनी चार इंच की दीवार के पास आयी, जहाँ पटड़े पर उसकी माँ बैठी थी। माँ ने पाँव से पाँव छुआकर रोकना चाहा मगर उसमें वह दृढ़ता नहीं थी। मानो कह रही हो कि मेरे ऊपर से होकर गुज़र जाओ। माँ ने नहीं रोका क्योंकि पैसे के लिए चरित्र पर लांछन लगाया गया था। वह एक क़दम और बढ़ा सास की मुढ़ी के पास आ खड़ी हुई। सास को उसकी उपस्थिति ऐसी लग रही थी जैसे राज सिंहासन के इर्द-गिर्द मँडराता ख़तरा। लड़के की माँ ने एक-दो साधारण-सी बातें इतनी तेज़ आवाज़ में कही कि बेटे का ध्यान उसके सिर पर आ खड़ी पत्नी पर चला जाये। पर अब माहौल बदलने लगा था। भूपसिंह भी लड़की का पक्ष ले रहा था। जब बात चरित्र से हटकर कमाई जैसे मुद्दे पर आ गयी तो लड़की की माँ ने भी बोलने की तैयारी कर अपने शब्दों को तोलना शुरू कर दिया।

"देखो जी!" भूपसिंह अब सिर्फ़ 'चौधरी स्साब' नहीं सबको समझाने की मुद्रा में था।

"मन्नैं पहला भी कहया था के आजकाल बात बराबरी की सै...छोरा-छोरी मैं अन्तर नहीं माना जाता...नूँ भी ना है के छोरी वाले हीणे सैं अर छोरे वाले बड़े।" आगे भूपसिंह ज़माने में बदलाव की सूचना के तौर पर बराबरी की बातें

बताता रहा और दूर-पास की मिसाल देता रहा? लड़के और उसके घर वालों को भूपसिंह की बातें बुरी लग रही थीं। वे रिश्तेदारियों तथा विभिन्न अवसरों पर हुई वैवाहिक वारदात को स्कैन करने लगे कि किस घटना का बदला भूपसिंह ले रहा है और उन्हें ऐसी जगह फँसाया।

"इसा है जी!" लड़की की माँ साहस कर बोली। लड़की के बाप ने उसे घूरा। पति की आँखों के बनावटी क्रोध को पत्नी ने पढ़ लिया।

"इब बालक पढ़े-लिखे सैं...कमावैं सैं तै अपणी अगत भी विचारेंगे..."

"घर-कुणबे तै अलग किसी अगत?" लड़के मी माँ समझ गयी कि यहाँ अलग गृहस्थी बसाने का स्पष्ट संकेत दिया जा रहा है। 'कबहूँ ना छाँड़े खेत' वाली भावना के तहत पूरा वर-पक्ष तत्पर हो गया। माहौल फिर गर्मा गया। परिवार में एकता के महत्त्व पर बातें चल पड़ीं। बेटे-बहू को बहनों, ननदों, बुआओं की ज़िम्मेदारी भी उठानी चाहिए। बहस गर्म हो गयी।

"किसा टैम आ गया" लड़के की बहन ने तीर मारा।

"माँ-बाप मर-मर कै उलाद नै पालैं, पढ़ावैं-लिखावैं...अर उलाद इसी के बन्नो आत्ते ही अपणे बासण अलग टेक ले...ठीक कही से ग्यानी माणसा नै...माँ-बाप बालक नै चौदह साल मैं बी.ए. करवावैं सै अर यो लाल चूँदड़ी (चुनरी) आली आते ही पहलड़ी रात मैं एम.ए. करवा दे सै...बुड्ढे-बुढ़िया पड़ो कुएँ में पत्थर बाँध कै..."

लड़का ताव में आ गया।

"मैं तै न्यारा कोन्या होऊँ..." लड़के ने भीष्म प्रतिज्ञा-भाव से घोषणा की।

"बेसक यो अपणे ढोबरे अलग धर ले..." बहन का चलाया तीर भाई ने बखूबी लपका। बात संयुक्त परिवार टूटकर एकल परिवारों पर आ गयी। संयुक्त परिवार की बन्दिशों, वर्जनाओं को परम्परा, अनुशासन, संस्कारों व मर्यादा की चाशनी में लपेट पेश किया गया। एकल परिवार की बहुओं के स्वतन्त्र रहन-सहन को उच्छृंखल और कुमार्ग की संज्ञा दी गयी। बात फिर वहीं आ गयी।

''इसनै ते के जरूरत, अलग हो के कुछ करण की।'' सास चरित्र का सिरा नहीं छोड़ना चाहती थी। 'चरित्र साधे सब सधे' सास जानती है। बोली "जिब

म्हारी आँखाँ आगै कुदी-कुदी फिरै सै...तड़का देखती ना साँझ! हनुमान की तरिया मुँह पोता अर चाल पड़ी बैग ठा कै...अर हम बुढ़ापे मैं घर का धन्धा फूँकैं..."

बुढ़िया की फूँकने वाली बात पर आग-सी लग गयी। इल्ज़ाम, सफाई, रीति-रिवाज़, हक़, फर्ज़ बताये-गिनाये जा रहे थे। एक वो ही ख़ामोश थी जिस पर ये सारा महाभारत हो रहा था।

"बुड्ढे-बुड्ढी घर का काम करैं अर बहू गुलछर्रे उड़ाती फिरै..." लड़के की बहन ने भी इस सांस्कृतिक यज्ञ में आहुति दी। 'गुलछर्रे' के 'छर्रे' बहू के माँ-बाप के दिमाग़ में आ लगे लेकिन बहू के तो कलेजे में धँस गये। अन्दर से उठी दर्द की लहर को उसने सँभाला। वह बैठक के बीचों-बीच आ गयी। सबने सोचा मेज़ से खाली कप-प्लेट उठाने आयी है। सास ने सोचा 'ढोंग'। ससुर ने पाँव समेट उसे जाने का रास्ता दिया। लड़की की माँ-भाँप गयी। दामाद की तरफ़ इशारा कर बोली—"जी एक बार इन तै भी बूझ लो" ढाँठे से झाँकती आँखों में ढेरों' आशंकाएँ तैर रही थीं।

"किसी तै बूझण की जरूरत ना है... मैं बताऊँ इन सबकी के रड़क सै..." वह बैठक के दूसरे सिरे पर खड़ी थी। सबके सामने। पारदर्शी घूँघट मगर चेहरे के भाव और आँखों का ताव एकदम साफ़ दिखायी दे रहा था।

"रहण दे, मत नास करै..." बाप सब लुट जाने के भय और लाचारी से बोला। लेकिन माँ हर स्थिति के लिए तैयार थी। लड़का तैयार कि अगर कुछ उल्टा-सीधा बोली तो झपटकर गर्दन मरोड़ दूँगा। अब तक कोने में चुप बैठा लड़की का भाई भी 'मत चूकै चौहान' भाव से तैयार था, अगर किसी ने हरकत की तो वह भी चूकेगा नहीं। भूपसिंह की हालत फ्री-स्टाइल मुक़ाबले के रेफरी की-सी हो गयी थी।

'वाक़ई बिचौले की सदा मार हौवै सै...' यह जुमला उसके ज़हन में गूँज रहा था। सम्भावित भिड़न्त को रोकने के लिए वह तैयार था।

बैठक के दूसरे सिरे पर खड़ी बहू ऐसे खड़ी हो गयी मानो यह उसकी कक्षा हो। बी.एड. के दौरान दी जाने वाली प्रेजेंटेशन जैसा अनुभव उसे हो रहा था। लेसन प्लान तैयार कर उसकी प्रेजेंटेशन भरे हॉल में देना, सम्भावित सवालों,

स्थितियों का सामना करना, लेसन प्लान क्रमवार याद है कि नहीं वग़ैरह...। लेकिन यह पाठ तो जैसे उसने याद नहीं किया जिया है इस पाठ का एक-एक वाक्य, एक-एक शब्द उसके दिलो-दिमाग़ में छपा नहीं गोद दिया गया है।

'सुमित्रा, योर प्रेजेंटेशन वाज़ द बेस्ट...' शिक्षा सिद्धान्त पढ़ाने वाले प्रो. कृष्ण कुमार के शब्द उसके ज़हन में ताज़ा हो उठे।

"इसीलिए रिज़र्वेशन ज़रूरी है..." समाज और व्यवस्था की कमियों के चलते किसी सहकर्मी तथा छात्रा ने यह बात कही लेकिन इस निष्पक्ष मूल्यांकन से उपजा आत्मविश्वास आज भी उसका साथी है, उसकी ताक़त है। इतिहास के आत्मविश्वास का तार वर्तमान तक खींचकर वह दृढ़ स्वर में बोली—

"अब तक जितनी बात हो रही थी सभ मैं मनै दोसी ठहरावै थे...पर किसी ने असल बात ना कही..." वह स्थानीय बोली और भाषा को मिलाकर बोल रही थी। मानो दो दुनियाओं को एक करना चाहती थी।

"किसे नै मेरा चाल-चलण अच्छा नहीं लगता...किसे नै मेरा ओढणा-पहरणा...किसे नै बोलचाल ना भावती...पर ये बात नहीं है...अगर मैं भी गाँव की और बहुओं की तरह चुपचाप नौकरी करती रहूँ और अपणा ए.टी.एम. इनको सौंप दूँ तो किसी तरह का रोणा नहीं है..." बैठक में बर्फ़ीला सन्नाटा आ धँसा, तेज़ धार-सा सन्नाटा। इसकी धार वर पक्ष के जीव मात्र को चीर दे रही थी। वधू पक्ष आश्वस्त् था। 'ना टैं टैं ना सैं सैं इसी धार पै न्याय होवैगा'। उसने कम-से-कम उन बहुओं का ज़िक्र किया जिनकी हालत खूँटा बदल जाने पर भी बदली नहीं थी। जैसे पत्थर के कलेजे वाले मालिकों की गाय दूध निकालकर घर से निकाल दी जाती है। लेकिन साँझ होते-होते खूँटे की तरफ़ लौट आती है क्योंकि वहाँ किसी का भूखा-प्यासा बछड़ा बँधा होता है या मरे बछड़े की खाल में भूसा भरकर उनके ममत्व को बूँद-बूँद निचोड़ा जाता है।

लड़का तमतमा रहा था, पर बेबस था। गाँव में कई पुलिस केस हो गये थे। औरतों ने छोटी-मोटी मारपीट और कहासुनी पर भी पुलिस बुला ली थी। ये मोबाइल और ए.टी.एम. ऐसे चले जैसे आदमी हर वक्त जेब में हथियार लिए घूम रहा हो। उसे ए.टी.एम. और मोबाइल बला लग रहे थे।

लड़के की माँ बुदबुदाते हुए उसे 'मजनूँ, राँड़ का गुलाम और जार' जैसी उपाधियों से नवाज रही थी।

"अपणा और अपणी रसोई का ख़र्चा मैं चला री हूँ, हारी-बीमारी अर घर के रख-रखाव पे भी ख़र्च करूँ हूँ।" हिसाब ज़ोर-शोर से दिया जा रहा था।

"अब इनकी लड़कियों के भात-छूछक और तीज-त्यौहार भी मैं भरूँ के?" सवाल बरछी-भाले से भी मारक था। लड़का सोच में पड़ ढीला हो गया, सास कसमसा रही थी, ससुर ग़ुस्से में फ़र्श को खा जाने वाले भाव से घूर रहा था। मुँह ऐसा हो गया जैसे उसे भड़वा घोषित कर दिया गया हो। लड़की के माँ-बाप ने उसकी पढ़ाई के और ब्याह के लिए जो क़र्ज़-ख़र्च किया था, वह वसूल होता लगा। भूपसिंह फ़ैसला सुनाने वाले न्यायाधीश की-सी स्थिति में था। पर वह तो और भी बड़ा फ़ैसला किये बैठी थी।

"अपना और अपने घर का ख़र्चा मैं चला लूँगी...बिजली, पानी, गैस सब कर लूँगी...पर अपना ए.टी.एम. किसी को नहीं दूँगी" वह बेहद दृढ़ थी।

"मैं मर-मर कर कमाऊँ और कमाई पर मेरा हक़ भी नहीं...अपने लिए तो किसान पंचायत मैं सीना ठोक कै कहो हो के 'धरती किसकी? जो बोवे उसकी।' फिर मेरी बारी में दोगली बात क्यूँ? मेरी मेहनत की कमाई पर मेरा हक़ क्यूँ ना हो? अपना ए.टी.एम., अपनी कमाई मैं किसी को देने वाली नहीं हूँ! चरित्र ख़राब बताओ, न्यारा कर दो या घर से निकाल दो..." बम से गिराकर बैठक के बीचों-बीच से निकलकर वह रसोई के पास आँगन में खुलने वाले दरवाज़े से निकली और धड़धड़ाती हुई चौबारे की सीढ़ियाँ चढ़ गयी।

अरथी

—पूरन सिंह

"का भौत परेशानी होइ रही है? उठो-बैठो नाय जातु? परेशान न होओ सब ठीक होइ जाइए" गंगादेई ने अपने पति से कहा था और उसके शरीर पर हाथ फेरने लगी थी मानों कोई शरीर पर चन्दन का लेप कर रहा हो। उसका पति भी अपनी पत्नी के प्यार के आगे नतमस्तक था और वही क्या, पूरा गाँव भी यही कहता; 'यार, गंगादेई न होती तो बद्री न जाने कब का श्मशान पहुँच गया होता। बहुत सेवा करती है अपने पति की गंगादेई।' उधर गंगादेई एक शब्द भी नहीं सुन सकती अपने पति के ख़िलाफ़। सभी से एक ही बात कहती है, 'जे नाहि तो हमाओ का मतलब?' बद्री अपनी पत्नी के सेवाभाव से इतना प्रसन्न है कि अभी और जीना चाहता है। 'लगति अब बचेंगे नहिं।' कहकर बद्री असहनीय पीड़ा से तड़पने लगा था। पता नहीं यह पीड़ा शरीर की थी या फिर मन की। गंगादेई कभी माथे पर हाथ फेरती तो कभी पेट पर या फिर पैरों पर। अस्थिपंजर का शरीर मानों कंकाल का बेजान ढाँचा हो, बद्री। तपेदिक हो गयी है उसे। लोग कहते हैं बड़ा मेहनती था अपनी जवानी में, इसीलिए शरीर धोखा दे गया है। तो कोई कहता नहीं-नहीं हमेशा पत्नी पर चढ़ा रहता था इसलिए बीमारी लग गयी है। जितने मुँह उतनी बातें।

गंगादेई तलवे सहराने लगी बद्री के। बद्री ने देखा कि गंगादेई की आँखें थक रही हैं। बार-बार आँखें झपका रही है सो बहाना बनाने लगा सोने का। जबरन आँखें मूँद लीं जैसे सो गया हो। "का सोइ गये? आराम मिल गओ! सोइ जाउ, आ हो।" मानों कोई ममता में सराबोर माँ अपने रोते हुए शिशु के सो जाने पर निश्चिन्त हो जाती हो। धीरे से उठी और अपने पति की चारपाई के पास ही ज़मीन पर बिछी बिछौनियाँ पर ही लेट गयी थी गंगादेई; शान्त,

निश्च्छल किन्तु स्वाभिमानी। प्यार, ममता और विश्वास की साक्षात् प्रतिमा। अपनी पत्नी को अँधेरे में आँखें खोलकर देखने लगा था बद्री। बहुत प्यार आ गया था उसे, उस पर बड़ी मुश्किल से करवट बदली ताकि चारपाई की चरमराहट न हो। धीरे से हाथ बढ़ाया और दोनों होंठ छूकर अपने होंठों से लगा लिए थे बद्री ने। प्यार कर लिया या और क्या? न जाने ये प्यार था या उसकी भावनाओं के आलोड़न में सब कुछ समाहित हो जाना चाहता था। श्रद्धा और प्यार का मिश्रण ही था कि वह जाग न जाये सो सीधा लेट गया था बद्री। आँखें रात के अँधेरे में खुली हुई थीं। लगता है खुली आँखों से सपना देखना चाह रहा था। सपने खुली आँखें से भी देखे जाते हैं कहीं तो पथराई आँखों से देखना चाह रहा था। हाँ-हाँ पथराई आँखों के सपने...

बहुत छोटा था, तभी माँ मर गयी थी। बाप के साथ ही मज़दूरी पर जाता था। कहाँ मज़दूरी कर पाता था! बाप मज़दूरी करता तो वह साथ-साथ रहता था उसके। और इसी संग्राम के साथ बाप ने उसे बड़ा कर लिया था। मेहनतकश बाप का बलिष्ठ और मेहनती बेटा था बद्री। जवान और सुन्दर भी। अब दोनों मेहनत-मजदूरी करते थे। धीरे-धीरे एक छोटा-सा कच्ची ईंटों का कमरा बना लिया था बाप-बेटों ने। उसी में रहते थे दोनों। एक दिन बाप की पीड़ा घनी होने लगी थी, "बदरिया हम चांत थे तेरो ब्याउ कद् देते। बहू आये जाती तो दुइ जून की रोटी मिलन लगती।" ''जो तुम्हें अच्छो लगे...'' इतना ही तो कह पाया था बद्री। हमेशा बाप को अपना आराध्य मानता रहा था। क्या बोलता—'बाप हैं जो करेंगे अच्छा ही करेंगे' यही धारणा लिए जीवन की ऊबड़-खाबड़ पगडण्डी पर चल निकला था वह। राधू मोची की बेटी से ब्याह हो गया था उसका। हाँ-हाँ, गंगादेई राधू मोची की ही लाड़ली तो है। सपने तैर रहे थे और फिर हिम्मत करके वहीं से देख लिया था अपनी बन्नो को बद्री ने। मानो कह रहा हो तुम्हीं तो थीं। हाँ-हाँ तुम्हीं तो। फिर चित लेट गया था। आँखें खोल, फिर सपनों के शहर में लौट आया था। बद्री गंगादेई बला की ख़ूबसूरत थी। गोरी नहीं थी। साँवली थी। एक अक्षर नहीं पढ़ी थी लेकिन जीवन की ऊँच-नीच समझती थी। असीम प्यार और श्रद्धा का लहलहाता समुद्र जो हिलोरें मारता तो सारी सीमाएँ तोड़ जाता था। बद्री उसके प्यार में दीवाना हुआ जाता और बद्री का बाप—वह तो गंगादेई को हमेशा गंगा ही कहता। कभी-कभी जब प्यार में होता तो गंगा मइया कहकर सजदे कर लेता और गंगादेई अपने ससुर में ही

अपने पिता की सूरत को निहार लेती थी। बद्री का छोटा-सा परिवार था, जहाँ खुशियाँ थीं और प्यार भी था कि...कि...तभी एक दिन...एक दिन। बद्री और उसका बाप ट्रक से ईंटें उतार रहे थे कि उसके बाप के ऊपर ट्रक में भरी सारी ईंटें गिर पड़ी थीं। बूढ़ा शरीर हिल-डुल भी नहीं पाया था और...और...सब कुछ ख़त्म हो गया था, एक ही पल में। बहुत रोया था बद्री, 'तुम मति जाओ, मैं नाहि रहि पाइएँ दद्दा। मेरो कोई नहि है। दद्दा...ओ दद्दा...' चीख़ते...चीख़ते ही अचानक अम्मा-अम्मा करने लगा था। बाप ने इतना प्यार दिया था कि अम्मा कभी याद ही नहीं आयी थी। आज बाप की मृत्यु पर अम्मा याद आने लगी थी। सभी साथी मज़दूरों ने पकड़ लिया था। चुप करने लगे थे। बाप का अन्तिम संस्कार कर दिया गया था।

गंगादेई और बद्री—बद्री और गंगादेई। सिर्फ़ दो व्यक्ति नाम जान एक-धड़कन एक-दो शरीर साँसें एक ही। अपार प्यार रहने लगा था दोनों में साथ-साथ रोते तो साथ-साथ, हँसते तो साथ-साथ या फिर साथ-साथ गाते तो साथ-साथ नाचते। धीरे-धीरे बाप के बिछुड़ने का दर्द कम होने लगा था या यह कहें कि समय ने दुख को कम करने का प्रयास किया था। बाप की मृत्यु की पहली दीवाली पर ही दिवारी पैदा हुआ था। बड़ा बेटा दिवारीलाल। "का नाम धरियो जाको?" गंगादेई ने अपने पति के गले में बाँहें डालकर पूछा था तो बड़ी शान से कहा था बद्री ने "गंगा।" "गंगा सिंह क्यों?" "क्योंकि जू गंगादेई को बेटा है।"

नाहि, गंगादेई मन-ही-मन अपने पति के प्यार के आगे झुकी जा रही थी। इतना प्यार, हाय! वह तो कभी जान ही नहीं पायी थी कि बद्री उसे इतना प्यार करता है। लोग तो अपने बच्चों के नाम देवी-देवताओं पर रखते है और उसका बद्री। तभी पूछ बैठी थी, "सब जने अपने बच्चन के नाम देवी देवतन के नाम पर रखे हैं और एक तुम हो!" बनावटी ग़ुस्सा जिसमें भी अनूठा प्यार था।

"तुम मेई देवी तो हो।" कितनी निश्छलता कितना दीवानापन। पागल हो गयी थी गंगादेई। पीछे से अपनी बाँहों में भर लिया था अपने पति को, चूमने लगी थी और बद्री, वह तो अपने बेटे को दोनों बाँहों में अपनी दौलत की तरह सँजोये पत्नी के प्यार में दुनिया का सबसे धनवान व्यक्ति समझ रहा था स्वयं को।

"एक बात कहें", बोली थी गंगादेई।

"एक हज़ार कहो गंगा।" जब कभी बद्री ज़्यादा प्यार में होता तो अपनी गंगादेई को गंगा ही कहता था।

"हमाए लला को नाव दिवारी रखेंगे, ठीक है।" कहा था गंगादेई ने।

"ठीक है।" कोई तर्क नहीं किया था मानो जो पत्नी कह रही है वही देववाणी हो।

"पूछेगा नाहिं! क्योंकि जू दिवारी के दिन पैदा भयो है, जाके मारे।" तर्क था गंगादेई का।

बद्री को कोई मतलब नहीं था। वह तो सिर्फ़ इतना जानता था कि जो बात उसकी पत्नी ने कही वही सच है, बाकी सब ग़लत।

पलकों पर रखकर पालने लगे थे अपने दिवारी को वे दोनों। बद्री मेहनत-मजदूरी करता और गंगादेई घर का काम करती, बच्चे की देखभाल करती कि एक दिन बोली थी बद्री से, "सुनो!"

कुछ नहीं बोला था, आँखों ही आँखों में कह दिया था—"बोलो"

"व...अ...महीनादारी बन्द हुई गयी।"

शर्म से लाल चेहरा हो गया था गंगादेई का और बद्री, वह तो पागल सा उसे अपनी गोद में उठाये-उठाये पूरे आँगन में दौड रहा था। "अरे, मरे लगि जाइए।" गंगादेई ने कहा, जबकि चाह रही थी अभी और उठाये रहे वह उसे अपनी बाँहों में।

"इन हाथन में बहुत जान है गंगा।" लगा जैसे शोले का गब्बर सिंह बोल रहा हो।

बहुत ख़ुश थे दोनों। बद्री अब समय से घर लौट आता था। अपनी पत्नी के बढ़ रहे पेट को देखकर झूम जाता था और हमेशा यही कहता था

"देखिओ गंगा, बेटा ही होइए!"

"हमें तो बेटी चाहिए।" माँ थी गंगादेई। ममता में बेटी की चाह उसे भी थी।

"बेटा!"

"बेटी!"

"बेटा!"

"बेटी!"

और निश्चित समय पर जब दाई ने घर के अन्दर तवा बजाया तो जीत गया था बद्री। बेटा ही हुआ था। दिवारी को गोद में लिए बद्री उसी हालत में अपनी पत्नी के कमरे में घुस आया था जहाँ बच्चा जना जा रहा था। बिल्कुल नंगी बैठी थी उसकी गंगा। दाई अम्मा चिल्लायी थी

"निकर-निकर।" मानो कुत्ते को भगा रही हो। तब भी अपनी गंगा को कह गया था, जीति गओ मैं...जीति गओ मैं। और बद्री की बन्नो—वह तो अपने पति की हार में भी उसकी जीत मानती और जीत में भी जीत मानती थी। शर्म से आँखें झुक गयी थीं, तभी तो दाई अम्मा ने कहा था, ख़ूब वश में कल्लई लओ है, गंगा तूने जाई।" कुछ नहीं बोली थी गंगादेई सिर्फ़ मन में सोचकर रह गयी थी 'तुम नाहिं जानती दाई अम्मा, किन्ने किने वश में कल्ल लओ है।'

दिवारी के बाद अब यह दूसरा बेटा पाकर हवा में उड़ने लगा था बद्री।

राजबीर सिंह; न जाने कहाँ से नाम ले आया था बद्री अपने बेटे के लिए। पूछने पर बताया कि वह ठाकुर राजबीर सिंह चौहान के घर मज़दूरी करता था, वहीं से ठाकुर का नाम चुरा लिया है।

दिवारी और राजबीर! दो बेटे, दो-दो देखने वाले। लेकिन आँखें दोनों की एक ही- गंगादेई और बद्री। दोनों बच्चों को अपने ख़ून-पसीने से पालने लगे थे दोनों। बद्री ने मज़दूरी से राजगीरी साध ली। दिन भर बड़ी मेहनत करता और गंगादेई खेतों में काम करती थी। बच्चों को स्कूल भेजती और खाना बनाकर रख जाती थी। दोनों बच्चे आते, खाना निकालकर खा लेते थे। बड़े होने लगे थे दोनों। दिवारी सातवीं कक्षा में था और राजबीर पाँचवी में। पढ़ने में बेहद मेहनती।

अपने दोनों बच्चों को पढ़ते देखकर गंगादेई और बद्री दीवाने हुए जाते थे, 'जितनी हिम्मत दुइए उतो और उन्ने से ज़्यादा पढ़ाए हैं।' कहता था बद्री और गंगादेई अपने पति की हिम्मत के आगे झुक-झुक जाती थी। आँखें मूँदकर भगवान से यही कहती 'मेरे पति के सपने टूटने नाहि दिउ भगवान।'

"अच्छा, का बनाइयो दोनों को?" पूछ बैठी थी एक दिन गंगादेई।

"दिवारी को डाकदर और राजबीर को बकील।" सपाट-सा जवाब, न कोई चाल न कोई फ़रेब।

"हम नायं, हम तो मास्टर बनाइएं दोनों को।" इसके आगे की सोच नहीं थी बेचारी की।

''अच्छा चलो, ऊपर वाले पे छोड़ि देत हैं।'' दोनों को ऊपर वाले पर शायद अटूट विश्वास था।

धीरे-धीरे दोनों बेटे इंटरमीडिएट और बी.एस.सी करते हुए न जाने कहाँ पहुँच गये थे और बद्री ने मेहनत करने में ज़मीन-आसमान एक कर दिये थे। बड़ी मेहनत करता था बद्री। दिन में राजगीरी, रात में रईसों के घरों में रंगरोगन और गंगादेई दिन में खेतों में लकड़ियाँ बीनती, किसानों की फ़सल काटती। बदले में अनाज, दाल-चावल, सब्ज़ी ले आती थी। दोनों युद्ध लड़ रहे थे और आख़िरकार विजय ने उन दोनों के क़दम चूम ही लिए थे। दिवारी ओ.एन.जी.सी. में वैज्ञानिक नियुक्त हुआ तो राजबीर भाभा परमाणु अनुसन्धान केन्द्र में इंजीनियर। आसमान छू लिया दोनों ने। पथराई आँखों से सपना देखते-देखते होंठ काँपने लगे थे बद्री के, 'तुमाओ संग न होतो गंगा तो...कुछ नाईं होतो।' और पास में ही लेटी गंगादेई को देखने के लिए गर्दन उठायी ही थी कि पसलियों में दर्द होने लगा था। फिर सीधा लेट गया था। आँखें तो अब भी कि फिर तैरने लगे थे सपने...

अलग-अलग शहर, अलग-अलग नौकरियाँ। दोनों ने पीछे मुड़कर नहीं देखा था। एक दिन दिवारी का पत्र आया था, ...'दो-एक महीने बाद ही अम्मा और दद्दा को बुला लूँगा, दोनों जने तैयार रहना। कि अगले ही दिन राजबीर का पत्र भी आ गया था, 'पहली तनख़्वाह मिलने दो अम्मा-पिताजी सबसे पहले आप दोनों को ही घर लाऊँगा।'

किसी ने पढ़कर सुनाये थे पत्र तो ख़ुशी से नाचने लगे थे बद्री और गंगादेई। दोनों जने संग रहिए दिवारी चाहे राजबीर, गंगादेई को डर लगने लगा था। कहीं दोनों बेटे माँ-बाप को बाँट न लें। लेकिन बेटे! वे तो और चार क़दम आगे निकले। आज तक नहीं बुलाया अम्मा-दद्दा को।

महीना-बरस भागने लगे थे। तभी एक दिन पता चला कि दिवारी ने किसी ब्राह्मण की बेटी से शादी करली थी। लड़की कहीं कॉलेज में लैक्चरर थी और अब दिवारी दिवारी नहीं डी.एस. गौतम था। आसमान को छूता हुआ दिवारी सिंह गौतम। पैसों के अम्बार लगे थे। बँगला, गाड़ी; क्या नहीं था उसके पास! एक बेटा भी था जो किसी कॉन्वेंट में पढ़ रहा था। चतुर्भुज नगर के मिश्राजी ने बताया था 'दो लाख रुपया साल की फीस के जाते हैं गौतम जी के बेटे

की पढ़ाई-पढ़ाई के और कपड़े-लत्ते, गाड़ी, ड्राइवर अलग से।' किसी काम से गये थे मिश्रा जी तभी दिवारी, अरे-अरे! दिवारी नहीं, डी.एस. गौतम साहब ने बताया था उन्हें।

गंगादेई ने सुना तो रो पड़ी थी। कितनी-कितनी परेशानी उठायी लेकिन जाये दिवारिया, आग लगे को शरमउ नाहिं,

"ऐसे नाहि कैत हैं..." सिर्फ़ इतना ही तो कह पाया था बद्री कि पड़ोस के भरोसे का लड़का रेलवे का इम्तिहान देने गया था। सो एक रात के लिए राजबीर के घर रुका था। पता! अरे, पता तो वे दोनों चिट्ठियाँ आयी थीं उनमें ही लिखा था। बद्री और गंगादेई उन्हें समेटे रहते थे।

भरोसे का लड़का जब इम्तिहान देकर लौटा तो बद्री और गंगादेई को बताया था उसने राजबीर के बारे में। "चाची, अब राजबीर भइया राजबीर नहीं हैं, उनका नाम आर.बी.एस. वर्मा हो गया है। हाँ-हाँ, यही नेमप्लेट लगी है उनकी कोठी पर। किसी पंजाबिन लड़की के साथ शादी कर ली है। भाभी भी कहीं अच्छी नौकरी करती हैं। चाची भईया के पास पैसा तो इतना है कि बस चाची पूछो मत।"

"चुप...चुप...चुप हो जा, भौत कर लओ गुणगान अपने भईया को। कबहूँ सोची बानें या दिवरिया ने मेरे या तेरे चच्चा के बारे में।" बीच में ही बोल पड़ी थी गंगादेई। भरोसे का लड़का सहम गया था और अपने घर चला गया था।

दोनों-दोनों कौन...बद्री और थे लेकिन अब बद्री के शरीर में वह अश्वशक्ति नहीं रह गयी थी। लेकिन राजगीरी का काम दिमाग़ और शक्ति दोनों का होता है सो किसी तरह काम चल ही रहा था।

एक दिन दिवारी ने पैसे भिजवाये थे; पाँच सौ रुपया अम्मा के लिए और पाँच सौ रुपये दद्दा के लिए। डाकिया ले आया था।

"किन्ने भिजवाये हैं जे रुपिया?" डाकिया से पूछ बैठी थी गंगादेई।

"डी.एस. गौतम ने।" सपाट-सा उत्तर डाकिया का था।

"हम तो दिवारी को जानत हैं जू गौतम को है?"

"अम्मा, आपका बेटा है।" डाकिया बोला था।

"लला जे पैसा ले जाओ और बाके मौं पे मारियो। पाँच सौ अम्मा के पाँच सौ दद्दा के। पूरी ज़िन्दगी तो हम दोनों को कोई बाँटि न पाओ। जे अब

यू बाँटेगो।'' और स्वाभिमानी गंगादेई ने डाकिये से पैसे नहीं लिए थे। कहा था बद्री ने ''ले लओ गंगा।''

जीवन में पहली बार सचमुच ग़ुस्से से देखा था गंगादेई ने अपने बद्री को तो बद्री को लगा था कि उसने ग़लती कर दी।

"हम कमाय कमाय क खबाइहैं तुम्हें। जब तक साँस है तुम्हें कछु नाहिं होन दिये, हाँ।" मानो सिंहनी सी गर्जना से आकाश गूँजने लगा हो। डाकिये ने पैसे बटोरे और भाग लिया था।

उस दिन के बाद से कभी किसी लड़के ने मुड़कर नहीं देखा था बद्री और गंगादेई को। दोनों के अपने-अपने तर्क थे; दद्दा को टी.बी. है, यू नो इन्फैक्टिव डिज़ीज! आयी थिंक बच्चे को लग जायेगी तो।

दरअसल अम्मा और दद्दा में आशिकी इतनी ज़्यादा है कि वे एक-दूसरे के बग़ैर रह नहीं सकते—मेड फॉर ईच अदर। नहीं तो सोचा था एक को बड़े भईया रख लेंगे और दूसरे को मैं। दरअसल अम्मा को तो कोई भी रख लेगा लेकिन दद्दा! यू नो टी.बी. पेशेंट।

दोनों के यह तर्क हमेशा सीना ताने खड़े रहते थे।

लेकिन स्वाभिमानी सिंहनी गंगादेई को जब लगा कि अब बद्री की हालत दिन-पर-दिन ख़राब होने लगी है तो वह मज़दूरी पर जाने लगी थी। दिन-भर मज़दूरी करती। जो पैसे मिलते उनसे दवा लाती और अपने हाथों से पिलाती थी। बद्री बलगम उगलता जिसे अपनी हथेलियों पर ही ले लेती। जब खाँसता तो पीठ पर हाथ फिराती। पानी गरम करती, क्या-क्या करती, कोई नहीं जानता। वह तो सिर्फ़ इतना जानता है कि लोग सावित्री को याद करते हैं कि वह सती थी और सत्यवान की जान उसी ने बचायी थी। यार सावित्री सती थी तो गंगादेई-गंगादेई कौन है?

उसकी सेवा और अटूट विश्वास देखकर बद्री हमेशा कहता, ''गंगा, तुम मोई क्यों नाहिं जान देती?''

''दिवरिया और रजबीरा समझो है मोई!'' मानो गाली देती हो बद्री को और खुद को भी। फिर बड़े प्यार से पूछती थी अपने बद्री से, ''एक बात बताइयो।''...बद्री की सूनी आँखें सिर्फ़ देखती रहतीं।

कहो जिन दोनो को पालिबे में हम्पे तुम्पे कुछ गल्ती होउ गयी। असहनीय वेदना मानो साक्षात् होने लगती। बद्री समझ लेता, अन्दर से मोम की तरह

पिघलती उसकी गंगा बाहर कितनी कठोर दिखती है। और अपने कँपकँपाते हाथों से उसके हाथ अपने हाथों में लेकर यही कहता, "शायद जो ही माय है हम दोनों को।"

पूरी रात सपने देखता रहा था बद्री। आँखें पथरा गयी थीं लेकिन सपने ख़त्म ही नहीं हो पा रहे थे। रात ख़त्म हो चली थी। सुबह होने को लालायित थी कि गंगादेई जाग गयी थी। आँखें बन्द कर ली थी मानो पूरी रात सोता रहा हो बद्री।

"अरे, उठि जाते, देखो सवेरो होइ गओ।" गंगादेई ने अपनी बिछौनिया उठायी थी।

ऊ आँ हाँ आहाँ जाग गया था बद्री। जागने का नाटक कर रहा था।

गंगादेई दिशा-मैदान चली गयी थी। अचानक सीने में तेज़ दर्द हुआ था बद्री के, बहुत तेज़ खाँसी आयी थी। गले में कुछ अटक गया था। फड़फड़ा रहा था। चारपाई पर तड़प रहा था। गले में कुछ अटका था। साँस नहीं बैठ रही थी कि तभी वापिस आ गयी थी गंगादेई। अपने बद्री की हालत देखकर रो पड़ी, "नाहीं नाहीं...सब ठीक होइ जाइए।"

सब ठीक नहीं हुआ था; गले में जो अटका था वही अटका रहा और बद्री की साँसे रुक गयी थीं। अपने दोनों हाथों में बद्री को सँभाले जब चीख़ी थी गंगादेई तो लगा था धरती का सीना फट जायेगा, प्रलय आ जायेगी।

गाँव के लोग इकट्ठे हो गये थे। अपने को महाबजी समझने वाला बद्री शान्त लेटा था। अन्दर घर में से लौटकर आते ही गंगादेई बोली थी, "शंकर लेओ ले रुपिया और किरिया करम को सामान ले आओ मेरे...मेरे... मे...रे।" 'नहीं चाची, नहीं' बस इतना ही कह पाया था शंकर और कुछ लोगों को लेकर बाज़ार चला गया था। भरोसे का लड़का भी था साथ में। उसके पास दिवारी का फ़ोन नम्बर था, "भईया, चाचा जी मर गये हैं। आप यह ख़बर राजबीर भईया से भी कह देना।" "आइ विल कम सून" दिवारी बोला था।

गाँव वालों ने जानबूझकर अन्तिम संस्कार का सामान लेने में देर लगायी थी। धीरे-धीरे शाम कर ली गयी थी। शाम को दोनों बेटे अपनी-अपनी पत्नियों और बच्चों के साथ पहुँच गये थे।

यू नो फ्लाइट से आना पड़ा, अदरवाइज तो पॉसिबल ही नहीं था। दोनों बेटों के आने पर ही लोगों ने बद्री की अन्तिम यात्रा की शुरुआत की थी। बद्री का पार्थिव शरीर लेकर चलने को जैसे ही कोई बोला था 'राम नाम सत्य है...सत्य बोलो...। कि कुछ गूँजने लगा था। उठ खड़ी हुई थी गंगादेई। रोना-चिल्लाना बन्द कर दिया था। अपने पति की अन्तिम यात्रा के साथ ही चल दी थी। ''तुम कहाँ जा रही हो माँ?'' दिवारी बोला था।

''अपने पति की चिता को अग्नि देने।'' मानो जानती ही न हो अपने बेटे को।

''यह तो अनर्थ है।''

''परलो है जायेगी भईया, अगर लुगाई आगि देइगी अपने आदमी को।'' पारसनाथ ताऊ बोले थे। गंगादेई ने आँखों ही आँखों में देखा था।

''ये वेदों में तो नहीं लिखा कि औरत आगि दे पति को।'' पण्डित सत्यव्रत चौबे बोले थे।

''तो का लिखो है पण्डितजी!'' ठहरे हुए पानी में अचानक बाढ़ आ गयी हो।

''अम्मा, दिस इज नॉट प्रॉपर।'' राजबीर बोला था। गंगादेई नहीं समझ पायी थी। वह तो सिर्फ़ इतना जान पायी थी कि राजबीर ने उसे अम्मा बोला है। उसने अपने बेटे को नहीं देखा था।

''मेरे आदमी की अर्थी रोक दे ओ'' आर-पार का फ़ैसला करना चाह रही थी गंगादेई। अर्थी रोक दी गयी थी।

''तुम में से जाइ जादो परेशानी होय बा मेरे आदिमी की अर्थी के साथ न जाये। उनकी चिता को आगि तो मैं ही देऊँगी। रही बात बेद-पुरान की तो जे पुरान सिर्फ़ मेरे लेई हैं? इन दोनों के ले नाईं?" पूरे गाँव के सामने जब गंगादेई ने अपनी बात रखी तो लोग सन्न रह गये थे। एक-दूसरे का मुँह ताक रहे थे।

थोड़ी ही देर में सभी गाँव वालों ने गंगादेई के पति की अर्थी उठा ली थी। गंगादेई अपने पति की चिता को आग देने के लिए अर्थी के साथ-साथ चल रही थी और उसके दोनों बेटे हारे हुए जुआरी की तरह पीछे-पीछे चल रहे थे।

चरिता

—नामदेव

कई दिनों की संवाद-शून्यता को तोड़ते हुए, नील ने वेतन के कुछ रुपये चरिता को थमाते हुए उसका अनुचित स्पर्श प्राप्त कर ही लिया। इससे उसका रोम-रोम पुलकित हो उठा, तन-मन की सोयी तरंगें झंकृत हो उठीं, मन बावरा अहेरी बन उठा। लेकिन नील के इस कामुक स्पर्श से चरिता एक घिनौनी वितृष्णा से भर उठी, क्योंकि वह इन अन्तरंग पलों में आत्मीयता की बजाय अपमान, अवहेलना और नफ़रत को भोगने पर विवश थी। नील फिर एक बार आगे बढ़ कर बोला ''लो ख़र्चा, अब घर चलाओ।''

चरिता पीछे हटते हुए बोली, "बस इतना ही, इससे क्या होगा? घर के हज़ारों ख़र्च होते हैं, वो सब कैसे पूरा होगा?" नील बोला, "बाक़ी तुम्हारी सैलरी भी तो हैं चरिता।'' ''वह तो होम लोन का ईएमआयी और परिवार की बहुत सारी ज़रूरतों को पूरा करने में ख़र्च हो जाती है। तुम्हें अच्छी तरह पता है कि बच्चों के स्कूल की फ़ीस, ट्यूशन फीस, बिजली का बिल और घर की अन्य बाक़ी ज़रूरतों को मैं ही पूरा करती हूँ, और तुम थोड़े से रुपये फेंककर हमेशा मर्दानगी की धौंस दिखाते हुए एहसान जताते हो।'' फिर क्या था, इतना सुनते ही नील अपना आपा खो बैठा और क्रोध से अपनी ही रवानगी में बोलने लगा "कितनी बेहया औरत हो तुम! मेरी सारी कमाई डकार जाती हो, फिर भी तुम्हारा जी नहीं भरता।" यह कहकर उसी पल वह उस पर झपट्टा मारने का प्रयास करने लगा। उसकी इस हरकत को देख चरिता क्रोध से चीख पड़ी—"अपनी औकात में रहो नील। मुझ पर हाथ उठाने का प्रयास मत करना!" चरिता का इतना बोलना ही था कि नील ज़ोर-ज़ोर से चीख़ने लगा,

उसका पुरुष अहम जाग उठा—"यह मेरा अधिकार है, मैं जब चाहूँ तुझे भोग सकता हूँ, जब चाहूँ तुझको तेरी औकात दिखा सकता हूँ। तेरा पति हूँ। इस घर का स्वामी हूँ। समझी छिनाल औरत!" नील की ये बात सुनते ही चरिता ग़ुस्से से बिफरते हुए बोली, "तुम मर्द के छिलके हो समझे! मर्द का मतलब भी तुमको पता है? असल मर्द तो गम्भीर और ज़िम्मेदार होता है नील।" वह बोला, 'चुप रह कुतिया। मुझे ज़्यादा मत सिखा, मुझे सब पता है। दस-दस मर्दों के संग मुँह मारती फिरती है। और मेरे संग सोने से भी भागती है मादरचोद कहीं की।" इतना सुनना था कि चरिता ने पुरज़ोर कड़क आवाज़ में कहा, "अपनी मर्यादा में रहो नील-गाली मैं भी दे सकती हूँ लेकिन मैं तुम्हारी तरह ओछी हरकत नहीं करूँगी और हाँ, मैं तुम्हारी तरह गिरी हुई भी नहीं हूँ कि जहाँ बोटी देखी नोचने बैठ गयी। अपनी ज़ुबान पर लगाम रखो नील।"

वास्तव में नील के इस बर्ताव से चरिता अब बहुत दुखी होने लगी थी। किसी भी काम में नील अपना छोटा-मोटा सहयोग भी नहीं देता था। यहाँ तक कि बच्चों की पढ़ाई के प्रति भी उदासीन ही रहता। पैसों और स्त्री देह के प्रति उसकी घोर आसक्ति ही चरिता से जुड़े रहने का कारण था। आज तो नील ने चरिता के चरित्र हनन करने में कोई कसर न रख छोड़ी थी। और अब तो यह आदत रोज़मर्रा की बात हो गयी थी।

आज जब चरिता समय के समन्दर में डूबकर पीछे मुड़कर देखती है तो उसे ऐसा मालूम होता है कि जैसे उसका सब कुछ लूट लिया गया हो। और बचा हुआ शेष भी जब-तब लुट सकता है। वह अतीत के समन्दर में गोते लगाते हुए एक पिछड़े गाँव में पहुँच जाती है जहाँ उसका जन्म हुआ था।

चमरौटी में कच्चे-पक्के मकानों की कतारों में बने हुए एक अधकच्चे मकान में रहने वाले एक निम्नमध्यवगीर्य परिवार में आठ भाई-बहनों वाले कुनबे में सबसे छोटी थी चरिता। घर-परिवार के संस्कार ऐसे थे कि जब वह आठवीं क्लास में थी तभी से उसके लिए रिश्ते आने लगे थे। माँ कहा करती—"चरिता अब सयानी हो रही है। अब जल्दी से इसका विवाह कर देना चाहिए। लड़की जात, कोई ऊँच-नीच हो गयी तो हम कहाँ मुँह दिखायेंगे?" सारे भाई लोग माँ के साथ हुँकारी भरते हुए कहते, "बिल्कुल माँ इसका विवाह कर देना चाहिए, हम लड़का ढूँढ़ते हैं।" लेकिन चरिता विवाह की

बात सुनकर लाज के मारे घर में कहीं छिप नहीं जाती थी, बल्कि उठ रहे इस प्रस्ताव का विरोध करती, "मैं विवाह नहीं करूँगी। मुझे बहुत पढ़ना है। मुझे इंजीनियर बनना है।" "अरे, हम कहाँ मना कर रहे हैं पढ़ने से। विवाह के बाद तुम्हारा पति पढ़ायेगा। फिर जी भर के पढ़ना, इंजीनियर बनना। भाई लोग हँसते हुए ये बात कह देते। हालत यह होती कि चरिता कई-कई दिन ग़ुस्से में बात नहीं करती और अपने में खोयी रहती। अब तो स्कूल आते-जाते उसे ऐसा महसूस होता जैसे लड़के उसको सामने से घूर रहे हैं। कभी महसूस होता कि किसी की नज़रें पीछे से उसकी कमर पर टिकी हुई हैं। एक लड़का ऐसे ही उसे घूर रहा था तो चरिता ने उसे डपट दिया था—"शर्म नहीं आती तुम्हें ये सब करते हुए?" "चरिता, मैं तुम्हें प्यार करता हूँ।" यह कहकर वह भाग गया था। अब चरिता की हालत ख़राब कि 'ये प्यार क्या होता है? विवाह तो सुना है। प्यार तो पाप होता है।' इन्हीं विचारों में पलते-बढ़ते चरिता नौंवी क्लास में आ गयी—अव्वल नम्बरों के साथ। दसवीं, ग्यारहवीं भी बढ़िया से पार हो गये। दसवीं में अच्छे नम्बरों के बावजूद उसे भाइयों ने कला विषय में डलवा दिया। बड़े भाई कहते थे "लड़की को पढ़-लिखकर घर-गृहस्थी ही तो सँभालनी होती है। वो विज्ञान पढ़कर क्या करेगी?" इस प्रकार विज्ञान पढ़ने का सपना देखने वाली चरिता गृह विज्ञान पढ़ने लगी। अब उसका लक्ष्य बहुत बड़ा अफ़सर बनना हो गया था। अभी ग्यारहवीं की पढ़ाई चल ही रही थी कि एक दिन बड़े भाई ने फ़रमान सुना दिया, "अब तुम्हारी शादी होने वाली है। लड़का अच्छा है। सरकारी नौकरी में है। वो तुमको बहुत अच्छे से रखेगा।" ये सुनकर चरिता के होश उड़ गये। उसे ऐसा महसूस हुआ जैसे किसी जालिम ने एक उड़ते नवांकुर पक्षी के पंख कुतर दिये हों। परन्तु चरिता कहाँ हार मानने वाली थी। उसने माँ और भाभियों से कहा, "मैं अभी विवाह नहीं करूँगी। मुझे बहुत पढ़ना है। अफ़सर बनना है।" ''हाँ-हाँ, हम कहाँ मना कर रहे हैं। पढ़ाई करो, अफ़सर बनो। लेकिन पति के घर में, वो तुमको ख़ूब बढ़िया से पढ़ाएगा।'' यही सब कहते हुए भाभियाँ उसके सीने को देखकर मन्द-मन्द मुस्कुराने लगीं। मझली भाभी तो उसके पीछे के नीचले हिस्से पर एक ज़ोरदार चिकोटी काट गयी। चरिता तिलमिला कर रह गयी थी। चरिता को पता था कि उसके आसपास की लड़कियों का विवाह ही

नहीं गवना (गौना) तक कर दिया गया था, जो चौदह-पन्द्रह साल की उम्र में ही गृहस्थी का बोझ उठाने लगी थीं। एक दोपहर घर के पीछे महुआरी में संकरी कहने लगी, "क्या बताऊँ चरिता! मुझे बहुत ख़राब लगता है, जब मैं सारा काम ख़त्म करके रात में किताब लेकर पढ़ने बैठती हूँ तो जितेश किताब छीनकर फेंक देता है। कहता है ये टाइम पति की सेवा का है। मैं मना करती हूँ। बिस्तर से उतर जाती हूँ तो मुझे लात-घूँसे से मारता है। मेरी ज़िन्दगी बरबाद हो गयी।" अब चरिता भला उसे क्या सलाह देती, अब उसके पास खुद ही सान्त्वना के शब्दों का अकाल पड़ने लगा था। वो संकरी की पस्त काया में अपनी छवि देखने लगी थी। उसने वहीं संकल्प लिया कि वो संकरी नहीं बनेगी फिर चाहे उसको जो भी सज़ा मिले। चरिता और संकरी की महुआरी में मुलाक़ातें कुछ महीनों बाद थम गयी थीं। उस दिन संकरी कह रही थी "मैं अब नहीं आऊँगी मिलने। परसों जितेश मुझे लेने आ रहा है। चल कच्चे आम तोड़ते हैं। मुझे आजकल बहुत अच्छे लगते हैं।" कुछ महीनों बाद पता चला कि दसवीं बोर्ड से मरहूम सोलह की उम्र में बच्चा जन्मते वक़्त संकरी के प्राण-पखेरू उड़ गये। ख़ास सहेली चरिता के लिए ये ख़बर एक सदमे की तरह थी ।

इस घटना को मन में सालते हुए चरिता ग्यारहवीं की अन्तिम परीक्षा की तैयारी में तन-मन से जुट गयी । एक रात पढ़ते समय माँ ने आकर उसके सर पर हाथ फेरते हुए कहा, "मेरी लाडली बिटिया कितनी प्यारी है। तुझे किसी की नज़र न लगे।" और बोल कर चली गयी। लेकिन चरिता अपनी किताबों में डूबी रही। उसका लक्ष्य तो ख़ूब पढ़कर बड़ा अफ़सर बनना था। अभी परीक्षा में एक सप्ताह बाक़ी था कि एक दिन सुबह सबके सामने उसकी पेशी हुई। माँ, बीमार पिता, भाई, बहन, भाभियाँ सभी थे। बड़े भाई ने कहा, "कल तुम्हारी सगाई है। आज से किताबें छोड़कर भाभियों से कुछ ज्ञान हासिल कर लो।" चरिता परिजनों के इस आकस्मिक फ़रमान से हत्प्रभ थी। उसने कहा, "विवाह तो मुझे अभी करना ही नहीं है। अभी मुझे कम-से-कम बी.ए. तक इसके बारे में सोचना भी नहीं है।" "वो देखो! सुरसती तुम्हारी उम्र की है। एक सुन्दर बेटे की माँ है। पति की प्यारी है। सास-ससुर की चहेती है। पूरा गाँव उसे सचरित्र बहू के रूप में जानता है।" माँ ने कहा। ''लेकिन मुझे पढ़ना है।

विवाह नहीं करना माँ!" बड़ा भाई बोला, "देख चरिता! तुझे पढ़ने की मनाही नहीं है। बस सगाई हो जाये, और अगले साल शादी।" "नहीं-नहीं, मुझे नहीं करना विवाह" यह कहते हुए वह दूसरे कमरे में चली आयी, जहाँ उसे समझाने का यत्न चलता रहा। बातों से भी, हाथों से भी। लेकिन इस प्रताड़ना के बाद भी वह अपने फ़ैसले पर अटल रही। अगले दिन शाम के वक़्त ज़बरदस्ती उसकी सगाई कर दी गयी। रोचक बात तो यह थी कि विवाह न करने की ज़िद में वह यह पूछना ही भूल गयी थी कि वो कौन है जिसका विवाह के लिए प्रस्ताव आया था। बस सब यही कहते "लड़का बी.ए. है, सरकारी नौकरी में क्लर्क है, खाते-पीते घर का है।" ज़बरदस्ती सगाई स्थल पर घेरे में लायी गयी चरिता भावी वर को देखते ही बोल पड़ी "अरे! गुण्डे, तुम यहाँ कैसे?'' सबने चरिता को समझाया, ''यही तुम्हारा होने वाला पति है। ज़रा तमीज़ से बोलो।'' चरिता ने भाभी और माँ को ज़रा अलग ले जाकर कहा, "अरे! ये वही गुण्डा है जो छठवीं क्लास से मेरा पीछा कर रहा है। सामने पड़ने पर घूरता रहता है। ये तो पूरा गुण्डा है। मैं इसके साथ विवाह नहीं कर सकती।'' भाभी के इशारे से माँ वहाँ से हट गयी। फिर भाभी बोली, "तुम पगला गयी हो क्या! पता है ये लड़का तुमको कितना चाहता है। तुमको रानी बनाके रखेगा। और देख तो कितना बाँका जवान है। हमारी बिरादरी में ऐसे लड़के कहाँ मिलते हैं? तुम दोनों राम-सीता लगोगे।" "तुम्हीं कर लो इससे विवाह। मैं इस गुण्डे से विवाह नहीं कर सकती।" ''लेकिन चरिता, तुम दोनों के बच्चे बहुत सुन्दर होंगे। हाँ ख़ूब बच्चे पैदा करना। इससे पति पत्नी में प्यार गाढ़ा होता है।" हमेशा पढ़ने-लिखने का ख्वाब देखने वाली किशोरी चरिता के लिए भाभी की सलाह ऐसी लग रही थी जैसे लड़की होने का अर्थ समय से पहले विवाह और बच्चे पैदा करना ही है। वह भाभी से बोली, ''मुझे यह सब पसन्द नहीं है।" "अरे सुन चरिता, वो हमारे दरवाज़े पर आकर फूट-फूट कर रोया है। उसके पिता उसकी ख़ुशी के लिए अपनी पगड़ी हमारे दरवाज़े पर बिछा चुके हैं। तुझे इससे अच्छा लड़का नहीं मिल सकता।" ये सब सुनते हुए चरिता वहाँ से हट गयी। बलात् सगाई के बाद भोजन उपरान्त एकान्त पाकर नील चरिता से बोला, "आयी लव यू। बस अगले साल तुम मेरी बाँहों में होगी।" मँझली भाभी ने ये सब सुन लिया।

बोली, “चाहो तो मौक़ा दिलवा सकती हूँ।” ये सब बातें चरिता के अन्दर घृणा ही पैदा कर रही थीं। पारिवारिक दबाव के आगे एक किशोरी का संघर्ष बौना साबित हो रहा था। लेकिन वो अगली लड़ाई के लिए तैयार भी हो रही थी। सगाई के दिन नील ने ये भी कहा था, “मैं पढ़ाऊँगा। बस जल्दी से विवाह कर लो।” “अपनी औकात में रहो।” ये कहकर चरिता चली गयी थी। सगाई के बाद कई दिनों तक वह परेशान रही थी, परीक्षाएँ सर पर थीं। इन्हीं झंझावातों के बीच उसने ग्यारहवीं औसत दर्जे से पास की। दुखी होना लाजिमी था। लेकिन बारहवीं का विकल्प सुकून भी दे रहा था। देखते-देखते बारहवीं का इम्तिहान जीवन का इम्तिहान बन गया।

बारहवीं की परीक्षाएँ समाप्त होते ही चरिता की शादी की तैयारी होने लगी। ये शादी भी मारपीट कर करायी गयी। रीति अनुसार पहली रात को उसे शयनकक्ष में धकेल दिया गया। चरिता को उस वक़्त गाँव में देखा वह याद हो आया जब गाय को ज़बरदस्ती सहवास के लिए साँड के आगे परोसा जाता है। लेकिन चरिता ने ठान लिया था वो गाय नहीं बनेगी। और वास्तव में कई दिनों तक नील सामीप्य के लिए जूझता रहा था।

मई में बारहवीं के रिजल्ट आ गये थे। चरिता अच्छे नम्बरों से पास हो गयी थी। मार्क्सशीट ले जाकर माँ की गोद में रखते हुए बोली, “माँ मैं पास हो गयी। अब बी.ए. करूँगी।” “हाँ-हाँ, ठीक है बिटिया। अब कलकत्ते जाकर घर सँभालो। वहाँ बेचारे नील को खाना बनाना पड़ता है। बेचारा विवाह के बाद भी तपस्या कर रहा है।” “लेकिन माँ, मैं यहीं रहकर बी.ए. करूँगी।” यह बोलकर उदास मन से कमरे में जाकर अपने मार्क्सशीट को निहारने लगी। एक दिन उसने नील को फ़ोन किया, “मैं पास हो गयी।” “ठीक है, अब चली आओ।” “नहीं, मैं अभी नहीं आऊँगी। मुझे बी.ए. करना है। यहीं रहकर।” “साली हरामज़ादी चली आ। मैं सब जानता हूँ। बी.ए. के बहाने गुलछर्रे उड़ाना चाहती है।” नील के ये शब्द चरिता के लिए किसी अपशगुन से कम नहीं थे। “भैया, बी.ए. में मेरा एडमिशन करवा दो।” मँझले भैया ने कहा, ‘‘ठीक है।’’ कुछ दिनों बाद पास के क़स्बे के डिग्री कॉलेज में चरिता पढ़ने जाने लगी। तीन साल बाद समाज विज्ञान में ग्रेजुएट भी हो गयी। उसके ख़्वाबों के पंख फैलने लगे थे।

उसने तय किया कि आगे की पढ़ाई भी करेगी। बड़ा भाई बोला, “चरिता, तूने अपने मन की कर ली ना! अब नील के पास जा और अपना घर सँभाल।” “ये भी मेरा घर है।” ‘‘हाँ है, लेकिन असली घर नील के साथ है।’’ “लेकिन भैया, मुझे अफ़सर बनने की तैयारी करनी है।” ‘‘जो भी करना है वहीं जाकर करो।’’ बड़ी बहन ताने मारती ‘‘अब भुगतो! पहले ही कह रही थी कि ज़्यादा पढ़ाई से आदमी का दिमाग़ ख़राब हो जाता है। उसमें भी यह लड़की जात। लड़की का फ़र्ज़ है पति की सेवा करना। हमारा तो पति ही गहना है, दुनिया है। वो ख़ुश तो हम ख़ुश। वो दुखी तो हम दुखी।” “हाँ-हाँ, तुम लोगों का तो अपना कोई मान-सम्मान है नहीं। कीड़े-मकोड़े हो सब।” चरिता आक्रोश में बोल गयी थी। बहन ने हँसते हुए कहा, “अरे छोटकी, हमारा तो पति ही मान-सम्मान है। दूसरा कोई नहीं।” चरिता को समझ आ चुका था कि यहाँ तर्क का जवाब कुतर्क ही होगा। अब आगे यहाँ कोई सहयोग न मिलने की दशा में मजबूरन उसे अपने ख्वाबों को सच करने कलकत्ता जाना पड़ा।

यहाँ भी आये दिन द्वन्द्व होता–“तुमने तो सगाई पर कहा था कि जितना पढ़ना हो पढ़ना, जो नौकरी करनी हो करना। अब क्यों अड़चन डाल रहे हो?” “देखो, मुझे तुम्हारी इस आगे की पढ़ाई से कोई मतलब नहीं है। और नौकरी की क्या ज़रूरत है। मैं तो कर रहा हूँ न।” “नील, मुझे भी नौकरी करनी है। अपने पैरो पर खड़ा होना है।” अक्सर ये तकरार अन्तहीन सिलसिला बनने लगी थी। इस बीच चरिता माँ भी बन गयी। लेकिन पढ़ाई की रफ़्तार धीमी नहीं पड़ी। तीन सालों में तीन बच्चों की माँ होना फिलहाल यही उसकी उपलब्धि थी। एक संडे दोपहर को वो किचन में खाना बना रही थी, तभी उसके कानों में ड्राइंग रूम से कुछ अस्फुट स्वर सुनाई दिया। वो दरवाज़े की ओट से सुनने लगी। नील किसी से लैंडलाइन टेलीफ़ोन पर बोल रहा था, “हाँ यार, सब मज़े में है। मेरा प्रमोशन?’’ ‘‘हाँ, वह भी जल्दी हो जायेगा। एस.सी. कर्मचारियों का पहले प्रमोशन करवाने का ऊपर से ऑर्डर आया है। तो अब तो हो ही जायेगा।” फ़ोन कट जाता है। नील दुबारा फ़ोन मिलाता है–“हाँ यार, कुछ पूछ रहे थे। भाभी के बारे में?...अरे, मैंने तो उसको अच्छी बीवी बना दिया है। पहले तो कई-कई दिन तक हाथ में ही नहीं आती थी।

अब तो दिन में ही कई-कई बार...। हाँ-हाँ, अब तो यार पढ़ाई की बातें भी कम करती है, पता है क्यों? दिन में बच्चों से और रात में मुझसे फ़ुरसत मिलेगी तब ना! कभी आकर साक्षात् देख लेना। हा हा हा हा।" नील का यह ठहाका सदियों से छली गयी चरिता जैसी स्त्री के लिए नया तो नहीं था लेकिन दोयम होने का अहसास ज़रूर करा रहा था। अभी कुछ दिन पहले ही तो वह अम्बेडकर जीवनी में पढ़ रही थी—'शिक्षा शेरनी का दूध है, जो इसे पियेगा वो दहाड़ेगा।' कुछ महीनों बाद एक दिन घर की घण्टी बजी। दरवाज़ा नील ने खोला, "साहेब! ये रजिस्टर्ड लैटर है चरिता जी के लिए। उनका हस्ताक्षर चाहिए। क्या वो हैं?" "हाँ हैं।" "अरे चरिता! देखो तो! तुम्हारा कोई लैटर है। साइन कर दो।" चरिता भागते हुए आयी—"साइन कहाँ करनी है?" "जी मैडम! यहाँ।" "ठीक है। ये लीजिए आपका लिफ़ाफ़ा।" "मैडम! एक गिलास पानी मिलेगा। गला सूख गया है। आज बहुत गर्मी है।" "हाँ, अभी लाती हूँ। "ये लो पानी।" "मैडम। वो लैटर आपने देखा!" मेरा मन कर रहा है आप देख लें, शायद कोई ख़ुशखबरी हो! मेरे हाथ में खुजली हो रही है।" नील वहीं खड़ा था। "अरे! ये तो बंगाल शिक्षा विभाग में सहायक निदेशक के लिए नियुक्ति पत्र है!" झट से उसने सौ रुपये का नोट थमाकर डाकिये को विदा किया। अन्दर आकर नील से बोली "मैं डायरेक्ट सहायक निदेशक के पद पर चयनित हो गयी।" ''हाँ-हाँ ठीक है, लेकिन तुमने तैयारी कब और कैसे की?'' ''तुम्हारा दोस्त है न रमेश, जो मुझे भाभी कहता है, और जिसको तुम बुलाते हो मुझे देखने के लिए। उसी से फ़ोन पर प्रतियोगिता की जानकारी माँग कर तैयारी की और प्रशासन द्वारा चलाये जा रहे अम्बेडकर कोचिंग सेंटर में रोज़ एक घण्टे की मुफ़्त क्लास का लाभ लिया। हाँ, वहाँ बच्चों के लिए क्रैच सुविधा भी है।" "मतलब जिसका मुझे शंका था वही हुआ। तेरे यार यहाँ भी निकले!" नील बड़बड़ाता रहा। तपाक से चरिता बोली—"ए! माइंड योर लैंग्वेज मिस्टर।" कुछ दिनों बाद अम्बेडकर कोचिंग सेंटर ने अपने सफल छात्रों के सम्मान हेतु एक सम्मान समारोह आयोजित किया था जिसमें सब सफल छात्र सपरिवार आमन्त्रित किये गये थे। चरिता के साथ नील भी वहाँ मौजूद था। सेंटर की प्रभारी डॉ. रमा दास ने प्रत्येक सफल छात्र का परिचय देते हुए चरिता के बारे

में बताना शुरू किया, ''हमारे सेंटर के लिए ये गौरव की बात है कि एक बेहद ज़िम्मेदार, अनुशासित, निर्भीक मिज़ाज की चरिता जी हमसे जुड़ीं...।" अभी इतना ही कहा था कि नील सभागार से बाहर चला गया। जब सम्मानित होकर चरिता बाहर आयी तो देखा कि नील बाहर खड़ा है और शून्य में देख रहा है। बोली "तुम मेरे सम्मानित होने से पहले ही बाहर क्यों चले आये?" "अन्दर मेरा दम घुट रहा था।" ''चलो कोई बात नहीं। ये लो सम्मान-पत्र।" चरिता ने कहा। "मैं क्या करूँगा इसका। तू सँभाल कर रख अपने पास। और हाँ, वो बलकटी रंडी जो मंच पर सबका परिचय दे रही थी वो कितनी बेहया है। कैसे मर्दों से गले मिल रही थी। यहाँ यही सब सिखाया जाता है क्या?" चरिता हँसते हुए बोली "तुम नहीं सुधरोगे। घर चलो।" "तू जा। मेरी आज दोस्तों संग दावत है। शायद आज रात नहीं आऊँगा।"

ऑटो रिक्शा में बैठी चरिता अम्बेडकर सेंटर को याद करती हुई घर लौट रही थी, तभी उसे बी.ए. में पढ़ी कबीरदास की ये पंक्ति बरबस याद आने लगी

'हम न मरब मरिहैं संसारा
हमकूँ मिल्या जियावन हारा।'

शायद ख़ुशी में आँसुओं की बौछार उसके गालों पर होने लगी थी कि तभी उसने देखा उसका घर आ गया है। ''रोको भाई! मेरा घर आ गया।'' ऑटो रिक्शा के पैसे देकर वह घर के भीतर चली गयी।

सरोगेट मदर

—रजत रानी मीनू

"साहब, ठीक से जाँच करो। ऐसे नाँय हो सकत है मेरी बिटिया को!" फूलमती ने अपनी बिटिया चन्दो को जाने कहाँ-कहाँ दिखाया था। अपने क्षेत्र की नामी-गिरामी दाई, झाड़-फूँक करने वाले फ़कीर, तान्त्रिकों, शर्तिया इलाज की सफलता का दावा करने वाले नीम-हकीमों और नर्स; सभी के पास लेकर गयी थी वह। मगर कोई फ़ायदा नहीं हुआ था। कुछ ने एक-दो साल तक भ्रम में रखा था। उसके बाद वह चन्दो को लेकर अपनी हैसियत से बढ़कर शहर के बड़े डॉक्टरों के पास भी गयी थी। अपनी मेहनत-मज़दूरी की कमाई से ज़रूरी जाँचें भी कराई थीं, मगर उसे डॉक्टरों का एक ही जवाब मिला था।

"फूलमती, तुम इस जन्म में चन्दो के बच्चे की नानी नहीं बन सकतीं। भगवान उसकी कोख ही बनाना भूल गया है।" पहली बार यह बात सुनकर फूलमती को तमाड़ा-सा आ गया था। यकायक आँखों के सामने अँधेरा छा गया था। उसे लगा कि दुनिया घूम रही है। जैसे-तैसे उसने अपने आप को सँभाला था। वह अपनी विवशता डॉक्टर बिन्दू के सामने रखने लगी थी—

"डॉक्टर साहिबा, मेरी लल्ली के ब्याह को पूरे चार साल बीत गये। इसकी सास रोज़-रोज़ ताने मारत है। धमकावे है। वह कहत है कि जाने अभी तलक एकौ चुहिया तक नाँय दई। जाके बस की बात नाँय है बाल-बच्चा पैदा करनो।" फूलमती यह बात अपनी समधन से बार-बार सुनकर थक चुकी थी। इस बार तो उसने उसे चेतावनी भी दी थी कि—

"अब मैं और इन्तज़ार नाँय करूँगी। जे मेरो वंश नाँय चालवेगी। मैं तो अपने लल्लुआ सुखीराम को दूसरो ब्याह रचाउँगी। फिर कुछ मत कहियो समधन मोसे, अबैइ बताए देत हैं।"

फूलमती के कान फटे जा रहे थे समधन की चेतावनी को याद करके। इस बार उसने रबी की फ़सल पर ज़्यादा नराई, कटायी और गुड़ाई का काम किया था। इस काम को करके जो पैसे कमाये थे, उन्हें जोड़ कर मुम्बई के कलावती अस्पताल में चन्दो को लेकर इस उम्मीद के साथ आयी थी कि यहाँ ज़रूर कोई-न-कोई रास्ता निकल आयेगा। यहाँ वह दूसरों की ख़ुशी के लिए तीन बार पेट से हुई थी। वह डॉक्टर विथा शुक्ला से विनती कर रही थी कि डॉक्टर साहब कैसे ही मेरी चन्दो की गोद भर देयो। यह कह कर वह सोचने लगी थी'—

'आज मैं डॉक्टर के सामने गिड़गिड़ा रही हूँ और पाँच-छह वर्ष पहले यही डॉक्टर दो और लोगों के साथ लम्बी-सी कार में आयी थीं, हमारी झुग्गियों में। तब वे हमें समझा रही थीं, तो कभी उनकी बेबसी उन तीनों के चेहरे पर दिख रही थी'—

फूलमती, अब तुम मना मत करो। हमने मुम्बई की सब सड़कें छान मारी हैं। कोई तैयार नहीं हुआ है। बड़ी मुश्किल से तुम्हारे बारे में पता चला है। तुम जो कहोगी, हम वह सब तुम्हें देंगे। तुम हमारी मदद करो।" उसे उन की बातें कुछ ठीक से समझ नहीं आयी थीं। उन्हें बीच में टोक कर पूछा था—

"मैडमजी, तुम कहा कह रई हो? किस बारे में बातें कर रई हो? मोए कछु समझ नांय आये रहो है।" उसकी बात भी पूरी नहीं हुई थी। मगर उसकी मंशा को समझते हुए डॉ. विथा शुक्ला ने कहा था—

"फूलमती, हम तुम्हें सब समझा देंगे। पर तुम न मत करना।" उसे अभी भी कुछ समझ नहीं आया था। वह उनका मुँह देख रही थी और उनकी नज़रें उसकी तरफ़ गड़ी थीं। वह यह सोच रही थी कि ये लोग कौन हैं? यहाँ क्यों आये हैं? इनका मक़सद क्या है? किस बारे में कह रहे हैं मना मत करियो। पर काहे के बारे में? उसका मन प्रश्नों से मथ रहा था। उसे चुप बैठे देखा तो डॉ. विथा बोलीं—

"फूलमती, तो तुम राज़ी हो! चलो हमारे साथ।"

"पर कहाँ और क्यों?"

उसके मन की शंका होंठों पर आ गयी थी। डॉ. विथा हर समस्या के समाधान के लिए जैसे पहले से ही तैयार थीं। इस बार वह और भी स्पष्ट शब्दों में बोल रही थीं—

"फूलमती, तुम्हें घबराने की कोई ज़रूरत नहीं है। दरअसल हमें एक ऐसी औरत की ज़रूरत है जो बच्चे पैदा करने में सक्षम हो। हमारा मतलब है स्वस्थ हो। जवान हो।'' साथ आये दम्पत्ति की ओर इशारा करके कहा। ''इन लोगों की मदद करनी है तुम्हें। यह बड़ा पुण्य कमाने का मौक़ा है। ये विदेशी लोग हैं। इनके पास सब कुछ है। किसी चीज़ की कमी नहीं है, पर भगवान औलाद देने के नाम पर इनसे रूठ गया है। इनकी गोद नहीं भरी है। सात समुद्र पार से ये बिचारे तुम्हारे भरोसे आये हैं। तुम्हें इनकी मदद करनी है। ज़िन्दगी भर तुम्हें याद रखेंगे।" वह उनकी बातें सुनकर इतना ही बोली थी–

"साब, हम ग़रीब आदमी हैं। गाँव में हम अछूतन को कोई रोज़ी-रोटी को जरिया नाँय थो। इसलिए अपनो घर-वार छोड़ कर परदेश में सड़क पर परे हैं। हमारे अपने ही चार बच्चा हैं। अब और नाँय चहिए।" फूलमती ने जो समझा वैसा ही उसने जवाब दिया था। एक अनजाने से डर की लकीरें उसके चेहरे पर उभर आयी थीं जिसे डॉ. विथा ने पढ़ लिया था। इसीलिए तो वह इतना ही समझा कर गयी थी–

"फूलमती, अब हम लोग चलते हैं। कल फिर आयेंगे। तब तक तुम सोच लो। तुम इतना मानकर चलना कि इस बार तुम अपनी कोख उधार इन लोगों के लिए दे रही हो। इस बारे में हम तुम्हें कल समझाएँगे।"

वह अपने अतीत की जीती-जागती फ़िल्म अपनीं आँखों से देख रही थी। आज उसकी अपनी और बेटी चन्दो की विवशता बन गयी थी। मुम्बई का जाना-माना कलावती अस्पताल था। इतने बड़े अस्पताल में घुसने की न तो उसकी हैसियत थी और न हिम्मत ही थी। मगर वह इसी अस्पताल में पिछले 6 वर्षों से डॉ. विथा की सहयोगी बनी हुई थी। वह वहाँ दूसरों के लिए खुशियाँ बाँट रही थी। सुपर फैसिलिटी पंचसितारा जैसे आधुनिक अस्पताल के गार्ड से लेकर वार्ड बॉय और गर्ल, नर्सें और डॉक्टर्स सब उसे पहचान गये थे। इसलिए उसे वहाँ आने-जाने से कोई नहीं रोकता-टोकता था, बल्कि उसे देखते ही वे सब उसके साथ वी.आयी.पी. जैसा आदरभाव प्रकट करते थे। उसे देखते ही रास्ता छोड़ देते थे।

वह पुनः सोचने लगी–'आज मैं अपनी बिटिया का दुख लेकर डॉक्टर विथा शुक्ला के पास आयी हूँ। मैं डॉक्टर के सामने जितनी विनती करती हूँ

वे उतनी ही बेरुखी से जवाब देती हैं। हम कुछ नहीं कर सकते हैं। यह कभी माँ नहीं बन सकती। इसलिए अब मेरा समय बरबाद मत करो।" वह डॉक्टर के पास से नहीं जा रही थी। इससे डॉक्टर खीजने लगी थीं। उसे बाहर जाने का आदेश दिया था। इस समय फूलमती डॉक्टर के बदलते व्यवहार को महसूस कर रही थी पर आज मजबूरी डॉक्टर की नहीं उसकी थी। इसलिए वह चुप थी। चन्दो का दर्द एक माँ होने के नाते उसे पहले हो रहा था। उसके सामने एक ही रास्ता था। वह इस बार डॉक्टर के चरणों में गिर गयी थी और कहा था–

"डॉक्टर साहब एक बात करनी है, तुम ज़्यादा नाराज मत होइये। मेरी बात सुन लेयो तो बड़ी मेहरबानी होएगी।" उसके स्वर में विनीत भाव की अधिकता देख और सुनकर डॉक्टर विथा का हृदय थोड़ा-सा द्रवित हुआ था–

"हाँ बोलो, पर जल्दी।"

"डाक्टर साहब, जा चन्दो को आदमी दूसरी शादी कर लेगो। हम ग़रीब आदमी हैं। हमारी बिटिया कहाँ करेगी? कहाँ जायेगी? का ये अमरीका वाली गोरी मेम, दिल्ली वाली ठकुराइन और अपनी मुम्बई की ही फ़िल्म हीरोइन चन्दा की तरियों तो यह माँ बन सकत है..." उसकी बात पूरी भी नहीं हुई थी। डॉक्टर उसकी मंशा को समझ गयी थीं। वह उसे ऐसे घूर रही थीं, मानों उसने यह कह कर वर्ण-व्यवस्था का अनुशासन तोड़ दिया है। उनकी दृष्टि में सबसे नीचे के पायदान पर रहने वाली अछूत स्त्री ने शिखर के वर्ण में प्रवेश करने जैसा दुस्साहस किया था। सवर्ण सम्भ्रान्तता के अहंकार के छिपे भाव डॉक्टर विथा शुक्ला के चेहरे पर उभरने लगे थे। मगर उसने इस वक़्त अपने जातीय दुराभावों को छिपाने में ही समझदारी की थी। डॉक्टर की आँखें लाल हो गयी थीं। उसने अपने पर नियन्त्रण रखने का असफल प्रयास किया था। बावजूद तन के आक्रोश का असर ज़बान पर भी थोड़ा हुआ था–

"फूलमती, तुम क्या कह रही हो, जानती हो? लाखों का ख़र्चा होता है उस तकनीक में। तुम दे पाओगी इतने सारे रुपये।" सुनकर फूलमती इतना ही बोली थी–

"डॉ. साहब, आपने ही मुझे चार बार सरोगेट मदर बनाया था। तब तो इतने पैसे नाँय लगे थे। मोयं तो पन्द्रह हज़ार रुपये ही तो दिये थे। वोउ खान

पियन को। हम अपनों घर-बार सब बेच के बीस-बाईस हज़ार रुपयों तक को इन्तज़ाम कर लेंगे अपनी चन्दो के ले।" एक साँस में वह सब कह गयी थी।

इस बार डॉ. विथा ने फूलमती को पुनः समझाने का प्रयास किया था–

"फूलमती, यह तकनीक बहुत कठिन और एक्सपैंसिव यानी महँगी है। जो टीम इसमें काम करती है, उनकी महँगी फीस, इन महीनों के द्वारा हम किसी की कोख में इच्छित स्त्री-पुरुष के शुक्राणु को डाल पाते हैं। इसके बाद और भी पूरे नौ महीने तक सरोगेसी स्त्री की जाँचें करनी होती हैं; इस सब में बहुत ज़्यादा पैसा लगता है।" फूलमती ने पुनः अपने मन की शंका जाहिर की थी–

"डॉ. साहब, मैं तीन बार तुम्हारे अस्पताल में खुद मशीन बनी हूँ बच्चे जनने की। अब हम पे संकट आयो तो हमारी भी सुननी चहिए। तब तो तुम सब कह रहे थे फूलमती, तुम जैसी स्त्री देवी बनकर हमारी मदद के लिए आगे आती हैं, नहीं तो यह महँगी मशीनें भी कुछ नहीं कर सकतीं।" कह कर इस बार उसने डॉक्टर के आगे अपने दोनों हाथ जोड़ दिये थे–

"डॉ. साहब, एक बार हम पर तरस खायो। मेरी और मेरी बिटिया की ओर देखो। कुछ तो करो। हम ऐसे झआं से नाँय जायेंगे।" फूलवती की पहाड़ जैसी अडिगता को देखकर डॉ. विथा का हृदय थोड़ा हिला अवश्य था। उस वक़्त उन्होंने इतना ही कहा था–

"शान्त हो जाओ फूलमती, मैं तुम्हारी मदद करना भी चाहूँ तो भी नहीं कर सकती। हाँ, मैं अपने बड़े डॉक्टर से तुम्हारे बारे में बात ज़रूर करूँगी। यदि वह मेरी बात मान लेते हैं तो ऐसी स्त्री तुम लाओगी कहाँ से, जो सरोगेट मदर बनने को राज़ी हो जाये?" डॉक्टर की बात सुनते ही वह छोटे बच्चे की तरह चहक कर बोली थी–

"डॉक्टर साहब, मैं हूँ ना। अब तक मैंने अपनी कोख में दूसरों के बच्चे पाले थे। अब मैं अपनी चन्दो के बच्चे को अपनी कोख में पालूँगी।" वह अपनी बेटी के बच्चे के प्रयास में इतनी ज़्यादा उत्साहित थी कि तीसरे सरोगेसी बच्चे के जन्म के समय सीनियर डॉक्टर द्वारा दी गयी चेतावनी को भी भूल गयी थी। इसलिए डॉ. विथा ने उसे याद दिलाते हुए कहा था–

"तुम्हें इस वक़्त यह भी याद नहीं डॉ. प्रभाकर पाण्डे ने तीसरी बार बच्चे के जन्म देने के बाद क्या कहा था? यही न कि तुम अब अपनी कोख का उपयोग

कभी नहीं कर सकती। पहले से ही तुम्हारे अपने चार बच्चे हैं। तुम्हारी कोख छलनी बन चुकी है। मशीनों का तुम्हारे शरीर पर बार-बार प्रयोग हुआ है।"

चन्दो बाहर स्टील की कुर्सियों पर बैठी थी, माँ के इन्तज़ार में। पर फूलमती डॉ. विथा के साथ मीटिंग में इतनी व्यस्त थी कि उसे पता ही नहीं चला कि सुबह दस बजे से कब एक बज गया था। वह डॉ. विथा की बातों पर विश्वास ही नहीं कर रही थी। उसकी ज़िद थी कि एक बार पुनः उसकी जाँच कर ली जाये। शायद भगवान कोई चमत्कार कर दें। उसकी ज़िद के आगे डॉ. को झुकना पड़ा था, क्योंकि वह उनकी एक पुरानी अच्छी ग्राहक थी। मोटी रकम की कमाई का वह ज़रिया बनी थी। इसलिए उसके आग्रह को वह चाहते हुए भी नहीं टाल पायी। बोली, ''चलो—मेरे साथ अन्दर।'' जाँच पूरी होने पर डॉक्टर ने उसे समझाया था—

"तुम्हारा शरीर बहुत कमज़ोर हो गया है। एनीमिया यानी ख़ून की कमी भी है तुम्हारे शरीर में। इधर तुम्हारी उम्र भी साठ के आस-पास है। ऐसी हालत में हम ऐसा कोई रिस्क नहीं ले सकते जिससे तुम्हारी जान को ख़तरा हो।"

यह डॉक्टर विथा शुक्ला का साफ़ और सख़्त शब्दों में अन्तिम निर्णय था। फूलमती की सभी कोशिशें नाकामयाब हुई थीं। वह डॉक्टर के कमरे से बाहर आयी तो चिन्ता की लकीरें माथे पर उभर रही थीं जिसे चन्दो पढ़ने की कोशिश कर रही थी।

अगस्त का महीना था। बाहर तेज़ सूरज की रोशनी फैली हुई थी। अचानक तेज़ हवाएँ चलने लगी थीं। एक काली बदली ने वहाँ सूरज के प्रकाश को ढक लिया था। वहाँ के वातावरण में कालिमा छा गयी थी। सूरज की तपिश कुछ कम हुई थी। वहाँ बैठे मरीज़ों और उनके अटैंडेंट्स ने राहत की साँस ली थी। मगर फूलमती के चेहरे पर पसीने की बूँदें चमक रही थीं। उसके हृदय की धड़कनें तेज़ चलने लगी थीं। बेटी के भविष्य की असुरक्षा के भय से उसका मन घबरा रहा था। चन्दो ने माँ को आते हुए देखा तो उठकर खड़ी हो गयी थी और वह पूछ रही थी—

"अम्मा, डॉक्टरनी ने कछु कहो?" फूलमती को जैसे कुछ सुनाई नहीं दे रहा था। उसे लग रहा था कि कहीं दूर जंगल से किसी की अस्पष्ट-सी आवाज़

उसके कानों में गूँज रही थी। वह न कुछ बोल रही थी और न कुछ सुन रही थी। ऐसा चन्दो ने महसूसा था। वह चुपचाप आकर अस्पताल के बड़े से प्रतीक्षालय में बिछी कुर्सी पर निढाल-सी थप्प से गिर गयी थी। उसकी आँखों के सामने एक के बाद एक यादों की रील-सी घूमने लगी थी। वह एक के बाद एक लगातार तीन बच्चों की सरोगेट मदर बनी थी। पहली बार जब उसने अमरीका के एक दम्पति के बच्चे को अपनी कोख में रखा था तो झुग्गी में रहने वाली उसकी सखी-सहेलियों से क्या-क्या नहीं सुनने को मिला था–

"तू कैसी औरत है! दूसरे के बच्चे को जन्म देगी?" तो कुछ ने कहा था–

"यह तो झूठ बोलत है। सरोगेट फरोगेट कछु नाँय होत है। कबहु ऐसे भओ है कि काहू का बच्चा काहू के पेट में आ जाये। पतो नाँय किसको पाप लिए फिर रही है ये। तभी तो तेरी झुग्गी पे बड़ी-बड़ी मोटर कार खड़ी रहत हैं। वामैं बैठ के जाने कहाँ-कहाँ मुँह कारो करन जात है।"

आँखों में झलक आये आँसुओं को उसने अपनी धोती के पल्लू से पोंछ लिया था। जैसे-जैसे पेट बाहर को आ रहा था, उसका पति उससे दूर होता जा रहा था। अड़ोस-पड़ोस की सखी-सहेलियाँ भी उससे दूरी बनाने लगी थीं। भूखी-प्यासी पड़ी रहती थी। वह फिर अतीत में विचरने लगी थी–

'जिस दिन बच्चा पैदा हो रहा था, दोनों गोरे आदमी-मेम ऐसे आके खड़े हो गये थे, जैसे ज़मींदार अपने कारिन्दों को मूल और ब्याज वसूलने के लिए भेज देत हैं। मगर यहाँ मूल और ब्याज की बात ही नहीं थी। मैंने अपने ख़ून से सींचो थो उस बालक को। उसकी धड़कनों को महसूसा था पूरे नौ महीने। पेट में उसकी शरारतों की अनुभूति हुई थी। वह सब महसूस करके मेरे स्त्री मन को एक शान्ति-सी मिली थी। छातियों में दूध भी उतरा था। माँ का एहसास उतना ही जागा था जितना अपने बच्चों के होने पर जागा था।' उसे डॉक्टर की वह हिदायतें याद आने लगी थीं, जो उन्होंने उसे लिखित काग़ज़ पर अंकित की थीं, जो डॉ. विथा ने पढ़ कर सुनाई थीं–

"फूलमती, अब तुमने इस फॉर्म पर अँगूठा लगाया है। बच्चे के जन्म के बाद तुम इस पर अपना हक़ नहीं जमा सकतीं। यह बच्चा तुम्हारा नहीं है। अमरीका वाले दम्पत्ति जब तक स्वेच्छा से इस बच्चे को तुम्हारे पास दूध पिलाने

के लिए रखना चाहेंगे, वे रख सकते हैं और जब ले जाना चाहेंगे तब तुम्हें वह बच्चा देना होगा।" वह सोचने लगी थी–

"ये काग़ज़न की बातें मोए न मालूम हैं। मोए तो एकौ बार नाँय लगो थो, ये बालक परायौ है। मेरे जिस्म क़ो हिस्सा नाँय है। उतना ही ज़ोर को दर्द हुओ थो, जितनो अपने बालकन के पैदा होन पर हुओ। मैं कमर और पेट दर्द से चीख रही थी। गाय गोरू की तरियों, पर बच्चा जैसे ही धात्ति पै आयो बाक़ी पहली चीख मेरे कानन में सुनायी पड़ी थी। ठीक अपने बालकन की तरियों, पर बाक़ी पहली सूरत मोए ना दिखायी गयी थी। उसके ख़रीददार माँ-बाप को डॉ. विथा शुक्ला 'कांग्रेचुलेशन मैडम' आप बेटी की माँ बन गयी हैं' कह रही थीं। मेरी आँखें तरस रही थीं उस बच्ची को देखन को। वह आयी थी मेरे पास दूध पियन को। एकदम गोरी-चिट्टी थी गोरी मेम की तरियों फिर भी मैंने बाये सीने से लगायो थो। किस-किस की क्या-क्या बातें नाँय सुनी थीं मैंने। लालची हूँ। बच्चे पैदा करने की मशीन हूँ। नाजायज औलाद पैदा कर रही हूँ। मैंने नाक कटाये दई है अपनी बिरादरी की। पर मैंने उस बच्ची को ख़ूब निहारा था, टकटकी लगाकर। अपने आँखों के कैमरे से उसकी सूरत अपने दिमाग़ में उतार लई थी। आज जब मैं गेट वे ऑफ़ इंडिया पर भुट्टा बेचती हूँ, वहाँ आयी किसी विदेशी बच्ची को देखती हूँ तो लगता है यही है मेरे कलेजे का टुकड़ा। मैं उसकी असली माँ हूँ। कभी लगता वह मुझे अम्मा कहकर बुला रही है। पलटकर देखती हूँ तो वह अपनी माँ की उँगली पकड़े चली जा रही होती है और मैं थोड़ी दूर उसके पीछे-पीछे बढ़ रही होती हूँ। तभी एक भुट्टा का ग्राहक आया। बोला–'कोई है इधर?' सुनकर मैं दौड़ कर वापस आयी अपने धन्धे के ठिकाने पर। पहली दफ़ा वह बच्ची मेरे तन के बाद मन में बस गयी थी। जिस दिन वे लोग उसे ले गये, मैंने चार दिन तक कछु ना खायो-पियो थो। लगता था कोई मेरी बच्ची को मुझसे छीन ले गया था। फिर मैंने ख़ुद ही अपने मन को समझायौ थो। मैं इतने दिनन की ही उसकी माँ बनी थी।"

फूलमती को एक-एक करके उन चारों बच्चों की यादें आ रही थीं जिसे उसने अपनी कोख में रखकर अपने ख़ून से सींचकर पाला था। पर आज वह अपनी ग़रीबी, अपनी बेबसी और अपनी जाति को मन-ही-मन कोस रही थी–

"जो औरत दुनिया की औरतों को ख़ुशी दै सकत है। आज वह अपनी औलाद को ख़ुशी नाँय दै पा रही है। लानत है ऐसी मशीनों पर, ऐसे डॉक्टरों पर? ऐसी व्यवस्था पर जो सबके लिए एक जैसी नाँय बनी हैं। ये भी बामन की बनाई जात की तरियों पक्षपात करे हैं।" चन्दो ने फूलमती को बहुत देर तक चुप बैठे देखा तो उसे झकझोर कर पूछने लगी—

"अम्मा-अम्मा कहा भयो? डॉक्टरनी ने का बताओ?"

"कछु नाँय बेटा। जब क़िस्मत ही रूठ जाये तो कोई कछु नाँय कर सकत है। मैं बड़ो सपनो देख रही थी। एकदम जिन्दो सपनो। ऐसो सपनो जो मैं हक़ीक़त में पूरो नाँय कर पायी।" चन्दो ने माँ को सहारा देकर उठाया था। वह बहुत कमज़ोरी महसूस कर रही थी।

उमा चली गयी दिल्ली

—डॉ. सुनीता देवी

"अरी उमा, तू कब तक यूँ ही बैठी रहेगी, सुनती नहीं! ये घड़ा तेरा ही है न?"- पानी भरने के लिए लगी लम्बी क़तार से एक तीखी आवाज़ ने उमा को झकझोर दिया।

उमा हड़बड़ाकर बोली "हाँ काकी, घड़ा तो मेरा ही है।" फिर अपना नम्बर लगाया और हैंडपम्प को ज़ोर-ज़ोर से चलाकर पानी खींचने लगी।

कुछ ही देर में घड़ा भर गया और पानी नीचे बह चला। किन्तु उमा अपने ही ख़यालों में खोयी हुई थी। उसे अपनी ज़िन्दगी उस हैंडपम्प की तरह प्रतीत हो रही थी जो कभी ऊपर जाती है, कभी नीचे जाती है। घड़ा भर गया था। पानी ऊपर से बह चला, लेकिन उमा को कोई ख़बर नहीं। वह पता नहीं कहाँ खोई हुई है।

"बिल्कुल खाली होकर आयी है ये लड़की, इसे कोई काम ही नहीं। घड़ा भर गया है और ये हैंडपम्प चलाये जा रही है।" एक आवाज़ उसके कानों में आ धमकी। अबकी वह झेंप गयी थी। नज़रें नीची कर चुपचाप अपना घड़ा उठाया और घर की तरफ़ चल दी। रास्ता बहुत लम्बा था, उसने चलने की रफ़्तार तेज़ की। उसकी चाल के साथ ही उसके अन्तर्मन के विचार तेज़ हो चले। जिस दिन उसका रिश्ता तय हुआ था, उसे काफ़ी राहत महसूस हुई थी। परिवार और आस-पड़ोस से तानें सुन-सुनकर वह परेशान हो चुकी थी। अब उसे ससुराल जाना था, अपना घर बसाकर वह सबकी नज़रों में सम्मान पाना चाहती थी। दो-चार दिन पहले की ही तो बात है जब उसे देखने के लिए ससुराल पक्ष के लोग आये थे। सास-ससुर के साथ लड़के ने भी भरी निगाहों से उसे देखा था। बल्कि लड़का तो उसे

लगभग घूरता ही रहा था। सास-ससुर ने बड़े प्यार से उसे शगुन के कपड़े और नेग दिया था। "बहू नहीं बेटी बनाकर रखेंगे तुझे, आख़िर तुम हमारे लाड़ले और इकलौते लड़के का भाग्य बनकर हमारे घर में आ रही हो।" सासू माँ बलईयाँ लेते हुए बोली थी। उमा की माँ ने भी आज उसे ख़ूब आशीर्वाद दिया था, लेकिन उलाहना भी याद करवाया था "देख छोरी, अबकी हमारी लाज रख लेना"।

दहेज लेने-देने पर बहुत विचार-मन्त्रणा हुई। उमा के माँ-बाप ख़ासा दहेज देकर लड़के वालों को खुश करना चाह रहे थे। शादी करवाने वाला बिचौलिया मौसा भी तो यही चाहता था। वह उनका अपना रिश्तेदार था। इसलिए किसी भी तरह की जाँच-पड़ताल की ज़रूरत नहीं समझी गयी। रिश्ता तय होने की ख़बर उमा ने अपनी बुआ की लड़की सरिता को दी थी, जो दिल्ली विश्वविद्यालय से पीएच.डी. की पढ़ाई कर रही थी। सरिता ने उमा को बधाई दी। "मुबारक हो उमा! ख़ूब मुबारक!! हमेशा खुश रहना...। दुआ करती हूँ तुम्हें और अधिक न भटकना पड़े।"

"थैंक यू दीदी, आप शादी में आओगी ना?" उमा ने पूछा। "हाँ-हाँ क्यों नहीं...तुम मेरी लाड़ली बहन हो, आना तो पड़ेगा। लेकिन मैं चाहती थी कि तुम अभी और पढ़तीं। बारहवीं की पढ़ाई की अब कोई वैल्यू नहीं है। नौकरी मिलने की कम ही उम्मीद है। सारी उम्र मेहनत-मज़दूरी करते हुए ही कट जाती है।"

"मैं भी पढ़ना चाहती हूँ, आपकी जैसी समझदार बनना चाहती हूँ लेकिन दीदी, मैं क्या करूँ? अब किसी को मेरा विश्वास नहीं बचा।" उमा का स्वर काँप गया।

"अच्छा, अब छोड़ इस बात को..." सरिता ने लम्बी साँस ली।

"सुन, एक बात बता...हमारे होने वाले जीजा जी से क्या बात हुई? उसे तुम पसन्द हो? और तुम्हें वो कैसे लगे?" एक ही साँस में सरिता ने पूछ डाला।

"नहीं दीदी, हमारी आपस में कोई बातचीत नहीं होती..."

"क्यों?... क्यों नहीं होती बातचीत?"

''दीदी, वो बिचौलिया मौसा जी मना कर गये हैं। कोई फ़ोन नम्बर भी उन्होंने नहीं दिलवाया। बोले कि मैं जानता हूँ उन सबको, तो बात करने की क्या ज़रूरत है?"

"अरे पगली! बग़ैर बात हुए उसके बारे में क्या और कैसे जानोगी तुम? उसे क्या पसन्द है, क्या नहीं, वो तुम्हें पसन्द भी करता है या नहीं..."

"अब क्या करना है जानकर? जो हो रहा है, वह ठीक ही है।"

"चल मैं बात करती हूँ मामा-मामी जी से। फ़ोन नम्बर क्यों न देंगे भला?"

"नहीं दीदी प्लीज, मैं कुछ नहीं कह सकती अब घर वालों से। मैं सबकी नज़रों में गिर चुकी हूँ। जैसा भी होगा अब अगला घर ही मेरा कलंक मिटायेगा।" उमा शान्त होती हुई कहती है।

"कलंक?" पानी भरकर लाती हुई उमा अचानक ठोकर खा जाती है। ठोकर उसे वर्तमान में ले आयी। वह ज़मीन पर आधी झुक गयी थी। कलेजा मुँह को आ गया। 'ओहो! अभी घड़ा फूट जाता' मन-ही-मन उसने कहा। खुद को सँभाला, हिम्मत करके उठी। घड़े का पानी छलक गया था, अब वह चलती थी तो घड़ा और भी अधिक छलक रहा था। वह सावधानी बरत रही थी। 'काश! ये ठोकर न लगती।' वह फिर सोच में डूबने लगी।

'ये ठोकर...ये कलंक क्यों लगा माथे पर?'... उसने ठण्डी आह भरी। गर्म आँसुओं के कुछ कतरे आँखों से ढुलक गये थे। सरिता दीदी ने मुझे बताया था, बार-बार टोका था; मत पड़ इस प्यार-व्यार के चक्कर में। तुम अभी दुनिया को जानती नहीं। उमा तुम अपनी जाति की पहचान को भूल रही हो, प्यार दिखावा बनकर रह जायेगा। शादी कोई नहीं करना चाहता बस...लोग 'यूज एंड थ्रो' की पॉलिसी चला रहे हैं। फिर सरिता ने उमा को कितने ही 'यूज एंड थ्रो' के क़िस्से सुनाये थे।

"सब एक जैसे नहीं होते हैं दीदी।" कैसा खड़ा जवाब दिया था मैंने। उमा ने मन-ही-मन बड़बड़ाया। अपने आप पर शर्मिन्दा हुई और उसका मन ग्लानि से भर गया।

फिर सरिता दीदी ने रही-सही बात भी उसे बता ही दी थी। "देखो उमा.. .तुम चमार हो...प्यार ब्राह्मण से करती हो...। वो तुमसे शादी नहीं करेगा। करने की कोशिश भी करेगा, तो तुम दोनों के एक ही गाँव के होने की वजह से ये फ़ैसला कभी स्वीकार नहीं किया जायेगा। न चमार क़ौम मानेगी, न ब्राह्मण क़ौम। जब स्वीकार्य ही नहीं होगा तो अन्ततः फिर किसी चमार से ही शादी

होगी और तुम उस चमार परिवार को भी बर्बाद करोगी। जब इन्सान दिल से किसी और को चाहता है और शरीर से कहीं और रहता है, तो दूसरे का घर नहीं बसता।"

पर उमा पर कल्पना की दुनिया का भूत सवार था। उसने सरिता की एक बात भी नहीं सुनी। जिस सरिता दीदी से वह सब बातें शेयर करती थी, उसे भी नहीं बताया और एक दिन घर से अपने प्रेमी रोहित के साथ भाग निकली।

अब वह आज़ाद थी। चहकती हुई चिड़िया-सी इधर-उधर देखती। प्रेममग्न दिल की गुनगुनाहट में खोयी उमा को ये दुनिया एक अलग ही दुनिया लगी। उसे सारी दुनिया बेहद ख़ूबसूरत लगने लगी। उसकी आँखों का प्रेमी जोड़ा शहर की हर गली में केवल प्रेमभरी आँखें ही ढूँढ़ पाता। सब अनजाने हैं लेकिन जाने क्यूँ अपने से लग रहे हैं। सबकी उत्सुक निगाहों का सिर्फ़ एक ही फोकस, केवल वो। उसकी स्लिम फिटनेस, गोरा रंग, बहकी चाल और उस पर उसकी लम्बी-मोटी चोटी आधुनिक शरीर पर परम्परा के अवशेष जैसी दिखती। आज उस प्रेमी जोड़ी को देखकर संसार जला नहीं बल्कि प्रेमी हो गया। ये कैसी तराहट है जो उसने आज पहली बार देखी।

"रोहित! रोहित!!" उसने आवाज़ लगायी। "रोहित, अब हम कहाँ जायेंगे?"

आगे-आगे फ़ोन पर बात करता हुआ चल रहा रोहित पीछे मुड़ा। उसने फ़ोन काटकर उमा का हाथ पकड़ा, "जब मैं तुम्हारे साथ हूँ तो टेंशन क्यों लेती हो जानेमन? ठहरने के लिए रूम का इन्तज़ाम कर रहा था मैं।"

वह उसके साथ-साथ चलने लगा। गाँव से यहाँ तक पहुँचने में क़रीब बारह घण्टे लगे। पहले किराये की कार, फिर रेल, फिर ऑटो रिक्शा और अब पैदल।

"अब और कितना पैदल चलना पड़ेगा?" थकी हुई उमा ने पूछा।

"मेरी जान, बस थोड़ा-सा और" रोहित ने जवाब दिया।

कितनी मिठास है इसकी ज़ुबान में। वह और तरल हो गयी। तीन बहनों और एक भाई के बीच की है वो। उसे तो किसी ने प्यार ही नहीं किया। इतनी मीठी ज़ुबान कभी नहीं सुनी। मन-ही-मन उमा ने सोचा। उसका यह ख़याल उसे घर ले गया। माँ-बाप को याद कर वह थोड़ा भावुक हो उठी। उसे यूँ डगमगाता देखकर रोहित ने अपने क़रीब खींच लिया। "अब तुम मेरे साथ

हो, कुछ मत सोचो" रोहित का यह वाक्य उसे घर की यादों से वापस खींच लाया। "चलो, हमारा होटल भी आ ही गया। मेरे एक दोस्त ने ओयो ऐप से ऑनलाइन बुक करवाया है, ख़ास हमारे लिए।" होटल के बाहर बोर्ड लगा था 'The Cave Beautiful'

कमरे में घुसते ही रोहित ख़ुशी के मारे चीख़ उठा– "क्या बढ़िया कमरा है!"

"हूँ...ठीक है।" ठण्डी साँस छोड़ते हुए उमा ने जवाब दिया।

"अच्छा, तुम थक गयी होंगी, नहा लो और थोड़ा आराम कर लो। मैं खाने का इन्तज़ाम करता हूँ।" वह बाहर चला गया।

थोड़ी देर में रोहित वापस आ गया। खाना कमरे में आ गया था। उन्होंने खाना खाया। खाना खाते-खाते ही उमा का सर चकराने लगा। लगा किसी ने उसे नशे की दवा खिला दी हो। वह घबरा गयी। कुछ ही पलों में उसने ख़ुद को रोहित की गिरफ़्त में पाया। ख़ुद को छुड़ाते हुए उमा बुदबुदायी "रोऽऽहित ये सब अभी नहीं। प्लीऽऽज।"

"अभी क्यों नहीं स्वीटहार्ट? क्या तुम्हें मुझसे प्यार नहीं?" "प्यार है, तभी तो तुम्हारे साथ आयी हूँ रोहित। लेकिन यह सब अभी नहीं, शादी... के बाऽऽद प्लीज।" "अरे, बाद में हो या पहले, बात तो एक ही है! शादी और किसलिए की जाती है? समझी या नहीं?"

"चाहे जो हो पर यह सब अभी नहीं, शादी के बाद ही।"

"चल हट, नीच जात...तू...कोई कलेक्टर की औलाद है जो मैं तुझसे शादी करूँगा? तू तो बस..." रोहित के सब्र का बाँध टूट गया। रोहित के मुँह से ऐसे लफ़्ज़ सुनकर उमा को जैसे तेज़ करंट का झटका लगा, उसे रोहित के इस व्यवहार पर विश्वास नहीं हो रहा था। उसकी आँखों में आँसू आ गये। उसके सारे सुनहरे ख़्वाब काँच के टुकड़ों की तरह बिखर गये। रोहित का चेहरा लाल हो चला था, ग़ुस्से और नफ़रत के भाव से उसने उमा को ज़ोर लगाकर अपनी ओर खींचा। उमा ने भी बचने के लिए उसी वेग से अपने आप को पीछे की ओर खींचा। इससे पहले की कुछ अनहोनी होती खटाक से दरवाज़ा खुला, दरवाज़े पर उमा के भाई और उसके दोस्त थे। पलक झपकते ही रोहित की

हालत अधमरी कर दी गयी। उधर नशे के आगोश में सोती जा रही उमा ने अधखुली आँखों से अपने भाई और उसके साथियों को देखा, वो क्रोध में पागल हुए जा रहे थे। लेकिन आज उनका आना डर नहीं सुकून दे रहा था। सुरक्षा के भाव उसकी आँखों में उभर आये, पर वह बेहोश हो गयी थी।

आज भी जैसे बेहोशी में चली जा रही हो। कब उसका घर आया, कब वह घर को पीछे छोड़ आगे निकली, उसे पता ही नहीं चला। "अरी, अब कहाँ जायेगी? तेरा मन नहीं भरा क्या?" बहन के धीमे मगर कर्कश स्वर ने उसकी बेहोशी भगा दी। 'आज मुझे क्या हो गया है?' सोचते हुए वह घर की ओर वापस मुड़ी। आधा हो चुका घड़ा उतारा और चुपचाप जाकर चारपाई पर लेट गयी। विचारों का क्रम जारी था। जब शादी तय हुई थी तो वह ख़ुश थी। अतीत में हुई भूल को दफनाकर जीवन को आगे बढ़ाना चाह रही थी। उसने अपने होने वाले पति से एक बार भी बात नहीं की थी। करती भी तो कैसे? किसी को कहने की हिम्मत ही नहीं हुई उसकी। 'काश! दीदी यहाँ होतीं। वो तो बात करवाये बगैर, दोनों को मिलवाये बग़ैर मानती ही नहीं।' उसने सोचा।

शादी की तारीख़ जितना हो सकता था, उतनी निकट रखी गयी थी। किसी को भी बताने से मना किया गया था। माँ-बाप पहले से ही सदमे में थे इसलिए अब अधिक सतर्कता से काम कर रहे थे। बेटी को पैदा करना और पालना आसान काम है, लेकिन उसकी भावनाओं को जानना बहुत मुश्किल। फिर भी उमा के घरवाले पूरी चौकसी से काम कर रहे थे।

दिन-भर के काम निपटाकर उमा लेट गयी। लेकिन उसे नींद नहीं आ रही थी। उसे याद आया कि उसके पिता ने उसे ख़ूब समझाते हुए डाँटा था। "देखो, गाँव की गाँव में शादी नहीं हो सकती। कहीं किसी और जात के घर में जन्म होता तो तुम्हारी इस हरकत के लिए अब तक काट कर ज़मीन में गाड़ देते। जानती हो ना तुम ये सब! लेकिन हमारा दिल इतना कठोर नहीं। अब इस शादी में कोई ग़लती नहीं होनी चाहिए। अबकी बार बर्दाश्त् नहीं होगा!"

उसने चुपचाप सुन लिया था, बल्कि वह हर बात से **सहमत भी थी**। वह अपने किये पर शर्मिन्दा थी। जिस जाति-व्यवस्था को वह धूल समझ रही थी, वह तो कठोर चट्टान निकली। इस चट्टान से टकराकर उसका सिर फूट गया था।

रोहित की अन्तिम बात उसकी चेतना को झकझोर रही थी। प्यार के नाम से अब उसे चिढ़ होने लगी थी। कल्पना के संसार में जीने वाली उस लड़की का घमण्ड तो उसी दिन टूट गया था। इसलिए उसने शादी करने के लिए चुपचाप हामी भर दी थी। बेटी की सहमति पाकर माता-पिता निश्चिन्त हो गये थे। उन्होंने भी शादी बड़ी धूमधाम से करने का मन बना लिया था ।

उमा ने सरिता दीदी से बात की, "दीदी, तुम थोड़ा जल्दी आ जाओ ना, सामान लाने शहर जाना है। मैं आपके साथ जाना चाहती हूँ।"

''हाँ बाबा, आ जाऊँगी जल्दी! लेकिन ध्यान रखना मुझे दिखावेबाजी बिल्कुल पसन्द नहीं, दहेज देने-लेने की प्रथा से तो मुझे ख़ासी चिढ़ होती है।" सरिता नाराज़ होते हुए बोली।

"हाँ दीदी, जैसा आप कहोगी वैसा ही करूँगी मैं।"

सरिता शादी से कुछ दिन पहले ही उमा के घर आ गयी थी। उसने मामा-मामी को लड़के और लड़की की बात करवाने के लिए भी बोला मगर उस विचार को नकार दिया गया। लड़के की इन्क्वायरी करवाने की बात कही तो उसे भी यह कहकर ख़ारिज कर दिया गया कि वह बिचौलिए की जानकारी में है। दहेज न देने के लिए राज़ी करने की उसकी तमाम कोशिशें बेकार हो गयीं। बार-बार समाज का भय दिखाकर सरिता के तर्कों में पंक्चर कर दिया जाता। समाज में इज़्ज़त और मान-सम्मान की आड़ में दिखावा दाँत निकालकर हँसने लगा। लड़की के अतीत का डर दिखाकर दहेज बलवान हो उठा। सरिता निराश हो गयी। पर उमा की शादी में कुछ समस्या न आ जाये, यह सोचकर शान्त रही।

माता-पिता ने ख़ूब सारा दान-दहेज देकर धूमधाम से बेटी की शादी की। सब काम ख़ुशी-ख़ुशी निपट गये थे। बेटी विदा हो गयी, माता-पिता ख़ुशी के आँसू रो रहे थे।

नये घर में उमा का स्वागत कुछ दबे हुए स्वरों से हुआ। बारिश में गीली लकड़ी को जलना तो पड़ता है, पर ख़ूब धुआँ करके। जलाने वाले को रुलाकर जलती है। उमा का युवा शरीर और सुन्दरता को देखकर लोग द्रवित होते से जान पड़ते। दबी ज़ुबान में बुदबुद करती औरतें उमा को देखने आतीं और

चली जातीं। नन्द आकर पास न बैठती तो ज़ुबान फट पड़ती उनकी। उमा को लगने लगा कि उसके अतीत का कड़वा सच कड़वाहट फैलाये बग़ैर नहीं रहेगा।

पति के साथ बीतने वाली पहली रात के लिए उसे कोई ख़ास उत्सुकता तो नहीं थी, पर स्वभाववश प्रेम का भँवरा उसे ललचा ज़रूर रहा था। पति की लम्बी-चौड़ी क़द-काठी, कसी हुई देह और मन्द मुस्कान उसे आकर्षित कर रही थी।

इन्तज़ार में आधी रात बीत गयी। जब वह आया तो नशे में धुत् था। 'शायद शादी की ख़ुशी में दोस्तों ने ज़बरदस्ती पिला दी होगी। उसने तो सुना था कि वह शराब नहीं पीता, फिर आज क्यों पी ली?' लेकिन उसने बुरा नहीं माना और चुपचाप लेट गयी। अगली सुबह जब उठी तो उसका पति मुकेश बिस्तर पर नहीं था। 'कहाँ गये होंगे इतनी सुबह?' सोचते-सोचते परेशान हो उठी। दिन चढ़े जब उसका पति वापस घर आया तो नींद में था।

"आप कहाँ जा सोये थे पतिदेव?" उसने यूँ ही पूछ लिया था। धम्म से एक ज़ोरदार थप्पड़ उसके गाल पर पड़ा, वह भय से आँखे फाड़-फाड़ कर उसकी तरफ़ देखने लगी।

"अपनी औक़ात में रह..." वह गरजा।

"जी? मैंने कोई ग़लती...?"

"हाँ, ये शादी ही सबसे बड़ी ग़लती है...मैं तो शादी ही नहीं करना चाहता था...मेरे घरवालों ने और बिचौलिए चाचा ने तेरे घरवालों से और तुझसे बात ही नहीं होने दी...नहीं तो सब..."

"नहीं तो सब क्या?"

"चुप कर! ज़ुबान मत चला", वह आँखें तरेरता हुआ फिर बाहर चला गया।

"सुनो तो..." उमा बोलती ही रह गयी।

नयी-नवेली दुल्हन का पति ने जो स्वागत किया वह अविस्मरणीय था। दिन-भर मुँह-दिखाई करने के लिए आने वाली औरतों से उमा कुछ बात करने की कोशिश करती, लेकिन सासू माँ की उपस्थिति ने रहस्य को परदे से बाहर आने से रोका हुआ था।

उसे कुछ पता ही नहीं चलता, अगर पड़ोस की एक अबोध बालिका अपना मुँह न खोलती—"भाभी, भैया तुम्हें प्यार नहीं करेंगे, क्योंकि वो सबसे ज़्यादा प्यार तो प्रीतो भाभी से करते हैं।" सासू माँ ने बच्ची को डाँटा तो वो भाग गयी।

लेकिन बालिका के मुँह से निकले शब्द अपना काम कर चुके थे। एक अनजाना भय उसे सतर्क कर रहा था। अब वह आने वाले हर शख़्स से मौक़ा देखकर बात पूछती गयी और पोल खुलती गयी। 'प्रीतो उनके चचेरे भाई की पत्नी है...। तीन बच्चों की माँ प्रीतो सुन्दर तो है ही, चालाक भी बहुत है।'

"अरी, उसका घरवाला राकेश तो दारू पीकर टल्ली रहता है...वह कहीं-कहीं मुँह मारती फिरती थी, जब मुकेश से पाला पड़ा तो ठहर गयी।" जानकर उसे सदमा लगा।

वह रोना चाह रही थी पर आँसू थे कि दुःख की गवाही न देते, वह सूखी आँखों ही रोयी। पर उसने अपने अतीत की ग़लती को याद करके पति की वर्तमान ग़लती को भी माफ़ कर दिया।

मुकेश जब घर आया तो फिर आधी रात बीत चुकी थी। लेकिन आज उमा ने कुछ नहीं पूछा। वह बोली, "आज के बाद प्रीतो भाभी के पास मत जाना। तुमने यह ग़लत किया कि एक शादीशुदा परिवार के बीच घुस गये। प्रीतो भाभी से इतना ही प्यार था तो पहले उसके पति से सहमति लेकर उनका तलाक़ करवाते और फिर उसी से शादी करते। और इतना दम नहीं था तो उसके पास सोने क्यों जाते हो?" वह कहती गयी। "तुम पारिवारिक और सामाजिक तौर पर एक ग़ैर-ज़िम्मेदार व्यक्ति हो, मुझसे शादी करके अपना घर नहीं बसाना चाहते और प्रीतो से प्रेम बढ़ाकर शादी नहीं कर सके!" आज इतनी बातें कैसे बोल गयी, वह स्वयं आश्चर्यचकित थी। आज उमा की ज़ुबान पर सरिता दीदी आ बैठी थीं। "फिर भी मैं तुम्हें माफ़ करती हूँ। वादा करो कि आज के बाद प्रीतो भाभी का मुँह नहीं देखोगे।" यह कहते हुए उसने अपना दायाँ हाथ आगे बढ़ाया।

मुकेश ने एक पल के लिए उसका हाथ पकड़ा लेकिन दूसरे ही पल झटक दिया। "प्रीतो को मँझधार में नहीं छोड़ सकता...उन बच्चों को मैंने पाला है...उसका आदमी दारू पीकर किस नाली में पड़ा रहता है, तुम्हें नहीं पता।"

"नहीं मुकेश, यह ग़लत है! प्रीतो से इतना ही गहरा तुम्हारा प्रेम था तो मुझसे शादी न करते। अब ये जार कर्म मुझसे बर्दाश्त् न होगा!" उमा की आवाज़ अचानक ऊँची हो गयी।

प्रीतो के ख़िलाफ़ कुछ भी न सुन सकने वाले मुकेश का धैर्य अब जवाब दे गया। ग़ुस्से से उमा की बाँह पकड़कर कमरे से बाहर घसीटते हुए बोला, "यहाँ रहना चाहती है तो चुपचाप पड़ी रहना...नहीं तो भाग यहाँ से। प्रीतो को मैं नहीं छोड़ूँगा, कह देता हूँ।"

तेज़ आवाज़ सुनकर मुकेश के माता-पिता भी अपने कमरे से बाहर आ गये थे। उन्होंने उमा को उठाया और शान्त किया। उन्होंने मुकेश को समझाने की कोशिश की पर वह नहीं माना। उसके पिता ने उसे कोसते हुए कहा, "हमने तुम्हारी शादी की थी कि शायद तुम सुधर जाओगे...हमारी इज़्ज़त की कुछ तो परवाह करो बेटा, लोग थूकेंगे हम पर।"

"हाँ, थूकेंगे ही...मैंने शादी से इनकार किया था या नहीं? अब जलो इस आग में तुम सब।" उसने कमरे का दरवाज़ा अन्दर से बन्द कर लिया।

उमा को सरिता दीदी की याद आयी। कितनी ही बार दीदी ने कहा था कि बात कर लो होने वाले पति से। अगर दीदी की बात मानते हुए मैंने इनसे बात करने की या मिलने की ज़िद की होती, तो आज ये दिन न देखना पड़ता। रात में ही उमा ने अपनी माँ से फ़ोन पर आपबीती सुनायी। उसकी माँ परेशान हो उठी। उमा की रात बड़ी मुश्किल से कटी।

आने वाली सुबह ठण्डी आहों से गीली हो गयी थी, मगर अन्दर से सुलग रही थी। अगले दिन ही उमा के माता-पिता और सरिता दीदी भी उसके ससुराल आ गये थे। दोनों परिवारों के बीच ख़ूब झगड़ा होने लगा, सरिता ने उन सबको शान्त करवाते हुए कहा, "आप लोग शान्त रहें, अभी एक रास्ता है।" उम्मीद की एक किरण ने सारा अँधेरा अपने अन्दर खींच लिया। "देखिए, आप लोग शुरू से ही ग़लतियाँ करते जा रहे हैं। ये तो आपकी अपने समाज की बात है, अपनी ही जाति में विवाह किया है फिर भी लड़ रहे हो परायों की तरह!" हाथ से इशारा करते हुए सरिता ने कहा "और मौसी, ये कहाँ का न्याय है कि अपनी बिगड़ी हुई औलाद को दूसरे के सिर मढ़ दो कि सुधर जायेगा? जो अपने माँ-बाप से दंगा कर रहा है, समाज में गन्दगी फैलाकर सामाजिक ज़िम्मेदारी से

भाग रहा है, वो इस लड़की की बात मान लेगा? फिर भी उसे बुलाकर बात कर लेनी चाहिए। अगर वो अपनी बीती हुई ज़िन्दगी की ग़लतियों को सुधारकर उमा के साथ अपना नया जीवन शुरू कर ले तो सब ठीक हो सकता है।" सरिता उमा के सास-ससुर की तरफ़ मुखातिब थी। उसकी इस बात पर सबने अपनी सहमति प्रकट की।

मुकेश को बुलाने के लिए उसका पिता उसके कमरे में गया। देखा तो मुकेश वहाँ नहीं था। फ़ोन किया तो कोई जवाब नहीं। आसपास ढूँढ़ा गया लेकिन वो कहीं नहीं मिला। अनहोनी की आशंका ने सबके दिमाग़ में अँधेरा भर दिया था। सब चुप थे लेकिन अब उनकी चुप्पी बोल रही थी। प्रीतो की जवान बेटी डिम्पल रोती हुई आयी और बोली, "दादी जल्दी चलो, मेरी माँ कहीं खो गयी है। पापा हमें पीट रहे हैं, गली के सब लोग इकट्ठे हो गये हैं।"

उन सबको माजरा समझते देर न लगी। भाभी-देवर भाग गये थे। घर में कोहराम मच गया। तुरत-फुरत जाति-पंचायत बैठ गयी। दोनों परिवारों के अन्धाधुन्ध आरोपों ने तर्क-वितर्क को घायल कर दिया। पंचायत ने एक हफ़्ते के भीतर लड़के को ढूँढ़ लाने का फ़रमान सुनाया। उमा ने नम आँखों से अपने मेहँदी लगे हाथों को देखा और चिल्लाकर बोली, "माँ! मुझे घर ले चलो"। घर जाते हुए तमाम रास्ते वह हाथों की मेहँदी मिटाने की कोशिश करती रही, सुन्दर बनावट अब दाग लग रही थी।

आज उमा के माता-पिता भी अपराधी की तरह सिर झुकाये हुए बैठे थे। उमा से अधिक सरिता की उपस्थिति किसी से भी सहन नहीं हो रही थी। ज्ञान समय से भी बलवान होता है। सरिता द्वारा दिया गया मार्गदर्शन सही समय पर स्वीकार किया होता, तो समय आज हाथ जोड़कर खड़ा होता। रास्ते भर किसी ने भी आपस में कोई बात नहीं की। कोई ग़ुस्से में था तो कोई दुःख में, तो कोई पछतावे की आग में जल रहा था। सब चुपचाप घर पहुँचे। उमा अपने घर लौट आयी थी।

गाँव में तरह-तरह की बातें होने लगीं। उमा के ससुराल वालों की आलोचना तो सबने की ही, उसके माता-पिता को भी ख़ूब सुनाया। "अरे! हमसे ही कुछ पूछताछ कर लिया होता...हमारे तो रिश्तेदार हैं वहाँ।" पड़ोस की एक स्त्री ने कहा। "कितनी बार कहा था, कुछ अता-पता करवा लो...लेकिन तुमने

एक न सुनी उमा की माँ", दूसरी ने कहा। उमा की माँ ठण्डी आह भरते हुए बोली, "इसका भाग्य जहाँ ले जाये...रिश्ता करवाने वाले हमारे क्या रिश्तेदार न थे? क्या पता था कि ऐसा दगा मिलेगा?"

बिचौलिया, जो क़रीबी रिश्तेदार था, को बुलावा भेजा गया। लेकिन वो नहीं आया। आसपास के लोगों ने सलाह दी–"उमा के ससुराल वालों को अदालत में घसीटो, अक्ल ठिकाने आ जायेगी उनकी।" आजकल बहुत से लोग अक्ल ठिकाने लगाने के लिए ही कोर्ट का रास्ता पकड़ते हैं, न्याय पाने के लिए नहीं।

उधर एक हफ़्ता बीत गया लेकिन मुकेश को ढूँढ़ा न जा सका। प्रीतो के तीनों बच्चों का भी समाज ने जीना हराम कर दिया। पता नहीं लोगों की दया में भी ताने कसना क्यूँ शामिल होता है? मामला हल करने के लिए फिर से जाति/पंचायत बैठायी गयी। उमा के पिता ने शादी में हुआ सारा ख़र्च वापस करने की माँग की। मुकेश के पिता के इनकार करने से पंचायत में ही बात उखड़ गयी। उमा के पिता ने कहा, "मेरी बेटी का जीवन बर्बाद करते शर्म नहीं आयी?" फिर पंचायत की ओर मुखातिब होकर कहा, "मेरे समाज के लोगों, पंचो और सरपंच जी! मुझ पर दोहरी मार पड़ी है। मुझे अपनी बेटी की दोबारा शादी करनी है और मेरे पास जो भी जमा-पूँजी थी वो सब मैं ख़र्च कर चुका हूँ। मुझे मेरा रुपया तो वापस चाहिये ही, नहीं तो मामला अदालत में जायेगा।" मुकेश के माता-पिता हाथ जोड़कर पंचायत के सामने खड़े हो गये। अपनी ग़लती स्वीकार करते हुए माफ़ी माँगी और बोले, 'अपना घर बेचकर भी इतना पैसा चुकाने की उनकी हैसियत नहीं है। मेरा बेटा भाग गया, मेरा तो इकलौता सहारा भी चला गया। मेरे ऊपर तो दोहरी मार पड़ी है।"

मुकेश के पिता की ग़रीबी और इकलौते पुत्र द्वारा दिये गये धोखे ने पंचायत को द्रवित कर दिया। लेकिन दूसरी तरफ़ उमा के जीवन में छाया अँधेरा भी सबको दिखायी दे रहा था। अगर मुकेश शादी के लिए मना कर देता तो उमा को आज तलाकशुदा तो नहीं कहा जाता। और प्रीतो! प्रीतो को तो बेचारी भी नहीं कहते बनता। माना कि शराबी पति ने उसे किसी गैर का सहारा ढूँढ़ने को मजबूर कर दिया। लेकिन अपने बच्चों को बेसहारा छोड़ वह कैसे जा सकती है? उसने भी तो अपने पति की तरह ग़लत रास्ता ही चुना। इसके बजाय उससे

तलाक़ लेकर मुकेश से विवाह करने की हिम्मत करनी चाहिए थी और अपने बच्चों का सही तरीक़े से पालन-पोषण करना चाहिए था।

"अब प्रीतो के बच्चों को रोटी देने, पकाने वाला कोई नहीं है। जवान होती लड़की कहाँ, किसके घर में रहेगी? ऊपर से शराबी पिता बच्चों को मार-मार कर अपनी खुन्नस निकालता है। प्रीतो और मुकेश का सामाजिक बहिष्कार कर दिया जाना चाहिए और ऐसे बिचौलिए पर भी भारी जुर्माना लगाया जाना चाहिए जो अपने थोड़े से लोभ-लालच को पूरा करने के लिए झूठ का सहारा लेते हैं। न जाने उनके ऐसे कारनामों से कितने लोगों का जीवन बर्बाद होता है।" सरिता ने पंचायत में अपनी बात रखी।

आरोप-प्रत्यारोप का सिलसिला इतना बढ़ गया कि कुछ समाधान निकाले बिना ही पंचायत उठ गयी थी। सरिता दिल्ली के लिए निकल गयी। सब लोग अपने-अपने घर लौट गये थे।

"पढ़े-लिखे और समझदार बच्चे हमारे समाज में बहुत होते हैं, पर हम उनकी सुनते कहाँ हैं? हम बच्चों को पढ़ने भेजते हैं ताकि वो ज्ञान प्राप्त कर सकें। और जब वही बच्चा पढ़-लिख कर हमें कुछ ज्ञान की बातें बताता है तो हमारा अहंकार चोट खा जाता है। जब हमें उनकी बात माननी ही नहीं तो पढ़ाने-लिखाने का क्या लाभ? उल्टा हमारे बच्चों का जीवन हम लोग ही नरक बना देते हैं। मामला अदालत में जाने से पहले सरिता को बुलवा लो।" उमा की माँ ने अपने पति से कहा। उमा के पिता ने बात की गम्भीरता को समझा और सरिता को दिल्ली से बुलवा लिया था। वह चुप थी, बोलना तो उमा के पिता को ही था सो हाथ जोड़कर कहने लगे–"सरिता बेटी...तुम हमारे ख़ानदान की सबसे ज़्यादा पढ़ी-लिखी बच्ची हो। हम अनपढ़ रहे, पर बच्चों को पढ़ाने की भरपूर कोशिश करते रहे। लेकिन हमारी परवरिश में कहीं तो चूक हुई होगी जो उमा को ये दिन देखना पड़ा...। मुझे माफ़ करना बेटी, मैंने तेरी कोई बात नहीं सुनी। तुमने कहा था कि बच्चों को बात करने दें, अगर हम उन्हें बात करने का मौक़ा देते तो शायद ये मनहूस शादी ही नहीं होती। तुमने कहा था कि लड़के की इन्क्वायरी करवा लो; सही कहा था, अगर इन्क्वायरी करवा लेते तो इतनी बड़ी बात छुपी न रहती और हमारी उमा की ज़िन्दगी तबाह न होती। तुमने तो ये भी कहा था बेटी कि बिना दहेज की शादी कर लो। अगर उस दिन तुम्हारी बात मान ली होती तो आज इतनी मुश्किल में न पड़ते। दहेज और दिखावे में

जो धन बर्बाद हुआ, उसी को वापस लेने के लिए आज कोर्ट-कचहरी जाना पड़ सकता है। हम लोग ठहरे हुए लोग हैं बेटी, जो हर नयी बात को दूसरे लोगों द्वारा माने जाने के बाद ही अपनाते हैं, जबकि हमारे अपने बच्चे भी पढ़े-लिखे, ज्ञानवान हैं। हम अपने पढ़े-लिखे युवा बच्चों की बात न मानकर उनकी शिक्षा और उनके ज्ञान का अपमान करते हैं। लेकिन बेटी, मैं अब इस ग़लती को सुधारना चाहता हूँ।"

"हाथ जोड़ने की ज़रूरत नहीं है मामाजी। आप हमारे बड़े हैं। जिन समस्याओं को आप लोग लेकर बैठे हैं ये सब 'व्यर्थ की चुनौतियाँ' हैं। जिनसे कुछ हासिल नहीं होता सिर्फ़ हमारी ऊर्जा बर्बाद होती है। बार-बार हमारा समाज अव्यवस्थित होता, है। आपसी मनमुटाव होते हैं। उमा का भाग जाना भी एक गैर-ज़िम्मेदारी भरा क़दम था, लेकिन आप लोगों ने भी ऐसा ही एक गैर-ज़िम्मेदारी भरा क़दम उठाया है। मैंने भी पढ़-लिखकर ही इन बातों को जाना है मामाजी। हमारे सतगुरु रविदास, बाबा साहब अम्बेडकर जैसे महापुरुषों ने हमें इकट्ठा रहने को कहा, प्रेम-भाव कायम रखने को कहा है। अब अगर आप लोग कोर्ट-कचहरी में जाओगे तो दोनों पक्ष झूठी गवाही देने पर मजबूर होंगे। वकीलों को पैसा खिलाओगे, वह अलग। मुकेश के पिता की ग़रीबी तो आप भी देख रहे हो ना मामाजी। अगर उनकी जगह आप होते तो क्या करते? क्या अपना घर बेचकर दहेज का पैसा लौटाते? नहीं न? बस हो जाती लड़ाई शुरू। ऐसे व्यर्थ के झगड़ों के लिए कोर्ट-कचहरी क्यों जाना? कोर्ट जाइये सामाजिक-न्याय पाने के लिए। मामाजी वहाँ से अपना सामान उठा लीजिए, उसे दोबारा काम में लाया जा सकता है और जितना भी रुपया मुकेश के माता-पिता जाति-पंचायत में देने को तैयार हों, उतना ही ले लेना। और मामला ससम्मान ख़त्म कर देना। ज़्यादा की ज़िद करना बेमानी होगी। मुकेश के पिताजी ने अपने बेटे की शादी में जो ख़र्चा किया क्या उसे कोई लौटायेगा? वह भी तो दोहरी मार से ही गुज़रेंगे ना मामाजी।"

"ठीक है बेटी...तुमने सोलह आने सच बात कही। वहाँ से हम तुम्हारे किये फ़ैसले के हिसाब से ही हँसी-ख़ुशी मामला निपटा आयेंगे।" उमा के पिता ने हामी भरी।

"देखा उमा के पिताजी, मैंने कहा था न कि सरिता जो बतायेगी वो ही ठीक होगा। कोर्ट-कचहरी जाकर हम कितना पैसा धूल में मिला देते और समाज की

बदनामी करते सो अलग। बेटी सरिता, अब हम भी तुम्हारी बातों को समझने लग गये हैं। तमाम परिवार हमारा समाज ही तो है, तुम्हारा ख़ूब भला हो बेटी।" सरिता के सर पर हाथ फेरते हुए मामी ने कहा।

"मामीजी, मेरी एक बात तुम मान लो।"

"क्या बेटी...?"

"उमा को अब कोई ताना मत देना। वह ठोकर खा चुकी है, अपने किये पर शर्मिन्दा है। ग़लती किसी से भी हो सकती है। अगर आप लोगों से भी दुत्कार मिलेगी तो वह टूट जायेगी। अब उमा के जीवन को सही दिशा देने का एक सबसे बेहतरीन रास्ता है कि उसे आगे पढ़ने के लिए भेजा जाये, और वह भी पढ़ना चाहती है।"

"अब पढ़ाई करके क्या करेगी?" मामी ने हैरान होते हुए पूछा।

"सुधार की शुरुआत घर से होती है मामीजी। मुक्ति का रास्ता घर से नहीं मिलेगा तो लोग घर से बाहर मुक्ति का मार्ग तलाश करते हैं जो कई बार भयंकर परिणाम लेकर आता है। जिसका ख़ामियाजा पूरे परिवार और समाज को भुगतना पड़ जाता है। आपको उसको पढ़ने भेजना होगा। पढ़ाई ही उसको नया जीवन प्रदान करेगी। मैं उसे दिल्ली ले जाती हूँ, वह मेरे साथ रहकर पढ़ाई कर लेगी। आप मुझ पर भरोसा कर सकती हैं।"

"ठीक है बेटी, जैसा तुम सही समझो। अब तो मुझे भी अहसास हो गया है कि तुम जैसे पढ़े-लिखे बच्चे ही सही और दूर की सोचते हैं। मुझे विश्वास है, इसका भविष्य अच्छा ही होगा।" मामी ने लम्बी साँस भरते हुए कहा।

उमा दरवाज़े के पीछे खड़ी थी, चेहरा निकाल कर सब सुन रही थी। माँ की पढ़ाई और दिल्ली वाली बात सुनकर उसके चेहरे पर ख़ुशी की चमक उभर आयी, चेहरा लाल हो गया। वह अन्दर चली गयी और जाने की तैयारी करने लगी। थोड़ी देर बाद सरिता और उमा दिल्ली के लिए चल पडीं। उमा पलटकर अपने माँ-बाप को देखती जा रही थी, उसकी आँखों का पानी बाहर गिरने के लिए बेचैन हो रहा था, उसके चेहरे पर नये जीवन की मुस्कुराहट तैर रही थी। सरिता की आँखों में सन्तोष और क़दमों में आत्मविश्वास था, उसने उमा की ओर देखा, हल्की-सी मुस्कुरायी, उमा की कलाई को मज़बूती से पकड़ा और रास्ते पर बढ़ चली। उमा भी जैसे दिल्ली की ओर खिंची चली जा रही थी।

नालियाँ

—वन्दना

जेठ की तपती दुपहरी में सुनसान इलाक़े में रुकी ट्रेन अपने लाल रंग की सार्थकता से भीतरी माहौल को भर दे रही थी। यात्रियों से भरा डिब्बा बड़ी बेसब्री से ट्रेन के चलने का इन्तज़ार कर रहा था। गाड़ी के भीतर रोते-सोते बच्चे, गपियाते वयस्कों और उमस से भरे माहौल को न जाने कितनी बार गाड़ी में लोगों ने यात्रा के दौरान सहा है, लेकिन लगता है गाड़ी तो अपनी यात्रा की आदी हो चुकी होगी। रास्ता और हमसफ़र यात्रियों के विविध अनुभवों के बीच अपनी मंजिल पर पहुँचना ही उसका लक्ष्य होगा। बर्थ पर बैठे यात्री भारतीय रेलवे की सुखद यात्रा के दावों को कोसते ही जा रहे थे लेकिन सबसे ऊपरी बर्थ पर लेटी नविता इन बातों और पूरे माहौल से लगभग कटी हुई अपनी सीट पर लेटी हुई है। वो हर बार ट्रेन-रिज़र्वेशन में ऊपरी बर्थ को ही प्राथमिकता देती है। गाड़ी में चढ़ते ही ऊपर चढ़कर बैठना, फिर पूरी यात्रा सोते हुए या पढ़ते हुए काट लेती है। उसका यह लगभग तयशुदा अन्दाज़ है। सहयात्रियों से वह कभी घुल-मिल नहीं पाती। इसका कारण शायद यह है कि प्रत्येक यात्रा से पहले नविता हर बार यह सुनती है कि 'जमाना बहुत ख़राब है', कई बार तो इसका प्रत्यक्ष अनुभव उसे भी हुआ है।

नविता दिल्ली के एक नामी विश्वविद्यालय की शोधार्थी है और इस वक़्त वह अपने घर छुट्टियों में जा रही है। कई बार उसने दिल्ली से उत्तर प्रदेश के उस छोटे से गाँव तक की यात्रा अकेले तय की है। इस बार वह पहले के मुक़ाबले थोड़ी ज़्यादा निश्चिन्त-सी दिख रही थी। तभी गाड़ी एक लम्बे हॉर्न और झटके के साथ चल पड़ी। गाड़ी की खिड़कियों से हवा अन्दर के उमस

भरे माहौल को बदल रही थी। हवा के झोंकों के साथ गाड़ी की रफ़्तार अब यात्रियों को थोड़ा राहत का अनुभव दे रही थी।

नविता ऊपरी बर्थ पर लेटी हुई अपनी ही दुनिया में खोयी थी। उसके सामने दो कमरों का एक पक्का मकान बन रहा था। वो चाहती थी कि कमरे की खिड़कियाँ थोड़ी और बड़ी तथा हवादार हों। ऊपर की तरफ़ स्लैप हो ताकि सामान रखने में दिक़्क़त न हो। घर थोड़ी ऊँचाई पर बन रहा था ताकि उसके किराये के कमरे की तरह वहाँ बरसात का पानी और कीचड़ न भरे। दिल्ली के किरायेदारों के अपने विशेष अनुभव होते हैं, इन सारे अनुभवों को नविता अपना मकान बनवाते समय दूर रखना चाहती थी। उसे लग रहा था कि मकान बस बनता ही जा रहा है। फिर पता नहीं कब उसे नींद आ गयी, उठी तो उसका स्टेशन आने वाला था।

असल में पिछले आषाढ़ से शुरू हुए चौमासों की बारिश ने उसके गाँव के कच्चे घर की हालत पस्त कर दी थी। माँ और भाई ने बहुत दिनों बाद उसे फ़ोन पर यह बताया था कि घर के नाम पर इकलौती मिट्टी की कोठरी भी बरसात में ढह गयी। गनीमत यह रही कि जिस तरफ़ की दीवार ढही, माँ और भाई उसकी दूसरी तरफ़ लेटे हुए थे। किसी तरह बरसात बीतने के बाद उन्होंने कोठरी की मरम्मत की थी। नविता इन ख़बरों से परेशान न हो जाये इसीलिए उसे सारी बुरी ख़बरें तत्काल न देकर बहुत दिनों बाद; जब उनका प्रभाव लगभग ख़त्म हो जाता, तभी बताया जाता था। माँ की दलील होती, "भैय्या! अभीइन न बताव उनका, रौवे लागिहैं। हुआ अकेलीन बाँटि। चिन्ता लाग जाई, पढ़ाई छोड़कर बीमार पड़ जाइहैं।" वैसे उसके भैय्या भी इन बातों के प्रति सतर्क रहते लेकिन परिवार के कुल जमा तीन प्राणियों के बीच छुपाने के लिए कुछ न था। तीनों ने ही अपने सारे सुख-दुख एक दूसरे से बाँटे हुए थे। नविता को जब इस घटना का पता चला तो उसके दिल पर बिजली-सी पड़ गयी। मन अप्रत्याशित अनहोनी से भर गया। कहीं दीवार सोते हुए माँ और भाई पर गिरी होती तो...! छीः, नहीं...!, हमेशा बुरे ख़याल ही आते हैं। उसने उसी दिन सोच लिया था कि जब छात्रवृत्ति मिलनी शुरू होगी तो उसमें से आवश्यक ख़र्चों के बाद कुछ पैसे बचाकर गाँव में एक पक्का कमरा अवश्य बनवाएगी। बहुत समय लगा उसे। इस बीच उसने कई ट्यूशन क्लासेज़ भी लीं ताकि पैसों का इन्तज़ाम हो सके।

इन गर्मियों में उसका सपना साकार होने वाला था। उसने थोड़े पैसे जोड़ लिए थे और इस बीच सपनों में तो न जाने कितनी बार मकान बनाया था, जो हर बारिश और आपदा से माँ और भाई को सुरक्षित रखेगा।

सुबह-सुबह वह अपने गाँव के स्टेशन पर उतरी। भैय्या उसे लेने आये हुए थे। दोनों अपने अन्दाज़ में एक-दूसरे से मिले और घर की ओर चल दिये। रास्ते भर उसने स्वच्छ भारत और सरकारी योजनाओं के बहुत से पोस्टर देखे। घर पहुँचते ही माँ ने नविता को गले से लगा लिया। अब माँ उसके सामने कम ही रोती हैं, शायद वह जान गयी हैं कि बेटी उनसे दो क़दम आगे है। सो, अब वो बेटी को सिर्फ़ साहस का पाठ पढ़ाना चाहती हैं। वैसे नविता ने इस पाठ को भी अपनी माँ से बख़ूबी सीख लिया था। नहा-धोकर और नाश्ता करने के बाद उसने माँ और भाई से पक्के कमरे की योजना पर बात की। हालाँकि उन्होंने ये सारी बातें पहले भी फ़ोन पर कर ली थीं। तीनों के सपनों से उस दिन कच्चा घर भी चहक उठा था।

कुछ ही दिनों में मकान निर्माण की सारी सामग्री जुटा ली गयी। कारीगरों ने काम शुरू कर दिया। घर के तीनों ही प्राणी मकान बनाने के लिए मज़दूरों की तरह पूरे दिन मिस्त्री के साथ लगे रहते। शाम को मिस्त्री के जाने के बाद भी उनका काम जारी रहता, क्योंकि अधिक मज़दूर लगाने के लिए उनके पास पैसे न थे। सीमित संसाधनों के बीच उन्हें यह मकान पूरा करना था। घर में मोटर और बिजली की व्यवस्था भी न थी, परिणामस्वरूप कुएँ से ख़ुद ही पानी खींचकर टैंकों में भरना पड़ता। दीवारों की तराई करते। दिनभर की हाड़-तोड़ मेहनत के बावजूद शाम को थकान में भी तीनों के चेहरे चमकते। गाँव वाले भी तीनों की मेहनत देखकर दंग थे, ख़ासकर नविता को लेकर। उन्हें शहर की पढ़ी-लिखी लड़की इतना काम करते हुए अनोखी लगती। वहीं दूसरी ओर नविता के लिए यह सब सामान्य था। भला अपना काम करने में कैसी शर्म! माँ और पिता ने उसे यही सीख दी थी कि ईमानदारी से किया हुआ कोई भी काम छोटा नहीं होता। नविता के पिता उसकी शिक्षा को लेकर बेहद संजीदा थे। शोधार्थी बनकर इतने बड़े विश्वविद्यालय में अपनी आँखों से उसका प्रवेश नहीं देख सके पर नविता अपने पिता के सपनों को हमेशा अपने साथ महसूस करती थी।

कमरे की नींव पड़ चुकी थी। उन पर दीवारों की शुरुआत हो गयी थी। मिस्त्री ने भाई से पूछा कि “नाली कहाँ से निकले, बताय दिया। रास्ता छोड़ि के परै।” भाई ने माँ को देखा, माँ ने कहा कि “यहीं दिवार के पीछैं सै, सरकारी सीवर के लाईन जात अहै, इंहहि से निकाल दिया भईया।” असल में यह सीवर शहरी सीवर लाईन की तरह बहुत विशालकाय नहीं बल्कि उसका छोटा रूप था। ये नाले की बड़ी सीमेंट वाली पाइप हुआ करती हैं, जो कि सीवर के नहीं बल्कि नाले के तौर पर इस्तेमाल की जाती हैं। मिस्त्री ने कुछ हिसाब के बाद वहाँ एक निशान लगाया और फिर ख़ुदाई करवानी शुरू की। शाम हो चुकी थी, लिहाज़ा उसने सुबह आकर उस पर पक्का मसाला लगाने की बात कही।

अगली सुबह मिस्त्री ने अपने काम की शुरुआत वहीं से की। तभी पीछे की तरफ़ से तेज़ गालियों की आवाज़ें आने लगीं। माँ और भाई पीछे की ओर भागे। नविता भी वहाँ उनके पीछे-पीछे गयी। देखा तो वहाँ जोगेश्वरी दूबे की बेटी रानी अपने भतीजे के साथ लगातार गालियाँ बक रही थी, “अब ई दिन आय गवा कि लौहार-फौहारे के हिंआ का गन्दा पानी हमरे वारी के बहि।” नविता की माँ ने हाथ जोड़कर उन्हें समझाया कि, “कौनो तरह के पानि तोहरे वारी न जाई। ई तो सब जमीन के भीतर सरकारी नाला के अन्दर जायै...। यैमा लड़ै वारि बात है?”

नविता के लिए यह सब अप्रत्याशित था। पढ़ाई के चलते वो गाँव में रही तो नहीं पर घर पर जब भी थोड़े दिनों को आयी, सब कुछ शान्त ही लगता। माँ ने बताया था कि उनका गाँव बाभनों का गाँव है और यहाँ लुहारों के तीन-चार और इसी तरह तेलियों के भी छह-सात घर हैं। लुहार और तेलियों के ये घर गढ़ई के इर्द-गिर्द थे। बाभनों के घरों से घिरे होने के कारण वे सदैव उनकी सेवा में बने रहते। नविता को यह सब देखकर हैरानी हो रही थी कि बाभन-ठाकुरों का डर अब भी गाँवों में समाया हुआ था। वहाँ उनकी तूती बोलती। लुहार-तेलियों की स्थिति दाँतों के बीच पड़ी जीभ-सी थी। गाँव के सभी लोग जानते थे कि सरकारी लाइनों से नाली का जोड़ना, कोई ग़लत काम नहीं है, फिर भी उनमें से एक भी इस लड़ाई में उनकी तरफ़ से नहीं बोल रहा था।

रानी लगातार चीख़ती-चिल्लाती हुई तेज़ गालियों के बीच अपनी धौंस जमाये जा रही थी। उसके मन का सारा जहर उसकी ज़ुबान पर था,

“पढ़-लिखकर बाबू बन जाहिहैं, तो हमरी खोपरिया पर नचबा का सब जनै? हम तो सौंचि की चला झोपड़ी में बाँटि लेकिन अब महल बनि...ई औकाद होय गयिल। हमऊ देखब कैसे बनि? इनके पक्के मकान की दीवार से हमार गाड़ी आवत-जात केसे दिखी? बतावा, अब लुहारौ सब सर पर चढ़ि के नचिहैं। अरे बिटिया की कमाईं लगावत बाँटि...। कहाँ से आवत आहै ई धन?... सब हम जानत आहि।”

अब यह समझना मुश्किल न था कि ये सारी लड़ाई ग़रीब का पक्का मकान बनने से थी। गाँव के अधिकतर बाभन लोग उन्हीं की भाषा बोलते दिख रहे थे और उनके टोले के लोगों को भी साँप सूँघ गया था। नविता की माँ ने सारे मामले को समझते हुए नविता को वहाँ से हटने के लिए कहा। नविता हैरान थी कि माँ को छोड़कर वो अन्दर कैसे जाये? पर नविता ने माँ की बात को ज़रूरी समझते हुए वहाँ से हटना ही उचित समझा।

माँ अब भी मोर्चे पर डटी हुई थीं। उन्होंने कहा कि यह सरकारी नाला है। कोई उन्हें नाली बनाने से नहीं रोक सकता। इतना सुनते ही रानी के गुण्डे भतीजे ने नाली की ख़ुदाई के लिए रखे फावड़े से सरकारी सड़क को खोदना शुरू कर दिया। कुछ ही देर में उसने वहाँ से नाले की पाईप को बाहर निकालकर फेंक दिया और लगभग नविता की माँ को धमकाते हुए बोला, “ई फावड़ा और सड़क का हाल देखे रहिलू...नाली बनाइ है सारै सब। हे बूढ़ा, नाली जैसन हाल होवत न देखा चाहा अपने गिदांहरन (बच्चों) के, तौ इहां दोबारा नाली बनावै के न सोचू!” उसने लगभग अपना फ़ैसला सुना दिया था।

भीड़ वहाँ से हटने लगी, मिस्त्री न जाने कब वहाँ से गायब हो गया। माँ लगभग काँप रही थी। नविता के भाई ने पुलिस बुलाने का फ़ैसला किया तो गाँव के कुछ लोग भाई को एक किनारे ले जाकर कुछ समझाने लगे। नविता ये सब नज़ारा देखकर असमंजस में थी। उसे लग रहा था, मानों दीवारें ढह कर नालियों में गिर रही हैं और वो ढेर सारी बदबू के बीच खड़ी है, ...गन्दे पानी और कीचड़ की बदबू। उसे लग रहा था कि अचानक उसके चारों ओर ढेर सारी नालियाँ बन गयी हैं, जिनमें ढेर सारी गन्दगी जमा होकर पानी बहने नहीं दे रही हैं।

जीत

—दीपा

हर बच्चे के मन में कोई-न-कोई सपना अवश्य होता है कि वह बड़ा होकर क्या बनेगा! और वह उसी सपने में जीने लगता है। एक सपना रेखा ने भी देखा कि वह बड़ी होकर पुलिस अफ़सर बनेगी।

जब रेखा 9वीं कक्षा में पढ़ती थी उसके विद्यालय के प्रांगण में 15 अगस्त के समारोह का आयोजन किया गया। इस अवसर पर विद्यालय प्रशासन ने स्थानीय थाना गृह अधिकारी यानी एस.एच.ओ. को मुख्य अतिथि के रूप में बुलाया। क्योंकि एस.एच.ओ. मैडम उसी विद्यालय की छात्र रह चुकी थीं। प्रधानाचार्या ने उन्हें मंच पर आमन्त्रित करते हुए कहा था—'बच्चो, आज हमारे विद्यालय में मौज़ूद हैं हमारे ही स्कूल की छात्र चारुलता जोशी, जो आज एस.एच.ओ. के पद पर आसीन हैं। इन्होंने हमारे स्कूल का नाम रोशन किया है।" प्रधानाचार्या ने उन्हें फूलों का गुच्छा देते हुए उनका स्वागत किया।

जितनी देर तक एस.एच.ओ. मैडम ने भाषण दिया उतनी ही देर तक रेखा उनकी खाकी वर्दी, कन्धे पर चमकते तीन सितारे, सर पर टोपी, कमर में बन्दूक और काले जूतों को निहारती रही। वह एस.एच.ओ. मैडम के भाषण को ध्यान से नहीं सुन रही थी क्योंकि उसकी रुचि भाषण में नहीं बल्कि खाक़ी वर्दी में थी। खाक़ी वर्दी ने रेखा का मन मोह लिया था और वह उसके मन-मस्तिष्क में जैसे चिपक गयी हो। उसे पता नहीं था कि एस.एच.ओ. क्या होता है? उसे तो बस इतना पता था खाकी वर्दी यानी पुलिस।

जैसे ही प्रोग्राम समाप्त हुआ सभी बच्चे तितर-बितर होने लगे। एस.एच. ओ. मैडम मंच से नीचे उतरकर अन्य अध्यापिकाओं से बात करने लगीं।

तभी रेखा ने अपनी सहेली माया से कहा—“चल, हम एस.एच.ओ. मैडम को पास जाकर देखते हैं।” “हाँ चल।” माया उत्साहित होकर बोली। लेकिन वो दोनों एस.एच.ओ. मैडम के इतने भी पास नहीं गये कि उन्हें छू सकें।

रेखा और माया एस.एच.ओ. मैडम को एकटक देख ही रही थीं कि एक अध्यापिका ने उन्हें डाँटते हुए कहा—“यहाँ क्या कर रहे हो? कक्षा में जाओ।” तभी अचानक एस.एच.ओ. मैडम का ध्यान रेखा और माया की ओर गया। “कोई बात नहीं, आने दीजिए।” एस.एच.ओ. मैडम ने अध्यापिका से कहा। एस.एच.ओ. ने दोनों को पास आने का इशारा किया। वे उनके पास डरते हुए आयीं।

जब वे दोनों एस.एच.ओ. मैडम के पास आ गयीं तो मैडम ने उनसे पूछा—“क्या बात है बच्चों, आप मेरे पास क्यों नहीं आ रहे थे? क्या आपको पुलिस से डर लगता है?” रेखा के बोलने से पहले ही माया बोल पड़ी। “नहीं मैडम, हमें पुलिस से डर नहीं लगता। अध्यापिका की मार से डर लगता है। उनके द्वारा अपमानित होने से डर लगता है। क्योंकि कक्षा में अध्यापिका और सभी लड़कियाँ हमें अछूत कहकर बुलाती हैं—‘माया अछूत यहाँ आ। रेखा अछूत बाहर जा आदि।’ हमें कक्षा में सबसे पीछे बैठाया जाता है। हम डर के कारण कक्षा में कभी कोई प्रश्न भी नहीं करते कि वो हमारे साथ ऐसा क्यों करती हैं? हमें कक्षा में शिक्षा मिल रही है, यही हमारे लिए बड़ी बात है। कहीं आप भी हमें डाँट न दें? इसलिए हम आपके पास आने से डर रहे थे।”

एस.एच.ओ. मैडम का मन यह सब सुनकर बहुत व्यथित हुआ। वह सोचने लगी—“शिक्षित होने के बावजूद शिक्षकों के मस्तिष्क से जातिभेद क्यों नहीं निकल पा रहा है?”

“एस.एच.ओ. मैडम, रेखा आपसे कुछ पूछना चाहती है?” माया बोली।

“हाँ! बोलो बेटा—क्या बात है?”

“मैडम, आपने ये खाकी वर्दी कहाँ से ख़रीदी है? मैं अपने पापा से कहूँगी कि वो मुझे भी आपके जैसी खाक़ी वर्दी लाकर दें।”

रेखा जानती थी कि उसके पिता के पास इतने पैसे नहीं हैं जो वो उसे वर्दी दिलवा देंगे। उनके घर की हालत तो ऐसी है कि रोज़ कुआँ खोदो और रोज़ पानी पियो।

एस.एच.ओ. मैडम रेखा के मासूमियत भरे प्रश्न पर मुस्कुरा दीं। उसने रेखा से कहा– "बेटा, इसे ख़रीदा नहीं जाता। इसे कमाना पड़ता है।"

रेखा ने जिज्ञासा भरे शब्दों में एस.एच.ओ. मैडम से पूछा कि "मैं भी इसे कमाना चाहती हूँ। आप मुझे बताओ। इसे कैसे कमाया जा सकता है? मैं ख़ूब मेहनत करूँगी और इसे कमाऊँगी।"

"इसे कमाने के लिए अभी आप बहुत छोटी हो। पढ़-लिखकर बड़ी हो जाओ। फिर इसे कमाना।"

एस.एच.ओ. मैडम रेखा से इतना ही कह पायी थीं कि तभी प्रधानाचार्या और अन्य अध्यापिकाएँ एस.एच.ओ. मैडम को भोजन के लिए प्रस्थान का आग्रह करने लगीं। और वे सब वहाँ चल दिये जहाँ भोजन की व्यवस्था थी।

एस.एच.ओ. मैडम तो चली गयीं। पर रेखा के मन में यह प्रश्न बना ही रहा कि पुलिस की वर्दी को कैसे प्राप्त किया जा सकता है?

जैसे-तैसे दिन बीतने लगे। दिन बदले, महीने बदले, साल बदले पर एक चीज़ थी जो रेखा के जीवन में यथावत् बनी रही। और वह थी–पुलिस की वर्दी पाने का सपना। इसी सपने को लेकर वह बड़ी हुई। अब उस सपने को पूरा करने का समय आ चुका था। क्योंकि वह अब 18 वर्ष की हो चुकी थी और उसने 12वीं कक्षा बहुत अच्छे अंकों से उत्तीर्ण कर ली थी।

रेखा के माता-पिता मैला ढोने का पुश्तैनी काम करते थे। लेकिन इसका प्रभाव उसके जीवन पर पड़ेगा, ये उसने सपने में भी कभी सोचा न था। चार भाई-बहनों में रेखा सबसे बड़ी थी। विषम परिस्थितियों में भी उसके माता-पिता ने उसे पढ़ाया क्योंकि वो नहीं चाहते थे कि उनके बच्चे उनकी तरह मैला ढोने का काम करें और उनकी तरह हिकारत और ज़िल्लत भरी ज़िन्दगी जियें।

जैसे ही रेखा को 'सिपाही भर्ती परीक्षा' की सूचना मिली उसने फॉर्म भरने में तनिक भी देर न की। क्योंकि उसकी लम्बाई और शारीरिक डील-डौल 'महिला सिपाही' के लिए एकदम उपयुक्त था।

'सिपाही भर्ती परीक्षा' दो चरणों में होती है। पहली–शारीरिक परीक्षा, दूसरी–लिखित परीक्षा। शारीरिक परीक्षा तीन चरणों में होती है :

1. 1600 मीटर की दौड़ (महिलाओं के लिए 15 मिनट का समय)
2. ऊँची कूद/लम्बी कूद
3. लम्बाई की माप

फॉर्म भरने के बाद रेखा परीक्षा की तैयारी में जुट गयी। शारीरिक परीक्षा में बेहतरीन प्रदर्शन के लिए उसने दौड़, ऊँची कूद और लम्बी कूद का अभ्यास प्रारम्भ कर दिया। जब तक शारीरिक परीक्षा का दिन न आ गया वह रोज़ सुबह उठकर पार्क में जाकर शारीरिक परीक्षा का अभ्यास करती। रेखा के पास स्पोर्ट्स शूज़ नहीं थे। उसके पास स्कूल के फटे-पुराने जूते थे जो तली से बहुत घिस चुके थे। वह जब भी उन्हें पहनकर दौड़ लगाती, कहीं उसके पैरों में कंकड़ चुभ जाता तो कहीं काँटा। इसलिए उसने चप्पलों में दौड़ना शुरू किया। पर चप्पल पहनकर वह ज़्यादा दूर तक न दौड़ पाती। एक महीने के बाद उसके पिता ने कबाड़ी बाज़ार से उसके लिए पुराने स्पोर्ट्स शूज़ लाकर दिये जिन्हें पहनकर उसने 2 महीने और अभ्यास किया।

आख़िरकार शारीरिक परीक्षा का दिन आ ही गया। शारीरिक परीक्षा में रेखा ने इतना अच्छा प्रदर्शन किया कि सबका ध्यान रेखा की ओर केन्द्रित हो गया। वह तीनों चरणों में प्रथम स्थान पर रही। वहाँ के पुलिस कर्मियों ने भी शाबाशी दी। हेड पुलिस निरीक्षक परमानन्द ठाकुर ने उसकी पीठ थपथपाते हुए कहा—"आपने शारीरिक परीक्षा में बहुत अच्छा प्रदर्शन किया।"

"धन्यवाद सर।" प्रसन्नता से मुस्कुराते हुए रेखा बोली।

"लिखित परीक्षा में भी बेहतरीन प्रदर्शन करना। बेस्ट ऑफ़ लक।"

"थैंक यू सर।"

"तब आपका चयन होना निश्चित होगा।"

"ये सब मेरे माता-पिता की मेहनत और आशीर्वाद का फल है।"

"आपके पिता क्या काम करते हैं?"

"सर! वे मैला ढोने का काम करते हैं।"

"क्या? क्या कहा तुमने?"

मैला-ढोने का नाम सुनते ही हेड निरीक्षक का आत्मीय व्यवहार घृणा में बदलते देर न लगी।

"ठीक है। मेरे साथ आओ।"

रेखा बिना कुछ प्रश्न किये हेड-निरीक्षक के पीछे-पीछे चल पड़ी।

हेड-निरीक्षक उसे मैदान में बनी बिल्डिंग के पीछे की ओर ले गया, जहाँ दो शौचालय बने थे। दायाँ शौचालय स्टाफ के लिए था। बायाँ शौचालय सामान्य जनता के लिए था, जो गन्दा पड़ा था।

हेड-निरीक्षक सामान्य शौचालय के मेन दरवाज़े के सामने खड़े थे और रेखा उनके पीछे खड़ी थी।

“आगे आओ रेखा”। हेड-निरीक्षक ने उसे सामान्य शौचालय के अन्दर घुसने का इशारा करते हुए कहा।

“जी सर” रेखा बोली।

“शौचालय में जो टट्टी पड़ी है, उसे साफ़ कर दो। न जाने कौन बिना पानी डाले चला गया है!”

“सर! आप ये क्या कह रहे हैं?” रेखा के होंठों से क्रोध और ग़ुस्से से भरा स्वर फूटा।

“मैं ये नहीं करूँगी। मुझे मैला ही साफ़ करना होता तो मैं पढ़ाई क्यों करती? यहाँ सिपाही भर्ती परीक्षा देने क्यों आती? आप चाहते हैं कि हमारा समुदाय आगे न बढ़े बल्कि पुश्तैनी काम करते हुए नरक की ज़िन्दगी ही जीता रहे! लेकिन क्या हमें आम इन्सानों की तरह जीने का हक़ नहीं? क्या हमें अपनी पसन्द का काम करने का हक़ नहीं? अपने सपने पूरे करने का हक़ नहीं? मेरे माता-पिता जो काम मजबूरी में करते रहे, ज़रूरी तो नहीं मैं भी वही काम करूँ। आप ये समझने की भूल बिल्कुल न करें कि मैला ढोने वाले की बेटी है तो मैला ही ढोएगी? नहीं! कदापि नहीं। मेरे माता-पिता ने मुझे इतना सक्षम बना दिया है कि ज़िन्दगी चाहे जितनी भी बेरहम क्यों न हो जाये, मुझे मैला ढोने का काम नहीं करना पड़ेगा। मुझे वाल्मीकि होने पर गर्व है। अपने माता-पिता पर गर्व है। मैं उनके काम का सम्मान करती हूँ कि उन्होंने चोरी नहीं की, डाका नहीं डाला बल्कि इतनी मेहनत से मुझे पढ़ाया-लिखाया और इस क़ाबिल बनाया कि आज मैं यहाँ मौज़ूद हूँ। आपसे यह सब कहने की हिम्मत रखती हूँ। मेरी काबिलीयत का एक नमूना तो आप मैदान में देख ही चुके हैं। और आगे भी देखेंगे। इसलिए मैं यह शौचालय साफ़ नहीं करूँगी।” उसके स्वर में आत्मविश्वास था।

इतना कहते ही रेखा वहाँ से भागकर अन्य लड़कियों के समूह में आकर खड़ी हो गयी।

रेखा जिस समूह में थी वह शारीरिक परीक्षा देने वाली लड़कियों का अन्तिम समूह था। सभी समूहों की शारीरिक परीक्षा होने के बाद माइक पर

अनाउंसमेंट हुई कि 'आज की परीक्षा में उत्तीर्ण प्रतिभागियों का परिणाम तीन महीने बाद आयेगा।'

रेखा को शारीरिक परीक्षा में उत्तीर्ण होने की पूरी उम्मीद थी। लेकिन उसकी उम्मीद नाउम्मीदी में तब बदल जाती है जब उसे पता चलता है कि परीक्षा परिणाम की सूची में उसका अनुक्रमांक नहीं है। 'यह कैसे हो सकता है? मैंने तो सभी चरणों में अच्छा प्रदर्शन किया था। फिर मेरा अनुक्रमांक। सूची में क्यों नहीं है?' रेखा मन-ही-मन यह सब सोच रही थी कि उसके दिमाग़ में परमानन्द ठाकुर की स्मृति कौंध गयी। उसे परमानन्द ठाकुर पर सन्देह हुआ। 'अवश्य उसने ही सूची से मेरा अनुक्रमांक गायब कर दिया होगा। लेकिन वो मेरे साथ ऐसा कैसे कर सकता है? मैने उसकी बात मानने से इनकार कर दिया था। क्या इसलिए उसने मेरे साथ ऐसा किया?'

"रेखा, तेरा अनुक्रमांक सूची में क्यों नहीं है? तू तो कह रही थी कि तूने सभी चरणों की परीक्षा उत्तीर्ण की थी। फिर ऐसा कैसे हो गया?"

माँ दुखी मन से रेखा से यह सब बोल रही थी कि तभी रेखा के पिता वहाँ आ गये। उन्हें भी रेखा के अनुत्तीर्ण होने की ख़बर ने आहत किया था।

"मैं उसे छोड़ूँगी नहीं। मैं उसकी पुलिस में शिकायत करूँगी।"

"तू किसकी बात कर रही है बेटी? किसे नहीं छोड़ेगी?" माँ ने सवाल किया। उसने उन्हें परमानन्द ठाकुर की सारी बात बता दी।

शिकायत का नाम सुनते ही रेखा के माता-पिता डर गये। वे रेखा को समझाने लगे। "ऐसे लोगों से दुश्मनी मोल लेना ठीक नहीं है बेटी। पुलिस तो पुलिस की ही बात मानेगी। तेरी बात को वो क्यों सुनेगी?" "नहीं पापा! मैं पीछे नहीं हटूँगी। उसने मुझसे मेरा सपना छीना है। मेरा हक़ छीना है। मैं अपना हक़ वापस लेकर ही रहूँगी। मैं वाल्मीकि की बेटी हूँ तो क्या हुआ? क्या मुझे सपने देखने का हक़ नहीं, उसे पूरा करने का हक़ नहीं? यदि आज मैने उसकी शिकायत नहीं की तो वह भविष्य में किसी और के साथ भी ऐसा कर सकता है।"

रेखा ने हौसला दिखाया और अगले ही दिन 'सिपाही भर्ती परीक्षा' के हेड क्वार्टर जाकर लिखित में यह शिकायत की कि जब उसने शरीरिक परीक्षा में प्रथम स्थान प्राप्त किया था तो उसका अनुक्रमांक शारीरिक परीक्षा परिणाम

की सूची में क्यों नहीं है? इसके अतिरिक्त उसने शिकायत-पत्र में हेड-निरीक्षक परमानन्द ठाकुर पर सन्देह जताते हुए उसके दुर्व्यवहार के बारे में भी लिखा।

आदित्य भारद्वाज 'सिपाही भर्ती परीक्षा' हेड क्वार्टर के अध्यक्ष थे। वे वर्णव्यवस्था और जातीय असमानता के एकदम विरोधी थे। डॉ. भीमराव अम्बेडकर उनके आदर्श थे। वे उन्हें जाति के गौरव से अधिक राष्ट्र का गौरव मानते थे। जब उन्होंने रेखा का शिकायत-पत्र पढ़ा तो तुरन्त 'सिपाही भर्ती शारीरिक परीक्षा परिणाम' की जाँच का आदेश दे दिया। वे नहीं चाहते थे कि जाति के नाम पर एक लड़की का भविष्य ख़राब हो।

जाँच के दौरान पाया गया कि रेखा का शारीरिक परीक्षा में प्रथम स्थान था और रेखा का अनुक्रमांक गायब करने में परमानन्द ठाकुर का हाथ था। उन्होंने 'सिपाही भर्ती शारीरिक परीक्षा परिणाम' कैंसल करवा दिया और परिणाम दोबारा आने की सूचना जारी कर दी।

जब दो महीने बाद दोबारा सिपाही भर्ती शारीरिक परीक्षा का परिणाम आया तो रेखा उसे देखकर खुशी से उछल पड़ी क्योंकि परिणाम सूची में रेखा का अनुक्रमांक अंकित था।

सिपाही भर्ती परीक्षा परिणाम के एक हफ़्ते बाद रेखा के घर एक पत्र आया जो आदित्य भारद्वाज की तरफ़ से था। जिसमें लिखा था—आपके परीक्षा परिणाम में ग़लती और विलम्ब के लिए सिपाही भर्ती विभाग क्षमा प्रार्थी है। आपके साथ अनुचित व्यवहार करने वाले हेड-निरीक्षक परमानन्द ठाकुर को नौकरी से निष्कासित कर दिया गया है। हमारे विभाग को ऐसे लोगों की कोई ज़रूरत नहीं जो जातीय विषमता फैलाते हैं और समाज को खोखला करते हैं। उन्होंने रेखा के हौसले की दाद देते हुए कहा कि हमारे विभाग को आप जैसे निडर और काबिल लोगों की ज़रूरत है, जो अन्याय के ख़िलाफ़ आवाज़ उठाने का साहस कर सकते हैं। क्योंकि विभाग का काम जनता की सेवा और सुरक्षा करना है। इसलिए आप मेहनत करो। आगे बढ़ो। इसी के साथ विभाग आपके उज्ज्वल भविष्य की कामना करता है।

❑❑